MA NOUVELLE VOISINE

De la même auteure
aux éditions Prélude s :

MON AMIE ADÈLE
SI JE MENS, TU VAS EN ENFER

Sarah Pinborough

MA NOUVELLE VOISINE

TRADUIT DE L'ANGLAIS PAR PAUL BENITA

PRÉLUDES

Titre original :

DEAD TO HER
Publié par HarperCollins*Publishers*, Londres, 2020.

Paroles d'Amanda Palmer extraites de la chanson « Runs in the Family », dans l'album *Who Killed Amanda Palmer*.

Couverture : © Jacoblund / iStock.

Préludes est un département de la Librairie Générale Française.

ISBN : 978-2-253-04049-1

Pour les véritables Marcie et Jason
(et leur chat partagé…)
Avec beaucoup d'amour

PREMIÈRE PARTIE

L'enfer est vide, et tous les démons sont ici…

William SHAKESPEARE, *La Tempête.*

1

La chandelle brûle.
Feuille vierge. Une plume.

Qu'est-il arrivé à Jonny ?

Enveloppe.
Colle.
Murmure.
Attente.

2

On n'enferme pas une bête sauvage.

La pensée remonta de quelque part tout au fond de Marcie, une onde sur l'eau stagnante qu'était devenue sa vie. Elle sentait le regard critique d'Eleanor sur les invités, les toisant depuis le portrait au cadre doré qui était toujours accroché dans l'escalier, les éclipsant tous. Morte depuis à peine un an. Comment aurait-elle réagi ?

Une rumeur de commentaires assourdis flottant autour du cercle étroit de gens parmi lesquels Marcie papillonnait. Ailleurs, la tension de ricanements réprimés et de regards de travers. Et cette chaleur, toujours.

— *Eh bien, si on s'attendait à ça.*

— *Cette vieille canaille.*

— *A-t-il perdu du poids ? En tout cas, il n'a pas l'air d'un type au bord de la retraite.*

— *Je ne savais pas à quoi m'attendre, mais sûrement pas… à elle.*

— *Et si jeune.*

Elle était jeune, en effet, la nouvelle venue parmi eux, cette seconde Mme William Radford IV. Quoi, vingt-deux ans ? Moins ? Vingt-trois, maximum. Eleanor en avait quarante de plus quand elle était morte.

— Il n'y a pire idiot qu'un vieil idiot.

Iris. Toujours sèche. L'amie d'Eleanor depuis qu'elles avaient été jeunes ensemble à une autre époque, dans un autre monde. C'était Iris qui avait tout fait pour qu'Eleanor continue à être l'élégante Belle de Savannah, même quand le cancer la ravageait, la réduisait à un squelette sous un linceul de peau. À la fin, son maquillage était si épais qu'elle ressemblait à Baby Jane, mais qui était Marcie pour le lui dire ? Elle avait fait comme les autres : *Mon Dieu, vous avez si bonne mine, Eleanor. Toujours aussi ravissante. Voulez-vous que je vous apporte un thé glacé ?*

La nouvelle épouse, la nouvelle épouse noire, était ravissante, pas ravagée. Sa peau luisait de cet éclat que donnent la santé et la force. Mince et fière avec de longs membres et des courbes parfaites aux hanches et au buste. Les cheveux, lissés et luisants, étaient tirés en arrière. Un petit ventre qui trahissait un goût pour le steak plutôt que pour les salades. Le genre de ventre que les hommes adorent chez les femmes et que les femmes détestent sur elles.

Elle descendait le large escalier en souriant, le menton levé, les yeux brillants de fierté, comme si l'homme à son bras était une star de cinéma et pas un type de soixante-cinq ans aux joues veinées de pourpre, qui avait peut-être perdu du poids, mais pas assez pour dégonfler ce qu'une vie entière passée à se satisfaire avait enflé. William Radford IV était la satisfaction incarnée ; mais n'était-ce pas là au fond ce à quoi ils aspiraient tous ?

Ni la mariée, ni le marié n'accordèrent un regard au portrait de l'autre épouse, la première, celle dont l'influence recouvrait tout dans cette magnifique demeure, comme ces housses en plastique qui préservent les meubles.

Des regards scannèrent la robe dorée – Versace ? – de la nouvelle élue, une ode à sa silhouette, mais dans ce milieu trois centimètres trop courte. Les talons, deux centimètres trop hauts. Les bijoux, épaisses spires autour du cou ou accrochées aux oreilles, un poil trop impressionnants. Chacune des femmes – presque toutes ayant dépassé la cinquantaine – se faisant la même remarque : *Elle n'est pas comme nous*. Marcie avait connu ça.

— Elle s'appelle Keisha.

Elizabeth, assez agitée. Pour la soirée, l'austère tenue de travail avait été abandonnée en faveur d'une robe verte qui, quoique neuve, n'était pas une Versace. Ses courts cheveux noirs bouclés, tramés de gris, avaient été permanentés de telle sorte qu'elle ressemblait à un vieux caniche. Le sentait-elle aussi ? Ce frémissement d'excitation – celui du changement ? À quel point la soudaine arrivée de ce coucou étranger perturbait leur nid ?

— Elle vient d'avoir vingt-deux ans et elle est de Londres, continua Elizabeth, les yeux pétillants, heureuse d'avoir des bribes d'informations à partager qui lui permettaient de croire qu'elle faisait partie du clan.

Il y avait de la tendresse pour elle, mais c'était l'affection qu'on donne à un chien sénile parce qu'il cherche encore à vous faire plaisir. Elizabeth avait peut-être été l'éternelle assistante d'Eleanor – puis celle de William quand Eleanor était tombée malade –, elle n'était qu'une employée. William avait beau affirmer qu'elle faisait partie de la famille, Marcie ne s'y trompait pas. La *vraie* famille comptait chez ces gens-là. La lignée. Jusqu'où remonte votre nom. La fierté du sang. Elizabeth ne possédait pas d'éminent ancêtre dans le coton ou dans le sucre. Dans les eaux stagnantes de ce monde, elle était une branche morte.

— C'est à Londres qu'ils se sont rencontrés. Il y a quatre mois. Un vrai coup de foudre. Un tourbillon. William voulait préserver la surprise de leur retour anticipé, mais il fallait bien que quelqu'un prépare la maison et tout ceci… (Elizabeth fit un ample geste de la main comme si c'était son propre argent qu'elle avait dépensé pour l'occasion.) Il m'a fait jurer le secret. Heureusement qu'il y avait Pierre et Julian. Il n'y a qu'eux pour organiser une réception pareille.

Elle sourit à nouveau.

— Et voici l'heureux couple, maugréa Emmett.

Pour la première fois, William ne l'aurait jamais amenée ailleurs qu'ici, parmi ses meilleurs amis, dans son monde, et ce fut sous un déluge d'exclamations et de sourires, dans une bourrasque de bouffées de parfum, que chacune des femmes se précipita pour mimer une bise aux alentours des quatre joues des mariés. Marcie, l'autre deuxième épouse, la plus vieille, recula de quelques pas pendant qu'elles s'agglutinaient. De près, Keisha était encore plus éblouissante. La peau d'un marron si profond. Elle resplendissait. Eleanor aussi avait resplendi un jour.

Marcie observait ses amis qui piaillaient leur joie – *La Reine est morte, vive la Reine* –, rivalisant pour afficher un bonheur sans égal devant cette nouvelle union. Iris, un vieil oiseau parcheminé, mais élégamment préservé, et son mari, Noah, le juge, rondouillard, rougeaud, et pourtant royal lui aussi d'une certaine façon, à eux deux la pierre angulaire de la bonne société de Savannah. Virginia, le sourire greffé, le corps affamé pour rester mince, mais dont le visage replet sous sa tronche de femme de Stepford trahissait à jamais la corpulence que son Dieu lui avait assignée. C'était un pilier de l'église où elle était presque autant adorée que Jésus lui-même grâce à l'ampleur de ses dons. À sa gauche, Emmett, son mari, petit, précieux et impeccablement vêtu. Lui aussi au milieu de la cinquantaine, il gérait des « portefeuilles » en faisant semblant de croire qu'il n'était pas en train de dilapider sa vie et un héritage considérable. Pour trouver ses clients, il lui suffisait de traîner au club, l'unique point d'eau où toute cette faune consentait de s'abreuver.

Parfois, quand cette vie menaçait de la faire suffoquer, Marcie se demandait si, à force de fréquenter ces gens, elle n'allait pas se retrouver ménopausée à trente-cinq ans. Mais, maintenant, dans le sillage de la mort d'Eleanor, la jeunesse revenait parmi eux, une écharde d'obsidienne scintillante plantée dans cette pâleur figée. Fraîcheur. Excitation.

Vingt-deux ans. Quatre ans de moins que Marcie quand elle avait rencontré Jason. Une liaison, une longue année de mélodrames, un divorce déplaisant – *Bye bye, Jacquie* – et, à vingt-neuf ans, elle avait été la jeune deuxième épouse qui effectuait ses premiers pas prudents dans ce monde.

Maintenant, elle en avait presque trente-cinq, Jason, bientôt cinquante-trois, et elle était cimentée – coincée – dans le clan. Mais, à maints égards, son mari n'était pas comme les autres. Pas tout à fait du même cheptel, même si sa famille elle aussi était là depuis des générations. Il y avait eu les histoires avec son père qu'il avait dû surmonter ; pas un mince exploit ici. Il avait déjà entamé son ascension du temps de Jacquie. Cette volonté tenace à toujours grimper, il la partageait avec Marcie. Elle contemplait cette richesse bavarde, débordante, incarnée par ses amis. Comme ce devait être merveilleux, royal, d'être né Iris ou William, d'avoir les autres pendus à vos lèvres, anxieux de vous plaire. Dommage qu'ils n'aient rien d'intéressant à dire. Ils n'en avaient pas besoin.

Elle jeta un coup d'œil vers Jason, voulant partager un bref sourire complice devant le ridicule de cette comédie, mais le regard de son mari était vissé sur Keisha. Sa main frôla le bras nu de la jeune femme tandis qu'il s'avançait pour déposer un baiser sur sa joue, comme s'il ne pouvait résister à l'envie de la toucher.

À la différence de ceux des femmes, ce ne fut pas un baiser dans le vide. Ses lèvres s'attardèrent-elles sur la peau sans défaut une fraction de seconde de trop ? Il ne souriait pas, pas ébaubi comme les autres, et elle remarqua sa pomme d'Adam qui plongea quand il déglutit. Elle connaissait trop bien ce regard. *Lubrique.* Comme il l'avait été dès leur première rencontre. Cela faisait très longtemps qu'il ne l'avait pas regardée ainsi. Elle sentit son ventre se contracter, le champagne prendre un goût amer.

Infidèle un jour, infidèle toujours.

— Jason, présentez votre femme ! En voilà des manières ! Ah, ces hommes...

— Oui. Marcie, que fais-tu donc là-bas ? Viens par ici !

— Marcie ?

Pendant un instant, encore sous le choc de cette expression dans les yeux de Jason, elle ne reconnut pas son propre prénom et puis la petite foule se sépara tandis que les doigts épais de William se posaient sur son bras. Elle sourit automatiquement, cachant son trouble.

— Félicitations, dit-elle doucement. Je suis si heureuse pour vous. (Elle se tourna vers Keisha, grande et superbe, et se sentit vieille.) Ravie de faire votre connaissance.

Leurs yeux se nouèrent un peu trop longtemps, marron profond sur bleu aqueux, et Marcie se sentit évaluée – jugée – mais pas à la façon des autres épouses. La classe d'âge était trop différente. Ces femmes n'entraient pas dans la compétition. Peut-être n'était-elle pas si vieille, après tout.

— J'ai l'impression de déjà tous vous connaître.

L'accent anglais était fort et saccadé, étrangement captivant. « Tous vous connaître. » Trois mots. Que Marcie se répéta machinalement avec l'accent traînant, liquide, du Sud.

— Billy m'a tant parlé de vous.

Billy ? Eleanor devait s'en retourner dans sa tombe. William Radford IV n'était le Billy de personne. Du moins, pas jusqu'à aujourd'hui. Les temps étaient en train de changer. Keisha regarda Jason.

— De vous, surtout. Le grand Jason Maddox, le cerveau de l'entreprise et l'ami si génial. J'espère que vous ne me décevrez pas.

Elle lui adressa un clin d'œil, dragueuse et amicale, nullement embarrassée d'être au centre de l'attention générale, avant d'éclater de rire, un son étonnamment culotté, ou peut-être simplement désinhibé, et tous l'imitèrent consciencieusement, un tintement de politesse. Quand Jason rendit son œillade à la nouvelle étoile de leur firmament, Marcie fut partagée : devait-elle leur arracher les yeux à tous les deux ou bien aller pleurer dans son coin ?

— Tout cela a été si soudain que ça doit vous paraître fou… (William prit deux coupes de champagne sur le plateau d'un serveur, en tendit une à sa nouvelle épouse, puis, laissant ses doigts glisser sur la courbe de son dos :) Mais quand on sait, on sait. Keisha a ramené la vie dans mon cœur. Je ne croyais pas cela possible.

— Tu ne veux pas profiter des six mois restants pour votre lune de miel ? s'enquit Jason, pivotant enfin vers son vieil ami. Tu tenais tant à prendre une année entière.

— Les projets changent, Jason. Et puis, comment pourrais-je demeurer si longtemps loin de mes amis ?

— Je sais bien que tu prends ta retraite, néanmoins…

— Ne parlons pas travail ce soir… (William flanqua une petite claque – peut-être un peu trop forte – sur le bras de Jason.) Allons manger. Je veux que Keisha découvre tout ce qu'elle a manqué à Londres. (Il se pencha vers Jason.) Et je devrais te remercier. Si tu ne m'avais pas parlé de tous ces endroits à visiter absolument, je ne l'aurais jamais rencontrée.

Comme ils s'éloignaient, la meute dans leur sillage, Marcie remarqua que c'était William que Jason observait maintenant. L'air sombre, pensif. Oui, l'avènement de Keisha était en train de changer beaucoup de choses.

*

Une fois que le champagne et les cocktails eurent dilué le choc, et que le clan se fût installé sur la terrasse, la soirée commença à devenir un peu moins ennuyeuse. Certains invités ôtèrent leurs chaussures pour danser dans l'air nocturne, sans plus se préoccuper de leurs toilettes hors de prix ; même Iris et Noah firent un tour sur l'herbe. Les regardant se dandiner, Marcie crut apercevoir les fantômes des doux adolescents qu'ils avaient été.

Elle observait aussi Jason qui bavardait bruyamment avec d'autres convives. Elle ne pouvait se sortir de la tête le regard qu'il avait eu pour Keisha. Cela faisait quelques mois qu'il se montrait distant, ce qu'elle avait mis sur le compte du travail – la responsabilité de diriger l'entreprise en l'absence de William et de préparer le rachat de ses parts…

Leur vie sexuelle s'était réduite à quelques séances les soirs où ils avaient trop bu et elle se demandait si elles ne servaient pas simplement à combler le désir qu'il avait d'un enfant, d'un héritier : un accessoire mondain qu'ils pourraient un jour envoyer à Country Day, le collège le plus chic de l'État, afin d'accroître son réseau d'influences.

Et voilà que les questions qu'elle se posait depuis des semaines tournaient à nouveau dans sa tête. En avait-il assez d'elle ? Était-elle un défi relevé ? Aujourd'hui, ici, dans ce regard annonciateur d'infidélité, s'était produite la première fracture nette dans la structure de leur mariage. Elle ne l'avait jamais vu regarder une autre femme ainsi. Jamais.

Keisha vint se joindre à eux une ou deux fois, de plus en plus instable sur ses pieds, quoique toujours prête à se déhancher sur la musique, la tête rejetée en arrière d'où fusait ce rire fascinant et rauque. Un peu plus tard dans la soirée, elle traîna tout près de la chaise longue que partageaient Jason et Marcie. Il lui jeta bien quelques coups d'œil, mais si Keisha cherchait à le draguer, elle en fut pour ses frais, il ne lui accorda guère plus d'attention. N'empêche… ce regard. William, constamment dans l'ombre de sa jeune épouse, finit par l'emmener et ils ne la revirent plus. Étant donné son état, il avait probablement demandé à Zelda, la gouvernante, de la mettre au lit.

Virginia ne cessait de hausser les sourcils, un vrai TOC, elle qui, église ou pas, ne se privait jamais d'un ou deux verres de trop, jusqu'à ce qu'Iris fasse remarquer qu'il devait être difficile de relever le flambeau après Eleanor, surtout quand on était aussi différente. *Aussi différente.* Ce qu'elle voulait dire, c'était jeune, vulgaire et – le moins prononçable de tous les qualificatifs – *noire.* Keisha n'avait pourtant pas paru si mal à l'aise ; c'était juste une fille bourrée qui se foutait de ce qu'on pensait d'elle. Elle savait qu'elle avait touché le gros lot. Un homme riche et vieux. Un trophée que Marcie ne lui enviait pas. L'idée de William se démenant sur elle… Pas étonnant que Keisha ait pompé tout ce champagne et dragué Jason.

3

Ils rentrèrent finalement vers une heure du matin et, avant même d'allumer les lumières, Jason l'embrassa, la prenant par surprise.

— Et si on essayait encore de fabriquer un bébé ?

Il souriait, charmeur avec sa bouche en biais, rendu plus séduisant encore par la brume de bière dans ses yeux. Avant qu'elle ne puisse répondre, il la traînait dans l'escalier, lui enlevait ses vêtements. Elle ne put s'empêcher de rire. Oui, il était saoul, mais elle n'était pas tout à fait sobre elle non plus et c'était bon de sentir qu'il la désirait à nouveau. Peut-être qu'elle s'était trompée tout à l'heure. Keisha était belle, mais c'était elle qu'il aimait. Elle, *sa femme.*

Ils s'effondrèrent sur le lit, à moitié nus, une mêlée frénétique, haletante. Elle chercha ses yeux dans la pénombre tandis qu'il lui repoussait les bras au-dessus de la tête, lui maintenant les poignets d'une main. Elle essaya, à coups de museau, de faire qu'il la regarde, qu'il l'embrasse. Elle noua les jambes autour de sa taille pour qu'il s'enfonce en elle. Elle gémit, comme toujours, aucun homme ne l'avait jamais excitée autant que Jason – mais il garda le visage pressé sur son épaule, son souffle lui mouillant la peau, de plus en plus rapide. *Il n'est pas avec moi.* La pensée fut une douche froide entre ses cuisses. *Il ne pense pas à moi.*

Il finit vite et roula sur son côté du lit, la laissant pantelante. C'était une chose qu'ils ne baisent plus que rarement, mais jusqu'à présent, elle avait toujours eu la sensation qu'il était là. Pas ce soir. Pensait-il à *elle* ? Non. Ce n'était rien. Cela ne signifiait rien. Un fantasme, tout au plus. Elle se faisait des idées. C'était elle que cette fille troublait. Pourquoi ?

— Je t'aime, dit-il machinalement, posant une main sur sa cuisse.

— Je sais.

Et elle se força à émettre un petit rire. Mieux valait en rigoler.

— Ah, très drôle, madame Maddox.

Il laissa échapper un long soupir de contentement. Le cœur de Marcie battait toujours à toute vitesse.

— Je crois que tu lui plais, dit-elle, les mots jaillissant malgré elle.

Au moins, elle avait l'air vaguement amusée, pas jalouse ou effrayée. Il n'avait plus les yeux fermés. Il contemplait le plafond.

— Qui ?

— Tu sais qui ! Keisha.

Pourquoi n'avait-elle pas tenu sa langue ? Elle se sentait stupide. *Triviale.*

— Ah, elle.

Il fixa le plafond encore un instant, son expression indéchiffrable dans l'obscurité, puis il roula sur elle en souriant.

— Ton vieux mari a des réserves. Il va falloir que tu bosses encore un peu si tu veux me garder.

Il l'embrassa, lent et doux, et elle lui rendit ses baisers, mais elle se sentait creuse. Elle avait déjà assez bossé pour lui, elle ne voulait pas passer le restant de sa vie à travailler pour le garder. *En vaut-il seulement la peine ?*

Une demi-heure plus tard, alors qu'il ronflait, elle se leva pour se glisser dans son dressing derrière leurs deux salles de bains. Elle se regarda sous la lumière crue. Elle se souvenait à quel point la nouvelle Mme Radford avait été fière en descendant cet escalier. Et belle. Elle lui rappelait quelqu'un que Marcie avait été il y a très longtemps, juste avant de rencontrer Jason. Avant de pénétrer dans ce monde.

Quand avait-elle commencé à se sentir aussi petite ? Était-ce quand la maison – et elle adorait leur nouvelle maison – était devenue si grande ? Ou bien était-ce après la faillite de la boutique quand ils – Jason – avaient décidé qu'elle n'était pas faite pour les affaires ? « On arrête avec les hobbies qui coûtent une fortune. » Quand avait-elle cessé d'avoir envie d'excitation ? Quand s'était-elle métamorphosée en bonne épouse sudiste ? Keisha était-elle un rappel de tout ce qu'elle avait abandonné pour cette vie dans laquelle elle se sentait si détachée de tout ce qui l'entourait ?

Elle perdait trop de temps à réfléchir, décida-t-elle en ouvrant son petit coffre à crèmes et à lotions.

Il suffisait d'attendre. Elle était prête à parier qu'avant les premiers murmures de l'automne Keisha se retrouverait dans une jolie robe très convenable, un collier de perles au cou, en bonne épouse soumise, et que Jason serait redevenu lui-même, normal et charmant. Keisha n'était qu'une petite gêne, une distraction momentanée. Marcie saurait préserver son mariage – après tout, n'était-ce pas ce qu'elle avait toujours voulu ?

Cette pensée ne lui apporta pas le réconfort attendu. Était-elle en colère parce que Jason en avait assez d'elle ou bien parce que, tout au fond d'elle-même, elle aussi commençait à en avoir assez de lui ? Oui, elle l'avait toujours voulu, mais ça c'était avant de l'avoir. Elle était fatiguée d'être aussi dépendante. *Reconnaissante.* Même enveloppée de tout ce luxe, elle restait une citoyenne de deuxième classe. Si les autres épouses la toléraient, elle n'en avait pas pour autant leur *respect*, et ces derniers temps elle n'était plus très sûre d'avoir celui de Jason. Elle avait espéré que l'argent changerait ça, qu'elle serait enfin *reconnue*, qu'on ne la toiserait plus de haut... Apparemment, la fortune ne suffisait pas.

« Et si on essayait encore de fabriquer un bébé ? »

L'idée d'avoir un bébé lui gelait le ventre. S'ils divorçaient et qu'elle se retrouve avec un gosse, quoi alors ? Aucun homme ne voudrait d'elle.

Elle se mordit la lèvre en se regardant dans le miroir. Après s'être assurée que la porte était bien verrouillée, elle retira délicatement la doublure de son vanity-case pour en sortir la plaquette de pilules qui y était cachée. Elle fixa le miroir un long moment puis ses yeux se durcirent quand elle en libéra une.

Non, pensa-t-elle en levant les yeux vers la grille d'aération au plafond tandis qu'elle avalait le contraceptif. *Putain, non, je veux pas fabriquer un bébé.*

4

Marcie regrettait qu'ils n'aient pas déjeuné chez eux plutôt que sur le bateau d'Iris et de Noah Cartwright amarré à leur ponton privé. Cela lui aurait peut-être évité de devoir sourire alors que le lent roulis lui flanquait la nausée. L'air était humide et lourd de cette chaleur interminable qui étouffait la ville et fatiguait même les eaux du lac. Iris savait qu'elle souffrait du mal de mer, mais Noah adorait son engin et ils devaient tous y passer du temps pendant l'été. C'était la tradition et il avait été clair dès le départ qu'on ne la changerait pas pour elle.

— Il va falloir t'y habituer, avait dit Jason quand ils s'étaient mariés. Par ici, on a autant d'eau que de sang dans les veines. On grandit dessus. Pas comme là-haut à Boise, dans l'Idaho, où vous êtes tous de vrais culs-terreux.

Il avait souri en se moquant d'elle. Elle aurait pu lui faire remarquer qu'ils avaient aussi de l'eau à Boise, mais à quoi bon, il s'en foutait. Keisha et elle avaient au moins une chose en commun. Elles étaient toutes les deux d'*ailleurs*. Ici, seul le Sud comptait. Boise était aussi loin que Londres. Et à vrai dire, Marcie préférait ça.

Heureusement, il n'y aurait plus de bateau pendant un moment. Noah et Iris partaient dans les Hamptons rendre visite à leur petite chérie, Heather. La seule fille parmi leurs quatre enfants. De quelques années plus vieille que Marcie et pas très raffinée, elle venait à son tour de donner naissance à leur dernier petit-fils dont elle avait oublié le nom, même si elle lui avait scrupuleusement acheté les cadeaux obligés : chaussons, layette et ours en peluche. Pour elle, tous les bébés se ressemblaient et, avec la récente envie pressante de Jason de se reproduire, elle était toujours heureuse quand on discutait d'autre chose.

Elle appuya sa tête contre la large épaule de son mari, respirant lentement pour faire passer son malaise. De l'autre côté de la table, Keisha n'était visiblement pas dérangée par les mouvements de l'eau. Un verre à moitié vide de margarita dans une main, elle mordait une gamba de belle taille récupérée dans la glace du plateau de fruits de mer. Elle mangeait avec appétit alors que Marcie, Iris et Virginia, soucieuses de préserver leur paroi intestinale, buvaient prudemment du chardonnay, Iris donnant parfois quelques bouts de mollusques à Midge, leur vieille chatte tigrée, comme pour compenser le fait qu'elle-même n'avalait rien ou presque.

— Ils ne vous les servent pas comme ça chez Tesco, dit Keisha, et Virginia, dans son impeccable tenue d'église, s'esclaffa même si, pas plus que Marcie, elle ne devait savoir ce qu'était Tesco.

Keisha portait une fine robe d'été et quand elle se pencha pour embrasser William sur la joue avec ses lèvres couvertes de gloss humide, ses seins apparurent nettement. Marcie jeta un coup d'œil à Jason – *regardait-il ?* – et ne vit que le reflet déformé de son propre visage dans ses lunettes d'aviateur.

Keisha ne montrait aucun signe de gueule de bois après la soirée de la veille – à vrai dire, elle resplendissait de santé –, alors que William semblait crevé. *Pauvre vieil idiot*. Marcie entendit ces mots avec la voix d'Eleanor. Toujours indulgente avec son mari.

— Virginia ?

Noah remplissait les verres, le vin ne manquant jamais ici, et Virginia accepta avec reconnaissance. Elle avait eu une matinée *épuisante* à l'église, leur avait-elle appris. Tant de choses à faire. Toutes ces fêtes de bienfaisance à organiser. Et elle était seule ; Emmett s'était déjà engagé à rencontrer un investisseur. Le nombre de rendez-vous qu'il prenait le dimanche était un signe pour tout le monde, sauf sa femme, qu'il ne partageait pas sa dévotion. Marcie imaginait que les heures interminables passées à lever des fonds et à faire « don de soi » dans des refuges pour sans-abri pouvaient très vite se révéler agaçantes.

— Je t'ai appelé ce matin, William, dit Jason. Zelda n'a pas voulu te déranger. Tu étais sur ton tapis de course.

— Elle ne m'en a rien dit.

— Rien d'important. Mais tu cours ? Toi qui t'es offert cette voiture pour ne plus avoir à marcher sur un green ?

Jason avait appelé William ? Première nouvelle. Quand ? Était-elle sous la douche ? S'était-il caché dans une des trop nombreuses pièces vides de leur grande maison ? Pourquoi aurait-il eu besoin de lui parler un dimanche matin sachant qu'ils allaient se voir au déjeuner ? Une pensée se tordit en elle comme une colonne de fumée noire. Avait-il espéré que Keisha répondrait ?

— Il n'est jamais trop tard pour se remettre en forme, dit William. Mon nouveau régime. Réveil à l'aube, une demi-heure sur le tapis puis une brique de lait de coco pour stimuler mon énergie. Crois-moi, j'ai l'impression d'avoir vingt ans de moins.

— Êtes-vous certain que c'est le jogging ?

Iris, l'ironie toujours en éveil, haussait un sourcil hyper épilé en direction de Keisha.

— C'est sûr qu'elle y est aussi pour quelque chose, concéda William, et tout le monde sourit.

Marcie essaya de l'imaginer sur son tapis roulant. L'image n'était guère attrayante. La salle d'entraînement dernier modèle avait été celle d'Eleanor qui l'utilisait religieusement. Pour tout le bien que ça lui avait fait, au bout du compte.

— Vous courez, vous aussi ? s'enquit Marcie.

Elle se représenta Keisha en tenue de sport moulante et regretta aussitôt sa question. Cette image-là n'était pas de celles qu'elle voulait susciter dans la tête de Jason.

— Non, je suis un oiseau de nuit. Rien ne me réveille avant dix heures. Midi, parfois. Cela étant j'essaie de changer. Je sais que j'ai épousé un vrai coq.

Le compliment n'était pas subtil, mais il risquait de plaire à *Billy*, se dit Marcie qui voyait mal Keisha changer. *Se plier aux normes.* C'était ahurissant comme on pouvait se contenir – s'enfermer – quand on essayait vraiment. Par amour, bien sûr. Elle baissa les yeux vers sa robe d'été si délicate qu'elle avait trouvée dans cette nouvelle boutique hors de prix sur Broughton dont toutes les femmes du club raffolaient tant. Manches longues, boutonnée devant, des mocassins de bateau aux pieds. Six ou sept ans plus tôt, elle aurait porté un short en jean déchiré au ras du cul et aurait préféré être morte plutôt que d'être vue dans un truc aussi *vieux*. Sans doute la raison de la faillite de son magasin. Elle n'avait pas compris à l'époque que la clientèle était aussi ringarde. Ça, plus les calomnies de l'ex de Jason. Marcie aurait dû laisser la poussière retomber avant de se lancer. Désormais, piégée dans ce coton de luxe, elle dépendait de la carte de crédit de son mari.

— Mais le lait de coco, pas question, enchaîna Keisha. C'est dégoûtant. On dirait du sperme. Pas étonnant que Billy vide la brique d'un trait.

Iris faillit s'étrangler dans son vin. Combiné avec la sidération de William et les joues soudain cramoisies de Noah, Marcie ne put s'empêcher d'éclater de rire. Jason l'imita et finalement Iris aussi.

— Je suis désolée ! Je suis sans filtre !

Keisha se colla une main devant la bouche, les yeux soudain anxieux pendant qu'ils guettaient tous William. Pendant un moment, il parut sur le point d'imploser, puis, voyant que ses amis ne se sentaient pas offensés, il se détendit, affichant un sourire légèrement crispé.

— Pour le goût, je veux bien te croire sur parole.

Il lui serra le genou, et cette grosse main blanche sur la peau si saine et sombre rappela à Marcie ce roi anglais qu'elle avait vu dans une série. Celui qui s'était marié à répétition. Vieux et obèse, avec une superbe jeune créature dont il s'imaginait qu'elle était amoureuse de lui. Si elle ne se trompait pas, ça ne s'était pas bien terminé pour toutes ces femmes.

— Il fait si chaud, dit Keisha quand les gloussements s'arrêtèrent. Et lourd.

Elle s'étira sur sa chaise en regardant l'eau.

— Bienvenue dans le Sud… marmonna Noah. (Il somnolait depuis une bonne demi-heure dans son fauteuil, un vieux morse échoué qui à présent déchiquetait un pain de maïs à coups de dent en dépit des regards ulcérés d'Iris. Lui aussi aurait pu perdre un ou deux kilos. Et même neuf ou dix.) Des orages qui arrivent aussi vite qu'ils s'arrêtent. La chaleur qui vous colle à la peau comme un bébé affamé.

— Vous apprendrez à faire des gestes plus lents, ajouta Virginia qui s'éventait avec un dessous de verre. Avec cette température, on n'a pas le choix.

— Oh, mais j'adore ça. Je sens tout mon corps se détendre, répliqua Keisha en s'extrayant de sa chaise comme une chatte qui s'étire. Et je ne résiste pas à l'eau non plus… (Elle embrassa William – chastement sur la joue –, puis un frémissement d'épaules libéra sa robe qui glissa jusqu'à terre, révélant un bikini-string.) J'y vais !

Elle repoussait déjà l'échelle au-dessus du rebord. Insouciante des regards sur son corps, de William la rappelant, de la désapprobation visible de Virginia, elle sauta, les bras écartés, hurlant de joie jusqu'à ce qu'elle brise la surface dans une gerbe somptueuse ; quand les autres, enfin debout, se retrouvèrent massés devant le garde-fou, elle émergea, le visage ravi.

— Soyez prudente ! lança Noah, penché par-dessus le bastingage. Nous avons des alligators parfois !

Keisha l'ignora et replongea sous l'eau, enfantine dans sa joie.

— Une vraie pile électrique, n'est-ce pas ? fit Iris.

Il n'y avait aucune désapprobation dans sa voix, elle semblait même impressionnée. Qu'aurait pensé Eleanor de sa meilleure amie faisant si vite alliance avec sa remplaçante ?

— Elle doit apprendre à contrôler ses impulsions, grommela William.

— Oh, elle est jeune, voilà tout, répliqua Iris. Tant d'énergie. Je comprends ce qui vous a plu en elle, William.

Ce qui avait tant plu à William, Marcie le voyait inscrit sur le visage de Jason. Il avait relevé ses lunettes sur le sommet de son crâne pour contempler l'eau et la femme qui s'y ébattait. Marcie glissa un bras sous le sien, le contact du coton et des muscles rigides étant à la fois familier et excitant. Il ne réagit pas. Comme si elle n'était pas là.

Keisha, les paupières plissées contre le soleil, un bras en visière au-dessus des yeux, le regardait.

— Les gars, vous devriez venir ! Allez, un peu de courage !

Personne ne dit rien et Marcie, moite et nauséeuse, pensa à quel point ce serait agréable de se mettre en sous-vêtements pour sauter de ce maudit bateau, mais elle n'était pas une *nouveauté* comme Keisha, la dernière chouchoute, la splendeur irréelle parmi eux, et Virginia s'empresserait de raconter comment Marcie Maddox s'était baignée quasiment nue sur le bateau du juge Cartwright pour tenter de rivaliser avec la superbe nouvelle épouse de William Radford.

— Des alligators ! Pff... je suis entourée de poules mouillées ! cria Keisha.

William passa le groupe en revue, mécontent et n'ayant aucune envie de se foutre à poil pour nager dans la crique.

— J'ai fait assez d'exercice pour la journée. L'un d'entre vous doit aller tenir compagnie à ma femme.

Son regard tomba sur Jason qui, comme s'il n'attendait que ça, se libéra du bras de Marcie et commença à déboutonner sa chemise.

— Qu'est-ce que tu fais ?

— À ton avis ? Il faut que quelqu'un y aille.

— Vous n'êtes pas au bureau, siffla Marcie. Tu n'as pas à faire tout ce qu'il te dit.

— Jusqu'à ce qu'il prenne officiellement sa retraite, si. Ce n'est pas grave. N'en fais pas tout un plat.

Marcie se mordit la lèvre. Elle n'en faisait pas tout un plat. Elle ne voyait pas pourquoi il fallait que ce soit lui, c'est tout.

— Peut-être vaudrait-il mieux que j'y aille.

— Ne sois pas stupide. Tu détestes l'eau. Et je suis déjà à moitié déshabillé.

Il baissa sa braguette et se débarrassa de son pantalon, se retrouvant en boxer Calvin Klein, une mince ligne de poils sombres remontant de son ventre plat pour s'étaler sur son large torse. À côté de William, comment devait-il apparaître à Keisha ? *Bandant.*

Elle surprit les yeux vifs de Virginia enregistrant son déplaisir et transforma aussitôt sa grimace en sourire pendant qu'ils rejoignaient les autres.

— J'irais bien moi aussi, dit-elle, mais je ne porte pas de culotte. (Personne ne rit, tous observant Jason tandis qu'il plongeait depuis le rebord, éclaboussant Keisha et la faisant couiner.) Je plaisante, ajouta-t-elle en ramassant ses lunettes sur la table et en se penchant au-dessus du garde-fou. Bien sûr que je porte une culotte.

De pire en pire.

Si cela avait été Keisha, ils auraient tous trouvé ça drôle. Qu'avait-elle de si différent ?

Elle but encore du vin, à grandes gorgées, pendant qu'ils se rassemblaient, des corbeaux sur un câble, pour observer la scène en bas. Jason plongea sous la surface, invisible pendant ce qui parut une éternité tandis que Keisha ne cessait de tourner sur elle-même à sa recherche jusqu'à ce que finalement elle hurle, car il la tirait par les pieds.

— Enfoiré !

Il ressurgit, riant et toussant tandis qu'elle lui éclaboussait le visage. Deux adolescents. Qu'en pensait William ? Jason était vraiment à l'aise dans l'eau. Marcie ne pourrait jamais être comme lui. Elle avait besoin de voir ce qui l'entourait. La crique était souvent boueuse et ce mot, *alligator*, nageait dans son cerveau où il ne tarda pas à rejoindre Keisha, la prédatrice attendant de dévorer son mari. Elle but encore, réfléchissant. Comment faire pour que Keisha s'y casse les dents ?

Au bout du compte, la naïade ne s'attarda pas dans l'eau et remonta très vite sur le pont pour se retrouver enveloppée d'un peignoir qu'Iris était descendue chercher dans une cabine. Jason s'assit auprès de Keisha. *Chérie, je ne voudrais pas te mouiller.*

— Vous auriez dû venir, dit Keisha à Marcie, tout sourire. Jason est un vrai poisson, hein ?

Ouais, aussi glissant.

— Je préfère les piscines. On ne sait jamais ce qu'on risque d'attraper là-dedans.

— Ou ce qui risque de vous attraper, murmura Virginia, enjouée.

Elle n'avait pas arrêté de boire depuis son arrivée et ses joues de hamster brillaient dans la moiteur. Était-ce une pique ? Difficile à dire. Virginia était son *amie* parce que Emmett et elle connaissaient William depuis toujours et donc, par défaut, Jason ; toutefois, vingt ans séparaient les deux femmes. Pour sauvegarder les apparences, Marcie pouvait faire semblant avec les machins religieux, se montrer parfois à l'église ou donner à l'occasion un coup de main pour la distribution de soupe au poulet, mais pas question pour elle de croire à ces conneries. Virginia qui « veillait sur ces malheureux », alors qu'elle n'avait jamais travaillé un seul jour de sa vie.

Non, ils n'étaient sans doute pas amis. Peut-être la toléraient-ils simplement à cause de Jason ? Pour ce qu'elle en savait, tous les membres du clan parlaient encore régulièrement de Jacquie en son absence. Elle regarda la beauté face à elle, encore en proie au décalage horaire, et dont les bâillements signalaient la fin de l'après-midi. Keisha avait beaucoup à apprendre sur leur *milieu*. Soudain, Marcie se sentit très seule.

— Il est l'heure de rentrer, je crois, murmura-t-elle.

Personne ne la contredit.

5

Ce fut avec soulagement que Marcie referma la lourde porte d'entrée derrière eux pour pénétrer dans la fraîcheur de leur maison, son sanctuaire. Elle avait mal au crâne, à cause des nausées, de la chaleur et de cette peur atroce d'être en train de perdre le contrôle de son existence. Et du vin, concéda-t-elle. Il était encore tôt, mais elle n'avait envie que de deux choses : une douche et son lit. Le trajet en voiture avait été silencieux après qu'elle eut clos la discussion que Jason avait voulu lancer. Il débordait de bonne humeur, de joie, même. Contrairement à elle.

« Infidèle un jour, infidèle toujours. Les amateurs de sensations sont des accros. Ils ne peuvent pas s'en passer. Faites bien attention, ma chère. »

Ces mots, prononcés par une quasi-étrangère, une amie de Jacquie, dans les vestiaires du club quand Jason et elle s'y étaient montrés la première fois en tant que couple, n'avaient rien perdu de leur impact. Peu après le divorce, Jacquie avait rencontré un chirurgien orthopédiste à la retraite et déménagé à Atlanta. Fini pour elle les soucis d'infidélité. Son second mari était mort d'une crise cardiaque peu de temps avant Eleanor. À présent, Jacquie glandait quelque part en Floride à jouir de vacances prolongées payées par l'assurance-vie et l'héritage. Ce qui rendait Marcie presque envieuse. Toute cette liberté.

— Je ne savais pas que tu avais appelé William ce matin, dit-elle en se débarrassant de ses chaussures, les dalles délicieusement fraîches sous ses pieds en surchauffe.

— Quelle importance ?

— Tu ne m'en avais pas parlé, c'est tout. Tout va bien ?

— Il n'était pas censé rentrer avant Thanksgiving. Je voulais savoir s'il comptait retourner au travail ou pas.

— Tu n'aurais pas pu le lui demander cet après-midi ?

Elle se servit un verre d'eau pour avaler deux comprimés d'Advil. Ces élancements n'amélioraient pas son humeur et elle avait le ventre noué. Cherchait-elle la bagarre ? Non. Alors, pourquoi insistait-elle ?

— Ne pas mélanger travail et plaisir, tu te rappelles ? William déteste ça. De toute manière, quelle importance ? répéta-t-il. Qu'est-ce que tu as aujourd'hui ? C'était que du boulot.

— Et plonger dans cette crique, c'était aussi du boulot ?

Il y eut un long silence pendant lequel le cœur de Marcie battit de plus en plus vite. Finalement, Jason reposa sa bière sur le comptoir et la dévisagea.

— Pourquoi t'es comme ça ?

Elle lui rendit son regard.

— Je pense qu'elle te plaît.

— Ne sois pas ridicule. (Il semblait tellement sidéré qu'elle faillit le croire, jusqu'à ce qu'il marmonne le déni fatal.) C'est pas mon type.

Ces mots furent une gifle. Il avait envie de Keisha. Et pas juste genre *Ouais, elle est canon, j'me la ferais bien.*

— Vraiment ?

Le mot coula de ses lèvres, lourd de sarcasmes.

— Bon Dieu, Marcie, suis-je censé ne plus jamais regarder une autre femme ? C'est comme ça que tu me préfères ? Castré ?

— Ce n'est pas ce que je suis en train de dire ! (Que disait-elle, au juste ?) Ça a l'air différent, c'est tout, reprit-elle. Je me sens bizarre et je ne sais pas pourquoi.

Elle était soudain au bord des larmes. Ce qui ne faisait qu'empirer les choses.

— Je ne veux pas coucher avec elle, dit Jason avec plus de douceur en la voyant bouleversée. Je la trouve... rafraîchissante... c'est tout.

— Rafraîchissante ?

— Tu sais, fit-il en haussant les épaules. Un peu sauvage. Jeune. Différente de nos amis.

De *tes* amis, eut-elle envie de lui balancer. Ils n'étaient pas ses amis à elle, ils s'étaient contentés de l'absorber. De l'enrober de cette croûte qui la rendait respectable. Par amour pour lui, elle ne s'était pas rebellée. Elle les avait laissés faire.

— Je ne suis pas chiante, dit-elle, et il éclata de rire.

— Non. Tu ne l'es pas. Un peu dingue, peut-être, mais pas chiante. (Il l'attira contre lui, embrassa le sommet de son crâne. Un baiser stérile.) Elle est jeune, c'est tout, souffla-t-il sur son scalp. Mais trop pour moi.

Y avait-il un seul homme qui croyait ça ?

*

Plus tard, cette nuit-là, elle s'esquiva en douce pour prendre son remède *pas de bébé, non merci*. Elle avait verrouillé la porte du dressing. Grimpant sur la chaise de sa coiffeuse, elle retira avec soin la grille de la ventilation fixée au plafond. Sur la pointe des pieds, elle tendit le bras aussi loin qu'elle le put dans l'ouverture pour en sortir la petite boîte en fer qu'elle y cachait. Le simple fait de la sentir sous ses doigts la calma un peu.

Pourquoi éprouvait-elle le besoin de regarder à l'intérieur ? *Keisha, Keisha, Keisha*, voilà pourquoi. En repensant à la manière dont Jason la dévorait des yeux quand elle était dans l'eau, à quel point il avait été impatient de la quitter, elle, pour rejoindre sa nymphe noire, Marcie avait envie de le tuer. Voilà ce que les hommes ne comprenaient jamais. Les petits affronts sont les plus douloureux. Ce plus ou moins lent glissement de l'adoration vers le confort. Se sentir considérée comme acquise. Ne pas être respectée. Elle n'avait jamais voulu ça. Elle ne le *voulait* pas. C'était une brûlure permanente en elle.

Elle fixa la boîte. Son rappel du chemin parcouru. Son ancre. Chaque fois que ce pour quoi elle s'était tant battue la faisait suffoquer, il lui suffisait de regarder là-dedans. Ouais, cette vie n'était pas la perfection qu'elle avait espérée, toutefois les choses pourraient être pires, bien pires. Elle n'avait pas besoin de l'ouvrir pour savoir que l'objet qui se trouvait sur le dessus, qui recouvrait tous ses autres souvenirs, était une photo de Jason et elle, les bras autour de son cou, tous les deux riant. *Libres*. Quand ils s'étaient rencontrés pour la première fois. Quand tout n'était que passion et qu'ils seraient morts l'un pour l'autre. Seigneur, comme cette folie lui manquait.

« Les amateurs de sensations sont des accros. »

Non, pensa-t-elle, ce n'est pas vrai. Les gens peuvent changer. Les gens changent. Tout allait bien se passer. Marcie et Jason Maddox étaient faits pour être ensemble.

Non ?

6

Keisha n'arrivait pas à se rendormir. Elle aurait aimé éteindre la climatisation, laisser la chaleur de la nuit chasser les araignées dans sa tête qui la maintenaient éveillée. Ces inquiétudes. Ce sentiment d'isolement. L'angoisse et les idées noires qui la harcelaient depuis si longtemps et qui menaçaient à présent de revenir.

Ses yeux ne cessaient de se perdre vers le coin de la chambre où l'obscurité était la plus dense. En se réveillant, elle avait été certaine de le voir là. Pâleur parmi les ombres, un spectre, un enfant. Comme s'il l'avait suivie jusqu'ici. Elle avait frissonné et s'était mise à répéter les mots qui avaient été son mantra toute sa vie – *Le garçon n'existe pas il n'y a pas de fantôme* – jusqu'à ce que sa respiration se calme. Mais le sentiment de panique n'était pas parti pour autant, alors qu'elle gisait immobile et éveillée dans le noir. Billy refusait de dormir avec une lumière allumée. Il avait ricané quand elle le lui avait demandé. Il riait souvent d'elle maintenant. Ou alors il criait.

Ne va pas foutre tout ça en l'air, se dit-elle. Et merde. Billy n'aimait pas qu'elle soit grossière et elle faisait beaucoup d'efforts pour ne pas parler comme à la maison, où le langage courant était issu d'un dictionnaire d'insultes. Malgré les draps en coton égyptien, doux contre sa peau nue, elle se languissait de chez elle. Le bruit de la circulation, la saleté, le minuscule appartement au dixième étage d'une tour où l'ascenseur fonctionnait un jour sur trois, la cage d'escalier qui puait la pisse, les couloirs remplis de vieilles gens usées qui essayaient de se raccrocher à leur dignité dans un monde changé et insensible où des gamins vous vendaient du crack.

Tout était différent ici, et pas seulement la manière de vivre ou les nuits calmes et silencieuses. À Londres, sa famille et toutes les autres filles de la boîte avaient bien rigolé devant les ridicules avances de Billy jusqu'à ce qu'elles mesurent combien il valait, et alors d'un coup qu'il soit si gros, si vieux et si moche n'avait plus compté. D'abord, elles s'étaient assurées que ses intentions envers Keisha étaient sincères. On aurait dit un dessin animé frénétique, le symbole du dollar leur sortant des yeux.

« Pense au fric », avait dit son oncle Yahuba, le regard luisant d'une avidité infinie. Dolly avait dit la même chose, les dents serrées d'envie, toutes les autres acquiesçant derrière elle. C'étaient des coriaces au club, des filles sans rien de bon en elles, qui vous arnaquaient, vous attrapaient, se faisaient des centaines de livres par nuit, aucune d'entre elles n'ayant le bon sens d'épargner le moindre penny. Sourire, danser, prendre le blé. Et picoler. Les mecs sont trop cons.

Sauf que Keisha, Keisha avec ses humeurs étranges et son comportement erratique, n'était pas comme elles. Danser, oui, c'était possible, se perdre dans la musique sous les projecteurs, la vraie vie oubliée, mais les mecs, elle pouvait pas, et donc elle était devenue simple serveuse, sa robe moulante restant toujours sur elle, interdiction de la peloter. Pas question non plus qu'elle participe aux afters, même si elle aurait pu se faire tellement plus, assez peut-être pour s'affranchir de l'autorité de son oncle, rembourser la famille de ce que, soi-disant, elle lui devait pour l'avoir élevée, et en avoir encore assez pour fuir là où ses rêves atroces ne la retrouveraient jamais.

Le climatiseur cliqua et se remit à ronronner, le son assez fort, sans y ajouter les grognements de cochon de Billy dans son sommeil, pour l'empêcher de se rendormir.

Son prince endormi, son héros, elle avait touché le gros lot avec lui. Elle seule. Tout le monde l'avait vu. Un riche veuf américain solitaire. Elle aurait été conne de pas l'attraper. De toute manière, une fois que tonton et tata avaient vu les cadeaux qu'il lui offrait, elle n'avait plus eu le choix. Au début, là-bas, ça ne l'avait pas dérangée. Billy était gentil. Fragile, presque. Il était en train de la sauver et peut-être qu'elle pourrait l'aider avec sa peur de vieillir. De mourir. De pourrir lentement comme sa première femme. Un homme qui avait été forcé de regarder dans le miroir pour se rendre compte que le temps n'était pas de son côté.

Tata Ayo lui avait promis qu'il n'y aurait pas de cancer interminable pour lui, juste après la longue et maladroite célébration du mariage, quand Keisha avait été forcée de l'amener à Peckham pour rencontrer les membres de sa famille qui s'étaient mis à lui tourner autour comme des requins. Ils avaient tous les deux trop bu pour encaisser ça, surtout quand tata Ayo lui avait annoncé qu'il ne crèverait pas dans sa propre merde. Les gens la croyaient, affirmaient qu'elle avait un don, un savoir – on le sentait en elle – et Billy n'avait pas fait exception. Keisha avait bien vu que tata Ayo lui faisait un peu peur.

Après ça, il avait été encore plus mordu d'elle, se prenant pour son preux chevalier qui la sauvait de ses méchants parents. Il avait dit qu'elle était son porte-bonheur. Grâce à elle, il se sentait jeune, un air neuf emplissait ses poumons, et elle s'était dit qu'une vie avec

Billy, alors même que tous les autres l'exhortaient à le plumer, pourrait être agréable. Une porte de sortie.

Son passé ne la hanterait plus. Finis les rêves du garçon qui n'existait pas, du garçon fantôme qui était sa malédiction. Elle était impatiente d'y être. Sauf que maintenant qu'elle baignait en plein dedans, tout était différent.

Il avait changé, lui aussi, dans cette ville étrangère, étouffante, qui était sa zone de confort. Il était en train de se débarrasser de sa peau de veuf solitaire.

— Ne me fais plus jamais honte comme ça, avait-il dit après le bateau cet après-midi, son sourire chaleureux s'évaporant dès qu'ils étaient entrés dans la voiture, soudain beaucoup plus froid que l'air glacé de la climatisation. Il ne s'agit pas d'une soirée trash à Londres et mes amis ne sont pas ta répugnante famille. Tu ne peux pas parler comme ça ici.

Elle avait été tellement ébahie par la soudaineté de son changement d'humeur – quelques secondes seulement avant, il lui tenait la main pendant qu'ils saluaient tout le monde – qu'il lui avait fallu un moment pour comprendre qu'il faisait référence à son commentaire sur le lait de coco.

— Tout le monde a ri, avait-elle doucement répondu. C'était une blague.

— Tu avais l'air d'une pute.

De stupeur, elle avait fondu en larmes, se répandant en excuses et seulement alors il lui avait tapoté le genou, comme pour réconforter un enfant grondé, en lui disant qu'il l'aimait. Cela avait été une révélation. Maintenant qu'elle l'avait épousé, tout ce qu'il avait dit avant ne compterait plus, ne comptait plus. Il était respecté. Il avait du pouvoir. Il ne voulait pas être mis dans l'embarras, pas même par elle. Surtout pas par elle. Elle devait être parfaite.

Elle prit une longue inspiration. Elle pouvait y arriver. « Il fera pas de vieux os, avait dit Dolly quand elles s'étaient étreintes pour leurs adieux, avec toi qui le chevauches toutes les nuits. » Elles avaient ri de ça aussi, mais même le cul se révélait un boulot plus difficile que prévu.

Il y avait deux cas de figure. S'il était d'humeur tendre et sentimentale et n'avait pas pris de Viagra, il s'activait simplement pendant des heures, la tête entre ses cuisses, vérifiant qu'elle était heureuse, pendant qu'elle fantasmait jusqu'à ce qu'elle jouisse ou fasse semblant comme une actrice porno, le vagin irrité par sa bouche pas très subtile. D'une manière ou d'une autre, elle veillait à faire beaucoup de bruit. Un homme comme William ne comprendrait jamais un véritable orgasme féminin. Silencieux. Intense. Intime. Quelle gratification y aurait-il eu pour lui ?

Et puis, il y avait les *autres* baises. Celles avec le Viagra. Quand il bandait. Toutes les choses qu'il n'avait jamais osées avec sa sainte première femme, il voulait les réaliser à présent. Avec elle. Et elle devait s'y plier tout en veillant à ne pas franchir la ligne ténue entre accepter et ne pas se comporter comme une *pute*. Il n'aimerait pas ça.

Ce soir, ç'avait été comme ça et elle se sentait maltraitée et creuse. Elle regrettait que ses amies de la boîte – Dolly, Ange et Sabena – ne soient pas là. Elles, elles auraient su comment la jouer. Lui expliquer. Tout avait paru si facile vu de Londres.

Elle repoussa les draps, trouva sa robe de chambre et enfila la soie sur son corps robuste. Elle n'en pouvait plus de rester étendue là comme un cadavre, pendant que les heures s'égrenaient jusqu'à l'aube. Elle avait besoin de bouger, de se rappeler ce qu'elle avait gagné, de briser ce sentiment qu'elle avait été dupée, qu'on l'avait simplement transférée dans cette cage de luxe si loin de chez elle.

En bas, elle alla d'abord dans la cuisine, pour boire du lait, du vrai, à même le carton et ainsi calmer l'acidité qui lui rongeait l'estomac après un après-midi passé à s'imbiber d'alcool. Elle regarda les grotesques briques de lait de coco dont Billy s'imaginait qu'elles allaient lui rendre sa jeunesse. Même si sa remarque lui avait déplu, ce lait avait bel et bien un goût de sperme. Elle eut envie d'en ouvrir une pour cracher dedans. Elle referma le réfrigérateur et sortit dans l'immense hall.

Eleanor la toisait dans la pénombre, l'expression indéchiffrable, et Keisha frissonna. Il n'y avait pas de place pour le *garçon* ici. Le fantôme d'Eleanor occupait seul les lieux. La mère morte du fils mort. Keisha la sentait. Elle était sur les murs et dans les murs, c'était son énergie qui coulait dans les veines de cette maison. Ses vêtements occupaient encore les placards de la « chambre de maître » – Billy et Keisha s'étaient installés ailleurs pour le moment – et les tiroirs étaient pleins de ses souvenirs.

Keisha avait regardé. Évidemment. Obéissant au besoin irrépressible de savoir ce qu'il y avait eu avant. D'abord, toutes ces photos rangées dans une commode contre un mur ; Lyle, le fils, l'héritier mort, à jamais enfermé là-dedans, dans des cadres si nombreux qu'elle avait eu peur en les examinant de les renverser et que sa curiosité soit découverte. Il était mort avant qu'Eleanor et William ne s'installent dans cette maison – son décès et le chagrin d'Eleanor ayant été les causes du déménagement –, mais Keisha trouvait étrange que toutes les images de lui soient plus ou moins cachées, depuis la maternelle et l'école, jusqu'au fier jeune homme en uniforme militaire, l'uniforme dans lequel il s'était fait tuer en Afghanistan. Billy avait dit que ça s'était passé quinze ans plus tôt. Si Lyle avait vécu, il serait plus vieux que Keisha. L'aurait-elle préféré à son père ? Il avait un visage doux, trouvait-elle. Des yeux brillants. Pas étonnant que Billy ne supporte toujours pas de parler de lui. Qu'ils aient caché leur chagrin.

Sur le meuble, trônaient d'autres photos, celles-ci offertes à la vue de tous, de vieux clichés d'Eleanor enfant avec des amies ou des frères et sœurs, et d'autres du couple béni – Billy à peine reconnaissable en jeune homme et Eleanor, élégante et distante. Et puis, dans les tiroirs, cachés sous des piles de vêtements soigneusement pliés, elle avait trouvé quelques bijoux et un trésor bien plus intéressant : une petite boîte contenant un sachet d'herbe et du papier à cigarettes, ainsi qu'un paquet scellé de seringues avec un flacon de morphine. Sacrée découverte. Eleanor avait-elle caché ses douleurs à Billy ? Ou alors à Iris et à Elizabeth et à tous ceux qui avaient veillé sur elle ? Sainte Eleanor n'était peut-être pas celle qu'on croyait. Tout dans ce monde n'était que façade.

Keisha errait à travers la maison, résistant cette fois à la tentation de monter à l'étage pour fouiller parmi les possessions de l'épouse décédée, préférant accueillir le réconfort qui s'emparait d'elle devant cette succession infinie de pièces meublées avec élégance. Son domaine, à elle, désormais. Les exigences de sa famille oubliées à un océan d'ici. Un seul homme dont il fallait s'occuper. *Fais en sorte qu'il soit content. Il a presque soixante-dix ans. Il mourra bientôt.* C'était horrible et dur de se dire ça, mais c'était plus fort qu'elle. Il n'y avait pas eu d'accord prénuptial. Tout s'était déroulé trop vite pour cela, la famille de Keisha battant le fer tant que Billy était chaud-bouillant pour elle, mais dès qu'ils avaient atterri il lui avait fait signer un contrat de mariage, le premier signe que son chevalier en armure n'était pas si galant. À sa mort, elle le savait, elle n'hériterait pas de tout, mais aurait quand même largement de quoi obliger sa famille à la lâcher pour ensuite fuir dans un endroit merveilleux où personne ne la retrouverait jamais.

Son ventre gargouilla quand elle passa devant un mur de photographies, des soirées en cravate noire au country club avec divers politiciens et célébrités locales. Il y avait aussi quelques visages désormais familiers qui souriaient parfois et, alors que ses yeux s'attardaient sur l'un d'entre eux, sa main glissa inconsciemment vers son cou pour y caresser la peau, imaginant un contact tandis que son pouls s'accélérait. C'était la lumière dans sa nouvelle vie. Elle repensa au rire sur le bateau. Leurs yeux qui se croisaient. L'excitation. Jamais Billy ne lui avait paru aussi vieux et ridicule en comparaison. Elle en avait eu le souffle coupé. Comme une gamine. Étourdie. Vivante. Une folle envie de baiser.

Mais attention. Elle ne pouvait courir le risque de tout perdre à cause d'une impulsion. Elle devait garder la tête froide. Se concentrer sur Billy. Ce qui voulait dire ne pas se laisser distraire. Elle adressa un dernier regard à la photo avant de repartir. Elle devait enfermer ces sentiments, les réserver à des moments intimes pour alimenter ses fantasmes quand Billy soufflait et bavait sur elle.

Elle coupa l'alarme et sortit sur la terrasse dans la nuit épaisse, un mur de chaleur qu'il fallait pénétrer, sans le moindre souffle de vent. Mais cela la calma. Elle devait nourrir des pensées plus gentilles à l'égard de Billy. Il l'avait sauvée d'une vie qu'elle haïssait et d'une famille qui l'effrayait. Cet endroit était magnifique. Il suffisait de trouver le moyen d'en profiter jusqu'à ce qu'il soit tout à elle.

Oubliées de la soirée d'hier, de petites ampoules jaunes luisaient parmi les arbres, une guirlande qui semblait mener à une lumière qui brillait dans l'appartement de Zelda au-dessus des garages. Un oiseau de nuit elle aussi ? Quelle heure était-il ? Une heure du matin ? Deux ? La lampe s'éteignit au moment où elle leva la tête vers la fenêtre et elle sourit. Zelda avait raison. Il était temps de se coucher. Elle aurait dû prendre un cachet ou autre chose pour dormir. Billy ne tolérerait pas ses grasses matinées bien longtemps... Et puis moins elle passerait de temps au lit, moins il y aurait de chances qu'il vienne l'y rejoindre.

Elle contempla une dernière fois les arbres décorés avant de retourner dans le froid de la maison. Elle avait la chair de poule quand elle se glissa sous les draps et, pendant un moment, elle resta ainsi dans le noir, cherchant à retrouver la chaleur d'un regard échangé. Finalement, elle sombra dans un sommeil agité où des souvenirs terrifiants s'immisçaient dans un rêve érotique.

7

Keisha se réveilla à dix heures, les draps fripés entre ses cuisses comme un amant vidé, les yeux plissés contre la lumière qui se déversait à travers les immenses fenêtres. C'était agréable, elle se sentait bien. Un nouveau départ. Aujourd'hui, elle serait une bonne épouse. Elle s'étira un moment avant d'enfiler sa robe de chambre. Du café. Elle avait besoin de café. De ce bon café fort américain.

Elle emplit un mug entier à la machine dans la cuisine avant de suivre les sons qui menaient au bureau de Billy. Elle plissa le nez en passant devant plusieurs vases de fleurs au parfum âcre, une nuée de couleurs et d'odeurs saturant le couloir et qui lui donnaient envie de vomir.

— Seigneur, Billy, dit-elle en pénétrant dans son bureau et en l'embrassant consciencieusement sur la joue. D'où viennent toutes ces horribles fleurs ?

— 'Jour, mon cœur.

Il était adossé à son bureau, le visage encore rouge après une séance de tapis, une brique de lait de coco à la main. Elle aurait dû être contente qu'il fasse des efforts ; pourtant, le voir ainsi en tenue de sport, si fier de lui-même, la mettait mal à l'aise. La jeunesse était pour les jeunes. La sienne était partie. Il avait beau courir sur son tapis, il ne la rattraperait jamais.

— Oh, je suis désolée, fit une voix derrière elle. (Elizabeth, toujours discrète, installée sur le canapé en cuir, carnet de notes et agenda sur une petite table devant elle.) Une vieille habitude. J'en prenais pour Eleanor tous les deux ou trois jours. Elle adorait tous ces parfums. Je l'ai fait sans y penser.

— Oh non, c'est moi qui suis désolée, dit Keisha, qui ne se sentait pas du tout désolée et qui se demanda si ces fleurs n'avaient pas été achetées pour lui rappeler qu'elle n'était qu'une piètre remplaçante. Eleanor, bien sûr.

Elle avait prononcé ce prénom d'une voix douce. La morte qui refusait le repos.

— Je vais demander à Zelda de les jeter, annonça William en lui pinçant la taille.

Elle lui offrit son plus beau sourire.

— Seulement si tu veux bien. (Elle se pencha, pressant son corps contre le sien. *Pense à l'argent. Le gros lot. L'héritage.* Toutes ces voix dans sa tête, la sienne perdue parmi toutes les autres.) Je sais que c'est dur pour toi.

Il avala une autre lampée de sa boisson.

— ... Il n'y aura plus de fleurs, à moins que ce ne soit toi qui les choisisses. (Une pause.) Et je vais aussi faire décrocher le portrait. Tu ne devrais pas avoir à le regarder tous les jours. C'est ta maison désormais.

— Merci.

Elle l'embrassa encore, cette fois sur les lèvres. Pour qui se débarrassait-il du portrait ? Pour elle ou pour lui ? Se sentait-il coupable d'avoir si vite refait sa vie ? Bah, quelle importance ? Elle connaissait les hommes. Elle en avait assez vu à la boîte. Hors de vue, hors de soi. Quels que soient les sentiments qu'il gardait encore pour sa première femme, ils disparaîtraient avec le portrait. C'était peut-être la raison pour laquelle toutes les photos de Lyle avaient elles aussi été cachées. La vie avait appris à Keisha que les hommes n'étaient pas très doués pour les sentiments. C'était trop dur. Trop réel pour eux. Elle était l'opposée. C'était cette réalité qui l'attirait, la submergeait parfois.

— Je vais le faire entreposer, annonça Elizabeth en gribouillant une note. Et je parlerai au décorateur d'intérieur de ce tiroir défectueux que vous m'avez signalé, William. Je n'ai aucune idée de la façon dont les choses peuvent tomber derrière ce machin, mais mieux vaut que vous n'y rangiez plus vos lunettes ou votre passeport.

— Merci. (William se tourna vers Keisha.) Cela te dérange si je passe deux ou trois heures au bureau ? Il faut que j'entreprenne les démarches pour ta carte verte et je ne vois pas pourquoi je paierais un avocat alors que j'ai un cabinet entier à ma disposition.

— Aucun souci. Ça ira très bien. Prends tout le temps qu'il te faudra.

— Je veux aussi contracter une nouvelle assurance-vie. Et apporter quelques modifications à mon testament.

Ses yeux brillaient. Il était de bonne humeur aujourd'hui, son toutou fou d'amour, pas le vieux chien qui montrait les dents.

— Bon, il est temps que je prenne une douche et que je me change, dit-il.

Elizabeth interpréta la phrase comme le signal de les laisser seuls.

— Tu es sûre que ça ira ?

Keisha sourit.

— Je suis une grande fille. Ça ira très bien. Et si je te retrouvais quelque part pour déjeuner quand tu auras fini ?

— Excellente idée.

— Hé, pourquoi ne pas demander à Jason et à Marcie de se joindre à nous ? (Le ton était léger, comme si elle venait d'y penser.) Il faudrait que j'apprenne à les connaître.

Il la serra contre lui et elle ne grimaça pas quand les poils imbibés de sueur sur son torse en barrique lui grattèrent la peau. *Assurance-vie. Testament.* Voilà des mots qui faisaient passer toutes les irritations.

Il l'embrassa sur le sommet du crâne.

— Bonne idée. J'en parle à Jason et je t'appelle pour te dire où nous retrouver.

— C'est décidé, alors. Maintenant, à la douche. File !

Elle le repoussa en rigolant. C'était décidé. Quatre mois avec Billy lui avaient donné une folle envie d'autre chose, quelque chose pour dorloter son cœur, et puis ce n'était pas un crime de regarder. Elle attendit impatiemment que William s'habille et parte. Quelques heures rien qu'à elle, une bénédiction. Elle prendrait un Valium, histoire de calmer les démons dans sa tête, écouterait de la musique à fond et s'offrirait un bain d'une heure au moins.

Mais une fois qu'il fut parti, elle retourna d'abord dans la chambre d'Eleanor, fouillant avec soin les boîtes à bijoux de la morte. Pas pour prendre quoi que ce soit, mais pour vérifier si les cadeaux que Billy lui avait offerts jusqu'à présent – si chers soient-ils – n'étaient pas de simples babioles en comparaison. Avoir une estimation de sa valeur.

— Vous cherchez quelque chose, m'dame ?

Keisha faillit lâcher le collier de perles qu'elle examinait.

— Putain, Zelda, vous m'avez fait peur !

— Je suis désolée, m'dame. Je ne savais pas que M. Radford autorisait qu'on vienne déjà dans cette chambre. Je dois me tromper.

Keisha dévisagea la petite femme noire qui restait sur le seuil. Son ton était définitivement désapprobateur. Et ce léger dédain dans son expression. Cela eut le don de l'énerver. Il y avait trop de gens ici qui contrôlaient sa vie. Ici ou ailleurs, il y en avait toujours trop eu. Elle n'allait pas l'accepter de la part d'une… domestique. Qui était-elle pour la juger ?

— Billy n'y voit aucun inconvénient, dit Keisha en quittant la pièce. Il… Nous attendons simplement qu'Iris revienne de vacances pour que toutes ces affaires soient triées et emportées. (Elle s'interrompit pour toiser la gouvernante. Pourquoi s'expliquait-elle ?) Et, par ailleurs, c'est ma maison maintenant, je peux aller où je veux.

— Oui, m'dame, dit Zelda.

— J'aimerais un thé… à l'anglaise. Apportez-le-moi dans ma salle de bains.

Elle n'avait aucune envie de thé. Mais elle tenait à se faire respecter. On ne l'avait jamais respectée à Londres. Pas question que ça recommence ici. Si Zelda ne changeait pas de ton, Billen allait devoir renouveler le personnel.

Elle fit couler l'eau chaude, avala un Valium et essaya de chasser son irritation, parvenant même à articuler un merci quand la boisson arriva. *Le déjeuner*, se dit-elle en se glissant nue dans l'immense baignoire remplie de bulles. *Détends-toi et pense au déjeuner.*

8

Marcie avait toujours l'impression qu'il faisait dix degrés de plus dans Southside ; ses mains étaient moites et brûlantes sous les gants en plastique qu'elle n'aurait enlevés pour rien au monde. Le centre communautaire où on servait une espèce de soupe populaire puait la sueur rance d'été et les relents âcres des usines à papier voisines stagnaient au-dessus d'eux, comme si la moindre brise qui passait sur la ville les rabattait ici, à l'écart des quartiers délicats et des promeneurs dans Forsyth Park… Mais il y avait des odeurs bien pires encore, celles qui émanaient des corps en surchauffe. Elle se refusait à toucher le moindre de ces SDF dégénérés qui faisaient la queue pour avoir droit à un bol de ragoût, quelques raviolis et un gobelet de Kool-Aid à la cerise.

À la différence des autres bénévoles, qui bavardaient ensemble, elle restait dans son coin. C'étaient tous de fervents baptistes et elle ne voulait pas se laisser absorber par leur congrégation par accident. Encore un *clan*. Savannah était remplie de clans.

Dehors parmi les tables, Virginia était dans son élément, tapotant des épaules, savourant la gratitude. C'était différent pour elle. Virginia n'avait jamais été pauvre. Malgré tout le temps qu'elle passait ici, ces gens n'étaient pas réels pour elle. Elle ne les voyait pas tels qu'ils étaient, bons, mauvais, hideux ou quelque part entre tout ça. Pour elle, ils étaient simplement infortunés, comme si aucun d'entre eux n'était en rien responsable de sa propre chute. Marcie n'aimait pas les sans-abri, mais au moins elle ne les rabaissait pas.

Elle jeta un coup d'œil vers la file d'attente où un vieil homme, Harold, progressait lentement vers elle. Son visage était une chose ridée et déplaisante et, même si elle feignait toujours de ne pas s'en apercevoir, elle était consciente que sa main libre descendait systématiquement vers son entrejambe dès qu'il la voyait, un geste délibéré pour la mettre mal à l'aise, un moyen de récupérer un peu de pouvoir.

Elle fit déborder le ragoût du bol, aspergeant la main coupable.

— Oups, je suis maladroite.

— Connasse, marmonna-t-il.

Moins que toi qui finiras par crever dans la rue, noyé dans ta pisse. Elle lui tendit un biscuit tandis qu'ils se foudroyaient du regard.

— Harold, par ici ! l'appela Virginia. Lawrence vous a gardé une place.

Lawrence et Harold. Les noms les plus ridicules pour deux vieux ivrognes, si c'étaient bien les leurs. Ce n'était pas comme si on demandait une carte d'identité ici. Grossiers et dégoûtants, tous les deux. Les pires *clients*, comme Virginia s'obstinait à appeler ces – *ses ?* – clodos.

Jason ne comprenait pas pourquoi elle y retournait toujours. Chaque fois qu'elle rentrait de la soupe populaire, elle râlait à propos de *Harold ceci* ou *Lawrence cela.* Comment lui expliquer ? Elle n'était pas ici pour faire amie-amie avec Virginia ou chercher à remplir son temps après la faillite embarrassante de sa boutique, c'était plus profond que ça. Elle aimait ce rappel que la vie n'était pas toute tracée, qu'un simple coup de dé pouvait tout changer. Un mauvais plan au boulot, un divorce, quelques verres de trop et vous vous retrouvez à dormir toute la journée sur un trottoir avec tout ce que vous aimez dans un sac en plastique. Et ça pouvait arriver très vite. Il n'y avait pas de mal à ne pas l'oublier.

Ces résidus d'humanité la dégoûtaient à un niveau viscéral, mais elle avait besoin de ce dégoût. Ce que Jason ne comprendrait jamais. Bien sûr, il avait eu des problèmes avec son propre père, mais il n'avait jamais été pauvre à en crever. Il était un rejeton de la bonne société et la bonne société ne l'avait pas laissé tomber quand, dans sa disgrâce, Maddox senior avait accompli le seul acte honorable possible en se suicidant.

Elle se reprit. Voilà qui n'était pas très sympa, même venant d'elle. Circonstance atténuante : tout s'acharnait contre elle. L'enfermait dans sa claustrophobie. Les gants en plastique lui comprimaient les mains, une sensation d'étouffement. Le poids de cette vie, pour laquelle elle avait tant donné, s'était soudain mis à lui peser autour du cou, à lui scier la nuque.

Jason. Elle était gênée par l'attitude qu'elle avait eue avec lui la veille. Elle ne se reconnaissait pas : cela ne lui ressemblait pas de se sentir si faible, et surtout de le montrer. De se laisser envahir par une jalousie paranoïaque. Elle avait mal rien que d'y penser. Et si elle lui faisait une surprise ? Oui, bonne idée. L'emmener déjeuner quelque part, un endroit élégant, riche et luxueux, pas comme ici. Pour remettre du beau, du bon, dans leur relation.

Dès qu'elle eut terminé son service, elle se rafraîchit dans les toilettes réservées au personnel avant de foncer vers sa voiture, impatiente de quitter ce quartier minable, de le laisser se dissoudre derrière elle : hors de vue, hors de soi, comme on disait ici.

Jason était son mari. *Le sien.* Cette petite salope noire n'allait pas semer l'embrouille dans son couple. Elle y veillerait. Keisha n'était personne. Jason craquait peut-être pour elle, mais qui que soit son mari, cette fille n'avait pas sa place ici et ne l'aurait jamais. Marcie démarra en essayant d'ignorer la voix calme tout au fond de sa tête qui chuchotait : *Mais pourquoi en voudrait-elle de cette place ?*

★

— Il ne sort jamais déjeuner avant deux heures.

Marcie fulminait. Il n'était qu'une heure et demie et Jason n'était pas au bureau. Elle avait essayé son portable pour se retrouver directement sur son répondeur. Voilà pour son grand geste romantique. Où était-il, merde ?

— Il est avec M. Radford, lui annonça Sandy, la secrétaire de direction. Ils sont partis depuis une trentaine de minutes, je crois.

— A-t-il dit où ils allaient ?

— Non, juste déjeuner. Avez-vous essayé son portable ?

— Le réseau passe mal. Je n'ai pas pu le joindre.

Pour quelle idiote Sandy la prenait-elle ? Ou alors ça l'amusait de voir Marcie dans l'embarras ? *Merde, Jason, c'est encore toi qui me mets dans cette situation.*

— Oh, Elizabeth était là tout à l'heure ! s'exclama Sandy. Elle a sans doute dû se charger des réservations puisque je ne l'ai pas fait. Vous pourriez voir avec elle ?

De retour dehors dans la chaleur de la rue, agacée et en nage, Marcie se demanda si elle ne ferait pas aussi bien de leur laisser leur sortie entre garçons, mais, après cette matinée avec Virginia, sa plongée dans la crasse de la ville, elle voulait voir Jason. Chasser les éventuels nuages entre eux. Se sentir à nouveau à sa place et pas tel un coucou dans le nid d'une autre, comme Keisha. Et qu'était-elle censée faire d'autre ? Rentrer chez elle et boire seule dans son coin ? Elle tapa sur le clavier.

— Salut, Marcie ! (La voix d'Elizabeth, noyée sous les craquements, lointaine, était néanmoins enjouée. Comme toujours.) Que puis-je faire pour vous ? Mais parlez fort. Je suis dans la voiture et ce truc mains libres ne fonctionne pas très bien.

C'était elle tout craché. Elle pouvait sûrement s'offrir un gadget de meilleure qualité ou demander à William de le lui payer. Elle ne voulait sans doute pas déranger. C'était sa stratégie de survie dans leur jungle de luxe : ne jamais déranger.

— Je cherche Jason. Je voulais lui faire une surprise. Sandy me dit qu'il est déjà sorti déjeuner.

Pourquoi se sentait-elle aussi ridicule ? Ce n'était pas comme si, en temps normal, elle savait où le trouver à chaque minute de la journée. Il n'y avait rien là qui annonçait *problèmes dans notre couple.* En fait, cela aurait été beaucoup plus inquiétant si elle avait *vraiment* su où le trouver à chaque instant.

— Vous n'êtes pas avec lui ?

— À votre avis ?

Son irritation devait être claire, si la connexion ne l'était pas.

— Désolée, désolée. C'est juste que je croyais que vous étiez avec lui. J'ai réservé une table pour vous quatre. En terrasse chez Carmello. Pour une heure. Ils doivent déjà y être, j'imagine, si vous voulez aller les retrouver. La cuisine est excellente, le service un peu lent, mais William voulait un endroit agréable où manger en plein air.

L'écoutant à peine, Marcie marmonna un remerciement avant de raccrocher. Elle était censée être avec eux ? Pourquoi Jason ne l'avait-il pas prévenue ?

Tout son malaise revint. Ce sentiment que Jason s'éloignait, désirait quelqu'un qui n'était pas elle. Elle ne se trompait donc pas. Il y avait bien un souci. La colère montait en elle. Elle consulta sa montre. Il était près de deux heures. « Pour vous quatre. » Jason et Marcie, William et Keisha. *Keisha, Keisha, Keisha.* Mais Sandy n'avait pas parlé d'elle. Les hommes avaient peut-être décidé de rester entre eux ? Indécise, elle traîna devant sa voiture, jusqu'à ce que la rage l'emporte.

Peut-être réagissait-elle de manière excessive. *Arrête. Ce n'est qu'un déjeuner. Ne te monte pas la tête. Vas-y, c'est tout.* Si les hommes avaient en effet décidé d'être seuls, elle ferait la gentille épouse et, après un verre, les laisserait entre eux.

9

Les hommes n'étaient pas seuls.

— Ah, *la* voilà ! La femme !

Cet accent, si étrange.

Un liquide glacé lui emplit le ventre. Keisha était assise entre William d'un côté et Jason de l'autre – un Jason très surpris. Elle vit son visage rougir et cela n'avait rien à voir avec la température. Il se recula très vite contre son dossier, un tout petit peu trop tard cependant pour dissimuler le fait qu'il était pendu aux lèvres de Keisha, au point qu'il n'avait pas remarqué la présence de sa femme devant la table. Le cœur de Marcie se brisa en échardes et elle eut envie de le poignarder avec l'une d'entre elles. De les poignarder tous les deux.

— Je voulais vous faire la surprise, dit-elle, ignorant Keisha et tâchant de sourire à Jason. Elizabeth m'a dit où vous trouver.

— Je croyais que Marcie ne pouvait pas venir ? s'étonna William à l'attention de Jason qui s'était déjà levé pour lui tirer une chaise.

Elle réagit à peine quand il l'embrassa sur la joue. *Retiens-toi. Ne montre aucune faiblesse. Pas devant cette chienne qui jubile déjà assez comme ça.*

Les yeux noisette de Keisha, parfaitement maquillés, ne cessaient de passer de Marcie à Jason. Percevait-elle la tension entre eux ? Elle était splendide. Le V profond du décolleté de son ensemble veste-pantalon sans manches mettait son buste en valeur et la large ceinture rouge qui lui ceignait la taille la faisait paraître plus mince. Une fois de plus, Marcie sentit sa propre beauté pâlir en comparaison.

— Merci, chéri.

Elle s'assit. Jason en fit autant. Le dernier bouton de sa chemise blanche était ouvert, montrant un aperçu de son torse solide et hâlé. Un aperçu, pas plus. Pourquoi les hommes échappent-ils au déclin permanent que subissent les femmes ? Comment parviennent-ils à garder une certaine allure sans se retrouver coincés sous une peau étirée, la défroque d'une gloire passée ? Comment se fait-il qu'ils restent sexy ou que du moins ils le soient davantage pendant des années ? C'était peut-être là la racine du mal. La place de Marcie dans le groupe était menacée. Elle s'estompait. Elle avait été la plus jeune pendant si longtemps. Voilà ce qu'elle avait suscité jusqu'ici, l'envie silencieuse de leurs amis, et maintenant elle en était dépouillée par cette usurpatrice plus jeune et si sûre d'elle.

— Désolé, Marcie, dit-il. Je pensais que tu étais à la mission avec Virginia aujourd'hui.

— J'y étais. Mais j'ai terminé et j'ai eu envie de déjeuner avec toi. Et voilà.

— Eh bien, c'est génial.

William fit signe à un garçon de servir à Marcie le fond d'une bouteille de chablis et d'en apporter une autre. Ils ne s'embêtaient pas.

— La mission ? Vous êtes du genre missionnaire ?

Et voilà celle qui avait bu l'essentiel de cette bouteille. William, qui ne saisit pas le sous-entendu salace, répondit pour Marcie.

— Il s'agit d'une soupe populaire. Des repas gratuits pour les pauvres. C'est Virginia qui a mis ça en place à l'église. Vous l'aidez assez fréquemment, n'est-ce pas, Marcie ?

— Je préfère ça aux messes. Et c'est sans doute plus utile.

Le serveur réapparut. Elle commanda une minuscule salade au poulet pendant qu'il remplissait à nouveau son verre. Jason n'avait peut-être pas de motif caché, après tout. En général, le service à la mission s'achevait beaucoup plus tard, il était donc assez naturel qu'il dise qu'elle était occupée. Néanmoins, chaque fibre de son être lui hurlait qu'il aurait préféré qu'elle ne soit pas là.

— Billy dit que dans cette ville, les gens aiment deux choses : Dieu et passer du bon temps, dit Keisha.

— Je ne suis pas d'ici.

Marcie était coupante. C'était plus fort qu'elle.

— Mauvaise matinée ? demanda Jason.

Elle l'ignora.

— Vous êtes l'une d'entre nous maintenant, Marcie, et ça ne se discute pas, intervint William. Vous faites partie de la famille. De la congrégation. Et, de toute manière, tout le monde croit en une version de Dieu. N'essayez pas de me dire le contraire. Il n'y a rien de mal à fréquenter l'église. Ça soigne l'âme.

— J'imagine, dit-elle.

— Maintenant que vous êtes ici, vous pouvez peut-être m'aider. J'ai un dilemme. Keisha tente de me persuader de reprendre le travail.

— Il vous fatigue déjà ?

Elle regarda pour la première fois sa Némésis dans les yeux en souriant. Tout le monde rigola comme si elle plaisantait. Une réunion d'amis.

— Non, bien sûr que non… (Un éclair dans les yeux marron. Elle avait senti la pique.) Mais vous savez ce qu'on dit, les bourreaux de travail meurent dès qu'ils s'arrêtent.

— Merci, mon cœur !

— Je suis sérieuse. On voit ça sans arrêt dans les journaux. « Six semaines après avoir pris sa retraite, il fait une crise cardiaque sur un parcours de golf. » De toute manière, je ne t'imagine pas rester assis sans rien faire toute la journée, même si je suis certaine qu'on trouverait un moyen agréable de passer le temps.

Keisha pressa la main de William, mais ses yeux glissèrent vers ceux de Marcie.

Et qu'est-ce que vous ferez de vos journées s'il retourne au bureau ? eut envie de demander Marcie. Mais elle ne se risquerait pas sur un terrain aussi dangereux. Son unique tentative professionnelle ici s'était transformée en fiasco et, pas plus tard que la semaine dernière, Jason l'avait engueulée en voyant arriver les factures de la nouvelle déco d'intérieur.

— J'aime l'idée d'être une femme au foyer, continuait Keisha. Préparer le dîner pour quand tu rentres. Prendre un thé glacé sur la véranda. Organiser des soirées avec vous tous. Ce genre de choses.

— Vous savez donc cuisiner ? demanda Marcie, dissimulant à grand-peine son incrédulité et essayant, à l'instar de Keisha, de se montrer *trop* mignonne.

— Ah ! Nous n'allons pas tarder à en faire une vraie fille du Sud, pas vrai ? dit William en flanquant une tape sur le dos de Jason, ignorant le petit sarcasme de Marcie.

Il se redressa sur son siège, tout plein de testostérone maintenant qu'elle avait semé en lui l'idée de sa petite femme éperdue d'adoration qui l'attendait à la maison. Marcie réprima une envie de rire haut et fort. Elle était assez douée, cette bouffeuse de veuf. Faire comme s'il était le centre de son monde alors qu'elle n'avait qu'une envie : se débarrasser de lui.

— C'est vrai, le travail me manque, reprit William. Surtout ces derniers temps. (Il but une gorgée de vin, pensif.) Je pourrais revenir deux à trois jours par semaine.

— Pas question, dit Jason. Avant de t'en rendre compte, tu serais là tous les jours, stressé comme pas deux, rentrant à pas d'heure chez toi où ta femme déçue t'attendrait avec un dîner brûlé et une carte de crédit qu'elle aurait vidée pour te punir.

Marcie le fixa, incrédule. Ça sortait d'où, ça ?

Conscient d'avoir été trop loin, Jason rit.

— Sauf si tu as autant de chance que moi, ajouta-t-il, conciliant.

Marcie vit passer dans le regard de Keisha un mélange de joie et de victoire. Elle força chaque partie de son corps à rester détendue, comme si tout cela avait glissé sur elle.

— Il faudrait de sacrées dépenses pour vider mes comptes, Jason.

— Exact, fit celui-ci avec un sourire contrit.

La tension s'apaisa, mais il était vraiment monté dans les tours. Pourquoi ?

— Nous y repenserons une autre fois, déclara William. Pour le moment, je suis heureux d'être à la maison et de m'y installer avec ma délicieuse nouvelle femme.

— Vous nous avez manqué quand vous étiez à l'étranger.

Marcie but une autre gorgée de ce vin qui était en train de lui monter à la tête. Sa salade n'était toujours pas arrivée. Elizabeth ne s'était pas trompée à propos de la lenteur du service. William avait-il vraiment manqué à qui que ce soit ? se demanda-t-elle. Peu probable. Les mois avant son départ avaient été abominables. Eleanor agonisant lentement, avec élégance d'abord puis devenant de plus en plus confuse à mesure que la maladie lui rongeait le cerveau. Pleurant Lyle comme s'il était mort la veille et non pas quinze ans plus tôt. Et puis, ce jour horrible, ces lamentations stridentes, interminables, déchirées par une telle détresse – *mes perles mes perles des mers du Sud où sont mes perles* –, les mains affolées, les paupières frénétiques, jusqu'à ce que Jason et Elizabeth retrouvent finalement le collier près de la piscine…

… Iris la promenant en fauteuil roulant à travers le club comme un rappel de leur mortalité pendant que les hommes jouaient au golf, tout le monde faisant comme si de rien n'était. Même William s'était mis à l'éviter vers la fin, comme si sa mort imminente était contagieuse, flirtant avec une serveuse du club pour se raccrocher à la vie. Oui, il avait eu le cœur brisé à la mort d'Eleanor, mais il avait aussi été soulagé, et quand il avait emporté son chagrin en Europe pour un an, le soulagement était devenu général. Tous avaient pu reprendre le cours de leurs vies merveilleuses. C'était peut-être la raison pour laquelle Iris et Noah acceptaient si bien Keisha. Personne ne voulait revoir un William malheureux. Sauf Marcie, qui aurait préféré ça plutôt que de le voir rappliquer avec elle.

— Nous commandons une autre bouteille ? demanda Keisha. C'est si agréable ici.

— Pas pour moi, je conduis, dit Marcie.

Elle avait déjà trop bu.

— Vous avez de la chance. Je n'arrive pas à conduire ce gros machin d'Eleanor. J'ai l'habitude de voitures plus petites. Et plus rapides.

— Et si nous allions t'en choisir une cet après-midi ?

William lui prit la main. Marcie ricana silencieusement derrière son verre de vin. Cette fille était tellement transparente et William si grotesque. Comment un homme intelligent pouvait-il se montrer aussi stupide ? Ils se méritaient l'un l'autre.

— J'ai encore quelques trucs à faire au bureau. Ou alors... dit Jason avant de se tourner vers Marcie, comme si sa sortie de tout à l'heure n'avait jamais eu lieu. Je pourrais me la couler douce et passer moi aussi l'après-midi avec ma splendide épouse. (Il lui adressa un clin d'œil.) Une petite sieste ?

Elle éclata de rire et son cœur fondit. Encore plus quand elle vit la bouche de Keisha s'affaisser. Dégoûtée. Une vague de chaleur déferla entre ses cuisses, autant en raison de sa petite victoire qu'à la perspective de cet après-midi au lit avec son mari.

— Nous sommes des hommes chanceux, Jason Maddox, dit William en levant son verre pour célébrer ce moment de fierté masculine.

— Amen.

Jason trinqua avec lui et ils burent tous les deux. En dépit de cette gaieté soudaine, Marcie n'avait jamais eu autant la sensation d'être un trophée. Acheté et payé plutôt que gagné.

★

Cet après-midi-là, ils baisèrent sauvagement. Agressifs et mutuellement exigeants. Rien n'était interdit, comme à l'époque des rendez-vous clandestins dans des chambres d'hôtel. Ils étaient absorbés l'un dans l'autre, la chaleur, le vin, la décadence de cette séance de cul en pleine journée faisant ressortir les bêtes en eux tandis qu'ils riaient, haletaient, mordaient, luttaient. Quand ils eurent enfin fini, chacun était empli du goût de l'autre, chacun puait l'autre. Elle avait mal au fond des muscles, mais c'était une douleur agréable, l'assurance que leur couple fonctionnait. Il n'en avait pas marre. Elle n'en avait pas marre.

Il roula sur le côté et, redressé sur un coude, la fixa un long moment, n'examinant pas son corps, mais la regardant droit dans les yeux.

— Quoi ?

— Ça m'arrangerait que tu sois son amie.

La chair de poule hérissa la peau de Marcie.

— Que veux-tu dire ?

— Keisha.

— Ça, j'avais compris. Mais pourquoi ?

— Cette histoire de vouloir renvoyer William au bureau. Fais-la changer d'avis.

Elle était en alerte maximum maintenant, toute sensation de détente et de joie évaporée comme la brume d'un rêve fuyant. Était-ce à cela que menait cet après-midi ensemble ? Le sexe était un outil de femme – venait-il de l'employer contre elle ?

— Il était censé partir un an.

Les yeux de Jason n'étaient plus sur elle, mais là-bas vers le grand balcon à l'autre bout de la pièce, concentrés sur quelque chose qu'elle ne voyait pas. Il bougeait des pièces sur son échiquier mental.

— Et ?

Elle avait besoin d'en savoir plus.

— J'ai déjà commencé à effectuer quelques changements. Je ne veux pas qu'il débarque et tente de nous faire retourner en arrière. Quand j'aurai racheté ses parts – s'il ne se ravise pas –, je contacterai Bardon et Briggs à Atlanta. Voir s'ils désirent toujours cette fusion avec nous. Ce serait un immense pas en avant. (Une pause.) Qui nous rapporterait beaucoup d'argent.

Son cœur battait si fort dans sa poitrine qu'il résonnait dans ses oreilles, les pulsations se propageant jusqu'au bout des orteils. Était-ce pour cela qu'il s'était montré aussi distant ? À cause du travail ? Il en faisait des tonnes avec Keisha pour qu'elle passe dans son camp ? Bien sûr, bien sûr. Tout devenait clair maintenant. Elle avait été idiote. C'était toujours le même Jason, l'ambition avant tout.

— Tu ne m'en as jamais parlé.

— C'est délicat. Oui, verbalement, William a accepté de prendre sa retraite et de me vendre ses parts, mais je le connais, il commence à avoir des doutes. S'il voit que j'ai commencé à modifier certains trucs dans la boîte… Tu sais comment il est dès qu'on touche à ses habitudes. Sa plus grande fierté est d'être à la tête d'un très ancien cabinet d'associés, comme si on était encore au siècle dernier et que rien n'existe en dehors du Sud. (Il se mordilla la lèvre, réfléchissant.) Je vais le travailler de mon côté. L'emmener à Charleston ou à Atlanta pour lui offrir un enterrement de vie de garçon a posteriori. Elizabeth me trouvera un coin qu'il adore. Vegas, peut-être. Histoire de lui montrer comment il pourrait passer son temps. Et toi, occupe-toi d'elle. Sois son amie.

Ce fut au tour de Marcie d'être pensive.

— Elle se sert de lui, tu t'en es rendu compte ? Tu t'en fous ? s'écria-t-elle quand il haussa les épaules. Tu es son meilleur ami et cette fille n'en veut qu'à son argent. Toute cette histoire à propos d'une voiture à midi. Et tout ce qu'il dépense pour elle. À l'heure qu'il est, il l'a probablement couchée sur son testament. Tu ne devrais pas le prévenir ?

— Elle est sur son testament. Il s'en est occupé ce matin avec Brody. Quand ils sont revenus, elle a signé un contrat de mariage en cas de divorce, mais s'il meurt, il lui laisse pratiquement tout. Si j'essaie de le prévenir, il va se monter contre moi et tous mes projets se casseront la gueule. Personne n'aime s'entendre dire qu'il est stupide. Pour le moment, laissons sa splendide femme le distraire.

— C'est pour ça que tu la draguais ? demanda Marcie.

— Je ne la draguais pas, se hérissa-t-il. (Il dut voir quelque chose dans son expression, car il ajouta :) Bon d'accord, un peu peut-être, mais seulement pour qu'elle soit de notre côté.

Trop tard, baby, pensa Marcie. *Le déni est venu en premier. Et c'est toujours un aveu de culpabilité.*

— Fais-le, c'est tout, dit-il en repoussant les draps et en se dirigeant nu vers la salle de bains. Pour moi.

10

Marcie n'eut pas à faire le premier pas. Elizabeth avait appelé pour dire qu'elle allait montrer quelques sites intéressants à Keisha et pour demander si elle aimerait se joindre à elles. *Aimerait* n'était pas tout à fait le terme approprié pour une matinée qui s'annonçait longue et étouffante.

Elles avaient commencé par la Davenport House où Elizabeth avait énuméré une longue liste de détails historiques censés les intéresser, tandis qu'elles se traînaient derrière elle, assommées d'ennui. Cela aurait pu mettre Marcie dans de meilleures dispositions à son égard, sauf que Keisha s'était mise à la cuisiner et que tout ce qui sortait de sa bouche avait un rapport avec Jason. *Depuis quand êtes-vous mariés ? Il travaille tellement, comment passez-vous votre temps ? Voulez-vous des enfants ? Est-il souvent à la maison ? Il faudra que je vienne la visiter. Jason a dit au déjeuner qu'elle est magnifique. Vous devez être si heureuse.*

— Oui, je le suis, avait-elle répondu. Infiniment. Nous le sommes tous les deux.

Keisha avait accusé le coup et changé de sujet. Bon Dieu, elle était vraiment transparente. Et dire qu'elle venait à peine d'épouser William. Quel était ce vieux dicton ? Quand on se marie pour l'argent, il faut ensuite le mériter. Keisha croyait-elle vraiment pouvoir avoir le mariage et une liaison ?

Et elle se trompait de cible si elle s'imaginait l'embobiner avec cette comédie mielleuse. Ça marchait peut-être avec d'autres, mais Marcie n'était pas atteinte par ce racisme refoulé qui imprégnait ce milieu imbu de ses privilèges de classe, et qui, pour se faire plus ou moins pardonner, se montrait accueillant. Marcie n'était pas comme eux. Elle voyait Keisha pour ce qu'elle était : un serpent en leur sein. Mais, pour le moment, elle jouerait le jeu.

Maintenant, elles déambulaient à travers les squares paisibles, parmi les odeurs d'agrumes et les senteurs de magnolias, s'arrêtant ici ou là pour lever le regard vers les balcons en fer forgé qui ornaient de très jolies maisons ou bien vers les lampadaires à l'ancienne sous les frondaisons des grands chênes de Géorgie. Elizabeth semblait tellement captivée par ce charme désuet qu'on l'aurait plutôt prise pour une touriste que pour une femme d'âge mûr ayant passé toute sa vie ici. Bien sûr, Savannah était une belle ville. Marcie le savait, mais elle se demandait l'effet qu'elle produisait après le tohu-bohu et la froideur de Londres. Étrange, sûrement. *Alien.* Keisha ne devait pas avoir vu grand-chose au-delà de l'Europe. Ses yeux avaient cette dureté de ceux qui se frottent rarement à l'inconnu. Comme Marcie, à une époque.

— C'est quoi, ce truc ?

Keisha avait le nez levé.

— Ici, on appelle ça de la mousse espagnole, répondit Marcie. Il y en a partout en Géorgie.

— Magnifique, n'est-ce pas ? intervint Elizabeth. Ça rend un effet si gothique sur cette architecture.

— Ouais, fit Keisha, peu convaincue. C'est trop bizarre. On dirait ce genre de toiles d'araignée qui recouvriront tout après la fin du monde. Vous voyez, comme un linceul ?

— Votre métaphore est peut-être appropriée. On dit souvent ici que cette ville est faite de chênes vivants et de gens morts. Ce qui nous amène à la prochaine étape de notre visite, enchaîna Elizabeth, joviale. (Peu après, franchissant un portail en voûte, elle annonça :) Le Colonial Park Cemetery. Qui, si j'ose dire, a ouvert ses portes vers 1750, ce qui est assez ancien pour les États-Unis. Il y a des centaines de tombes ici, mais environ dix mille cadavres enfouis, faites le calcul. Ceux qui ont leur pierre ont eu de la chance. Il y a aussi une fosse commune pour sept cents victimes de la fièvre jaune et nous nous tenons probablement au-dessus d'autres résidents ; en fait, ils se sont étalés jusque sous les rues avoisinantes.

Keisha ne semblait pas partager son enthousiasme alors qu'elle contemplait le vaste espace de pelouses tondues, d'allées qui y circulaient, menant aux tombes éparpillées. La chaleur avait conduit les gens sensés à se réfugier dans des intérieurs climatisés et Marcie ne distinguait qu'une seule autre visiteuse solitaire, une corpulente femme noire aux cheveux ocre assise sur un banc au loin, sa canne près d'elle, sous un mur de plaques commémoratives. Keisha pinça les lèvres.

— C'est ici qu'Eleanor est enterrée ?

— Oh non, on n'enterre plus personne ici. Eleanor est à Bonaventure avec Lyle, que Dieu accorde le repos à l'âme de ce garçon. Eleanor était née pour finir là-bas et, oui, je sais que cela peut paraître étrange de dire ça, mais c'est un endroit tellement plein de beauté et de grâce, comme elle. Beaucoup de vieilles familles y ont des caveaux ou des mausolées, acquis depuis des décennies. C'est un lieu que vous *devriez* vraiment visiter – pas la tombe d'Eleanor, si cela vous met mal à l'aise – mais le cimetière lui-même. Celui-ci, où nous nous trouvons, a une importance historique, mais Bonaventure a une vie propre, si vous voulez bien excuser ce piètre jeu de mots. Une atmosphère particulière. Les gens viennent de partout pour s'y promener. C'est si paisible. Et les monuments et les statues sont vraiment à voir.

— Je passe mon tour, dit Keisha. Je n'aime pas trop fréquenter les morts.

— C'est dommage. Il est vraiment magnifique. J'aime y aller parfois juste pour m'asseoir et réfléchir. J'y ai aussi vu Zelda une fois. Tous les chemins de la vie sont les bienvenus à Bonaventure. Tout le monde est égal devant la mort, n'est-ce pas ?

— Votre famille y a-t-elle une tombe, elle aussi ? demanda Keisha, et Elizabeth laissa échapper un petit filet de rire amusé.

— Non, ma chère. Ma famille n'est pas originaire de cette partie du Sud. Et nous ne sommes pas des gens à mausolée.

Marcie pouvait l'imaginer. Elizabeth devait avoir une mère quelque part – elle était allée lui rendre visite quand William était en Europe –, mais la tombe de son père se trouvait à coup sûr dans un de ces cimetières clinquants dont on voyait la pub la nuit à la télé. *« Tout le nécessaire pour une longue vie dans l'au-delà. »*

— Je n'ai pas trop envie d'aller voir d'autres tombes, déclara Keisha au moment où le téléphone d'Elizabeth se mettait à sonner. Ma tante Ayo dit que ça porte malheur de déranger les morts.

Elle souriait, mais il y avait un réel malaise dans cette confidence. Une faille dans son armure, peut-être.

— Alors, allons dans River Street voir la statue de la *Waving Girl*. Il y aura un peu plus d'air là-bas et vous allez adorer les pavés, les boutiques et tous les restaurants.

Mais, oh, bon sang, les marches. Avec les chaussures que vous portez, il faudra peut-être que nous prenions l'ascenseur. Laissez-moi juste répondre… C'est William.

Elizabeth eut un sourire d'excuse et s'éloigna pour parler à son patron, laissant les deux femmes ensemble dans un silence gêné.

— Bon Dieu, j'ai besoin d'un verre, finit par marmonner Marcie.

— Moi aussi.

Keisha lui sourit et Marcie fut une de fois de plus frappée par sa beauté juvénile ; au point d'en éprouver une pointe d'envie. Elle avait été aussi superbe que Keisha à son âge. Avant de commencer à faner.

— Je suis désolée, dit Elizabeth en rangeant son téléphone dans son sac à main. William vient de me charger d'une course urgente. Il organise un déjeuner à la maison, car Virginia et Emmett y sont. Marcie, oserais-je vous demander de raccompagner Keisha, s'il vous plaît ? Je vous retrouverai dès que j'aurai terminé. Je suis si navrée de devoir écourter cette visite. Nous pourrons la reprendre un autre jour.

— Je n'attends que ça, fit Keisha, sarcastique et, malgré toutes ses réticences à son égard, Marcie faillit éclater de rire.

Marcie regarda Elizabeth filer à toutes jambes, comme indifférente à la moiteur écrasante, avant de montrer la rue.

— Ma voiture est garée à cinq minutes d'ici.

Elles se mirent en route, les hanches de Keisha roulant avec confiance à chacun de ses pas. Même sa façon de marcher donnait à Marcie l'impression d'être inférieure, maladroite. « Sois son amie », avait dit Jason. Comme si c'était facile. Les hommes ne savent rien des eaux piégeuses de méfiance mutuelle dans laquelle baignent les femmes. Après quelques minutes d'un silence pesant, elle se força à demander :

— J'ai l'impression que vous n'êtes pas une grande fan des musées et de l'histoire ?

— C'est si évident ? répondit Keisha. J'ai vécu à Londres depuis l'âge de cinq ans et je n'ai jamais visité la Tour de Londres. Juste vue de l'extérieur. (Elle haussa les épaules.) J'imagine que ça me donne l'air d'une ignorante.

— Oh, je suis pareille. Je préfère m'occuper du présent et de l'avenir, plutôt que du passé. (Ce qui était assez proche de la vérité, se dit Marcie en les conduisant sur Wright Square.) Mais, si l'histoire ne vous intéresse pas, vous vous êtes trompée en emménageant ici. « La ville la plus hantée d'Amérique », comme disent les pubs pour touristes. Et, apparemment, ce square est le plus hanté de tous. Jason m'a amenée ici quand nous nous sommes rencontrées et nous y avons fait un pique-nique sur le coup de minuit. C'était très romantique.

Jason. Mon mari. Qui ne sera jamais le tien. Keisha avait besoin d'apprendre que Marcie n'était pas du genre à céder facilement ses possessions, que sous son apparence réservée si récemment acquise, elle était une force avec laquelle il fallait compter.

— Hantée ? Par qui ?

— La première femme exécutée dans cette ville a été pendue pour le meurtre du fermier qui l'employait. Elle était irlandaise. Ils l'ont laissée accrochée là trois jours. (Elle leva les yeux vers les arbres.) Selon les dires, il n'y a pas de mousse espagnole à cet endroit, parce qu'elle ne pousse pas là où le sang d'innocents a été versé.

— Elle ne l'avait pas tué ?

— Qui sait ? Ou alors peut-être l'avait-il mérité. Quoi qu'il en soit, des touristes racontent avoir vu son fantôme rôdant en ces lieux à la recherche de son bébé. Mais si on se met à croire tous ceux qui prétendent avoir vu un fantôme dans le coin, il y aurait plus de morts que de vivants dans les rues.

— Vous ne croyez pas aux fantômes ?

— Non. Non, je n'y crois pas... sauf aux fantômes de notre propre passé et même eux cessent de respirer en même temps que nous.

Elle n'avait pas voulu paraître si sérieuse, mais elle vit la tension sur les traits de Keisha. Marcie avait enfermé son passé dans une boîte. Il semblait bien que Keisha le portait en elle. Quels étaient ses secrets ?

Un gloussement rauque et sonore s'interposa entre elles, un peu comme un grondement de tonnerre dans l'air figé par la chaleur. Elles se retournèrent. Une vieille femme noire avec des cheveux orange se tenait derrière un petit banc sur leur droite, dans l'ombre des arbres. Diverses babioles et chandelles, ainsi que de petits sachets de charmes, comme Marcie en avait vu à La Nouvelle-Orléans, étaient étalés sur le siège en bois. Marcie ouvrit de grands yeux. La femme était grande, plus d'un mètre quatre-vingts, et avec la barrique de graisse autour de son torse, elle paraissait formidable. Comment avaient-elles pu ne pas la voir en passant devant elle ? Marcie fronça les sourcils. Elle ressemblait à cette visiteuse qui était assise tout à l'heure dans le cimetière, mais ça ne pouvait pas être elle. Elle n'aurait pas eu le temps d'arriver aussi vite et de déballer tous ses gris-gris.

— Des fantômes, dit l'inconnue en se donnant une claque sur la cuisse et en riant plus fort encore, avant de s'essuyer les yeux pour les regarder. Des fantômes. Vous êtes peut-être des fantômes, mais je vous vois quand même. (Elle braqua sur elles un doigt épais.) Je vous vois toutes les deux, claire et sombre, sombre et claire. Tous vos secrets. Je vois tout ce qui va arriver et je vois ce que vous allez devenir. Je vous ai *rêvées*. Ah ! (Elle rit à nouveau, secouant la tête, comme émerveillée.) Des fantômes ici, devant moi. Ah, ah !

Elle prit sa canne posée contre le banc et la brandit, le pommeau gravé en tête de serpent étincelant sous le soleil, avant d'en frapper le sol à trois reprises. La bizarrerie de ce geste fit frissonner Marcie et, à ses côtés, elle sentit que Keisha s'était figée.

— Ah, ah ! répéta la femme, avant de tourner les talons et de partir dans la direction opposée, abandonnant tout son attirail et les deux femmes qui la suivaient du regard.

— Eh bien… dit Marcie au bout d'un moment. Voilà qui était… bizarre.

Keisha fixait les objets sur le banc comme si l'un d'entre eux allait lui sauter à la gorge.

— Elle avait l'air de vous connaître. De *nous* connaître. De quoi parlait-elle ?

— Je n'en ai aucune idée, dit Marcie. J'imagine que c'est son baratin de vente. Foutre la trouille aux touristes pour les inciter à gaspiller leur argent avec ces merdes.

— C'est pas des merdes, dit Keisha à mi-voix, scrutant toujours les objets.

— Si ce n'en est pas, pourquoi les a-t-elle abandonnés ? À moins qu'elle soit complètement ivre ?

— Peut-être.

Keisha ne semblait pas convaincue et son regard revint vers la femme qui s'éloignait. La nouvelle Mme Radford avait-elle peur ?

— Vous ne voulez pas en prendre un ?

Marcie contemplait les étranges sachets, les flacons, les colliers de perles multicolores et les petites figurines en cire étalées sur une écharpe aux larges motifs. Maintenant qu'elle s'était rapprochée, elle distinguait les traces de craie sous le banc, des symboles tracés en blanc sur le trottoir. Décidément, cette vieille se prenait au sérieux, ou alors elle avait sacrément perfectionné son attrape-couillon.

— Non ! (Keisha paraissait choquée.) Il n'en est pas question. Ce sont des sortilèges et nous ne savons pas ce qu'ils sont censés faire.

— Ça ressemble surtout à des pièges à gogos, si vous voulez mon avis. Jason et moi en avons acheté à La Nouvelle-Orléans il y a quelques années, dit Marcie, assez contente de la voir aussi troublée. Mais si elle ne revient pas, quelqu'un va les lui voler.

— Alors, ce serait un idiot. Ma famille vient du Nigeria. Là-bas on appelle ça le *juju*. Fais le bien et le bien viendra, fais le mal et le mal viendra. Et je ne parle pas d'un mal anodin. C'est une question de karma. Ces sachets sont des sortilèges de protection.

Marcie sourit.

— C'est qu'une vieille poivrote qui arnaque les touristes qui s'aventurent à l'écart des itinéraires fléchés et qui s'imaginent avoir trouvé un peu du vrai vaudou de Louisiane. Et si elle a picolé, je dis qu'elle a de l'avance sur nous.

Soudain, elle avait l'impression que les feuillages pesaient sur elle, une sensation de claustrophobie. Elle essayait d'en rire, mais Keisha avait raison. La femme leur avait parlé comme si elle les connaissait. Cette ville cinglée remplie de gens cinglés qui faisaient des trucs cinglés à cause de la chaleur et de tout cet alcool avalé en plein soleil.

— Allons quelque part où on va pouvoir arranger ça.

11

S'étant retrouvée coincée entre Virginia et Emmett depuis leur retour, Keisha n'avait pas pu parler ne serait-ce qu'une seconde à Marcie et à Jason. Virginia lui avait mis le grappin dessus et il n'y avait plus eu moyen de lui échapper. Le diamant étincelant sur sa poitrine en silicone parfaitement raccord avec l'envie de ragots qui brillait dans ses yeux, elle n'avait pas fermé sa gueule. D'abord, il avait été question de ses enfants, l'un à Paris qui poursuivait des études de mode, l'autre diplômé de Harvard et vivant à New York et le plus jeune, Richard, encore ici à Savannah partageant un appartement en ville avec trois autres jeunes et montant une start-up internet dont elle riait beaucoup mais à laquelle elle ne comprenait rien, même si c'était elle qui payait la plupart des factures. Après cela, sur un ton assez servile, elle avait fait remarquer à quel point c'était génial de revoir William heureux, posant quelques questions à propos de Londres, mais revenant assez vite à son sujet préféré : Eleanor la sainte – dont le portrait était toujours au mur, nota Keisha – et quelle tragédie cela avait été de la perdre aussi relativement jeune.

Relativement était le mot juste. Dans la tour là-bas chez elle à Londres, on avait tendance à mourir jeune. Quand ce n'était pas les coups de couteau de ces bandes de gosses, c'étaient la drogue, la boisson ou l'épuisement de la pauvreté ; un gouvernement qui pressurait les membres les plus pauvres de la société pendant que les riches devenaient plus riches encore. Keisha sortait des réserves jetables de ce système. Au moins, Eleanor avait bénéficié des meilleurs soins et d'une existence plus qu'aisée. Elle avait eu une famille qui sans doute l'avait traitée comme une princesse et lui avait donné tout ce qu'elle désirait avant de la confier à William qui avait pris le relais. Eleanor n'avait pas eu à rembourser quoi que ce soit. On ne l'avait pas tenue pour responsable des échecs de qui que ce soit d'autre, à la différence de Keisha. Comme si c'était sa faute si sa mère s'était mise à boire en arrivant en Angleterre, au point d'y laisser la vie, forçant ainsi son oncle et sa tante à l'élever, ces chers tonton Yahuba et tata Ayo qui voulaient à présent qu'elle leur rende chaque penny qu'ils avaient dépensé pour elle. Avec les intérêts. Oui, c'était dur d'éprouver de la compassion pour Eleanor.

— Mais elle savait qu'elle était aimée et c'est ce qui compte à la fin, vous ne pensez pas ? (Virginia parlait toujours.) Iris veillait à ce qu'elle reste belle, Elizabeth à ce qu'elle garde un certain confort. Emmett jouait aux cartes avec elle et Jason venait même lui faire la lecture au cours des derniers jours. Une heure tous les après-midi. Cela l'apaisait quand elle était si confuse et se mettait à s'inquiéter pour un oui ou pour un non. (Elle se tourna vers l'autre bout de la table.) Vous avez été très bon envers Eleanor, Jason. Elle le comprenait, même quand elle n'avait plus toute sa tête.

Au moins, la conversation venait de s'ouvrir et l'opportunité d'un bref regard et d'un sourire se présentait. Quelque chose à préserver pour plus tard. Quelque chose de *vivant*. Ce matin, au cimetière, elle avait *senti* la présence des morts et, même si elles avaient fini par en plaisanter en arrivant à la voiture de Marcie, cette vieille folle lui avait rappelé tata Ayo et ses noirs secrets. Tous ces gris-gris… Elle avait cru qu'on ne voyait ça qu'à La Nouvelle-Orléans. Tout à l'heure, elle ferait des recherches sur Google à propos du vaudou de Louisiane, comme avait dit Marcie. Elle qui avait espéré être enfin hors de portée de la longue ombre de tata Ayo ; mais peut-être ne s'était-elle pas enfuie assez loin. Même sous ce soleil, des fantômes semblaient capables de surgir.

— C'est très gentil à vous, dit Jason. Mais je suis sûr que Keisha n'a pas envie que nous parlions sans cesse d'Eleanor.

— Jason a raison, dit William. Il est temps de nous concentrer sur l'avenir. Et, à ce propos, quand nous quittez-vous, vous deux ? Grand Cayman, c'est ça ?

— Mercredi matin, répondit Emmett. Ce n'est que pour deux à trois semaines. Mi-vacances, mi-travail. Nous allons sans doute passer d'île en île.

Il souriait, les traits tendus. Keisha se demanda s'il avait fait du Botox. Il devait approcher la soixantaine et la peau de son visage était d'une immobilité surnaturelle, pas de mouvement sur le front ni autour des yeux, du coup chacun de ses sourires semblait exiger un effort.

— La vie y est tellement plus détendue… se pâma Virginia.

La rondeur de ses joues lui étirait la peau, elle aussi s'étant à l'évidence débarrassée de rides malvenues. Cela semblait une règle de vie ici. Bien sûr, des tas de filles que Keisha avait connues à la boîte se botoxaient alors qu'elles avaient à peine vingt ans, mais sur une peau ferme, l'effet était plus subtil. L'épiderme si mince autour des yeux d'Iris trahissait le boulot qu'elle s'était offert autrefois, quand la jeunesse était encore assez proche pour tenter de la conserver.

— … Bien moins agitée qu'ici. Je suis toujours si occupée. Entre le club, les œuvres de bienfaisance, la start-up de Richard, l'église et la mission… eh bien.

Virginia haussa les épaules comme si cette liste expliquait à quel point ses journées étaient harassantes.

Keisha se demanda comment elle s'en sortirait à Londres. Le rythme de vie à Savannah semblait si luxueusement lent en comparaison, chaque jour s'étirant comme un chat au sortir de sa sieste. Sans Billy, ce serait assez délicieux. La présence de Jason et de Marcie ne faisait qu'accroître son irritation à son égard, elle le savait. Elle était en permanence aux aguets. Pourquoi était-ce aussi pénible ? Pourquoi le désir était-il si dangereux ? Si attirant ? Si destructeur ? Elle ne devait pas céder aux élans de son cœur. Putain, merci les cachets. Elle en prendrait un tout à l'heure. Combien lui en restait-il ? Cinquante, peut-être ? Elle en avait emporté autant qu'elle avait pu, mais un jour ou l'autre, elle allait devoir avouer qu'elle était sous Valium depuis des années et qu'elle en avait besoin pour calmer ses angoisses. Mais pas encore. Cela ne le regardait pas.

— Nous devrions organiser une fête à votre retour, déclara William. Quelque chose pour le 4 Juillet. Noah et Iris seront là eux aussi. Ça nous changera de notre dîner habituel au club. (Il sourit à Keisha.) Nouvelle femme, nouvelles traditions.

— Excellente idée, dit Emmett en levant son verre. Nous serons revenus avant même que vous ne vous en rendiez compte.

— Vous continuerez à aller les lundis et mercredis à la mission, n'est-ce pas, Marcie ? s'enquit Virginia.

Marcie haussa les épaules.

— J'essaierai. Mais je suis, moi aussi, assez occupée. La maison, tout ça…

— Quand je l'ai achetée, je croyais cette maison parfaite. Mais, apparemment, elle avait besoin d'être entièrement redécorée. Qui l'aurait cru ?

Jason s'était penché en avant, les coudes posés sur la table, et parlait comme si sa femme n'était pas là.

Le visage parfaitement maquillé de Marcie se raidit pendant qu'il éclatait de rire, transformant cette remarque en plaisanterie, et quelque chose pétilla dans le ventre de Keisha. Il y avait de la discorde entre eux. Assurément. Elle la percevait presque. Elle pouvait s'en servir. Une pulsation silencieuse démarra entre ses jambes alors même qu'elle se répétait qu'elle ne devait pas laisser sa chatte tout foutre en l'air. Oh, mais comme elle aimait cette attente. Une diversion à la folie qui menaçait. L'envie de baiser était presque aussi bonne que l'acte lui-même. *Presque.*

— Mlle Elizabeth est dehors, monsieur Radford.

Silencieuse, Zelda venait d'apparaître sur le seuil. Elle adressa à peine un regard à Keisha, tout en hochant la tête pour saluer les autres invités. Keisha essaya de ne pas se sentir vexée.

— Nous ferions mieux d'aller voir ce qu'elle veut, mon cœur.

William se hissa hors de sa chaise. Ses yeux brillaient quand il vint la prendre par la main, sa paume soudain moite malgré la clim, et elle ne put s'empêcher de se représenter son entrejambe trempé, salé et les flaques de sueur sous le promontoire de son ventre.

— Venez, tout le monde…

Ils obéirent respectueusement, sortant dans la chaleur lourde, des lunettes de soleil de grande marque tombant très vite devant les yeux pour les protéger de la lumière éclatante et éviter de trop plisser ces peaux traitées.

— *Voilà**[1] ! dit Elizabeth tandis qu'ils s'engageaient dans l'allée qui menait au garage.

Elle écarta les bras comme l'assistante d'un magicien présentant son numéro. Non pas que le mystère révélé soit très discret. Keisha couina de ravissement. *La liberté !*

— Un petit engin pour te balader en attendant la livraison de ta Mercedes.

— Oh, Billy, elle est merveilleuse ! (Elle l'embrassa sans hésitation, pressant ses lèvres sur sa joue rouge.) Merci ! Merci !

— Elle n'est pas neuve, mais c'est une première main. Faible kilométrage. Le mieux que j'ai pu trouver en si peu de temps.

Keisha frôla le capot du bout des doigts comme elle l'aurait fait sur la peau d'un nouvel amour. L'engin était bas et fin, une vraie décapotable de sport américaine dont le rouge métallisé brillait sous le soleil, immaculé. Même d'occasion, elle avait dû coûter au moins quarante plaques et dans quelques semaines, elle recevrait sa délicieuse Mercedes à 150 000 dollars. Les sommes additionnées lui procuraient des chatouillements. Il faudrait s'assurer que les papiers étaient bien à son nom. Elle ne pouvait s'empêcher de sourire, de glousser comme une gosse. Dolly allait en mourir. Ignorant les textos qui arrivaient la nuit quand elle dormait, Keisha ne l'avait pas encore rappelée. Peut-être ferait-elle mieux de la laisser définitivement tomber. La connaissant, Dolly allait s'arranger pour lui casser le moral. Elle était trop jalouse pour se réjouir sincèrement pour elle.

— Vous en avez de la chance, dit Emmett. Une petite Corvette rouge.

---

1. Les mots en italique suivis d'un astérisque sont en français dans le texte. *(NdT)*

— Elle est plutôt voyante, dit Marcie, traînant comme d'habitude derrière les autres, comme si elle rechignait à ce qu'on la voie.

— J'aime ça.

Keisha afficha un immense sourire en prenant les clés à Elizabeth pour ouvrir la portière côté conducteur. Les sièges étaient bas et le cuir impeccable sentait le neuf. Une odeur riche, luxueuse. Voilà pourquoi elle devait rendre Billy heureux. Elle repoussa le siège pour installer ses longues jambes et, dans le rétro, elle vit les autres qui la regardaient, leurs expressions indéchiffrables derrière les lunettes noires. Keisha ne se faisait pas d'illusion. Toutes ces personnes – sauf une – ne l'acceptaient qu'à cause de Billy, mais elle s'en foutait. Billy était le compte en banque. Son ticket pour la liberté. Lui seul comptait.

Elle lança le moteur, savourant le grondement rauque qui vibrait jusque dans le cuir sous ses fesses.

— Je peux l'essayer ? Rien qu'une minute ? Pour sentir comment elle est ?

— Si quelqu'un t'accompagne. Elle est assez nerveuse… et n'oublie pas que vous conduisez du mauvais côté de la route là-bas en Angleterre.

— Monte alors, mon grand !

C'était le Billy qu'elle avait connu à Londres, bon et généreux. La voiture était géniale. Le fait qu'il lui ait acheté un truc pareil sur un caprice, juste pour la dépanner, était tout aussi génial.

— Si je monte là-dedans, il faudra appeler les pompiers pour m'en extraire.

— Je l'accompagne.

Le volontaire s'était exprimé avant même que Billy ne finisse sa phrase. Jason. Bien sûr.

William lui flanqua une claque dans le dos.

— Bien joué, partenaire. Prends bien soin d'elle.

Elle appuya sur l'accélérateur.

— Venez. Et bouclez votre ceinture !

Elle éclata de rire.

Elle riait encore quand ils démarrèrent, les roues hurlant sur le goudron, un bras passé par la fenêtre pour dire adieu à ceux qu'ils laissaient derrière eux.

12

La voiture, la voiture, la superbe petite bagnole. Ça, plus le demi-Valium et le vin permettaient à Keisha de rester docile pendant que la langue de Billy la fouillait et qu'il lui haletait dans la bouche. Sa salive était épaisse et désagréable, ses lèvres froides et caoutchouteuses – la bouche d'un vieil homme – et plutôt que de détourner le visage, elle repoussa sa tête vers le bas, vers sa poitrine, et arqua le dos comme si c'était le désir et non la répulsion qui la faisait frémir. Elle sentit son poids se déplacer tandis qu'il suivait son ordre silencieux, ses gros doigts tripotant ses seins, tordant un téton pendant qu'il suçait l'autre.

C'était mieux. Elle pouvait se réfugier ailleurs maintenant, fermer les yeux et fantasmer de mains plus jeunes, de lèvres plus chaudes qui la léchaient sur le capot de sa nouvelle voiture de sport rouge. Elle poussa la tête de Billy plus bas encore. Elle allait jouir vite ce soir. Elle était trop en *chaleur*. Ça faisait une éternité qu'elle n'avait pas autant craqué pour quelqu'un. C'était bon. Assez peut-être pour écarter les ténèbres.

Elle gémit quand sa langue se mit à la travailler et il grogna en réponse. Elle aurait préféré qu'il se taise. Qu'il ne s'immisce pas dans son fantasme, pas maintenant, pas quand elle était si près. Elle se concentra un peu plus, le bloquant dehors. Après cela, il ne fallut plus très longtemps et cette fois il n'y eut rien de feint dans l'orgasme qui l'ébranla, expulsa son excès d'énergie dans un long râle.

Il regrimpa sur le lit et s'allongea à ses côtés, le torse haletant comme s'il venait de passer une heure à la baiser comme une bête. Elle roula sur elle-même et lui sourit en dépit de son dégoût, avant de saisir sa bite à moitié dressée. *La voiture, l'argent, l'avenir.* Elle essayait de penser comme Dolly. Il était mou, pas la moindre raideur là. À moitié dressée était une exagération flatteuse. Il ne bandait pas.

— C'est moi ? demanda-t-elle, les yeux grands ouverts comme si elle le redoutait.

Mon cul que c'était elle. Elle pouvait faire bander un mec à cinquante mètres si elle en avait envie.

— Non, non, ne pense pas ça. Tu n'as pas idée à quel point j'en ai envie. Je n'ai pas pris… tu sais… le cachet. J'ai cru que je pourrais m'en passer.

Il ne parvenait pas à la regarder. Gêné. Comme ça devait être étrange d'être un homme. Leur estime de soi tenait tellement à ce petit appendice. Toutes les heures passées sur le tapis de course ou les litres de lait de coco ne suffiraient jamais à amener le sang au bon endroit.

— Tu as été très bien sans ça.

Elle se blottit contre sa poitrine, heureuse de son impuissance. Pas de jeux ce soir. Ils n'allaient pas « essayer des trucs nouveaux ».

— Je croyais que je me sentirais plus jeune avec toi… Mais d'une certaine manière, je me sens deux fois plus vieux.

Il contemplait le plafond et elle savait qu'il était obsédé par des pensées de mort et de pourrissement. Peut-être que c'était *lui* qui avait besoin de Valium.

— Ne dis pas ça, murmura-t-elle. Ne prends pas ça autant au sérieux. Tu es très bien. Qui se soucie que tu doives prendre des cachets ? Ils sont là pour ça.

Elle semblait calme, mais son malaise ne faisait que croître. Et s'il changeait d'avis à son sujet ? Et s'il la renvoyait chez elle les mains vides ?

— Je veux que tu sois heureuse, dit-il.

Il y avait du mécontentement, de l'irritation dans sa voix. La gêne chez un homme est dangereuse.

Elle se redressa pour le regarder.

— Je *suis* heureuse. Tu le sais. *Tu* me rends heureuse. Tu me protèges. Et personne n'a jamais fait ça pour moi de toute ma vie. Je ne pourrais pas être *plus* heureuse. (Elle était sidérée d'avoir l'air aussi sincère, étant donné l'énormité du mensonge.) Et, ajouta-t-elle, petits cachets bleus ou pas, tu me *satisfais*.

Il lui sourit enfin et elle se détendit. Crise évitée. S'il y avait bien une chose qu'elle savait à propos de Billy, c'était qu'il ne tolérerait jamais la moindre trace de pitié.

— Jason nous a réservés un week-end entre garçons à Atlanta, dit-il. Un enterrement de vie de garçon après coup.

— C'est sympa, dit-elle d'un ton neutre alors que son cœur ratait un battement.

— Il a quelque chose en tête et je n'arrive pas à deviner quoi, enchaîna Billy. Et s'il s'imagine que je ne vois pas qu'il ne te quitte pas des yeux, c'est qu'il est malade.

Elle rit très fort. *Si seulement il savait. Si seulement.*

— C'est ton ami. Je pense qu'il cherche seulement à se montrer gentil. Et j'imagine que s'il était responsable ou je ne sais quoi en ton absence, ça doit être assez bizarre pour lui si tu changes d'avis.

— C'est vrai. Je ne sais pas. Je me fais peut-être des idées.

— Va faire ton voyage entre hommes. Tu es quelqu'un d'intelligent. Tu verras bien ce qu'il en est.

— Tu as raison, dit-il en l'attirant pour l'embrasser. Tu veux que je recommence ?

— Pas déjà. Je ne suis pas prête. (Elle lui rendit son baiser, chaste, bouche fermée.) C'était extraordinaire. Tu ne veux pas qu'on se fasse juste un câlin ?

— Marché conclu, fit-il en rigolant avant de se retourner pour éteindre la lumière. Bon sang, ajouta-t-il en s'allongeant à nouveau, c'était mon jour de chance quand je t'ai rencontrée.

Et s'il ronfla au bout de dix minutes, Keisha ne tarda pas à se rendre compte qu'elle n'arriverait pas à dormir, malgré le Valium, le vin et l'orgasme. La jouissance l'avait calmée un moment, mais l'effroyable désir pour quelqu'un d'*autre* demeurait. Elle quitta le lit et descendit au rez-de-chaussée, sortant dans la chaleur de la terrasse, emportant son vieux portable anglais avec elle. Le chant des cigales faisait écho à toutes ces pensées qui crissaient dans sa tête. Il devait bien y avoir un moyen pour qu'elle ait le beurre, l'argent du beurre et le cul de… Elle ne pouvait pas continuer comme ça très longtemps ; à vivre sans excitation. Cela ne faisait que quatre mois qu'elle était avec Billy et elle étouffait déjà. Si ça continuait encore un tout petit peu, ses vieilles angoisses reviendraient. Elle n'était jamais bonne quand elle se sentait prise au piège. Jamais.

Quand elle l'avait rencontré, elle avait tant voulu cette vie de riches loin de chez elle qu'elle n'avait pas trop réfléchi au long terme. Le même vieil homme tous les soirs. Faire en sorte qu'il soit heureux tout en attendant sa mort ou qu'elle ait planqué assez de fric pour le quitter. Mais c'était quoi, assez ? D'abord, de quoi satisfaire tonton Yahuba et la libérer de sa peur de tata Ayo, mais il lui en fallait aussi pour elle. Elle comprenait l'avidité, c'était un trait de famille, et l'avidité conduit dans des lieux sombres. Elle en voulait autant qu'elle pourrait en récolter, quel mal y avait-il à ça ? Ce serait son salaire, amplement mérité. Et, après, plus question de se retrouver sous le contrôle de quiconque. Toute sa vie, elle avait été possédée par quelqu'un.

Sauf qu'elle crevait d'envie. Le cul avait toujours été son point faible et le serait toujours. Faire semblant jour après jour était si difficile, quand quelqu'un qu'elle était certaine de pouvoir aimer, quelqu'un qui faisait chanter son corps, était là, quasiment à portée de main. Pourquoi Billy ne pouvait-il pas juste mourir ?

Elle contempla son ancien portable, se mordillant les lèvres, avant de relever les yeux, hésitante. Elle se figea. Zelda était à sa fenêtre, silhouette immobile dans la lumière. Elle ne bougea pas quand Keisha la regarda. Que faisait-elle ? L'espionnait-elle ? Une étrange sensation de malaise – une peur légère – la saisit, comme si Zelda l'attendait là depuis des heures. Comme si elle pouvait voir dans la noirceur de ses idées. De quoi avait-elle l'air, vue de là-haut ? De la coupable qu'elle se sentait être ? *Sois maligne. Ne lui montre pas que tu es troublée.*

Elle leva la main vers son front comme si elle était gênée par le soleil dans cette nuit noire et afficha un sourire en la saluant de l'autre. Pendant un long moment, Zelda resta si immobile que Keisha se demanda si elle n'était pas en train de dormir debout devant sa fenêtre, puis la silhouette disparut et un store tomba. Elle ne lui avait pas rendu son salut.

Va te faire foutre, Zelda, pensa-t-elle en reportant son attention sur le téléphone, appuyant sur les touches. *Rira bien qui rira la dernière. Attends un peu. Rien qu'un peu.*

13

Le téléphone de Jason était en mode silencieux près du lit, mais quand le texto arriva, la lumière de la notification – avant même la petite vibration – suffit à réveiller Marcie. S'il n'avait pas bougé, elle se serait sans doute aussitôt rendormie, mais le matelas remua quand il roula sur le côté pour le lire. Ça ne lui ressemblait pas. Il avait en général un sommeil de plomb. Il repoussa très délicatement les couvertures pour se lever.

Elle referma les yeux, s'appliquant à garder une respiration lente et régulière. D'abord, il n'y eut que le silence, une longue pause pendant laquelle il s'assurait qu'elle était toujours endormie puis elle l'entendit sortir dans le couloir, très discrètement.

Le cœur battant, elle rouvrit les paupières dans le noir. Pourquoi ne lui avait-elle pas simplement demandé qui c'était ? Quel instinct l'avait poussée à se taire ? C'était sans doute un message professionnel. *Les gens n'envoient pas des textos de boulot au milieu de la nuit.* Ou alors un e-mail. Un des jeunes avocats de la boîte qui travaillait tard et voulait un conseil. Elle ignorait si c'était seulement vraisemblable. Elle ne s'intéressait pas au travail de Jason, elle n'y comprenait rien. Le jargon juridique était conçu pour que les gens comme elle n'y comprennent rien.

Mais, quand même, cette pause. Sa furtivité. Une nouvelle couche de malaise se posa sur elle. Qu'y avait-il de si urgent qu'il doive s'en occuper – elle alluma l'écran de son propre téléphone – à deux heures du matin ? Elle s'assit dans l'obscurité, complètement réveillée, les yeux sur l'ombre granuleuse de la porte qu'il avait si soigneusement refermée derrière lui.

Malgré la clim, des gouttes de sueur perlèrent sur son front quand elle se leva. Elle avait la bouche sèche. Pourquoi était-elle aussi nerveuse ? Quelle importance s'il la trouvait en train de le chercher ? C'est bien ce que fait une épouse, non, si elle se réveille en pleine nuit et que son mari n'est plus là ? S'assurer qu'il va bien ?

Ce n'était pas de lui qu'elle avait peur. Elle le savait. C'était de ce truc secret, quel qu'il soit, qu'il était en train de faire. De ce qu'elle risquait de découvrir. Encore quelques fibres dans la corde qui les liait ensemble qui cédaient entre ses mains pendant qu'il tirait dans l'autre sens. *Une corde comme celle avec laquelle son père s'est pendu.* Le craquement ; voilà, lui avait-il dit, ce qui le hantait depuis qu'il avait découvert le corps. Ce bruit terrible qui lui annonçait qu'il arriverait quelques secondes trop tard. Le silence de la mort avait dû attendre la fin des derniers spasmes frénétiques. En miroir de son père, Jason avait-il passé un nœud autour de leur mariage, pour en étrangler l'amour ?

Il était dans son dressing à elle. Elle voyait le rai de lumière sous la porte, fermée elle aussi. Son cœur battit plus fort et elle faillit rire – de façon un peu hystérique – de l'ironie de la situation. C'était là où elle abritait ses secrets. Non. Pas exactement des secrets. Ses affaires privées. Des trucs qui n'avaient jamais eu et n'auraient jamais le moindre impact sur Jason. Rien qu'il ait besoin de savoir. Des rappels du chemin parcouru. Comme ses pilules. Elle éprouva un petit remords. Celles-ci le concernaient. Mais, en cet instant, alors qu'elle pressait l'oreille contre le battant et entendait sa voix, un murmure trop sourd pour qu'elle distingue ce qu'il disait, elle ne regrettait pas de les avoir cachées. Pourquoi s'enfermait-il dans son dressing pour passer un coup de téléphone ? Pourquoi ne pas aller dans son bureau ? Cela ne concernait pas son travail. Il y avait trop d'urgence dans sa voix.

Elle resta encore un peu, avant de battre en retraite, résistant à l'envie de pousser la porte et d'exiger de savoir à qui il parlait. Ce serait inutile. Il mentirait, ils se disputeraient et elle finirait par se sentir mal et parano tout en étant toujours dans l'ignorance. Elle était plus maligne que ça.

Les cinq minutes qui s'écoulèrent entre le moment où elle se remit au lit, feignant encore le sommeil, et celui où il revint furtivement, lui parurent une éternité. Tandis qu'il tirait le drap sur lui, elle marmonna, comme à demi éveillée :

— Ça va, chéri ?

— J'étais aux toilettes, dit-il doucement en lui tournant le dos. Rendors-toi.

Elle roula lentement de son côté de leur vaste lit, la respiration étonnamment lente et calme dans son « sommeil » ; elle sentait la tension qui l'habitait alors que lui aussi faisait semblant de se rendormir. Elle était hébétée. Sous le choc. « J'étais aux toilettes. » En flagrant délit de mensonge. Elle en était malade. Et pas seulement. Elle se sentait trahie. Perdue. Folle furieuse.

Ses doigts broyaient le rebord de son oreiller, le seul exutoire à ce déchaînement d'émotions tandis qu'ils restaient allongés côte à côte, dans ce sommeil de farce. Qui aurait eu un tel besoin de lui parler à une heure pareille ? À qui aurait-il accepté de parler ? Qui ?

Keisha est un oiseau de nuit.

Cette pensée bouillonnait en elle depuis que la petite lueur l'avait réveillée, et c'était maintenant seulement qu'elle la formulait. Keisha se couchait et se levait tard. William devait être endormi comme Jason avait cru qu'elle l'était. Son ventre se liquéfia. Non, elle était parano. C'était une chose de soupçonner un flirt et un vague *désir*, mais là, ça devenait carrément une liaison. Les en croyait-elle réellement capables ? Et d'ailleurs, comment Keisha aurait-elle eu le numéro de Jason ? Ils ne s'étaient jamais... Le flot de pensées s'arrêta net. La voiture. Jason était monté avec elle dans sa Corvette. Ils étaient partis, quoi, quinze, vingt minutes ? On pouvait se dire des tas de trucs pendant ce temps-là. Même s'ils n'avaient rien fait, il leur aurait été facile de trouver une raison d'échanger leurs numéros. Surtout s'ils l'avaient voulu.

Infidèle un jour, infidèle toujours.

Son amour était en train de s'évaporer sous le feu de sa jalousie. Elle avait envie de se retourner pour lui arracher la peau. Elle se força à rester immobile, piégée dans la nuit, seule avec ses idées noires. À quoi pensait-il de son côté du lit ? Était-il en train de calculer tranquillement comment il allait pouvoir s'échapper ? Voilà donc ce que Jacquie, sa première femme, avait connu. Ce moment où la confiance s'était muée en méfiance. L'instant où leur histoire s'était craquelée, l'amour fuyant par la faille pour ne laisser qu'une coquille vide et cassante.

Jacquie l'avait accusé et il avait répondu qu'elle se faisait des idées, l'embobinant jusqu'à ce qu'il soit enfin prêt à partir. Il n'était pas question que Marcie vive la même chose, mais elle n'allait pas se mettre à balancer des accusations hystériques. Des preuves. Il lui fallait des preuves. Elle ne se laisserait pas avoir. C'était pas son genre.

Bien sûr, ce n'était peut-être pas Keisha. À présent qu'elle avait ouvert la porte du soupçon dans son esprit, d'autres ombres suspectes s'y engouffraient. Sandy, la secrétaire ? Non, sûrement pas. Si Jason avait voulu se la taper, ce serait fait depuis des années. Quelqu'un au club ? Une serveuse pour les membres seulement – ce qui signifiait, les *hommes* seulement, puisque les épouses n'étaient membres que par association. Toutes ces nuits où il jouait là-bas ? Tout le monde savait que William s'était entiché d'une des filles pendant l'agonie d'Eleanor. Comment s'appelait-elle, déjà ? Michelle ? Oui, Michelle du Michigan, qui avait brièvement séjourné à Savannah avant de rentrer faire des études chez elle. Ça n'avait pas été une histoire très sérieuse, juste un vieil homme qui tâchait de se remonter le moral… cependant, le comportement de William pouvait très bien avoir éveillé chez Jason l'envie d'un truc nouveau, d'un petit quelque chose à côté de son mariage et qui prenait maintenant des proportions insoupçonnées ? Cela faisait un bout de temps qu'il se comportait bizarrement, qu'il se refermait.

Son esprit revint à Keisha. Belle et forte Keisha. Une beauté si opposée à la sienne, tout comme sa blondeur délicate avait été un contraste avec la sophistication de la brune Jacquie. Jason voulait le contrôle de la firme, s'imaginait-il qu'il pouvait aussi avoir la femme de William ? L'idée était presque trop audacieuse, mais Jason était par-dessus tout ambitieux.

Son cerveau s'emballait, les hypothèses les plus débiles tourbillonnant encore et encore jusqu'à ce qu'elle soit certaine qu'elle était en train de se rendre folle. Elle ne fit que s'épuiser, sombrant une heure ou deux dans un sommeil agité, le passé et le présent entrant en collision dans des rêves où elle hurlait de rage et de frustration contre son mari infidèle, contre Keisha, contre Jacquie et contre d'autres qu'elle croyait avoir oubliés, jusqu'à ce qu'elle se réveille, haletante et en nage, avant l'aube. Elle attendit patiemment qu'il en fasse autant.

Elle avait espéré vérifier son téléphone quand il prendrait sa douche… Son cœur brisé subit un nouveau coup de pilon quand il l'emporta avec lui. Une autre croix dans la colonne « coupable ». Elle ne renonça pas. Jason ne demeurait pas aussi séduisant sans quelques efforts. C'était un homme qui soignait son apparence. Il ne passait jamais moins de vingt minutes dans la salle de bains et, même si ce n'était pas énorme pour ce qu'elle comptait faire, c'était mieux que rien. Dès qu'elle entendit l'eau couler, elle sauta du lit et fonça dans son bureau où se trouvait son ordinateur portable.

Le siège en cuir était froid sous ses cuisses à travers sa fine robe de chambre tandis qu'elle soulevait l'écran et tapait son mot de passe – Atlanta_Braves95, son équipe de baseball préférée et l'année de leur dernier titre – et l'écran d'accueil surgit. Elle poussa un soupir, soulagée qu'il ne l'ait pas changé. Elle déplaça la souris sur le dock en bas et l'icone iMessage. Il avait peut-être pris son téléphone dans la salle de bains, mais tous ses messages s'afficheraient ici. Après un rapide regard dans le couloir, elle cliqua. Elle fronça les sourcils. Rien. Pas le moindre message. Comment était-ce possible ? Il travaillait toujours ici, son téléphone abandonné dans la cuisine ou près du lit. Il n'en avait pas besoin. Il pouvait passer ses appels et répondre aux textos depuis son ordi.

Il l'avait désactivé. C'était la seule réponse. Son téléphone n'était plus synchronisé avec son ordi et il avait effacé tous ses fils de discussion. Pourquoi faire une chose pareille ? *Des secrets*. Il cachait quelque chose. Keisha n'était peut-être pas la première à lui écrire et c'était seulement maintenant qu'il avait songé à effacer les traces. Des hommes plus intelligents que lui avaient été pris à cause de messages qui surgissaient sur des iPads ou des ordinateurs.

WhatsApp, alors ? Jason ne s'en servait pas trop, mais ça devait être le genre de Keisha. *Une fille de la ville* en contact avec des tas de groupes, comme ces connes du tennis au club ou bien les autoproclamées *Mamans Mignonnes* qui passaient leurs journées au spa et au bar après avoir laissé leurs précieux enfants à Country Day.

Elle fouilla son dossier d'applications. Pas de WhatsApp. Son cœur battait de plus en plus vite. Cela ne signifiait pas grand-chose. Il avait peut-être décidé qu'il n'en avait pas besoin et fait le ménage dans son ordi – mais combiné à l'absence de contenus dans iMessage ? Une appli dont elle savait avec certitude qu'il l'utilisait ? Tout ça puait la culpabilité.

Secouée, elle regarda la photo qui servait de fond d'écran. Eux deux, quelques années auparavant, ses bras à elle autour de son cou à lui, joue contre joue, un selfie où ils souriaient tous les deux, bien décidés à capturer ce moment de bonheur parfait. Elle se souvenait exactement où il avait été pris. Sur un bateau. Il venait de lui demander sa main. Jacquie, c'était terminé. Marcie avait gagné. Elle était encore nouvelle dans tout ça à l'époque – cette vie fascinante de fringues de luxe, de belles voitures, à bouffer dehors quand l'envie vous en prend, sans jamais regarder le prix des choses. Elle était amoureuse – totalement, complètement – de Jason et de tout ce qu'il pouvait lui apporter. La sécurité. La sûreté. Le respect. Ouais, eh bien, elle ne se sentait plus très sûre à présent, ni en sécurité, et le respect n'avait jamais été là. Les deux individus heureux sur l'écran qui lui souriaient avec suffisance lui étaient étrangers. Comment en étaient-ils arrivés là ?

Elle était sur le point de refermer l'ordi quand elle repéra un dossier dans un coin. *Sans titre*. Cela ne ressemblait pas à Jason. Il était ordonné et organisé. Un juriste. Chaque chose à sa place et une place pour chaque chose. Elle l'ouvrit. Son ventre se tordit dans l'attente de voir d'atroces images de femmes, jambes écartées, souriant à son mari dans une chambre d'hôtel luxueuse, et forcément sordide. Comme avec elle. *Arrête, arrête, arrête. Tu vas te rendre folle.*

Son cœur ralentit et son visage se congestionna devant la platitude du document qui se présenta à elle. Ce n'était qu'un tableur quelconque. Une liste de nombres alloués à des lettres qui ne signifiait rien pour elle. Un truc de boulot, sans doute. La preuve qu'elle devait se ressaisir.

Sauf, pensa-t-elle en quittant le bureau tel qu'elle l'avait trouvé pour descendre brancher la machine à café, qu'il y avait eu le coup de téléphone.

Et le mensonge.

14

Keisha était parfaitement éveillée et, pour une fois, d'excellente humeur. Il était à peine huit heures et demie, ce qui signifiait qu'elle n'avait dormi que quatre heures, mais le coup de téléphone avant qu'elle ne revienne discrètement se coucher lui avait redonné le sourire et, la démarche élastique, elle attrapa au passage le MacBook rose que Billy lui avait offert et descendit. Pourquoi ne serait-elle pas heureuse ? Il suffisait juste d'être prudente, voilà tout.

— Voulez-vous un petit déjeuner, m'dame ? (Zelda se trouvait dans la chambre froide. Elle avait déjà fait les courses et déballait des briques de cet odieux lait de coco pour les aligner sur l'étagère d'honneur.) Je vais préparer des œufs et des frites maison pour M. Radford.

Elle se comportait tout à fait normalement, comme si elle ne l'avait pas surveillée depuis sa fenêtre en pleine nuit. Keisha repensa à sa silhouette immobile. À son effronterie.

— C'est trop tôt pour moi, dit-elle en scrutant la gouvernante qui vidait ses sacs de commissions. Vous avez bien dormi ?

— Oh, je dors toujours comme un loir.

Keisha se servit un café à la machine.

— Vraiment ? J'ai bien cru vous voir cette nuit. À votre fenêtre. Il était tard. J'étais sortie prendre l'air dans le jardin. De la crème, s'il vous plaît.

— Vous avez dû vous tromper, m'dame, je me suis couchée tôt, dit Zelda en posant une boîte de crème sur l'îlot. Voulez-vous que je la mette dans un pot ?

— Ça ira. J'ai dû me tromper. Il faisait sombre…

Sale petite espionne et menteuse, en plus. Elle afficha son sourire le plus cassant. C'était quoi son problème à cette femme ? Elle n'aimait pas Keisha ? Et alors ? C'était pas son *boulot* de l'aimer.

Quel âge avait Zelda ? se demanda-t-elle. Elle était vieille. La cinquantaine, au moins. Peut-être même plus de soixante. Depuis quand travaillait-elle ici ? Billy avait dû le lui dire, mais Keisha se surprenait souvent à ne pas l'écouter quand il parlait. Elle essaya de se souvenir. Vingt ans ? Ou était-ce davantage ? Aimait-elle Eleanor ? Trouvait-elle que Keisha était une insulte à la mémoire de la première Mme Radford ? *Eleanor, Eleanor, Eleanor.* La femme qui refusait d'être mise dehors, même dans son cercueil.

Mais Eleanor était quand même partie et Zelda allait devoir s'y faire. Maintenant que le soleil brillait par cette belle matinée, Keisha se sentait beaucoup trop bien pour se laisser déprimer par la gouvernante et ses caprices nocturnes ; elle emporta donc son café et son ordi sur la terrasse.

Elle ouvrit sa boîte Gmail avec appréhension, sachant ce qu'elle allait y trouver. Un message de Dolly vieux de deux jours (*J'espère que tu prends du bon temps ? Il est pas encore mort ?*) suivi par deux émojis de rire aux larmes et puis : « *Tu me manques !* » avec des baisers. Trois messages de tonton Yahuba. Tous réclamant de l'argent. Elle devait être une bonne nièce. Elle savait ce qu'elle avait à faire. Plusieurs niveaux de menaces plus ou moins implicites. Elle soupira. Comment était-elle censée leur envoyer de l'argent ? Elle avait bien une nouvelle carte de crédit, mais ce n'était pas comme si Billy inondait son compte en banque. Pourquoi n'étaient-ils pas patients ? *Pourquoi ne la laissaient-ils pas tranquille ?*

Ils avaient toujours su la manipuler, jouer sur son insécurité et son angoisse, sa confusion. Encore une fois, elle entendit les paroles de tata Ayo, prononcées pas bien longtemps après qu'ils l'avaient recueillie, alors que Keisha n'avait que six ans et qu'elle venait de voir le garçon qui n'existait pas : « Ton sang est maudit, KeKe, c'est là dans les cartes, rien de bon ne viendra de toi. »

KeKe. Le surnom que lui avait donné sa mère, son unique souvenir d'elle en fait. Keisha Kelani, *ma KeKe*. Tata Ayo et tonton Yahuba lui avaient pris ça aussi et désormais ce diminutif était synonyme de malédiction. Tata Ayo croyait-elle ce qu'elle lui avait dit, ou bien était-ce simplement pour l'empêcher de parler du garçon ? Elle ne voulait pas penser à lui. Il n'avait jamais été là. Elle le savait. Ils le lui avaient dit. Le garçon était une fabrication de son esprit dérangé. Le premier signe qu'elle était une erreur. Une mauvaise graine. Déséquilibrée. Elle effaça les courriels. Son oncle et sa tante se trouvaient à des milliers de kilomètres d'ici. Elle ne voulait pas penser à eux aujourd'hui. Ils attendraient. Ils n'avaient pas le choix.

— Mon cœur ?

La voix de Billy, maître des lieux, retentit :

— Hé, mon cœur ?

— J'arrive ! répondit-elle, légère, frivole.

Une bonne épouse. *Fais en sorte qu'il soit gentil.* Son café à la main, elle passa dans la salle réservée au petit déjeuner où elle le trouva trempé de sueur après sa séance de tapis.

— Tu es matinale, dit-il, la bouche pleine d'œuf et de frites.

— C'est une si belle journée, fit-elle en s'installant face à lui. Ce serait dommage de ne pas en profiter.

Zelda lui apporta du jus d'orange et un croissant, alors qu'elle lui avait pourtant dit qu'elle ne voulait rien, avant de disparaître à nouveau, emportant une brique vide de lait de coco. Billy les avalait toujours d'un trait, remarqua Keisha. Il avait beau se la raconter, lui aussi supportait mal ce goût.

Elle se mit à peler la croûte de son croissant, ne sachant pas trop quoi en faire puisqu'il n'y avait ni beurre ni confiture, et commença à le manger ainsi, tout sec, tout en regardant Billy enfourner de la nourriture dans sa bouche. Ses joues étaient plus rouges que d'habitude, des veines couleur betterave saillaient sur son visage. Avait-il couru plus longtemps, plus vite, pour compenser ses défaillances dans la chambre à coucher ? Essayait-il de rattraper sa virilité ?

— Tu es censée le tremper dans ton café, dit-il en fixant les miettes qui tombaient sur sa poitrine. À la manière des Français. Eleanor faisait ainsi.

Il retourna à son assiette pendant un moment, passant son irritation sur une autre portion d'œufs brouillés. Un bout de croissant resta collé au palais de Keisha, une fois de plus crispée à cause de son ignorance et de cette comparaison ouverte avec Eleanor.

— Désolée, marmonna-t-elle, avant d'arracher un nouveau morceau qu'elle trempa avec prudence dans sa tasse.

— Tu apprendras. Bon, il faut qu'on réfléchisse à notre fête du 4 Juillet, fit-il en posant enfin sa fourchette. Ça te dirait de l'organiser ?

Il lui souriait comme s'il s'agissait là d'une immense preuve de confiance envers ses capacités d'épouse.

— Je peux essayer, dit-elle, quêtant son approbation. (Gentil Billy était toujours préférable à méchant Billy.) Mais il va falloir que tu m'aides avec les invités. Je ne connais que cinq personnes ici.

— Ça changera, mon cœur. (Il attrapa son café.) Oh, pendant que j'y pense, je t'ai inscrite pour quelques leçons de tennis au club. On pourrait descendre à la boutique tout à l'heure pour s'occuper de ton équipement. Et peut-être aussi passer au *practice* ? Travailler ton swing. Ici, les filles aiment le tennis et le golf autant que les garçons. Et ça te permettra de rencontrer des personnes fantastiques. Bientôt, tu organiseras des galas de charité comme si tu avais fait ça toute ta vie.

— Ça semble merveilleux.

Le rêve. Golf et galas de charité. Il cherchait vraiment à la faire entrer dans la peau d'Eleanor. De qui se moquait-il ? D'elle ou de lui-même ? Elle n'était pas comme Eleanor et elle ne le serait jamais. Il l'exhibait comme un joli souvenir qu'il avait rapporté d'un de ses voyages. Et appeler ses amis « les filles » et « les garçons », c'était risible. Ils étaient tous si *vieux*.

Mais, se rappela-t-elle en avalant un autre morceau de croissant, elle devait jouer le jeu.

Elle n'avait pas le choix.

15

Cela avait été deux sales journées. Seule dans la maison, Marcie contemplait le contenu de sa boîte. Elle avait repoussé sur le côté la photo avec Jason, résistant à l'envie d'aller la déchirer aux toilettes et de tirer la chasse. Pendant qu'elle s'efforçait de garder ses soupçons pour elle et de se comporter normalement, il était rentré tard à la maison, irrité et distrait, ne sortant que très rarement son téléphone de sa poche ou, quand il le faisait, le posant sur la façade. L'air de rien, comme si c'était accidentel. Ben, voyons. On aurait pensé qu'il avait enfin appris à ne pas être aussi transparent. Il n'avait plus évoqué une quelconque envie d'essayer de faire un bébé, ce qui jusqu'à ce qu'elle débarque avait été la seule addition à leur nouvelle maison qui semblait l'intéresser.

Elle feuilleta les vieilles coupures de journaux, toutes soigneusement pliées, réticentes à être examinées. Des choses qu'elle avait envie de jeter maintenant et qu'elle devait conserver, elle le savait, car elle risquait d'en avoir besoin un jour. Des reliques du passé. D'habitude, ce rituel était un réconfort, un rappel du chemin parcouru. Aujourd'hui, elle essayait d'y retrouver son ancienne force. Il lui faudrait peut-être redevenir cette personne. Quelqu'un qui possédait l'énergie et la résolution nécessaires pour repartir de zéro. Et d'y parvenir de façon fabuleuse. Mais cette vie de confort l'avait amollie. Elle n'était plus certaine d'en être capable, le simple fait d'y penser l'épuisait. Elle n'avait plus les couilles qu'elle avait à vingt ans. Deux semaines plus tôt, elle suffoquait et aspirait en silence à un peu de liberté et à présent elle était terrifiée à l'idée de perdre cette sécurité étouffante. Non. Pas tout à fait. Ce qu'elle ne supportait pas, c'était l'idée que quelqu'un d'autre ose la lui prendre. Elle n'avait pas tant changé en une décennie.

Elle referma le couvercle et cacha la boîte dans le faux plafond avant de respirer un grand coup. Elle se regarda dans le miroir. De grands cernes sombres sous les yeux qu'un peu de fond de teint appliqué avec soin finirait bien par dissimuler. Elle ne deviendrait pas cette femme parano – pas visiblement, en tout cas. Quoi qu'il soit en train de manigancer, Jason ne divorcerait pas. Du moins, pas tout de suite. Il lui avait fallu assez longtemps pour se représenter une vie sans Jacquie et si un divorce pouvait être pardonné dans ce monde poli dans lequel ils vivaient, elle n'était pas si certaine qu'il s'en sortirait aussi bien avec un deuxième – même si en privé toutes ces commères diraient à coup sûr qu'elle l'avait bien mérité. Pas si on ajoutait dans la balance ce qu'avait fait son père. Les si généreuses familles du Sud commenceraient à le snober. Jason était issu d'une lignée tout juste convenable.

Jusqu'où remontait l'héritage des Maddox ? Un siècle ? Plus ? En tout cas, pas aussi loin que les familles de William, de Noah, d'Eleanor et d'Iris. Le vrai sang bleu américain. À les en croire, pas la moindre tache chez aucun de leurs ancêtres. De toute manière, si souillure il y avait eu, elle avait été lavée dans des piscines d'argent liquide. Peut-être était-ce là ce qui les enchaînait les uns aux autres. Toute cette moralité vertueuse exhibée en permanence. Pas comme dans sa tribu à elle.

Elle commença à appliquer de l'ombre à paupières, rehaussant ses yeux bleus. Il n'y avait jamais eu la moindre vertu dans sa famille. Gratter le moindre dollar. Vivre de l'aide sociale. Dédaignés par tout le monde. Cette rancune à l'égard de toute nouvelle bouche à nourrir, comme si c'était la faute du bébé, et non pas parce qu'on n'avait pas pensé à enfiler une capote ou à avaler une pilule. Jamais assez de fric pour joindre les deux bouts. Elle imagina le sang de William, un beau rouge riche et écarlate. Le sien devait puer la rouille. La renommée ancestrale ne signifiait pas grand-chose dans le parc à mobile homes de Boise.

À chaque couche de maquillage, elle se sentait mieux. Elle tirait une certaine satisfaction de sa petite vengeance de la veille. Pendant que Jason était au bureau, elle avait commandé trois nouveaux meubles divins pour la seconde salle à manger à l'arrière de la maison. Des exemplaires uniques, faits main. Chers à en pleurer pour une pièce qu'ils n'utiliseraient probablement jamais et à propos de laquelle Jason avait fait remarquer avec insistance qu'ils n'avaient pas besoin de s'en occuper tout de suite. Son ventre se serra à la pensée de la dispute quand il recevrait la facture, puis elle se rappela qu'il l'avait bien cherché. Il avait menti. Il mentait constamment à propos de quelque chose. *Ou de quelqu'un.*

Consumée par le souvenir de ce mensonge, elle enfila un tailleur-pantalon moulant.

« J'étais aux toilettes. »

Une phrase grotesque qui avait creusé les fissures de plus en plus béantes de leur mariage pour finalement le faire éclater. Et cela ne l'aidait pas non plus d'être arrivée à la conclusion qu'elle n'avait pas une seule amie qu'elle pourrait appeler, à qui elle pourrait se confier. Quelqu'un pour la rassurer et la calmer. Iris était loin et même si elle pouvait se montrer prétentieuse, elle était sage. Il n'y avait personne d'autre en qui Marcie avait assez confiance, qui pourrait lui prêter une oreille sympathique sans se mettre à crier sur tous les toits que Marcie Maddox pensait que son mari ne l'aimait plus. Ces gens se montraient peut-être d'une politesse infinie quand ils étaient face à vous, mais si elle avait appris une chose, bon Dieu, c'était que cette ville adorait les ragots.

Du shopping, décida-t-elle. Elle allait faire du shopping. S'offrir du neuf. Se refaire un look. Quelque chose de moins tarte. De plus cool, comme les trucs que portaient les jeunes au club. Les *jeunes*. Ils avaient à peine un an ou deux de moins que Keisha pour la plupart. Acheter, des fringues ou autre chose, lui faisait toujours du bien ; accumuler pour oublier à quel point elle était seule. Jason l'avait introduite dans ce monde et elle n'avait plus que lui. Elle n'y avait pas ces années d'amitié qui liaient les autres. Aucun collègue avec qui aller prendre un verre. Elle n'avait absolument rien à elle, à part son mari, et même lui était en train de lui glisser entre les mains.

Elle avait envie de porter son foulard Hermès vintage autour du cou, telle une star de cinéma des années soixante. Elle adorait ce foulard. Avec, elle se sentait audacieuse, pas le pâle fantôme d'une beauté disparue. Où l'avait-elle mis ?

Elle gémit. Elle l'avait porté pour la dernière fois à la mission. Son cœur se serra. Et c'était mercredi aujourd'hui. Si elle se contentait d'aller le chercher, tous les autres bénévoles la regarderaient de travers pour la culpabiliser, la forcer à effectuer ses heures de service, comme elle l'avait promis à Virginia.

« J'étais aux toilettes. »

Ce n'était peut-être pas une si mauvaise idée d'y aller, au cas où un jour elle aurait besoin d'amis. Virginia était sournoise, mais mieux valait l'avoir dans son camp si Jason devenait carrément dégueulasse. Les femmes avaient tendance à se soutenir dans ces cas-là, *cela aurait pu m'arriver à moi aussi.*

La mission, alors, pensa-t-elle en quittant sa splendide nouvelle maison qui lui faisait maintenant l'effet d'un château de papier, et ensuite les boutiques. Protéger son cœur abîmé derrière une armure de fringues hors de prix.

16

— Hé, Marcie !

Elle était en train de troquer un plateau de purée vide contre un plein avec une assistante de cuisine quand la voix traversa la salle. Elle se figea, les doigts pétrifiés sous ses gants bouillants.

Keisha.

Son accent immédiatement reconnaissable. Marcie laissa le plateau à Frannie, une des bénévoles les moins irritantes, en marmonnant une excuse avant de se tourner face à son éblouissante rivale.

— Que faites-vous là ?

Marcie retira ses gants et son tablier de service tandis que quelque part quelqu'un émettait un sifflement appréciateur qui ne lui était pas destiné.

— Il y a une urgence, annonça Keisha. Rien de très inquiétant. Mais ce serait bien si vous veniez avec moi. (Elle regarda les bénévoles par-dessus l'épaule de Marcie.) Une fuite d'eau. Désolée ! (Là-dessus, elle prit Marcie par le bras pour la traîner dehors.) Vous me remercierez plus tard, chuchota-t-elle.

Marcie serra les dents. La remercier de quoi ? De l'embarrasser devant les femmes les plus serviables de Savannah ? Il n'y avait eu aucun sentiment d'urgence dans sa voix, juste du sarcasme, et personne n'avait été dupe. Et elle qui voulait s'attirer les bonnes grâces de Virginia ! Qui, bien sûr, ne tarderait pas à apprendre l'incident. Ce qui était peut-être le but recherché.

— Que faites-vous là ? répéta-t-elle en libérant son bras et en regardant derrière elle. Je dois aller récupérer mon sac. Mes affaires.

— Eh bien, allez-y et fichons le camp d'ici, répliqua Keisha qui se pencha par-dessus la portière de la décapotable rouge pour sortir une bouteille cachée dans un sac en papier. J'ai acheté de la tequila. Et des tas de trucs à grignoter. On pourrait se la couler douce chez moi au bord de la piscine et se saouler.

— Je suis en voiture.

— Et alors ? Suivez-moi et vous demanderez à Jason de venir vous chercher tout à l'heure.

Jason. Voilà qui expliquait tout. Une ruse assez tordue pour pouvoir le revoir.

— J'ai des courses à faire.

— Ouais, bien sûr. C'est ça.

Cette réponse, ironique, dédaigneuse, l'agaça. Qui était-elle pour se moquer d'elle ? Et que cherchait-elle au juste ? Marcie serra à nouveau les dents. Il n'y avait qu'un moyen de le savoir et passer quelques heures avec cette jeune prétendante à son trône allait lui permettre de l'examiner de près.

⋆

Pendant tout le trajet, les yeux fixés sur la petite Corvette devant elle, Marcie essaya de deviner ce que Keisha avait en tête. C'était une chose de piquer le mari d'une autre, mais il fallait être assez gonflée – ou cinglée ? – pour en même temps faire amie-amie avec sa femme. À quoi jouait-elle ? Et si ce n'était pas elle au téléphone l'autre soir ? Mais la furtivité de Jason. Sa façon de tourner autour de Keisha. S'ils ne faisaient rien pour le moment, c'était peut-être en marche ? Une de ces amitiés secrètes qui s'épanouissent avant que quiconque ne parle de sexe, mais qui sont aussi intimes que l'acte en lui-même ? Ou alors c'était elle, Marcie, qui était folle et ce coup de fil n'avait rien à voir avec Keisha.

Dès qu'elle se gara derrière elle, Keisha lui flanqua un sac de commissions dans les bras.

— J'adore toutes ces cochonneries américaines. Et puis, le sucre compense le manque de sommeil.

— Le décalage, encore ? demanda Marcie en lui emboîtant le pas dans l'allée.

— J'arrive à me lever un peu plus tôt, mais je ne dors jamais avant trois heures du matin.

Trois heures. Le texto que Jason avait reçu avant de filer dans le dressing était arrivé à deux heures.

— Commençons par les margaritas, alors. Ça devrait vous aider à trouver le sommeil.

Elle souriait, s'efforçant d'avoir l'air détendu. Si Keisha était bien sa correspondante secrète, comment réagirait Jason si, venant la chercher, il la trouvait complètement bourrée avec elle ? Pas bien, elle en était sûre. Quand elle avait tenté de traquer Jacquie sur Facebook et qu'il s'en était rendu compte, ça s'était très mal passé. Il aimait contrôler les choses. Cette initiative n'était pas si idiote, après tout. Keisha pouvait réellement espérer marquer son territoire.

— Oh, je sais pas, lui répondit Keisha avec un clin d'œil en ouvrant la porte d'entrée. Je bois comme un trou.

Comme celui d'où tu sors, pensa Marcie en pénétrant dans sa maison.

17

Moins d'une demi-heure plus tard, elles étaient au bord de la piscine, une carafe de margarita entre elles, accompagnée d'un paquet de chips format familial et d'un paquet de donuts. Histoire de se calmer les nerfs, Marcie avait bu son premier verre en vitesse et même si elle sirotait beaucoup plus lentement le deuxième, allongée dans l'ombre d'un immense parasol, elle sentait l'alcool lui monter droit à la tête. Keisha n'avait pas lésiné sur la tequila.

Elle baissa les yeux vers son modeste bikini bleu. Le moins moche qu'elles avaient pu trouver dans un vilain lot de maillots réservés aux visiteuses – sans doute choisis par Eleanor en personne quelques années auparavant – mais qui ne soutenait absolument pas la comparaison avec la splendeur écarlate qui ornait la peau lisse, ferme et noire de Keisha. Ce truc descendait en V jusqu'à son ventre où un bout de fil la reliait au « bas » coupé très haut et au string grâce à un anneau doré qui, par miracle, tenait le tout ensemble.

— J'ai pris un cours de tennis hier au club, annonça Keisha, se prélassant dans la chaleur. Je déteste le tennis. Je n'y suis allée que parce que Billy m'avait réservé des leçons et que je n'avais pas le choix. Ces gens du club, ils ne m'aimeront jamais. Je n'y aurai jamais ma place.

C'était un aveu étonnamment franc. À l'évidence, Keisha n'avait pas encore appris que personne dans cette ville, et surtout pas à ce niveau de l'échelle sociale, ne montrait jamais la moindre faiblesse. Une mare aux requins où les femelles étaient les plus dangereuses. Des bestioles bouffies d'ennui toujours et d'alcool souvent. Entre deux bals de charité, elles n'avaient rien d'autre à se mettre sous la dent que leurs ragots et leurs langues de putes.

— Vous vous y habituerez. (*Plus facile à dire qu'à faire, hein ?*) Sous tout cet argent, certaines sont sympas. Mais c'est comme à l'école, vous voyez ? Chacune son clan. Elles ont toutes peur de ce qu'on pourrait dire d'elles, de ne pas savoir avec qui il faut rester amie pour la promotion du mari ou pour être invitée aux réceptions qui comptent. Et c'est plus dur pour vous. Eleanor faisait partie du gratin local, née et élevée ici. William, Noah, Iris et elle. La crème de la crème. Mais les gens oublient vite. D'ici à quelques mois, vous serez devenue normale.

Keisha se redressa pour remplir leurs verres, négligeant la molle protestation de Marcie.

— Ça a dû être dur pour vous aussi. Étant donné les circonstances. Jacquie était-elle très aimée ?

Les circonstances. Ainsi, Keisha savait qu'ils avaient eu une liaison. La peau de Marcie se hérissa. Et elle connaissait le nom de la première femme de Jason. Une vraie petite abeille travailleuse. À qui avait-elle parlé ? Juste à William ? Ou bien aussi aux femmes du club ? Elles adoreraient répandre quelques saletés sur Marcie Maddox, elle en était certaine. Elle but une longue gorgée de margarita.

— Elle était appréciée, oui. Mais la différence entre Eleanor et elle, c'est que Jacquie n'est pas morte. Elle s'est très vite remariée avec un chirurgien orthopédiste à la retraite qui est décédé juste avant Eleanor, et elle a déménagé à Atlanta. (Une pause.) Ce qui est peut-être encore pire, maintenant que j'y pense.

Keisha émit un rire rauque et attrapa une grosse poignée de chips.

— Alors ? C'est quoi, votre histoire ? Vous êtes la seule autre personne que je rencontre ici qui ne soit pas de Géorgie.

— Je n'ai pas vraiment d'histoire à raconter.

— Tout le monde en a une. D'où êtes-vous ?

Qu'avait-elle, cette femme, avec toutes ses questions ? Selon son expérience, la plupart des gens aimaient ne parler que d'eux-mêmes et Marcie préférait qu'il en soit ainsi.

— Boise, dans l'Idaho, dit-elle, l'air ennuyé, espérant couper court à la conversation. Et si vous y étiez jamais passée, vous sauriez pourquoi j'en suis partie.

Ce n'était pas un mensonge. Elle *saurait* sûrement. Les mots, quand ils étaient bien choisis, permettaient de rendre la vérité plus malléable et il valait toujours mieux coller au plus près de la vérité.

— J'ai compris que si je ne partais pas jeune, je ne le ferais jamais, ajouta-t-elle.

— Avez-vous de la famille ?

— Aucune avec qui je veuille rester en contact. Nous n'avons jamais été proches. Mon père est mort. Ma mère s'est remariée, a fondé une nouvelle famille. J'étais en trop. (Ça sonnait tellement plus sain que ça ne l'avait été. La vieille histoire de la jeune fille qui grandit et quitte sa campagne. Le reste n'appartenait qu'à elle et l'attendait dans la boîte du plafond.) Et vous ?

— Ma mère était… eh bien, n'était pas très stable. Elle est morte il y a très longtemps. Juste après notre arrivée du Nigeria à Londres. J'ai été élevée par mon oncle et ma tante. Une histoire longue et ennuyeuse. Nous restons en contact, mais je ne compte pas franchement les inviter pour les vacances. J'espère plus ou moins qu'ils disparaîtront du paysage, vous voyez ?

Elle voyait. Keisha et elle étaient finalement assez semblables. Et peut-être était-ce justement ce qui plaisait à Jason. Keisha était la Marcie d'avant, même si c'était lui qui l'avait changée. Tout comme William devait être en train d'essayer de changer Keisha. Deux hommes qui les pressaient pour faire sortir tout ce qu'ils avaient aimé chez elles au début.

— Mais comment avez-vous atterri ici ? enchaîna Keisha. À Savannah ?

L'abeille était aussi un vrai chien qui rongeait son os jusqu'à la moelle.

Le soleil brillait au-dessus d'elles et Marcie le fixa avant de sourire, amusée, et de baisser les yeux.

— Le nom m'a plu.

— Et alors, vous avez rencontré Jason et ça a été le coup de foudre et depuis vous vivez heureux et vous aurez beaucoup d'enfants.

Jason encore.

— Eh bien, fit Marcie, on pourrait dire ça comme ça, oui.

— Comment vous êtes-vous rencontrés ? Billy m'a juste dit que vous travailliez dans le coin.

Marcie se redressa, vida sa margarita et se resservit. Keisha tenait à en passer par là ? D'accord. Elle allait lui raconter. Elle en avait marre d'être quelque chose qu'elle n'était pas. Ça grondait dans sa tête. La tequila la rendait sauvage. Et lui donnait aussi envie de plus de tequila. Keisha risquait d'en parler à d'autres, et après ? C'est Jason qui serait embarrassé et il l'avait bien cherché.

— Ils sont tous tellement snobs, commença-t-elle, même si elle aurait tué pour avoir une miette du respect dont bénéficiaient Iris et Virginia de la part de toute la bonne société. Jason raconte encore que je travaillais comme réceptionniste dans les bureaux d'un de ses clients hors de la ville. Il l'a répété si souvent que même moi j'ai commencé à le croire.

Keisha la regarda par-dessus ses lunettes de soleil.

— Et c'est pas vrai ?

Marcie haussa les épaules et secoua la tête.

— J'étais une serveuse fauchée qui bossait dans une cafétéria et qui habitait dans un motel du côté de Hunter, une zone d'activité, vous voyez le genre. Jason venait y prendre son petit déjeuner quand il avait des rendez-vous dans le coin. Il aimait mon sourire... C'est drôle, à l'époque, ça ne le gênait pas que je sois serveuse. En fait, il trouvait ça trop mignon. Mais, à l'évidence, ça l'a été beaucoup moins quand il a été question que je devienne sa femme.

Cette soudaine amertume la surprenait. Sa relation avec Jason n'était donc pas la chose sans nuages qu'elle avait crue.

Il y eut un long silence puis Keisha éclata d'un rire profond et rauque. Marcie se raidit.

— Cela vous amuse ?

Son ton était assez guindé pour qu'elle se sente stupide. Évidemment que Keisha se moquait d'elle. Sous ses airs de fausse amie, elle se moquait constamment d'elle.

— Non, non, merde, non. (Keisha leva la main et secoua la tête comme si elle cherchait à ravaler son rire.) Ça ne m'amuse pas. C'est juste que c'est si drôle.

— Qu'est-ce qui est si drôle ?

— Tout. *Eux*. Billy raconte à tout le monde que je travaillais dans une agence de voyages. Manifestement, je l'aidais à organiser la prochaine étape de son tour d'Europe.

Ce fut au tour de Marcie de regarder par-dessus le rebord de ses lunettes de soleil démesurées et hors de prix.

— C'est ce qu'il nous a dit. Il prétendait qu'il ne voulait pas déranger Elizabeth pendant qu'elle rendait visite à sa mère, qu'il était capable de s'occuper de ça lui-même.

— Ben, voyons. Comme si Billy se soucie du boulot qu'il donne aux autres. Il a l'habitude qu'on fasse tout à sa place. Bien sûr que c'est Elizabeth qui a tout réglé.

— Comment vous êtes-vous rencontrés, alors ?

Cet après-midi allait peut-être être intéressant, après tout.

Keisha repoussa ses lunettes sur son crâne et avala une longue gorgée de margarita. Elle respira un bon coup.

— Vous ne le direz à personne, fit-elle, les yeux brillants, malicieux.

À elle aussi, la tequila faisait de l'effet.

— Je ne dirai rien, dit Marcie.

Un très vieux mensonge. La première règle des grands secrets, Marcie l'avait appris, consistait à les garder pour soi. La seconde, avait-elle aussi appris, était que la plupart des gens étaient incapables de respecter la première règle. Sauf qu'elle ne faisait pas partie de la plupart des gens, contrairement à Keisha, apparemment.

— J'étais serveuse, moi aussi. Je travaillais dans un club, mais pas comme votre country-club. C'était plutôt le genre moquette poisseuse et mauvais champagne où des filles dansent pour de vieux types solitaires ou de jeunes délurés qui s'offrent une virée en ville. Billy est venu un soir et nous avons parlé... Il est revenu le lendemain et puis le jour suivant et, une chose en entraînant une autre, nous voilà ici.

— Vous travailliez dans une boîte de strip ? Vous dansiez ?

Marcie n'arrivait pas à le croire. Comment Keisha pouvait-elle être assez stupide pour lui confier un truc pareil ? À elle ? Toute sa journée s'illuminait. William Radford IV, roi de Savannah, s'était barré pour épouser une serveuse d'une boîte de strip-tease, peut-être même pire que ça.

— Non ! Non, je pouvais pas. Je ne juge pas mes amies qui le font, mais ce n'était pas pour moi. De toute manière, ce n'était pas une boîte de strip-tease à proprement parler, juste un bar où les filles dansent devant des messieurs assis. Bon, la différence est minime, je vous l'accorde. Ça ne le dérangeait pas à l'époque.

— Waow.

Marcie laissa échapper un petit rire avant de découvrir qu'elle ne pouvait plus s'arrêter. Keisha avait raison. C'était drôle. Ces deux hommes qui se pavanaient en se souciant tellement de l'avis des autres. Des esclaves, malgré leur réussite et leur argent. Et que penseraient tous ces autres s'ils l'apprenaient ? Eleanor en mourrait une deuxième fois. Jacquie avait été folle de rage de se faire remplacer par une « vulgaire serveuse », mais là, c'était encore pire. Et elle n'avait que la parole de Keisha. Cette petite Anglaise aurait très bien pu danser nue.

— Je ne me doutais pas qu'il fréquentait ce genre d'endroit, dit-elle avant de rire encore plus fort.

Et puis, Keisha l'imita et, quelques secondes plus tard, elles en pleuraient, se tenant les côtes, sans savoir exactement ce qui était si drôle. Mais ça faisait du bien, un vrai gros rire avec le ventre. Ça ne lui était pas arrivé depuis si longtemps. Pourquoi ? Quand Jason et elle avaient-ils cessé de rire ? Est-ce que Keisha le faisait rire comme ça ? se demanda-t-elle. Ses hoquets s'arrêtèrent.

Le soleil était en train de fondre dans le bleu de l'après-midi, laissant de longues traînées d'huile dans le ciel. Elle ferait sans doute mieux d'envoyer un texto à Jason au cas où il finirait tôt et se demandait où elle était. *En train de me bourrer à la tequila avec la strip-teaseuse qui te fait tellement bander.* Pas mal, comme réponse.

— Bon, maintenant que vous connaissez mon grand secret, vous pouvez retirer le balai que vous avez dans le cul et commencer à vous détendre un peu, dit Keisha quand elles respirèrent normalement. Mais, s'il vous plaît, ne dites rien aux autres. Je vois déjà comment ils me regardent. Pas seulement comme si Billy avait eu la folie d'épouser une fille jeune, mais d'avoir choisi une fille jeune et *noire* par-dessus le marché.

Marcie voulut protester. Keisha ne lui en laissa pas le temps.

— Je suis peut-être ignorante de beaucoup de choses, mais je sais quand les gens me prennent de haut. Ce que tout le monde fait ici, y compris Billy. (Elle semblait si mélancolique que Marcie ne sut que dire et c'est alors que Keisha chuchota :) Vous voulez planer ?

— Quoi ?

— De l'herbe. J'en ai trouvé. Dans la chambre de sainte Eleanor.

— Vous plaisantez ?

— Pas du tout. Venez. Ça va être marrant. J'en ai déjà pris avec un Valium ce matin, donc si ça ne m'a pas tuée, ça ne vous tuera pas non plus.

— Oh, je ne devrais vraiment pas…

De la gnôle et de la drogue. Cet après-midi devenait de plus en plus enrichissant. Un vrai trésor d'informations.

— Billy ne reviendra pas avant deux heures. Soyons *jeunes.* Mettons de la musique. Rigolons. S'il vous plaît, Marcie ?

Mais qui était cette femme ? Elle n'avait pas besoin d'elle pour foutre en l'air sa toute nouvelle vie.

— Remettez vos vêtements, reprit Keisha pour qui la chose était visiblement entendue. Je vous attends à l'intérieur. On va s'éclater.

Elle n'était pas sérieuse.

— Et Zelda ? Que va-t-elle penser ? Que dira-t-elle à William ?

— J'en ai marre de m'inquiéter de ce que pensent les autres. Et elle ne va rien lui dire, car elle est sur le point d'avoir quartier libre pour le restant de la journée.

Marcie contempla le dos de Keisha pendant qu'elle rentrait. Planer ? Non, elle n'allait pas planer. Elle en avait terminé avec ce drôle d'après-midi. Elle allait s'habiller, appeler un taxi et rentrer chez elle. Pas question de rester. Pas question.

18

Sur le coup de six heures, Marcie était complètement défoncée. Ses oreilles bourdonnaient et le morceau de R&B qui passait en fond, un artiste anglais dont elle n'avait jamais entendu parler, était maintenant dans le tempo du lent balancement de ses hanches.

— C'est vraiment de la balle, cette herbe, murmura Keisha avant de rire en toussant ou de tousser en riant.

Elle avait raison. Marcie flottait dans les airs pendant que ses membres lourds s'enfonçaient dans la mollesse des coussins. Tout était drôle et elle se foutait du reste. Où Eleanor avait-elle déniché pareille merveille ? S'en servait-elle pour combattre la douleur alors qu'elle était mourante ? Sûrement. N'empêche, bravo, la vieille. Son dealer méritait le titre d'employé de l'année. Cela dit, Eleanor s'offrait toujours le meilleur. Au moins, l'herbe qu'elle avait laissée derrière elle ne serait pas gâchée.

Elles étaient dehors sur la terrasse, vautrées sur la double chaise longue, contemplant le soleil qui rejoignait l'horizon avec langueur, les donuts engloutis, s'échangeant le joint. À un moment, Marcie avait envoyé un texto à Jason pour lui dire où elle était et qu'il allait devoir venir la chercher, mais elle n'avait pas encore regardé s'il avait répondu. Qu'il aille se faire foutre, avec ses mensonges et son humeur de merde. Tout ça appartenait à un monde qui se trouvait hors de cette bulle. Elle avait bien le droit de s'amuser un peu.

Le truc bizarre étant qu'elle s'amuse avec *cette* femme. Le serpent dans le jardin de leur paradis méridional. Elle regarda la fumée qui sortait de sa bouche en cœur, un arc parfaitement cupide. Le nœud dans le ventre de Marcie, ces cordes de jalousie, d'insécurité et de paranoïa tressées, avait disparu. C'était la fumette, elle le savait, mais elle se sentait complètement détendue, observant sa propre vie de l'extérieur, fascinée par cette créature qui était peut-être en train de draguer – ou même baiser – son mari tout en jouant à être son amie.

— Quoi ? dit Keisha. Pourquoi me regardez-vous ainsi ?

Marcie haussa les épaules.

— J'essaie de deviner qui vous êtes.

— Que voulez-vous savoir ?

— Vous ne voudriez pas me le dire, je pense.

Elle laissa échapper un petit rire. Sans trop savoir pourquoi. Ce n'était pas drôle et en même temps ça l'était. Elle était prise à son propre jeu. En fait, elle était dépassée par son propre jeu.

— Essayez quand même, fit Keisha en haussant les épaules.

Une vraie sincérité. Parfaitement puérile. Marcie commençait à percevoir à quel point Keisha était jeune sous cette assurance affichée.

Elle prit une taf prudente, sans tousser cette fois. Ce n'était pas ainsi qu'elle avait imaginé ce petit rendez-vous. Elle comptait garder son sang-froid pour soutirer des informations à Keisha sans rien lui donner en contrepartie. Or voici qu'elle était sur le point de déballer tout ce qu'elle avait sur le cœur.

Keisha roula sur le côté pour qu'elles se retrouvent face à face.

— Allez-y, qu'est-ce qu'il y a ? Je ne m'offenserai pas.

Ce qui donna une nouvelle fois à Marcie envie de rire. Elle, offensée ? Waow, elle était douée.

— Il n'y a qu'une chose que j'ai envie de savoir.

— Putain, vous êtes drôlement partie. Allez-y, je vous écoute.

— D'accord.

Et merde, elle était trop défoncée ou trop fatiguée pour s'emmerder avec des histoires de jeux à la con. Regardant Keisha dans les yeux, elle se redressa sur un coude.

— Pourquoi faites-vous semblant d'être mon amie, alors qu'il est clair que vous voulez coucher avec mon mari ?

Elle avait craché les mots comme des flèches empoisonnées, et celles-ci parurent atteindre leur cible.

— Vous croyez que je veux baiser *Jason* ?

— Oh, allez, vous n'arrêtez pas de le serrer, de le coller. De vous mettre entre nous. De le draguer et de rigoler avec lui. De poser des questions. Jason ceci, Jason cela. Je ne suis pas idiote.

Il y eut un long silence jusqu'à ce que Keisha éclate de rire, un petit rire qu'elle essayait en vain de retenir avec sa main manucurée devant sa bouche et qui sortait comme des gloussements.

— Oh, c'est trop drôle, s'étrangla-t-elle entre deux hoquets.

Ce fut au tour de Marcie d'être blessée. *Comment ose-t-elle ? Comment ose-t-elle rire ?* Et pourquoi l'opinion de cette femme comptait-elle autant ?

— Ouais, j'imagine.

Marcie se leva en chancelant, essayant de préserver un peu de dignité.

— J'ai été vraiment *idiote* de croire que nous pouvions parler en adultes.

Elle voulait partir. C'était déjà la merde et elle n'avait fait qu'empirer les choses. Se saouler et se défoncer comme une ado. Dire ce qu'elle avait sur le cœur. Se ridiculiser comme ça. Une vraie conne. Quand elle pénétra à l'intérieur en titubant, la pièce tangua autour d'elle, l'air glacé de la clim n'améliorant pas les choses.

— Marcie, attendez !

Keisha, qui l'avait suivie, la saisit par le bras, l'obligeant à se retourner.

— Au nom du Ciel, je ne veux pas coucher avec Jason.

Elle la fixait.

— Vous ne voyez pas ? Bien sûr que je ne veux pas coucher avec lui. C'est *vous* dont j'ai envie.

Sa prise s'adoucit et elle la lâcha, un peu embarrassée.

— C'est vous, répéta-t-elle. Vous, et rien que vous.

Marcie ne bougeait plus.

— Non, je vous ai vue…

Qu'avait-elle vu ? Keisha dans la rivière qui regardait Jason sur le bateau ? Marcie se trouvait à ses côtés et Keisha plissait les yeux. Ce n'était pas Jason qu'elle invitait à la rejoindre. C'était elle. Ensuite, elle n'était pas restée dans l'eau très longtemps parce que ce n'était pas celle qu'elle espérait qui était venue. Un autre souvenir jaillit. Marcie qui venait faire la surprise à Jason au déjeuner et l'accueil de Keisha : « Ah, la voilà ! La femme. » C'était *elle* qu'elle attendait. Et toutes ces questions sur leur mariage. Ce n'était pas pour savoir si Jason était malheureux, mais si Marcie l'était. Avait-elle tout interprété de travers ? C'était de la folie.

— Mais… et ce coup de téléphone au milieu de la nuit ?

Keisha hésita – *était-ce un signe ?* – puis secoua la tête.

— Pas moi.

— Donc, vous ne voulez pas baiser Jason ?

Marcie essayait d'absorber ces deux nouvelles. Keisha ne voulait pas Jason. Keisha voulait Marcie. Défoncée et bourrée comme elle était, elle avait l'impression de nager en plein délire.

Keisha secoua à nouveau la tête.

— J'ai déjà un mari et c'est largement assez pour n'importe qui. Ça devait l'être pour moi. Je voulais être une bonne épouse. Mais quand je vous ai vue cette première fois, j'ai eu l'impression de prendre la foudre. Je n'arrêtais pas… je n'arrête pas de penser à vous.

— À moi ?

Marcie rougit. Tout ça pouvait-il être vrai ? S'était-elle trompée à ce point ? C'était pourtant elle qui était là à picoler et à se défoncer, pas Jason. Et pourquoi Keisha mentirait-elle sur un truc pareil ?

— Je suis désolée. J'aurais dû ne rien dire. Je ne veux pas que vous soyez gênée à cause de moi. Vous êtes la seule chose bien ici.

Marcie faillit éclater de rire. Jason faisant le beau, si sûr de lui, si arrogant, si masculin, toujours prêt à se plier en douze devant Keisha sans se rendre compte combien il se ridiculisait. Oh, merde, c'était grandiose. Il y avait quelque chose de suprêmement comique là-dedans. Pour une fois, tout ne tournait pas autour de Jason Maddox.

— Et je sais que vous êtes mariée, dit Keisha. Je comprends. Moi aussi, après tout.

— J'aime Jason, dit doucement Marcie.

Était-elle sincère ? Si le coup de téléphone nocturne n'était pas pour Keisha, il était quand même pour quelqu'un. Il lui avait quand même menti. Il était quand même distant depuis des mois, au point qu'elle avait tout de suite cru qu'il voulait se taper Keisha. Mais qu'était-elle censée penser d'autre quand il ne voulait baiser que quand ils étaient bourrés ? Son mariage était devenu un marécage de sables mouvants où elle devait lui être reconnaissante de pouvoir s'accrocher au moindre petit bout d'affection.

— Mais il vous draguait, n'est-ce pas ? Je ne l'ai pas imaginé.

Encore un haussement d'épaules, ce geste charmant d'impuissance.

— C'était assez inoffensif.

La musique se glissait à travers les portes du patio. Marcie avait envie de glisser avec elle.

— Quand la vie est-elle devenue si compliquée ? J'ai envie d'avoir dix-neuf ans, de danser dans un champ quelque part, dans un jean coupé, le nombril à l'air, dit-elle en levant les bras au-dessus de la tête et en trouvant le tempo.

C'était un groove lent avec un beat soutenu qui lui enlevait toute inhibition. Le soleil avait perdu sa rage de midi, mais l'air restait épais et chaud et une légère brise la caressait quand elle bougeait ; une danse d'amour hésitante. Elle laissa ses hanches se balancer, la tête baissée, les cheveux lui tombant sur le visage. Qu'était-il en train de se passer ? Pourquoi se sentait-elle aussi bien ? Aussi *libre* ?

Elle repoussa toute pensée. Elle en avait marre de réfléchir. De s'inquiéter. Pour une fois, elle voulait juste être, une brindille dans une rivière, portée par le courant. Elle fit volte-face, souriante. Elle aima comment Keisha la regardait. Comme si elle était *tout*. C'était décadent, illicite, mal. Ça lui donnait la sensation d'être vivante. Ça l'excitait.

— Vous voulez un *blowback* ? demanda Keisha.

Marcie acquiesça. C'était bon de planer. D'accepter le danger. Un seul fil qui pouvait défaire toute la tapisserie si soigneusement tissée. Ça ne ressemblait pas du tout à Marcie Maddox. Qu'elle aille se faire foutre, Marcie Maddox. Ce soir, elle était quelqu'un d'autre. Keisha ralluma le joint, à peine plus qu'un mégot maintenant.

— C'est la dernière taf, je crois, dit-elle en se rapprochant d'elle jusqu'à ce qu'elles soient visage contre visage. Prête ?

Elle aspira goulûment, le papier se consumant pendant que des graines à l'intérieur éclataient. Son nez se plissa, mignon, ce qui fit sourire Marcie tandis qu'elle ouvrait la bouche. Keisha souffla lentement et la fumée déjà avalée fut douce et fraîche quand elle l'inhala, les lèvres à deux ou trois centimètres de celles de Keisha. *Je suis en train de la respirer*, pensa-t-elle vaguement. Ça vient de ses poumons. Elle frémit et ferma brièvement les paupières, avant d'exhaler doucement à son tour. Elle resta là, immobile, savourant le fourmillement qui courait de ses orteils à son crâne.

— Tu es si belle, murmura Keisha, les yeux écarquillés de stupeur.

Keisha la regardait. La *respectait*. Marcie en trembla de délice.

— Non, dit-elle. *Tu* es belle.

Elle leva les mains pour prendre son visage comme une offrande, l'attirant délicatement jusqu'à ce que ses lèvres si pleines, si douces, effleurent les siennes ; elles s'embrassèrent. Elle aurait dû arrêter, elle le savait, mais non. Soudain, tout son corps était en feu. Elle laissa ses doigts courir sur le cou long, élégant, et l'autre femme soupira encore une fois dans sa bouche, sa langue suivant son haleine, délicate et moelleuse. Le sang dans les veines de Marcie se transforma en courant électrique. Elle était ivre. Elle était défoncée. Et elle embrassait une femme. Elle embrassait Keisha.

— Mon cœur ? Vous êtes là, Marcie et toi ?

La voix avait été à peine audible avec la musique, mais elle trancha le moment comme un couperet glacé. Marcie sursauta ; Keisha s'était déjà écartée. Elles poussèrent toutes les deux une petite exclamation, deux gosses qui avaient failli se faire prendre, puis Keisha baissa le volume en criant :

— Par ici !

Regardant autour d'elle tout en arrangeant ses cheveux, Marcie s'attendait à trouver étalées les preuves de leur débauche, un après-midi de débris de bouffe et de boissons, mais la carafe solitaire de margarita – vide –, les deux verres et le paquet de chips sur la table basse paraissaient presque respectables. La danse, l'herbe, les confessions, le baiser, tout semblait appartenir à un rêve dont elle venait brusquement de se réveiller.

William et Jason apparurent sur le seuil, tous les deux en polo et pantalon repassé, arrivant tout droit du golf. La fête était terminée. Les hommes étaient de retour.

19

Jusqu'à leur départ, Marcie était parvenue à paraître relativement sobre, mais dès que Jason démarra, les mouvements de la voiture déclenchèrent des séismes en série dans sa tête et des hoquets dans son ventre. Elle augmenta la climatisation, avala de grandes goulées d'air et se concentra pour garder le contenu de ses entrailles là où il était censé rester. Elle n'avait pas eu une telle envie de vomir depuis... quand ? Une autre vie.

— Pas si vite dans les virages, marmonna-t-elle, serrant la gorge pour bloquer la nausée.

Une sueur froide lui crevait les pores entre les seins. Ceci allait mal se terminer.

— Qu'est-ce que tu as bu ? Tu as une sale tête.

Elle regarda la vilaine ride qui irritait le front de Jason. Elle haussa les épaules et se montra du doigt.

— À ce point ? (Son gloussement se transforma en gémissement.) Je vais vomir.

— Bon Dieu, Marcie. Tu ne peux pas attendre d'être à la maison ?

Il s'avéra que non. Penchée par la portière ouverte, elle rendit des bouts de donuts mêlés aux filets acides dus à la tequila et au citron, tout en sentant la désapprobation qui poussait derrière elle, depuis le siège conducteur. Finalement, quand elle retrouva son souffle et que la houle qui berçait le monde redevint presque régulière, il sortit un mouchoir en papier de la boîte à gants pour qu'elle s'essuie.

— Ça va mieux ?

— Un peu. (Elle s'affaissa contre le dossier.) Je veux juste m'allonger.

— Tu tiens mieux l'alcool d'habitude. (Il plissa les yeux.) Tu as fumé ?

Son ton commençait à l'agacer. Combien de fois avait-elle dû s'occuper de lui quand il arrivait complètement pété après une soirée entre mecs ? D'accord, pas tant que ça ces deux dernières années, mais elle l'avait fait.

— Oh, ne sois pas si coincé. Et c'était pas des cigarettes. (Non, il avait fait en sorte qu'elle y renonce pour parachever sa transformation de serveuse canon en épouse de la haute société.) Juste un peu d'herbe.

— De l'herbe ? (Il se tordit dans son siège pour la dévisager.) Mais où as-tu trouvé ça, bon sang ? Ne me dis pas que tu l'as achetée à un de ces clochards à qui tu donnes à manger ? Qui sait à qui il pourrait...

— Calme-toi, ce n'était pas la mienne. C'est Keisha qui l'a trouvée, fit-elle avec un petit rire. Tu ne devineras jamais. Dans les affaires d'Eleanor. Cachée parmi ses sous-vêtements. Et il y avait aussi de la morphine et des seringues. Alors, sois heureux qu'on n'ait pas essayé de se shooter.

— Seigneur.

— C'était toi qui voulais que je devienne son amie.

— Ouais, mais je ne pensais pas que ça se transformerait en espèce de virée entre ados et que tu te ridiculiserais à ce point.

Sa patience craqua. Il n'était pas son père.

— Oh, va te faire foutre, Jason. Il ne s'est pas passé grand-chose. Demain, tu vas partir un week-end entier avec ton copain et tu t'énerves parce que je m'amuse un peu ?

Un peu. Elle avait embrassé une femme. Elle avait vraiment embrassé une femme. Katie Perry allait devenir la nouvelle bande-son de sa vie.

— Ouais, fit Jason en redémarrant plus vite qu'il n'était nécessaire. Vomir dans la voiture, c'est d'un drôle.

Le silence tomba entre eux tandis que l'estomac de Marcie continuait à se révolter. Elle déglutit très vite, plusieurs fois, certaine qu'elle n'allait pas tarder à être à nouveau malade.

— William va péter les plombs s'il découvre qu'elle a fouillé dans les affaires d'Eleanor.

— Je ne comptais pas le lui dire, répondit Marcie. Et tu ferais bien de t'en passer, toi aussi. On peut laisser tomber maintenant ? À moins que tu ne veuilles que je dégueule sur ton pantalon.

Elle lui grimaça un sourire qu'il lui rendit plus ou moins.

— Parfois, dit-il, j'oublie que tu es encore si jeune.

Ouais, pensa-t-elle. *Parfois, moi aussi.*

★

Il faisait noir quand elle se réveilla, le crâne douloureux, la bouche sèche et acide. Quelque chose dans son ventre protesta quand elle se redressa avec prudence pour avaler le verre d'eau que Jason avait laissé pour elle avant qu'elle ne sombre. En se rallongeant, elle ne se rapprocha pas de lui. Il dormait sur le côté, un bras sous l'oreiller.

Demain, elle allait être dans un état atroce. Était-ce l'herbe ou la tequila ou le mélange des deux qui l'avaient démolie ? L'herbe était forte, plus que tout ce qu'elle avait déjà fumé et elle n'avait plus beaucoup d'entraînement. Keisha était-elle malade, elle aussi ? Sans doute pas.

Keisha. Bon Dieu, quel après-midi. Marcie n'arrivait pas à y croire. Tout s'était renversé, toute sa haine s'était envolée. Elles étaient pareilles, c'était évident. Toutes deux issues de la plèbe, toutes deux bien plus jeunes que leurs maris qui essayaient de les enfoncer dans un moule qui les broyait. Seules, toutes les deux. Cela dit, il y avait aussi des différences. Marcie n'avait pas épousé Jason pour l'argent. Elle ne niait pas que sa richesse avait compté avoir un homme qui pouvait veiller sur elle , mais elle l'aimait quand ils avaient commencé à sortir ensemble. Elle l'aimait toujours.

Ou pas ? Un ver de doute se tortilla dans sa cervelle. Tout l'argent qu'elle dépensait pour la maison – c'était par ennui. L'ascension sociale. Était-ce si important pour elle ? La rapidité avec laquelle il avait été prêt à arrêter les frais avec sa boutique plutôt que de l'aider à s'en sortir. Rien de tout cela ne l'avait incitée à avoir envie de porter son bébé. De se lier à lui à jamais.

Il l'avait éblouie au début, c'était une certitude, mais qu'éprouvait-elle réellement pour lui maintenant ? Ses secrets. Sa façon de regarder Keisha. « J'étais aux toilettes. » Et si ça n'était pas à Keisha, à qui téléphonait-il ? Tout ça ne ressemblait-il pas à du ressentiment ?

Keisha. Ses pensées revenaient constamment vers elle, comme c'était le cas depuis qu'elle était apparue au bras de William en haut de l'escalier. À présent qu'elle était sobre et menacée par un début de gueule de bois, le baiser la gênait… la brûlait. Ce qui était beaucoup plus que de la gêne. Et si Keisha le disait à William ? Non, aucun risque. En était-elle si sûre ? Il y avait quelque chose d'imprévisible chez elle. La facilité avec laquelle elle s'était ouverte sur son passé. Keisha était du genre à partager.

Et ça, c'était dangereux. Et si elle se saoulait avec Iris ou Virginia et se mettait à tout déballer ? La danse, le baiser, l'herbe. Elles qui prenaient déjà Marcie pour un deuxième choix seraient toutes disposées à la jeter à la poubelle. Oh, bon Dieu.

Elle se roula en boule dans le lit. Ça ne servait à rien de s'inquiéter pour le moment. Keisha n'avait encore rien dit à personne. Le sommeil revenant, elle ferma ses paupières lourdes. Elle avait embrassé une femme. Et ça n'avait pas été si bizarre.

Non. La pensée glissa en elle alors qu'elle sombrait déjà trop profondément pour entendre la vibration du téléphone de Jason annonçant l'arrivée d'un message. *Ce qui était bizarre, c'était à quel point elle avait aimé ça.*

20

La vapeur tourbillonna à travers la porte coulissante quand Keisha avança sous le jet. Elle avait réglé la chaleur au maximum de ce qu'elle pouvait supporter, dans l'espoir que la brûlure le débarrasserait de lui, de tout. Elle avait fait semblant de dormir quand Billy s'était levé pour foncer vers son tapis à la con, alors qu'elle n'avait pratiquement pas fermé l'œil de la nuit. Même l'appel qu'elle était allée passer discrètement au rez-de-chaussée n'avait pas amélioré son humeur. Elle était descendue et remontée en gardant obstinément le regard braqué sur le sol, certaine que si elle le levait, elle verrait des garçons fantômes surgir de la nuit pour l'entraîner dans les ténèbres. Le Valium n'allait pas suffire cette fois. C'était dur de rester éblouissante et confiante quand elle avait à ce point l'impression d'être prise au piège. Après ce qu'il s'était passé avec Marcie, elle aurait dû se sentir bien. Mieux que bien. Jamais elle n'aurait pu espérer connaître ça ici. Sauf qu'il y avait Billy, le mari Jekyll et Hyde.

Elle laissa le jet lui masser les épaules, mais quand il ruissela sur ses fesses, elle grimaça. Cette nuit, ça n'avait pas été le Billy gentil, doux et pitoyable. Il avait pris deux Viagra, bien décidé à profiter de l'excellente humeur de sa femme, et peut-être aussi pour la punir. Peut-être avait-elle été un peu trop resplendissante quand il était rentré et il avait voulu cet éclat rien que pour lui. Quand ils s'étaient retrouvés au lit, il avait tenu à faire des expériences. Réaliser un petit fantasme, avait-il dit. Le souvenir lui donna envie de se recroqueviller dans un coin de la douche. La fessée, elle aurait pu la supporter, mais cette fois, il était passé à un niveau supérieur, se servant de sa ceinture. Au début, ça n'avait été que de petits coups joueurs, pour s'exciter, puis cela n'avait pas tardé à changer. Comme s'il fallait cette dureté pour qu'il soit dur. Pour bander, il avait de plus en plus besoin d'être méchant.

Elle se frotta, essayant de se concentrer sur les bonnes choses. L'avenir. Les mots rassurants au téléphone. La baise, qui avait sans doute à peine duré une heure avant qu'il ne s'endorme, lui avait pourtant paru une éternité. Elle avait eu envie de pleurer. Surtout quand il l'avait pénétrée par *là*. Elle avait déjà du mal avec ce vieil homme obèse quand il se montrait affectueux, mais quand il grondait des obscénités en lui faisant mal… Elle n'était pas faite pour ça. Malgré tous ses efforts, elle ne savait pas baisser un interrupteur et couper les émotions.

La défonce avait tout empiré. Cette herbe était bonne, mais bizarre. Elle l'avait mise dans un drôle d'état, comme si c'était un truc plus fort. Planer n'était pas le mot qui convenait. Elle avait plutôt eu la sensation de rêver. Et elle savait trop bien comment les rêves se transforment vite en cauchemars – *le garçon fantôme, le garçon qui n'existait pas*. Après le rêve du début de soirée, l'heure de baise était devenue un cauchemar.

Comment avait-elle pu voir en Billy un adorable toutou quand ils étaient à Londres ? Inoffensif. Impuissant. Gentil. La gentillesse, c'était un truc pour ceux qui étaient au milieu, les ni pauvres ni riches. Elle n'était pas gentille. Elle n'était pas quelqu'un de bien, elle le savait.

Elle était *maudite*. Pourquoi s'était-elle imaginée qu'il le serait ? Après tout, qui se ressemble s'assemble, non ?

Comment allait-il être aujourd'hui ? Elle n'était pas sûre du tout qu'après l'avoir baisée comme ça Billy serait particulièrement fier de lui et elle devinait qu'il lui serait beaucoup plus facile de l'accuser, elle, plutôt que lui-même. Dire que c'était elle qui faisait ressortir ça en lui. Elle allait devoir se montrer particulièrement sympa avec lui pour soulager sa conscience. Et cette seule pensée lui liquéfia les os.

Elle se tourna vers l'eau, offrant son visage au jet. Elle se sentirait mieux une fois la gueule de bois et la redescente passées.

— Il y a de la place pour moi ? (Le gros corps nu de Billy surgit de la vapeur.) Je te savonne le dos si tu savonnes le mien.

Elle rit et sourit, se demandant si ses larmes se confondaient avec l'eau. Elle ne voulait pas qu'il s'approche d'elle. Pas quand elle venait de se nettoyer. Mais non, elle devait s'endurcir. Tout allait bien se passer. Songeant à la double dose de Viagra qu'il avait prise la veille au soir, elle ferma les yeux, se concentrant sur la caresse de l'eau, ignorant ses mains. Si seulement tous ces cachets pouvaient provoquer une crise cardiaque.

21

— Navrée d'avoir un peu de retard, dit Elizabeth. J'avais oublié que j'avais proposé à Emmett et à Virginia de passer chez eux vérifier le courrier et ça m'a pris plus longtemps que prévu. Ensuite, j'ai dû aller à la banque et il y avait une queue pas possible. Après cela, je suis allée nourrir Midge pour Iris, ce qui n'aurait dû me prendre qu'une demi-heure, sauf que je n'ai pas réussi à la trouver.

Elle chassa un cheveu imaginaire de son front, aucun ne pouvant s'échapper de ses boucles si serrées. Marcie ne l'avait jamais vue aussi agitée.

— Elle n'a déjà pas touché à sa nourriture hier. J'y retournerai tout à l'heure, mais j'ai demandé au garçon de la piscine et au jardinier de vérifier partout. Elle est peut-être coincée quelque part.

— Elle reviendra, dit Marcie. Les chats aiment se promener. Elle est trop vieille pour être allée bien loin.

Ils étaient au club, dans le pavillon réservé à la restauration, Marcie ayant passé une matinée délicieuse, allongée au bord de la piscine où le soleil faisait scintiller des diamants à la surface de l'eau, une carafe d'oranges fraîchement pressées à portée de main, un mauvais roman sous les yeux pendant que son beau mari infidèle travaillait au bureau. Maintenant, il était ici près d'elle et, pour une fois, paraissait détendu. William les avait rejoints après un parcours de golf. Ce qui était peut-être la raison de la bonne humeur de Jason. Il ne l'avait pas eu sur le dos au boulot.

— Je suis sûre que vous avez raison et oui, elle est vieille et malade, mais Iris l'adore. S'il lui arrive quelque chose, elle sera dévastée. Quoi qu'il en soit, poursuivit Elizabeth, je suis désolée de vous avoir fait faux bond au bureau. Voici les détails de votre voyage. (Elle tendit une enveloppe à Jason.) Le vol décolle cet après-midi à quatre heures et demie et un chauffeur vous attendra pour vous conduire à votre hôtel. Je vous ai aussi envoyé tout cela par mail.

— Voulez-vous rester déjeuner ? proposa William.

— Oh non, j'ai un million de choses à faire aujourd'hui. Vous savez comment c'est. Et Zelda reçoit des parents pour son week-end de congé. Comme ils viennent en car, je leur ai proposé une promenade en voiture. Mais merci. Ah... (Elle plissa les yeux dans le soleil.) Voilà Keisha. Eh bien, ce blanc tennis lui va à merveille.

Difficile de dire si c'était là un compliment sincère ou de l'ironie narquoise. Le ventre de Marcie se noua et, machinalement, elle chercha son verre de vin, contente de pouvoir se cacher derrière ses lunettes noires. Que ressentait-elle au juste ? Une gêne craintive ? Oui, mais pas seulement. Un brin de nervosité, aussi. De... l'excitation. Bon Dieu, il était temps qu'elle se reprenne. C'était qu'une bonne femme, merde, pas Tom Hardy. Aucune raison de se mettre dans des états pareils. Et à l'évidence, Keisha n'avait rien dit à William, sinon Marcie le saurait déjà. Non, ce n'était rien. Rien qu'un moment de délire, de beuverie. Néanmoins, la sueur perlait sous ses cuisses, son siège devenait soudain très collant.

Keisha, elle, paraissait parfaitement détendue. Elle s'arrêta au portail de la piscine pour dire au revoir à May et à Charlene. Bon Dieu, la pauvre, partager ses leçons de tennis avec ces deux-là. Les *Mamans Mignonnes* les plus chiantes qui soient jamais apparues à la surface de la Terre. Plus vieilles que Marcie, quarante ans au moins sous le Botox et les masques de remplissage et qui, si elle s'en souvenait bien, se haïssaient jusqu'à ce que la FIV et les subséquents enfants miracles, Joshua et Megan, les unissent. Gâtées et pleurnichardes, toutes les deux. Mais bon, leurs mères l'étaient aussi.

— Oui, hein ? dit fièrement William tandis que Keisha venait vers eux, un grand sourire aux lèvres, les hanches roulant avec confiance.

Marcie voyait Jason qui observait Keisha, absorbait le moindre de ses gestes, et ça l'énerva à nouveau, cette façon qu'elle avait de devenir invisible dès qu'apparaissait la jeune femme. Il n'était pas le seul à s'intéresser à elle. Derrière les lunettes teintées hors de prix, tout le monde autour du bassin la surveillait, l'esprit rempli de malignité et de ragots, tous désireux de voir la jeune parvenue noire qui avait remplacé sainte Eleanor Radford. Des femmes se penchaient les unes vers les autres pour commenter avec des sourires en coin, leurs sarcasmes visant évidemment William. Défilant au milieu de tous ces regards, Keisha ne semblait rien remarquer. Contrairement à Marcie qui sentait toujours quand on médisait d'elle et subissait chaque regard comme un coup de poignard. Soit Keisha était inconsciente, soit elle était déjà habituée. Peut-être que les femmes la regardaient toujours ainsi, comme une menace à éliminer. Au moins, Marcie avait eu le tact de jouer les humbles quand elle s'était glissée dans ce milieu.

— Au fait, j'ai donné votre numéro à Keisha, lui dit William. Je me disais que vous pourriez l'aider pour cette soirée... à voir comme vous vous entendez si bien toutes les deux.

— Pas de problème.

Le cœur de Marcie cognait quand Keisha les rejoignit enfin, se penchant pour embrasser William – une jolie vue pour les foules – et elle se souvint avec un frisson de ses lèvres rouges si douces sur les siennes.

— Donc, Marcie, dit Keisha en s'asseyant, une main tenant celle de William, ils nous abandonnent pour le week-end ? Qu'allons-nous faire pendant qu'ils ne sont pas là ?

— Tout ce que vous voulez, mais avec moins de tequila, intervint Jason.

Il avait répondu à la place de Marcie, ce qui était aussi bien, car sa gorge s'était inexplicablement nouée et la blague lui permit de rire sans avoir l'air d'une imbécile.

— Seigneur, non, dit-elle finalement. Je crois bien que j'ai failli mourir.

— Mais il *faut* qu'on fasse quelque chose, insista Keisha. Vous savez comment c'est, quand les chats ne sont pas là...

— Hé, on va passer un week-end très tranquille à jouer au golf et à nous coucher tôt, dit William. Vous deux vous devriez dîner ici. Je peux vous faire la réservation. Garde de l'énergie pour mon retour, mon cœur.

Marcie eut envie de ricaner. Pour qui se prenait-il ? « Garde de l'énergie. » C'était pitoyable, vraiment, ce besoin chez certains hommes âgés d'impressionner les femmes jeunes. Peut-être parce qu'elles étaient les seules avec qui ils pouvaient le faire.

— Je vais appeler Pierre et Julian, proposa-t-elle. Nous pourrions les inviter chez vous pour un brunch et voir s'ils peuvent se charger de l'organisation. Mais il reste peu de temps d'ici le 4 Juillet. Ils sont peut-être déjà pris.

— Vous pourriez, dit William. Julian faisait un peu partie de la famille autrefois.

Sa bouche se plissa alors qu'un nuage solitaire voilait le soleil et Marcie n'aurait su dire si les ombres sur son visage étaient dues à ça ou bien si son humeur s'était assombrie. Elle avait l'impression qu'il n'appréciait pas énormément les garçons. Julian avait-il été le chouchou d'Eleanor ? Elle s'était déjà fait la remarque que les deux gays étaient un peu trop *folles* pour lui.

— Hé ! s'exclama soudain Keisha. J'ai failli oublier. Devinez qui Charlene est sûre d'avoir aperçu au centre commercial hier ?

Ils se tournèrent tous vers elle.

— Jacquie. Charlene l'a même appelée, mais elle ne l'a pas entendue. Elle était trop loin.

— La Jacquie de Jason ? fit William.

— Ce n'était sûrement pas elle, dit Jason d'un ton froid. Elle ne reviendrait pas ici. Ce devait être quelqu'un qui lui ressemblait.

Marcie remarqua à peine le serveur qui lui apportait sa salade. Jacquie ? Discrètement de retour à Savannah ? Après avoir calomnié Jason, alors même qu'elle partait avec beaucoup plus que ce qu'il aurait dû lui donner pour le divorce en hurlant : « Je préférerais mourir plutôt que de revenir dans cette ville infestée de vipères… et je ne parle pas du zoo ! »

Non, ça ne pouvait pas être Jacquie. Si c'était elle, elle serait passée déjeuner au club avec une de ses vieilles amies, rien que pour énerver Marcie.

— Si vous le dites, fit Keisha, approchant sa chaise de son burger dégoulinant. Mangeons. Je crève de faim.

Mais si c'était bien Jacquie, se demanda Marcie en prenant sa fourchette, que revenait-elle faire à Savannah ?

22

Cela faisait très longtemps que Marcie n'avait pas dormi nue, mais en s'allongeant sur le lit après une douche, le balcon ouvert laissant entrer la brise du soir qui lui caressait la peau, elle avait éprouvé un tel sentiment de liberté qu'elle n'avait pas ressenti le besoin d'enfiler quoi que ce soit.

C'était bizarre d'être seule dans cette maison déjà bien trop grande pour deux personnes ; sans Jason, elle paraissait monumentale. Un superbe manoir italianisant d'une dizaine de pièces qui, ce soir, lui faisait l'effet d'un mausolée. Qui célébrait quoi ? Son mariage ? Jason ? L'homme qui faisait la gueule en permanence, passait des coups de téléphone en cachette et matait les autres femmes. Elle n'avait reçu aucune nouvelle depuis qu'ils avaient atterri et elle n'en était pas surprise. Distrait ne suffisait pas à le qualifier en ce moment. Pour couronner le tout, voilà que Jacquie réapparaissait. Était-ce cela qui le troublait ? Était-il déjà au courant de son retour ? Jason aimait tout contrôler. Était-il en train de découvrir que souvent les femmes ne sont pas soumises, mais en donnent seulement l'illusion ?

Elle en avait marre de penser à son mari et maintenant qu'elle avait son propre sujet de distraction, ce n'était pas lui qui l'empêchait de trouver le sommeil. Elle regarda à nouveau son téléphone. Keisha lui avait écrit dès que William était parti pour l'aéroport. *Faisons quelque chose ce week-end, K.* Marcie n'avait pas répondu, pas tout de suite. Elle ne savait pas trop pourquoi. La vibration sourde au fond de son ventre était un signal lancinant de danger et d'excitation. Déclenchée par le souvenir de ce baiser ?

Non, même pas. C'était le rappel de celle qu'elle avait été autrefois. Libre. Sauvage. Folle et redoutable. Si elle redevenait cette femme, comment cela finirait-il ? En scandale qui l'obligerait à fuir et à trimer dans une cafétéria après avoir foutu sa vie en l'air ? S'extraire de tout ça exigeait une énergie qu'on n'avait qu'une fois dans sa vie et elle avait déjà grillé sa chance. Si c'était juste pour s'offrir un petit frisson, ça n'en valait pas la peine. Finalement, après avoir organisé le brunch du dimanche avec Pierre et Julian, elle avait envoyé un texto assez formel à Keisha disant qu'elle la verrait à ce moment-là. Pas de réponse immédiate puis : *OK, merci. Je suis là tout le we, alors si tu t'ennuies, fais-moi signe.*

Et depuis, elle n'arrivait pas à dormir. C'était une chose de se dire de ne pas faire quelque chose, c'en était une autre d'arrêter d'y penser. Ça l'obsédait, ça l'excitait ; elle se voyait dans des situations qu'elle n'aurait jamais crues possibles avec quelqu'un de ce – de son – milieu. De formidables scènes de cul. Comme si la peur que Keisha en parle à William ayant disparu, quelque chose s'était déverrouillé en elle. Faire ces trucs qu'on ne voyait que dans les pornos. Ridicule, et pourtant… C'était plus fort qu'elle.

Elle fixait le plafond. Keisha avait parlé de coup de foudre. Et elle ? Elle se souvenait de façon saisissante de son entrée, sa descente de l'escalier au bras de William, dans cette robe Versace trop courte, si éblouissante que ça faisait presque mal aux yeux de la regarder. Sa fascination et son sentiment d'envie – sa jalousie ? – n'avaient-ils été que l'expression de son attirance ? Bon Dieu, c'était complètement dingue. Autant que les fantasmes délirants qui la saisissaient à l'idée de ce qui aurait pu se passer si les hommes n'étaient pas rentrés si tôt.

Elle regarda à nouveau le téléphone. Toujours rien de Jason et, au lieu d'être blessée, elle n'en ressentit que de l'irritation. Quand il était parti en Europe l'an dernier pour un client quelconque et qu'elle s'était retrouvée coincée avec une gastro dans leur ancienne maison, il lui avait envoyé des textos tous les soirs avant de dormir. Les temps avaient bien changé.

Elle rouvrit ses messages avec Keisha, le cœur battant un peu plus vite. Et merde, décida-t-elle. Il n'y avait qu'une façon d'être fixée. Elle tapa très vite, avant de pouvoir changer d'avis. *Sortons demain si tu veux. Boire un verre quelque part. Je te dirai où. Désolée si je t'ai réveillée !*

Il était à peine envoyé que le *ping* de réponse retentit. *Génial ! À demain, alors. Bises.*

« Génial ». Bon Dieu. Son ventre se noua. Les dés étaient jetés. Elle s'étira sur le lit, écartant légèrement les jambes. C'était bon. Mieux que ça, même. Sa main glissa sous les draps. Après tout, ce n'était pas un crime de fantasmer. Si ça pouvait lui permettre de calmer cette obsession. Elle ferma les yeux et pensa au baiser.

*

Elle se réveilla en sursaut et se redressa, le corps en alerte, instinctivement consciente que quelque chose n'allait pas. Un bruit. Y avait-il quelqu'un dans la maison ? Elle tendit l'oreille, le cœur battant dans le silence, guettant. Non, rien. Pas dans la maison. Dehors. Un moteur qui tournait. Pas d'inquiétude.

Elle se leva pour aller fermer les portes et les volets du balcon. La brise était tombée et l'air nocturne était une sorte de goudron épais qui enveloppait la maison. Le bruit de moteur résonnait toujours. Bizarre, ce n'était pas un quartier où les gens se baladaient au beau milieu de la nuit. Chez les riches, le calme aussi fait partie des accessoires de luxe. Systèmes d'alarme branchés, tous les résidents couchés à minuit au plus tard. Seul le chant des cigales sur les pelouses impeccables troublait la paix.

Vaguement curieuse, elle jeta un coup d'œil dehors. La voiture ne bougeait pas, garée en face de la maison, phares éteints, moteur tournant. Une conduite intérieure sombre, bleue peut-être, difficile à dire ; elle stationnait assez loin du halo du réverbère. Qui était à l'intérieur ? Et qui cette personne observait-elle ? Sur une impulsion, elle alluma la grande lampe sur pied près de la commode, inondant la chambre de lumière, tout en se dissimulant pour regarder. La voiture démarra aussitôt, rallumant ses lumières au bout d'une centaine de mètres.

Elle cessa de respirer. Elle. C'était elle qu'on surveillait. Ou alors Jason. Elle resta ainsi encore un moment, jusqu'à ce que les feux de la voiture disparaissent. Qui pouvait vouloir les surveiller ? Jacquie. L'ex de Jason était peut-être vraiment revenue. Elle éteignit la lumière, monta la climatisation et se recoucha. Était-ce Jacquie qui avait envoyé un texto à Jason au milieu de la nuit ? Sûrement pas. Le divorce avait été trop amer pour qu'elle veuille le récupérer maintenant qu'elle était à nouveau célibataire. Cet amour-là s'était depuis longtemps transformé en haine et en dégoût.

Elle refusa d'y penser davantage. Il était deux heures du matin et elle n'allait pas perdre le sommeil à cause de Jacquie. Qu'elle aille se faire foutre. Demain, elle irait s'acheter une robe neuve pour la soirée en ville qui l'attendait. Une nuit avec Keisha.

23

Keisha planait et pas seulement à cause du joint qu'elles fumaient dans cette ruelle derrière le bar sur River Street, leurs talons cognant les pavés. L'air était empli de jazz et de musique live et des odeurs de fruits de mer qu'on servait dans les bars et les restaurants qui donnaient sur l'eau. Le genre d'endroits qu'elle adorait. La soirée était géniale. Mieux que ça, même. Marcie portait une mini robe noire pailletée à bretelles, visiblement neuve, qui mettait ses jambes bronzées en valeur ; les cheveux lâchés sur les épaules, négligée et sexy. Et elle était déjà là quand Keisha était arrivée. En la voyant, son cœur s'était accéléré. Marcie était curieuse, c'était évident. Elles avaient eu beau en rire en buvant leur premier verre, le baiser avait ouvert une porte qu'elles étaient toutes les deux tentées de franchir. Peut-être allaient-elles le faire. La nuit commençait à peine et c'était bon d'être là, entourée de gens de son âge. Elle respirait enfin, loin de l'atmosphère oppressante de luxe guindé dans laquelle elle vivait désormais. Loin de tous les fantômes, ceux qui appartenaient à cette ville et ceux – *le garçon qui n'existe pas* – qu'elle avait ramenés avec elle dans son esprit fragile.

— Je n'arrive pas à croire qu'on recommence déjà, dit Marcie avec un rire d'adolescente en tirant une longue taf sur le pétard. J'ai à peine récupéré de la première fois.

— T'en fais pas. Je te tiendrai les cheveux si tu vomis.

— Si c'est pas de l'amour, ça.

Marcie rit à nouveau avant de rendre le joint. Ses yeux brillaient et Keisha éclata de rire, elle aussi. Elle se sentait bien ce soir. Elle avait la tête claire. Elle aimait bien quand elle était comme ça, c'était toujours mieux que quand le pendule repartait dans l'autre sens et qu'elle perdait les pédales.

— Fumer, c'est pas trop ton truc, hein, Marcie ?

Une de leurs nouvelles amies, Daria, suça le pétard de façon impressionnante, deux centimètres de papier cramant et s'illuminant, avant de le passer à Jade, sa compagne. Il y avait eu collision de tournées dans le bar bondé et elles s'étaient mises à bavarder. Étudiantes à la Savannah State University, en résidence à Tiger Court, les deux filles avaient la vie devant elles. Daria travaillait à temps partiel comme serveuse pour payer ses études et Jade envisageait de tout envoyer péter pendant un an, pour un voyage initiatique entrecoupé de petits boulots dans des complexes hôteliers du côté de Goa et en Thaïlande. Elles étaient normales. Pas de fonds de pension, pas de petite Mercedes offerte par papa. Elles étaient presque comme les filles que Keisha avait connues avant.

— Marcie est mariée depuis trop longtemps, dit-elle. Elle a oublié comment on s'amuse.

Marcie lui tira la langue.

— Rigole, mais donne encore cinq ans à William et, d'ici là, tu auras depuis longtemps oublié l'époque où tu fumais des joints. Sauf s'il t'en demande pour soulager sa douleur pendant que tu le pousseras dans son fauteuil roulant.

— Cinq ans ? Et moi qui espérais qu'il serait mort et enterré bien avant ça.

Elles rirent toutes les quatre, Keisha plus fort que les autres. Elle se sentait presque délirante, l'excitation, le danger, menaçant de lui faire franchir la ligne. Hauts époustouflants et gouffres terribles, tels étaient ses paysages mentaux. L'héritage de sa mère morte. *La malédiction.* Elle chassa ce mot.

— Et il paraît que le romantisme est mort, fit Jade en regardant l'heure sur son smartphone. Bon, ça été super de vous rencontrer, mais faut qu'on y aille. Viens, ajouta-t-elle en tirant Daria par sa veste, j'ai dit à Laz qu'on y serait vers onze heures et demie. Il ne va pas attendre et on le retrouvera jamais.

— Hé ! s'exclama Daria. Vous devriez venir aussi, vous deux ! Ça va être la folie ! Une vraie teuf en plein air dans les bois derrière le Truman Parkway. On boit, on mange, on danse. Des tentes plantées un peu partout, et c'est gratuit. Ils font ça tous les ans. Ça dure jusqu'à l'aube pour ceux qui tiennent.

— Qu'est-ce que t'en penses ? demanda Keisha à Marcie. Ça pourrait être marrant.

— Je ne crois pas. Je ne suis pas du genre à faire la fête jusqu'à l'aube, dit Marcie.

— On n'est pas obligées d'y passer la nuit. Juste une heure ou deux.

— Bon, d'accord.

— Waow, t'as vite changé d'avis. J'ignorais que t'étais aussi influençable. C'est bon à savoir…

Marcie leva les yeux au ciel, mais ses joues prirent une teinte un peu rouge que Keisha trouva magnifique.

— Bon, vous venez, les mecs ? dit Jade en tapotant sur son iPhone. J'appelle un Uber.

— Je veux, fit Keisha. Les fêtes, on adore.

— Alors, vous allez vous éclater, dit Daria, les yeux brillants. Pour ceux qui connaissent, c'est la nuit la plus folle de l'année.

24

Marcie retint sa respiration quand elles dépassèrent la pile de sacs-poubelle qui servait de frontière entre la ville normale et la cité de SDF qui s'étalait sous l'autoroute. La montagne de déchets non ramassés puait et elle n'osait penser à la vermine qui devait y grouiller.

— On y est presque, dit Daria.

— On va devoir traverser ça ?

Keisha montrait le campement de tentes et les gens qui vivaient sous un ciel de béton. Ici et là, des visages les fixaient, impassibles. Pas tout à fait menaçants, mais définitivement dérangeants, ils étaient massés autour de barils rouillés, qui en d'autres saisons devaient contenir des feux, entre des piliers couverts de graffitis. Le bas-ventre d'une ville que personne ne voulait voir.

— Vous inquiétez pas, déclara Jade. On va dans les bois. Tout ira bien.

— Si tu le dis, tant mieux.

— Je vous le répète, c'est une nuit spéciale.

Marcie n'était pas convaincue. Que fabriquait-elle ici à suivre deux filles qu'elle venait tout juste de rencontrer et qui les conduisaient sans doute à un machin interdit ? Si ça se trouvait, on allait les dépouiller. Ou pire. C'était le genre de conneries impulsives qu'elle faisait quand elle était jeune, mais plus maintenant. Elle n'était là que parce que Keisha en avait visiblement envie. Keisha. Tandis que Jade les entraînait sur un chemin qui s'enfonçait parmi des arbres de plus en plus denses, elle lui prit la main et la serra comme pour la rassurer. Non, elles n'allaient pas se défiler, alors autant essayer de se détendre et d'en profiter.

Ce fut une promenade de quelques minutes dans le noir avec juste les lumières de leurs téléphones – qui heureusement captaient tous un signal à fond – pour les guider, jusqu'à ce qu'elle perçoive les premiers sons, un bourdonnement de vie quelque part devant. Alors qu'elles se baissaient pour passer sous des branches, le chemin atteignit une crête pour redescendre brusquement vers une clairière assez vaste, grande comme une moitié de terrain de foot.

— Waow, fit Keisha.

Marcie n'aurait pas dit mieux.

Bon, d'accord, elles n'allaient pas se faire dépouiller. Des guirlandes d'ampoules étaient accrochées aux arbres à la périphérie au-dessus de tentes et de stands improvisés et un immense feu de bois pas encore allumé avait été préparé au bout du champ ; il y avait des chandelles un peu partout, de la nourriture qu'on cuisinait et des tas – une centaine au moins – de gens qui dansaient et riaient. La musique vibrait dans l'air, un rythme sensuel, lourd de percussions, comme s'il émanait de la terre elle-même.

— La nuit de la Saint-Jean, baby !

Jade bondit au cou d'un Noir au crâne rasé, nouant ses jambes autour de sa taille. Il était si grand qu'elle avait l'air d'une enfant dans ses bras.

— Salut, Laz. On a ramené des copines, dit Daria. Et on a toutes besoin d'un verre.

Laz se libéra de Jade et les conduisit vers une table où une hippie d'une cinquantaine d'années remplissait des gobelets en carton avec une mixture macérant dans une bassine.

— Bienvenue, dit-il en leur tendant un gobelet à chacune. Buvez, mangez, dansez et soyez heureuses. Ce soir, vos vœux se réalisent.

— Qu'est-ce que c'est ? demanda Marcie en regardant la boisson.

— Du tafia. Un mélange à base de rhum fait maison.

Elle attendit que les autres, Laz compris, boivent leurs verres, parano à l'idée que ce machin soit trafiqué. Elle regarda Keisha qui lui fit un clin d'œil.

— Cul sec.

Marcie examina encore le contenu du gobelet, puis elle respira un bon coup et but.

Après cela, le monde tangua et le temps s'étira comme de la mélasse. Elles avaient déjà perdu Daria et Jade, ce qui ne la dérangeait pas. Elle n'était pas ivre, pas tout à fait. Le tafia lui brûlait la gorge, mais la détendait et, alors qu'elles déambulaient dans la clairière, il lui fut parfaitement naturel de nouer sa main à celle de Keisha et de sentir sa tête sur son épaule quand elles s'arrêtaient devant une stalle pour regarder ce qui cuisait ou ce qui était vendu.

La chaleur. Ce fut tout ce que Marcie sentit quand Keisha l'entraîna dans la masse torride de gens, de plus en plus nombreux. Le feu avait été allumé et il était formidable, une brume âcre flottant au-dessus d'elles. Un homme aux cheveux courts teints en blond et des yeux écarquillés entourés de khôl très noir sur sa peau blanche, leur sourit en remplissant à nouveau leurs gobelets et en criant :

— À John Bayou ! C'est sa nuit !

Un coude s'enfonça dans le dos de Marcie, des danseurs cherchant de l'espace, et elle traîna Keisha vers l'avant où il semblait y avoir un peu plus de place. Bon, c'était près du feu et elles risquaient de crever de chaud, mais au moins elles ne se feraient pas piétiner. La musique se faisait plus forte, plus énergique, et les corps moites suivaient la cadence avec joie. Dieu merci, Keisha ne semblait pas vouloir se joindre à eux. En fait, une ride barrait son front tandis qu'elle regardait sur sa droite.

— Ça va ? cria Marcie.

— J'ai cru voir…

Elle s'interrompit avant de secouer la tête et la ride disparut.

— Rien… ça doit être la fumée.

Marcie passa devant pour l'extirper de ce bain de foule et se réfugier sur un petit espace dégagé à la lisière de la clairière. Elle fut soulagée d'y voir un chemin goudronné qui semblait mener hors du site, les arbres paraissant un peu moins denses dans cette direction. Le signe qu'elles pourraient partir d'ici plus facilement qu'elles y étaient venues.

Elles avaient quitté la piste de danse improvisée au bon moment. Un nouveau morceau venait de démarrer et il attirait tout le monde sur l'herbe. Marcie ne le connaissait pas, mais le beat lourd inspirait visiblement les fêtards, car beaucoup s'étaient mis à sauter en hurlant : « *Dansé, Calinda !* », les paroles du refrain. Il était difficile de ne pas se laisser entraîner par cette énergie. Des visages surgissaient de la fumée, souriants et luisants de sueur, tandis que les corps bondissaient et se tordaient en l'air.

— C'est de la folie ! dit Marcie.

— Ouais, comme une rave. Mais c'est assez marrant. Il nous faudrait juste des cachets.

Ça devait être différent pour Keisha. Elle avait sûrement connu de tas de soirées comme celle-ci à Londres. Dans des fêtes. Dans des clubs. Marcie n'avait plus mis les pieds dans une boîte depuis elle ne savait plus quand. En tout cas, pas depuis qu'elle était avec Jason. Elle se sentait un peu débordée. Pas vraiment à sa place. À vrai dire, elle ne savait plus où était sa place. Elle but la moitié de son gobelet et la brûlure la fit tousser.

— Doucement, s'esclaffa Keisha, hilare. Faudrait pas que tu vomisses encore toute la nuit.

Son visage était radieux dans la lueur du feu. Marcie sentit à nouveau cette autre chaleur l'inonder. Qu'y avait-il chez cette femme qui la fascinait autant ? Dans quoi se laissait-elle entraîner ?

— Et que voudrais-tu que je fasse de ma nuit ? murmura-t-elle.

Elle frissonnait, le bruit autour d'elles se transformant en une rumeur sourde, une ouate sonore entre le monde et elles.

— Tu sais ce que je veux, dit Keisha, si confiante et si fragile en même temps.

Elles se regardèrent, les yeux soudés, incapables l'une et l'autre de rompre le contact. C'était intense. Trop. Une part de Marcie était tentée de fuir comme un lapin effrayé, retrouver la sécurité, se réfugier dans cette vie morne avec son mari beaucoup plus âgé qu'elle. Son mari qui mentait et qui passait des appels secrets au milieu de la nuit, qui était toujours de mauvaise humeur dans leur grande maison. Non, elle ne voulait pas fuir. Pas ce soir. Pas cette nuit où elle avait la sensation que tout était possible. Elle prit le visage de Keisha entre ses mains.

La chaleur du feu n'était rien comparée à la lente brûlure du baiser, une brûlure douce, délibérée et délicate. Laissant échapper un gémissement, Keisha pressa son corps contre le sien et Marcie crut qu'elles se fondaient l'une dans l'autre. Il faisait trop chaud. Il y avait trop de monde. Mais impossible de ne pas continuer. Au bout d'une seconde, Keisha s'écarta, les yeux aussi vitreux que devaient l'être les siens, pour regarder autour d'elle. Avait-elle peur, elle aussi, que quelqu'un les voie ?

— On devrait peut-être…

Tout à coup, la musique s'arrêta et, instantanément tout le monde se tut. Comme si le monde, justement, venait de perdre le son.

— Qu'est-ce qui leur prend ? marmonna Keisha.

Pendant un instant, il n'y eut rien, pas même un souffle, et puis un lent roulement de percussions démarra tout autour d'elles, les musiciens cachés parmi les arbres, comme si la forêt elle-même exigeait de se faire entendre. Les danseurs pétrifiés fixaient le grand feu de bois, les yeux écarquillés, attendant.

— Regarde, souffla Keisha.

Marcie regardait. On avait dû installer une espèce de plateforme derrière le bûcher, car trois silhouettes émergèrent, comme sortant des flammes pour léviter au-dessus du brasier. D'abord surprise, Marcie se figea en plissant les yeux. C'était impossible. La figure centrale s'avança et dès qu'elle apparut dans la lumière, les tambours s'arrêtèrent. La foule poussa une exclamation quand deux hommes jetèrent de la poussière dans la fournaise, faisant surgir des étincelles de toutes les couleurs qui s'envolèrent dans le ciel, aussi éblouissantes qu'un feu d'artifice ; momentanément aveuglée, des points blancs ou transparents dansant devant elle, Marcie grimaça. Mais elle en était certaine. C'était la femme.

25

Keisha resta bouche bée, ayant même oublié Marcie. Ça ne pouvait être une coïncidence. « Non, fit la voix de tata Ayo, parfaitement claire dans sa tête. Tu as ça dans le sang. La malédiction te retrouvera toujours, KeKe. »

— C'est elle, murmura Marcie à ses côtés.

Keisha, incapable de répondre, hocha la tête.

La grande et grosse vieille femme, escortée de flammes bondissantes, fit un nouveau pas en avant, ses cheveux ocre donnant l'impression qu'elle était en train de brûler vive dans la nuit.

La femme du square. La folle avec tous ses gris-gris. C'était bien elle. Marcie avait raison. Keisha comprit alors ce qu'était cette soirée. Pas une rave. Pas une fête. Mais une *celébration*. De pouvoir. De ce à quoi on donnait bien d'autres noms et qui habitait tata Ayo. Ce que Keisha avait toujours fui. Elle avait fui, encore et encore, et cette chose l'avait toujours retrouvée. Même ici, de l'autre côté de l'océan.

Au-dessus d'elles, la vieille dame souriait, bienveillante, à la foule, puis elle leva sa canne et l'abattit trois fois, les tam-tams dans la forêt à l'unisson. *Boum, boum, boum !* Aussitôt, tous les gens réunis là s'agenouillèrent et frappèrent le sol trois fois avec leurs poings en écho.

Au dernier coup, derrière la vieille femme, les deux silhouettes, l'une à sa gauche, l'autre à sa droite, un voile sur la tête et les épaules, levèrent haut les bras.

— C'est vraiment des serpents ?

Keisha jeta un coup d'œil à Marcie. Son visage pâle reflétait les flammes tandis qu'elle fixait sur la scène, mi-horrifiée, mi-fascinée, les grands serpents qui se tordaient sur les bras des deux assistantes.

— Mais, c'est… ?!

Marcie s'arrêta, médusée.

Ce soir, nous dansons ! rugit la vieille femme, la voix profonde défiant les âges exigeant leur attention. Nous appelons ceux qui dansent parmi nous ! Les esprits ! Les fantômes ! Le grand Dr John, le vieux John Bayou !

Une clameur monta, une mer de bras déferla au-dessus des têtes tandis que des pieds nus martelaient l'herbe.

— La reine, la mère Laveau, et ses filles ! Que les fantômes viennent parmi nous !

Trois nouveaux coups de canne et la foule lui répondit, en ajoutant cette fois une incantation :

— *Foi ! Espérance ! Charité ! Li Grand Zombi !*

Ce chant résonna dans l'âme de Keisha, celui de cette religion de la terre qu'ils pratiquaient, en partie celle de tata Ayo, en partie issue de ce vieux Sud, en partie unique en elle-même. Elle fixa la femme dominant le brasier. Non, elle n'était pas comme tata Ayo. Elle ne se cachait pas en secret pour pratiquer sa magie noire, interdite. Cette femme, cette prêtresse, était vénérée. Adorée. Il y avait de l'amour ici. Keisha le sentait. Était-elle le yin du yang de tata Ayo ? Le bon attire le bon, le mal attire le mal. Elle frissonna malgré la chaleur. Cette femme pouvait-elle la voir au milieu de toute cette foule ? Percevoir que Keisha était le mal ? Maudite ? Corrompue ? Une paria.

Et alors, tandis que la grande prêtresse scrutait sa congrégation, ses yeux sombres enfoncés dans ces joues grasses s'arrêtèrent sur ceux de Keisha. Du feu coula dans ses veines. La femme la voyait. La voyait vraiment.

La femme rit, un rire rauque, amusé, comme dans le square quand elles avaient cru avoir affaire à une folle, puis elle leva les bras, la canne plus haute encore que les serpents derrière elle, le pommeau en tête de serpent étincelant et s'exclama :

— Ce soir, il vous accorde vos plus chers désirs ! Maintenant, *Dansé, Calinda ! Badoum ! Badoum !* Que les esprits soient en joie !

Là-dessus, les flammes se déchaînèrent, s'élevant dans le ciel, d'une blancheur de magnésium, et quand elles retombèrent, les deux femmes et elle avaient disparu, comme si elles avaient été des esprits. La musique rugit à nouveau, sans tam-tam cette fois, mais jaillissant de multiples haut-parleurs, communiquant son énergie à Keisha.

Il n'y avait pas eu que du rhum dans cette boisson et, aux petits fourmillements qui lui parcouraient la peau, cette joie suave qui l'emplissait, elle devina qu'il devait s'agir de MDMA. Elles avaient été droguées et cela aurait dû l'inquiéter, mais non. Ici, tout le monde partageait. C'était leur vin de communion. Elle se sentait sereine et bienheureuse. Unie avec tout.

— C'était quoi, ça ? Un truc vaudou ? C'était bien cette femme, fit Marcie en contemplant le feu comme si cela pouvait faire revenir la vieille prêtresse. Et les autres avec les serpents... Je suis sûre que...

Elle était sidérée, déconcertée, et pas qu'un peu dans les vapes. En pleine confusion. Elle fronça les sourcils, et but encore.

— Arrête de te prendre la tête, dit Keisha qui l'attira à elle et se mit à onduler avec la musique.

Cette fois, ce fut elle qui commença, embrassant Marcie avec exaltation. « Il vous accorde vos plus chers désirs ! » C'était un signe. Tous ses vœux allaient se réaliser. Billy bientôt mort et elle libre, riche et amoureuse. Tata Ayo s'était trompée. Elle n'était pas maudite, elle était bénie, au contraire. Oui, elle le sentait.

— Oh, merde, dit Marcie. Regarde.

Keisha se retourna. Baignés par la lumière du feu, les gens dansaient toujours, mais en se *mélangeant*, les doigts se nouant ou enlevant des vêtements pendant que des lèvres se rencontraient, une main sur une personne, la bouche sur une autre, les fringues tombant les unes après les autres pendant que les corps se rejoignaient. La gorge de Keisha s'assécha, en proie à une chaleur qui ne devait rien au bûcher.

— Vous voulez participer ?

La voix la fit sursauter et elle se tourna à nouveau pour découvrir Daria, la main dans celle de Jade tandis que Laz les entraînait toutes les deux vers la masse de gens. Elle l'embrassa et quand il glissa les doigts sous son tee-shirt, Jade l'imita, remontant le tissu, exposant ses seins pâles. Daria s'arracha au baiser pour plaquer Jade contre elle, un dernier sourire à l'adresse de Keisha et de Marcie, et puis tous les trois se retrouvèrent absorbés, noyés dans la mer de chairs.

— On devrait y aller, dit Marcie.

Sa voix était essoufflée et ses yeux étaient fixés sur la masse mouvante de peaux et d'organes qui léchaient, suçaient, soupiraient, se baisaient devant elles, tous les fidèles perdus dans leurs propres mondes, emplis du plaisir sensoriel et entêtant de savourer quelqu'un d'autre et de simplement *être*. Si un dieu, ou des esprits, existaient vraiment, voilà sûrement ce qu'ils auraient voulu des humains. Cette communion ? Cette joie ?

Keisha embrassa doucement Marcie dans le cou, sa langue frôlant la peau le long de sa gorge, son haleine brûlante contre elle, jusqu'à la faire gémir et qu'elle renverse la tête en arrière, les yeux clos, les lèvres entrouvertes. Les doigts de Keisha glissèrent sous les bretelles de la délicate robe pailletée pour les faire glisser sur ses bras.

— On devrait rester, murmura-t-elle, et elle sentit la peau de Marcie se couvrir de chair de poule sous ses paumes.

Quand elles s'allongèrent à même la terre, leurs mains s'explorant l'une l'autre, Marcie ne protesta pas.

DEUXIÈME PARTIE

Je marche sur des échasses dorées,
Je veux voir ce qu'ils savent faire !

Vieux chant créole

26

Marcie avait le corps endolori d'être restée dehors toute la nuit, de s'être endormie dans l'herbe au milieu d'étrangers, de s'être réveillée très peu couverte en ayant froid avant de fumer leur dernier joint et de choper un Uber pour rentrer à l'aube. Mais maintenant, quelques heures plus tard, alors qu'elle se réveillait lentement du sommeil des morts, même les douleurs étaient délicieuses. Elle savoura le contact de Keisha, frissonnant quand celle-ci se glissa sous les draps, descendit encore et vint poser les mains à l'intérieur de ses cuisses pour les écarter. Quand sa bouche la toucha, Marcie gémit.

C'était tellement différent. Le sexe dans un miroir, pas contre. Réflexion, pas objectivation. Peau douce contre peau douce, pas de poils durs et râpeux, aucune exigence de bruit ou de validation. Chacune comprenait le corps de l'autre. Si inexpérimentée que soit Marcie dans ce genre de rapport, elle savait néanmoins comment satisfaire Keisha. Comment trouver le bon endroit. S'il fallait aller vite ou lentement. Avec quelle dureté exactement mordiller ses tétons. Comment exciter. C'était l'amour entre égales. Pas un combat, même quand elles se mordaient la peau ou se tiraient les cheveux.

Une main remonta sur son sein pendant que la bouche et les doigts de Keisha la travaillaient jusqu'à ce que des étoiles éclatent sur l'écran de ses paupières et que tout son corps tremble. Elle soupira et laissa échapper un petit rire pendant que Keisha revenait dans ses bras, seins contre seins. Comme c'était étrange. Ridicule. Fou. Impossible que cela continue, bien sûr ; elles ne s'en souviendraient que comme d'un week-end de délire, mais c'était aussi tellement magnifique qu'elle ne voulait pas que cela se termine. Cette sensation inouïe de liberté.

Elle pressa son visage contre l'épaule noire pour se protéger des rayons de soleil avant de rire encore. Keisha dans le lit de Jason. Et pas du tout comme il l'avait sans doute imaginé, pensa-t-elle, réjouie. *Attention à ce que tu souhaites, Jason Maddox.*

— Qu'y a-t-il de si drôle ? demanda Keisha.

— Rien. Tout.

Keisha roula sur le dos, le regard rivé au plafond.

— C'est étrange, non ? Comment les gens se trouvent. Comme toi et moi ? Il y avait une fille à Londres, Dolly, mais je ne l'aimais pas. Pas vraiment. Elle est dure comme la pierre. Le cœur blindé. Mais avec toi, avec toi, je savais que si je… que si nous avions la chance d'être ensemble, ce serait incroyable.

— N'oublions pas que nous sommes toutes les deux mariées.

— Détail mineur. On n'a qu'à les quitter. Passer un accord et nous tirer d'ici, dit Keisha sur un ton léger.

Le ventre de Marcie se serra.

— Oui, j'imagine déjà. On se crèverait à bosser dans un club ou dans un bar, trop pauvres pour s'offrir un restau, trop fatiguées pour baiser. Chacune en voulant à l'autre.

— C'est ce que je préfère chez toi, Marcie. Ta vision positive de la vie.

Elles sourirent toutes les deux et, dans le silence confortable qui s'installa, Marcie tenta de somnoler encore un peu. Cela faisait une éternité qu'elle n'avait pas connu une grasse matinée paresseuse d'amour et de rire.

— Quand Billy mourra, je serai une veuve riche, dit Keisha. Et tu voudras bien de moi, alors.

— Toutes les filles te voudront, répondit Marcie en se retournant vers elle, tout sourire. Les garçons aussi. Il faudra que je me batte avec eux pour t'avoir. Ou alors, tu prendras ton argent et tu rentreras à Londres, vers les lumières de la grande ville.

Le visage de Keisha s'assombrit.

— Non. Je n'y retournerai jamais. Tu as fait un vœu, hier soir ?

— De quoi tu parles ?

— De ce qu'a dit la vieille femme. Dr John veut bien t'accorder ton plus cher désir.

Elle avait prononcé cette dernière phrase avec une emphase exagérée, mais elle ne semblait pas vraiment trouver ça drôle.

— Ne me dis pas que tu y crois ?

C'était sympa de voir ce côté-là de Keisha. Un peu fragile. Enfantin. Pas aussi sûre d'elle qu'elle en avait l'air.

— Ma famille y croit.

Marcie s'assit dans le lit.

— Vraiment ? Du vaudou ? À Londres ?

Gênée, Keisha haussa les épaules.

— Ou quelque chose qui y ressemble. Tout ça vient d'Afrique, après tout. Chez nous, c'est plus sombre. Voir cette femme, tous ces gens qui faisaient la fête et semblaient si heureux, comment dire, ça me parlait. Ça me montrait le côté lumineux. Joyeux. La bonne magie. J'avais encore jamais vu ça. Il n'empêche… ça me fout un peu la trouille.

Elle coinça une mèche derrière l'oreille, un geste charmant, et dans les stries de soleil qui passaient à travers le volet, elle était superbe. Époustouflante.

Pour une fois, l'admiration de Marcie ne se teintait pas de jalousie, n'était que pure fascination. L'étrangeté inédite de sa situation la sidérait. Elle ne s'était jamais imaginée avec une femme – l'amour avec des femmes, des étrangères sans visage, n'avait été qu'un rare fantasme, rien qu'elle n'avait jamais vraiment voulu *faire* –, mais avec Keisha, elle était insatiable. Elle voulait explorer et explorer encore. En retirer le maximum avant la fin inévitable. C'était une chose qu'elle n'avait entièrement que pour elle. Un nouveau secret.

Quand avait-elle éprouvé ça pour la dernière fois ? Avec Jason, au début. Elle avait eu la même pensée : tirer de lui le maximum avant que ça s'arrête. Mais elle était amoureuse de Jason. Il avait été sa promesse d'un avenir agréable. Argent. Confort. Sécurité. Et, enfin dans sa vie, un minimum de respect. Était-elle en train de tomber amoureuse de Keisha ? Et que lui promettait cet amour ? Une liberté décadente ? La révolte contre tous ces gens qui ne cessaient de la rejeter, de l'exclure de leur cercle ?

— J'ai vu un fantôme quand j'étais petite, dit Keisha, le regard au loin, la voix douce. Chez ma tante. Un garçon. Un garçon qui n'était pas là.

— Les fantômes, ça n'existe pas.

— Tonton Yahuba m'a frappée quand j'en ai parlé. Tata Ayo a dit que c'était le signe que j'étais maudite. Une folle comme ma mère. Ils m'ont ordonné de ne plus jamais y penser. Et vers treize ans, ils m'ont mise sous Valium. Depuis, j'ai jamais arrêté. Ça aide.

Marcie l'embrassa.

— Les fantômes n'existent pas, répéta-t-elle. Ce ne sont que des illusions d'optique ou de l'esprit. Maintenant, arrêtons les discussions débiles et profitons de cette matinée.

Se secouant, Keisha sourit et soudain elle redevint radieuse, sa bouche sur celle de Marcie pendant que son dos s'arquait de désir. Versatile, voilà ce qu'elle était, décida Marcie. Lumineuse puis sombre en une fraction de seconde. Jason ne s'était pas trompé. Elle était rafraîchissante. La sonnerie de son téléphone fit voler le moment en éclats et elle gémit en regardant l'écran.

— C'est Elizabeth. Qu'est-ce qu'elle veut ?

— Une triplette ? fit Keisha en haussant un sourcil et Marcie s'esclaffa. Ne réponds pas, ajouta-t-elle en frôlant un de ses tétons du bout des lèvres. Oublie-la.

En dépit du picotement de plaisir, Marcie en fut incapable. L'appel d'Elizabeth était un nuage noir dans cette matinée ensoleillée, un rappel du monde réel. Elle appuya sur la touche.

— Elizabeth, salut. Qu'y a-t-il ?

— Désolée de vous déranger, mais j'ai d'abord essayé le portable de Keisha et je n'arrête pas de tomber sur sa boîte vocale. Est-elle avec vous ?

— Euh… oui. Nous sommes sorties hier soir et elle a dormi à la maison.

Marcie avait soudain très chaud, comme si sa culpabilité était évidente. C'était ridicule. Quand leurs maris n'étaient pas là, les femmes découchaient en permanence les unes chez les autres ; il n'y avait rien là de suspicieux. Ce qui ne l'empêchait pas de se sentir transparente.

— Sa batterie a dû se vider.

Elle regarda Keisha qui avait récupéré son téléphone abandonné quelque part par terre avec ses vêtements. Elle le vérifia et hocha la tête.

— Ah, je vois, reprit Elizabeth. C'est juste que Pierre et Julian sont ici. Comme on ne leur répondait pas à la porte, ils ont sonné Zelda qui les a fait entrer et m'a ensuite appelée. Nous étions tous un peu inquiets ! N'étiez-vous pas censées bruncher avec eux aujourd'hui ? Pour préparer la fête ?

— Oh, mon Dieu, oui !

Pierre et Julian. Comment avait-elle pu oublier ?

— Quelle heure est-il ?

— Une heure et demie.

— Je suis tellement, tellement, désolée. Pouvez-vous demander à Zelda de les faire patienter ? Nous arrivons le plus vite possible.

— Je m'en charge. La famille de Zelda est ici et je ne veux pas la déranger davantage. C'est son week-end de congé.

Était-ce un reproche ? Pour être juste, elles le méritaient un peu.

— Je suis vraiment désolée, Elizabeth, répéta-t-elle.

— Ne vous inquiétez pas. Je n'avais rien de spécial à faire. Je vais préparer quelque chose sur le pouce ou bien passer une commande. À tout à l'heure.

— Merci, merci. Et s'il vous plaît, présentez mes excuses à Zelda pour moi. (Elle raccrocha.) Merde, merde et merde.

— Quoi ? dit Keisha.

— Vite, habille-toi. Il faut qu'on y aille.

Son cœur battait très fort. Marcie Maddox ne ratait jamais un brunch. Elle était toujours à l'heure. En contrôle. Consciente que le moindre faux pas ne serait qu'une preuve de plus qu'elle n'avait pas sa place ici. Elle ne pouvait pas tout laisser s'effilocher à cause de cette petite Anglaise. Sauf qu'elle sentait ce manque entre ses cuisses… que leur journée de langueur avait été interrompue.

— Tout de suite ! dit-elle comme Keisha ne bougeait toujours pas. Nous sommes censées être en train de préparer la fête.

S'il était déjà près de deux heures, Jason et William n'allaient plus tarder. Leur avion atterrissait en fin d'après-midi, croyait-elle se rappeler. Bon Dieu, elle n'aurait même pas le temps de changer les draps.

Elle sortit une robe quelconque du placard et l'enfila avant de refaire le lit en vitesse. Allait-il sentir le sexe ? Le parfum ? Elle envisagea d'utiliser un désodorisant avant d'y renoncer. De toute manière, la puanteur du sexe était due aux hommes. Comme les chiens qui ont besoin de marquer leur territoire.

— Oh, merde, j'avais complètement oublié, dit Keisha en remettant sa robe de soirée. Au fait, il y a eu quelque chose de bizarre hier soir…

En la regardant, Marcie eut envie de gémir, et pas de plaisir cette fois. Elles avaient fait l'amour dans la clairière : la robe était maculée de terre. Et il y avait même une petite déchirure. Mauvais, ça. Si Keisha avait été plus petite, elle lui aurait prêté quelque chose, mais elle faisait au moins douze centimètres de plus qu'elle et ses seins splendides ne risquaient pas d'entrer dans un seul de ses hauts.

— Il y a eu plein de trucs bizarres hier soir, dit-elle. De quoi parles-tu au juste ?

Maintenant qu'elle était debout, elle se rendait compte de l'ampleur de sa gueule de bois. Pas tout à fait une gueule de bois, à vrai dire, même si ça y ressemblait. Qu'y avait-il dans ce punch au rhum ?

— Zelda. Elle m'était sortie de l'esprit. J'ai cru la voir pendant une seconde. En fait, je sais pas trop si c'était elle. En tout cas, c'était quelqu'un que je connais. Il y avait quelque chose de familier dans sa démarche. Je ne m'en souviens plus très bien. C'est un peu brumeux.

Un vague souvenir vint titiller la conscience de Marcie. N'avait-elle pas cru, elle aussi, reconnaître quelqu'un ? Une des femmes aux serpents. Était-il possible que ce fût Zelda ? Hier soir ? Son ventre se remplit d'eau glacée. Oh, bon Dieu, et si c'était bel et bien Zelda ? Qu'avait-elle vu ? Soudain, la liberté ne paraissait plus si attirante.

— Tu débloques.

— Arrête de t'inquiéter ! dit Keisha. J'étais perchée. Ça aurait pu être n'importe qui. Je n'ai pas vu son visage, c'était juste sa façon de marcher. Elle m'a rappelé quelqu'un, c'est tout.

— Ouais, d'accord, dit Marcie en se forçant à afficher un grand sourire. Allons-y.

Ça ne pouvait pas être Zelda. Elle en était certaine. C'était déjà une sacrée coïncidence qu'elles se soient retrouvées au même endroit que cette folle de Wright Square, il était impossible que Zelda y ait été elle aussi. Et avec tout ce qui s'y passait – l'alcool, l'orgie –, ce n'était pas franchement le genre d'endroits où on emmène sa famille en visite. Elle protégea son crâne qui la lancinait derrière des lunettes de soleil. Néanmoins, demeurait le fait que quelqu'un qu'elles connaissaient avait pu se trouver là-bas. Toute cette histoire était de la folie, se dit-elle pour la centième fois. Il fallait que ça s'arrête. Sous le désir et le délire, elle avait une sensation de menace croissante. Si cette histoire ne se terminait pas très vite, elle risquait de tout anéantir : son mariage, le travail de Jason, tout ce pour quoi elle s'était donné tant de mal. Et si cela venait à se savoir, ce serait une humiliation pour William. Il ne l'accepterait jamais et Marcie deviendrait alors la cible essentielle de sa rancœur. Elle avait signé un contrat de mariage avant d'épouser Jason – il ne lui avait pas laissé le choix. En cas de divorce, elle ne serait certes pas fauchée, mais elle n'aurait plus qu'à dire adieu à tout ce luxe.

Elle respira un bon coup tandis qu'elles s'installaient dans la voiture. Non, ça allait bien se passer. Elle lui parlerait et Keisha comprendrait. Elle non plus n'avait sûrement pas envie de tout perdre. Son téléphone vibra, un texto.

— C'est bon, Elizabeth, maugréa-t-elle, irritée. On arrive.

— Sans elle, on serait encore au pieu, dit Keisha en rigolant.

Marcie ne rit pas. Elle fixait son téléphone. Ce n'était pas Elizabeth, mais Jason :

Tout va bien ici, mais tu me manques et je suis impatient de te revoir. Désolé d'avoir été si mal luné. Je t'embrasse. J.

Pourquoi fallait-il qu'il lui envoie ça *maintenant* ? Parce qu'il était temps qu'elle remette de l'ordre dans sa vie. Voilà pourquoi. Qu'elle brise le sortilège que Keisha avait jeté sur elle.

27

— Eh bien, eh bien, on dirait que quelqu'un a fait une sacrée fête, ronronna Pierre quand Keisha fonça dans l'escalier pour aller se changer dans sa chambre.

Avec un grand sourire, Marcie lui flanqua un coup de coude dans les côtes.

— Elle est tombée dans l'allée devant la maison. Nous n'étions même pas saoules. Ça a été une nuit assez tranquille, si vous voulez le savoir. Mais vous comprenez pourquoi je ne porte plus des talons de douze centimètres.

— Ces temps-ci, j'ai déjà du mal avec les miens qui sont presque plats, dit Elizabeth.

Marcie avait espéré que Keisha pourrait se changer sans que l'assistante la voie, mais, dès que la porte d'entrée s'était ouverte, Pierre et elle avaient été là.

— Où est Julian ?

— Il bat les œufs, dit Elizabeth. J'aurais dû me douter qu'il prendrait les choses en main. Ce garçon a toujours adoré cuisiner.

— L'ennemi juré de mon tour de taille, ajouta Pierre, comme toujours aussi effilé qu'un rasoir.

— Vous êtes un homme chanceux. Et vous le savez !

Elizabeth était habillée façon week-end : jean repassé à la coupe raisonnable dans lequel s'enfonçait un chemisier confortable, un style qui ne faisait que souligner son épaisseur.

— Je sais, je sais. Mais ne le lui dites pas.

L'affection évidente d'Elizabeth pour les deux hommes rappela à Marcie ce que William avait dit au club : que Julian avait plus ou moins fait partie de la famille autrefois. Elle avait toujours du mal à y croire. Pierre et Julian étaient si flamboyants qu'elle n'imaginait pas William les fréquenter.

— Si tout est réglé, je vais rentrer. (Elizabeth attrapa son sac sur un guéridon et passa la bretelle sur son épaule.) J'ai un rôti à la cocotte sur le feu.

— Bien sûr, bien sûr.

Marcie était soulagée. Elle n'avait aucune envie de l'entendre leur caqueter dessus comme une mère poule. Et Elizabeth elle-même ne tenait sans doute pas à être là au retour de William et de Jason, histoire d'éviter de se voir confier une quelconque tâche urgente à finir dès ce soir, même si c'était le week-end.

Personne n'avait fait mention de Zelda qui, à l'heure qu'il était, devait être de retour dans son appartement avec sa famille. Il y avait peu de chances que ce soit elle que Keisha avait vue dans la clairière. Sinon, elle serait là à se pavaner devant elles et à tenter de leur extorquer *quelque chose*. Et puis, n'était-elle pas un peu vieille pour ce genre de… quoi, au fait ? Et même si, par extraordinaire, c'était bien elle, il y avait peu de risque qu'elle ait envie qu'on sache qu'elle participait à des orgies en plein air.

— Une nuit assez tranquille, répéta doucement Pierre dès qu'Elizabeth fut partie… et mon beau cul si bien roulé !

— D'accord, d'accord. On a peut-être un tout petit peu exagéré. Mais inutile de le crier sur les toits.

— Ma chère, vous n'avez pas à vous excuser d'avoir fait la fête auprès d'un type qui en organise. Et, à ce propos, en attendant que la *nouvelle* reine nous rejoigne, si nous allions retrouver l'autre reine dans la cuisine ?

*

Ils étaient assis autour de l'îlot quand Keisha réapparut, l'air à peine troublé, douchée et fraîche dans une robe d'été. Elle n'avait pas dû rester plus de dix minutes en haut, mais elle était parfaite, ce qui rendit Marcie d'autant plus consciente de la saleté de la nuit qui lui collait encore à la peau.

— Je suis désolée ! fit Keisha. Honnêtement, je ne pensais pas être en retard. J'ai honte de moi. William va être tellement en colère.

Elle semblait formidablement sincère, songea Marcie. Si c'était la comédie qu'elle lui avait jouée à Londres, il était facile de comprendre pourquoi William avait craqué pour la pauvre petite fille perdue.

— Cela ne sortira pas d'ici, dit Pierre en lui serrant la main. N'est-ce pas, Julian ?

— Je sais garder un secret.

Julian mettait la touche finale à ses œufs brouillés accompagnés de saumon fumé, de toasts grillés et de frites maison.

— Ce n'est pas le plus élégant des brunches, reprit-il, mais quelque chose me dit que vous, mesdames, en avez bien besoin avant que nous ne commencions à discuter de votre somptueux projet.

— Nous venons à peine de nous rencontrer, mais je crois que je vous aime déjà.

Fixant la nourriture avec appétit, Keisha tira une chaise, comme si elle était une invitée dans sa propre cuisine, alors que Julian trouvait assiettes, couverts et condiments.

— Navré. Vous ne possédez pas le bon équipement pour ça.

— Pierre, arrête, dit Julian en commençant le service. Mangeons et ensuite nous parlerons de ce que nous pourrions faire pour vous.

— Je suis stupéfaite que vous soyez libres, dit Marcie. J'étais persuadée que vous seriez pris.

— Nous avons eu une annulation, expliqua Julian en glissant une assiette vers elle.

Là où Pierre en faisait toujours des tonnes, Julian avait ses jours avec et ses jours sans, selon ses convenances. Aujourd'hui, c'était un jour sans. Ce qui expliquait peut-être pourquoi Pierre était aussi déchaîné.

— Une *annulation*, ricana celui-ci.

Un regard passa entre les deux hommes.

— Quoi ? demanda Keisha. Oh, j'espère que je n'ai pas causé de problème en demandant que ce soit vous qui vous occupiez de la soirée.

— Pas vous, mon cœur. (Pierre lui pressa à nouveau la main.) Je ferais n'importe quoi pour une *sister* et vous êtes trop fabuleuse pour qu'on vous refuse quoi que ce soit.

— Franchement, ce n'est pas un problème. Nous avons juste déplacé quelques trucs, c'est tout.

— Ce qui ne nous dérange pas le moins du monde, reprit Pierre. Parce que, je ne vais pas vous mentir, ceci va être beaucoup plus drôle que notre première réservation, mais si vous pouviez rappeler à votre nouveau mari que l'argent que sa défunte femme nous a donné était un *cadeau*, pas un prêt que nous devons rembourser en travaillant gratuitement, ce serait délicieux.

La fourchette de Marcie s'immobilisa à mi-chemin entre son assiette et sa bouche. En voilà, une révélation.

— Ça suffit, Pierre, aboya Julian avant de se forcer à sourire. Ignorez-le, il adore faire sa salope. Maintenant, mangeons avant que ça refroidisse.

— Ne vous inquiétez pas, dit Keisha. Vous serez payés. Je veux que tout le monde soit heureux. Et puis, ajouta-t-elle timidement, j'ai l'impression que vous êtes deux personnes avec qui je pourrais vraiment être amie.

— Ah, vous êtes tellement mignonne ! Et Julian a raison, ne m'écoutez pas. J'ai dû me lever du pied gauche ce matin. Tout ceci semble délicieux. Et je suis affamé.

Pierre brandit sa fourchette au-dessus d'une miette de saumon fumé posée sur une feuille de salade solitaire, sans œufs ni frites.

— Si je mangeais comme ça, j'aurais votre silhouette, dit Keisha qui s'activait déjà sur son assiette très bien garnie.

Marcie laissa leurs plaisanteries glisser sur elle pour observer Julian. Eleanor leur avait donné de l'argent ? Afin qu'ils puissent démarrer leur affaire ? Au fait, quand, au juste, Pierre et Julian étaient-ils entrés en scène ? Ils étaient apparus d'un coup et elle ne s'était jamais vraiment demandé qui ils étaient ni d'où ils sortaient. Étaient-ils acceptés simplement parce qu'ils avaient été introduits par Eleanor ? Ils étaient aussi assez malins – une homosexualité plus ou moins cachée n'aurait pas trouvé grâce dans ce milieu –, mais Pierre et Julian en faisaient un tel *show*, cochant toutes les cases attendues de la part d'un couple d'homos qui organisait des fêtes, qu'ils étaient plus ou moins devenus une sorte d'*objet d'art**.

— Vos parents sont-ils français, Pierre ? finit-elle par demander, après avoir bu un demi-verre d'orange pressée et casé assez de trucs solides dans son estomac pour qu'il cesse de gargouiller.

Pierre rit.

— Oh, j'aurais tant aimé. Non, je suis un enfant de Louisiane, pur grain. Ma maman était infirmière. Mon père, concierge à l'école. Pas tout à fait le genre cuillère en argent dans la bouche, conclut-il en lançant un regard vers Julian.

— J'ai eu une bourse, se défendit celui-ci.

— Mais vous devez avoir des ancêtres français ? Avec un nom comme Pierre ?

Cette fois, les deux hommes éclatèrent de rire.

Pendant une seconde, le personnage théâtral de Pierre s'effaça. Même sa façon d'être assis changea, plus droit, le torse plus large, le flash d'un homme jeune, séduisant et grave.

— Essayez d'être gay et noir à Hicksville, Louisiane, dit-il. Je suis né Peter. Je suis *devenu* Pierre.

Marcie sourit.

— Une réinvention. Je comprends.

— On doit tous faire ce qu'il faut pour survivre, déclara calmement Keisha.

— Et ils essaieront toujours de nous baiser, ajouta Pierre avant que sa main n'exécute un geste fleuri. Mon glamour est mon armure.

— Et quelle superbe armure.

La gaieté monta encore tandis que Pierre et Keisha continuaient à faire plus ample connaissance. Jacquie les ayant fait venir à Atlanta pour organiser son second mariage, Marcie n'avait jamais utilisé leurs services pour ses soirées. Pas tant parce qu'ils lui déplaisaient, que parce qu'elle ne voulait rien devoir à l'ex de Jason. À présent, pourtant, elle éprouvait un sentiment d'affinité avec ces trois personnes qui l'entouraient. Comme elle, elles avaient lutté et s'étaient transformées afin d'avancer et de laisser la boue derrière elles. Julian un peu moins peut-être – il avait dû fréquenter Country Day. Un camarade de classe de Lyle, peut-être ? Ce qui ne devait pas bien passer aux yeux de William. Un jeune gay, bénéficiaire d'une bourse, qui fréquentait la maison. Mais, à l'évidence, Eleanor l'aimait bien. Combien d'argent lui avait-elle donné ?

C'était si bizarre, se dit Marcie. On débarque dans la vie des gens sans jamais, ou presque, penser à tout ce qui a eu lieu *avant*. Elle n'arrivait pas à imaginer Eleanor et William jeunes. Ou avec un enfant. Lyle était un fantôme, à peine un murmure. Jason en parlait rarement. Les autres, pas du tout. Trop douloureux, était l'éternelle explication. Qu'elle n'avait jamais remise en question – elle ne s'en était jamais souciée, à vrai dire –, mais en y réfléchissant maintenant, c'était étrange. Il était mort depuis un bon moment. La plupart des gens *n'aimaient-ils* pas parler de ceux qu'ils avaient perdus ? N'était-ce pas naturel ?

— Un bal masqué ! (Keisha tapa dans ses mains, une enfant excitée.) Obligeons-les pour une fois à *cacher* qui ils sont réellement !

— Ça ne fait pas un peu trop *Nuances de gris* ? dit Julian.

— Nous n'avons pas assez de temps devant nous, remarqua Marcie.

Un bal masqué. On aurait dit un fantasme d'adolescente.

— Et, n'oublie pas, reprit-elle, la plupart des gens auront déjà prévu quelque chose pour ce week-end. On devrait peut-être viser moins grand ?

— Ça va pas, la tête ? dit Pierre. Le grand William Radford IV organisant un bal masqué pour sa toute nouvelle épouse anglaise, si jeune, si indécente ? Peu importe ce qu'ils auront prévu, si on les invite, les gens, comme vous dites, viendront. Et nous en inviterons assez pour créer le buzz. Ça sera énorme. (Un coup d'œil vers Julian.) Et ça n'aura rien à voir avec *Cinquante nuances*.

— Eh bien, nous ne pouvons pas nous avancer sur ce qu'il se passera après la fête, dit Julian avec un clin d'œil.

— Eleanor a-t-elle jamais organisé quelque chose comme ça ? s'enquit Keisha.

— Non, dit Julian. Ou, si elle l'a fait, c'était avant que je la connaisse.

— Tant mieux, dit Keisha, satisfaite. Si cette ville compte me comparer à elle jusqu'à la fin des temps, offrons-lui une nuit dont elle se souviendra. Des cracheurs de feu, des contorsionnistes, des mimes, partout dans le jardin. Et il faut un thème. Je sais ! La belle et le démon ! Je suis allée dans un club à Londres avec ce thème l'an dernier. C'était de la folie ! Et je veux que ce soit *sexy*. Qu'en dis-tu, Marcie ?

Un regard chargé.

— Ça paraît génial.

En dépit du nœud dans son ventre, Marcie hocha la tête, amusée. Cela aurait été du gâchis de mettre en cage une créature aussi sauvage. Si Keisha parvenait à se contrôler juste un tout petit peu, alors peut-être que cette chose délicieuse entre elles pourrait continuer un moment. Mais comment croire qu'elle ne montrerait rien ? Comprenait-elle seulement le danger ?

— Nous serons les belles du bal, annonça Keisha en se penchant vers elle pour chuchoter très fort : Montrons-leur de quoi sont capables les deuxièmes femmes !

Même Marcie fut forcée de rire.

— D'accord, par quoi commençons-nous ?

— Par un bloody mary, déclara Pierre en sortant son iPad, un carnet de notes et un stylo de sa pochette Dolce & Gabbana. Et ensuite, nous organiserons la magie.

— Ce qu'il veut dire, intervint Julian qui ramassait les assiettes, c'est que nous consulterons mon Excel pour savoir qui on veut avoir et de qui on peut se passer.

— Mais, d'abord, beau gosse, tu prépares les verres, dit Pierre en se dandinant plus près de Keisha. Maintenant, ma reine anglo-tiret-africaine, parlons palette de couleurs. Nous voulons de l'audace, n'est-ce pas ?

⋆

Ils discutaient encore quand William arriva à quatre heures et quand il pénétra dans la pièce, tout sourire et baiser, Marcie le prit comme le signal du départ. Jason devait déjà être à la maison et elle ne voulait pas l'énerver alors qu'il avait paru de si bonne humeur dans son texto. Apparemment, les garçons s'étaient bien amusés. Mais sûrement pas autant que les filles, se dit-elle.

— Nous vous emboîtons le pas, dit Julian tandis qu'elle rassemblait ses affaires. Laissons leur lune de miel aux jeunes mariés.

Marcie ne fut pas surprise. Malgré tous les saluts débordants d'enthousiasme et le pelotage en règle subi par Keisha dès l'arrivée de William, elle avait senti une réelle tension entre lui et les deux hommes et, malgré toute cette politesse, l'éventualité que Julian ait un jour « fait partie de la famille » n'avait toujours aucun sens. Bah, pourquoi s'en soucierait-elle ? Cela ne la concernait pas.

— Je te raccompagne.

L'usage du tutoiement fut bien perçu par William pendant que Keisha descendait de son tabouret. Quand elles furent à la porte, elle embrassa Marcie sur les deux joues, mais il n'y avait rien de chaste dans son regard un peu vitreux, ni d'ailleurs dans la chaleur qui régna soudain entre les cuisses de Marcie.

— Je t'appelle demain, dit Keisha avec un sourire malicieux. Je crois que je vais avoir besoin de ton aide pour cette soirée. D'un sacré coup de main.

— Je ferai de mon mieux pour te satisfaire, répondit Marcie.

C'était si tentant. Ce désir. Cette passion. Elles pouvaient y arriver, à condition de rester prudentes. Rien qu'une fois encore, en tout cas. Elle en tremblait déjà.

28

— Quel est le problème ? finit par demander Keisha.

Comment Billy pouvait-il changer d'humeur aussi vite ? Il avait été très bien quand il était rentré, mais, depuis qu'il était redescendu de sa douche, il était chiant et ne semblait ni impressionné, ni même intéressé, par ses projets pour la fête. C'était lui qui lui avait demandé de s'en charger, il pourrait au moins faire semblant. Une heure plus tôt, il la couvrait de baisers, ne cessait de lui tripoter les fesses et maintenant elle était au bord de la crise d'angoisse.

— Ma cuisine est si mauvaise que ça ? Je pensais qu'elle te plairait. Je les ai faites avec trois fois rien.

Elle était assez fière d'elle-même. De vraies *carbonara* cuisinées selon une vraie recette ; pas une sauce bon marché en boîte comme quand elle était à Londres.

— Les pâtes sont géniales, répondit-il, maussade.

— Eh bien, quelque chose ne l'est pas, alors.

Il posa sa fourchette pour la regarder et, pendant un instant infime, elle crut qu'il entrait dans son cerveau et y trouvait son souhait de le voir mourir.

— Ta robe était par terre dans la salle de bains. J'ai voulu la ranger pour ne pas la mouiller ou l'abîmer. Mais c'était déjà fait. À en juger par son état, je dirais que tu as passé une sacrée nuit.

— Je suis tombée. J'étais avec Marcie.

— Et qui d'autre ?

— Personne ! Nous sommes allées dans un bar, on a dîné, pris quelques verres, dansé un peu. Je suis tombée, c'est tout.

Il la fixa, les yeux comme du granit. Elle connaissait trop bien ce regard. C'était celui de tonton Yahuba quand elle ne rendait pas toute la monnaie, et quand il avait cet air-là, mieux valait ne pas discuter. Elle n'aurait jamais pensé le revoir chez Billy. Avait-elle bouclé la boucle ? Cela étant, même elle trouvait son excuse lamentable. La robe était couverte de terre, à peu près partout. Et elle était déchirée.

Elle se hérissa. L'attaque était toujours la meilleure des défenses.

— Qu'est-ce que tu suggères, alors ? Que je suis sortie avec la femme de ton meilleur ami et que je me suis roulée par terre avec un type que j'aurais rencontré dans un bar ? Et que faisait Marcie pendant ce temps-là ? Elle regardait ? Elle se branlait ? Ou peut-être que c'est toi qui as envie de te branler ?

Il grimaça comme si sa vulgarité lui faisait mal.

— Keisha, ne parle pas comme ça.

— Si tu me parles comme à une pute, autant que je parle comme si j'en étais une.

— Je ne crois pas que tu es sortie baiser avec un autre homme, et si tu ne veux pas me dire comment ta robe s'est retrouvée dans cet état, c'est ton affaire, mais n'attends pas que j'en sois ravi. Peut-être étais-tu trop ivre pour t'en souvenir. Peut-être l'étiez-vous toutes les deux. Marcie n'a rien d'un ange, même si elle cherche à s'en donner l'apparence. Jacquie avait de la classe et j'ai su tout ce que j'avais besoin de savoir sur Marcie quand elle a monté cette horrible boutique kitsch qui a fini par coûter un quart de million de dollars à Jason. C'est bien que tu te sois fait une amie et d'accord, elle conviendra… pour le moment. Mais il y a beaucoup mieux pour toi. Les filles du tennis. Les autres femmes du club. Jason est un type bien, qui a juste eu le tort d'obéir à sa queue quand il a épousé Marcie.

Keisha écouta, sidérée, ce sermon. C'était une révélation, cette méchanceté. Au moins, Marcie avait *essayé* de travailler, ce qui était bien plus qu'on pouvait en dire de la plupart des autres femmes qu'elle avait rencontrées ici. Leurs maris étaient peut-être tous comme Billy, exigeant qu'elles restent à la maison et qu'elles soient jolies. Pas de boulot pour elles, aucune issue. Toute cette richesse, autant héritée que gagnée. Qu'est-ce que ça leur faisait à ces gens ? Ça les rendait quoi ? Imbus d'eux-mêmes, moralisateurs et perfides. Voilà ce qu'ils étaient derrière leurs rires et leurs sourires polis. En cet instant, elle les détesta lui et tous les autres, mais il fallait pourtant qu'elle le calme. Qu'elle pense comme Dolly, ou comme sa famille ; qu'elle veille sur elle-même, quoi qu'il en coûte. Billy était la clé de son avenir.

— J'ai fait un effort pour devenir amie avec elle parce que c'est la femme de Jason.

Jason si lisse, si charmeur, si séduisant. Billy l'aimait-il autant qu'il le prétendait ou bien y avait-il entre eux un peu trop de compétition ?

— Je pensais que ça te ferait plaisir. Mais tu as raison. On a bu plus qu'on n'aurait dû. Je ne sais pas si chacune voulait impressionner l'autre ou se sentait plus détendue ou quoi, mais il y a eu trop de verres et pas assez à manger. J'ai trébuché dans le jardin devant leur maison près des arroseurs automatiques, c'est pour ça qu'il y a de l'herbe et de la terre sur ma robe. J'étais si gênée que je ne voulais pas te le dire.

Le soulagement gonfla ses grosses joues. Même s'il avait prétendu ne pas croire qu'elle baisait ailleurs, le besoin de ces petits cachets bleus pesait lourd, et rien n'était pire que la jalousie paranoïaque d'un vieil homme riche. Les riches n'aiment pas partager ce qui leur appartient.

— J'ai l'impression de toujours tout faire de travers, continua-t-elle. Tout est si différent ici. Je n'ai pas l'habitude de m'inquiéter de ce que les gens vont penser de moi.

— Ma réaction était peut-être exagérée, dit-il. Eleanor comprenait notre milieu. Les privilèges. Comment se comporter et ce qu'on attendait d'elle. Elle y était née. Elle n'a pas eu besoin d'apprendre. J'oublie l'immense changement que tu dois affronter. Je ne suis pas un idiot, je sais tout de ta vie à Londres… (Une pause pour siroter son vin.) Y compris les petits trucs que tu as essayé de me cacher.

Quelque chose se crispa entre les omoplates de Keisha. Était-ce une menace voilée ? Que savait-il exactement ? Dolly ? Les arnaques de sa famille ? L'horreur la saisit. *Le garçon ?* Non, il ne pouvait pas savoir ça. Le garçon était un fantôme, son invention à elle, le garçon qui n'existait pas mais était toujours là, le garçon qui disparaissait. La raison de sa malédiction.

— Pensais-tu que je ne me renseignerais pas sur toi ? Crois-moi, je sais qu'il y a de la saleté sur toi, mais la saleté, ça se lave. Tu es ma Cendrillon. Je veux te sauver de tout ça.

— Tu *m'as* sauvée, dit-elle d'une toute petite voix.

Il avait demandé à quelqu'un de fouiner dans sa vie ? Sa peau se rétracta, violée. Quand ? Quand il était si amoureux d'elle, avec ses yeux de toutou et ses cadeaux hors de prix ?

— Oui, je t'ai sauvée et il est temps maintenant que tu oublies cette vie-là. Comment tu étais avant. Ce n'était pas toi, je le vois. Tu es meilleure que ça. Tu n'es plus Cendrillon, tu es la princesse.

Il venait de lui dire qu'il l'avait espionnée et maintenant il transformait l'histoire en conte de fées ? Se prenait-il réellement pour le Prince Charmant ? Elle était fatiguée, mais elle était surtout en train de dégringoler à toute vitesse vers les ténèbres qui la terrifiaient depuis toujours. Des larmes lui piquèrent les yeux. C'était bien plus dur qu'elle ne l'avait cru à Londres, quand tout avait commencé. Dans une autre vie. Avec cette voix tentatrice dans sa tête : *Épouse-le et ensuite débarrasse-toi de lui.*

— Hé, ne pleure pas, dit-il, très tendre subitement.

— C'est si gentil, fit-elle avec un hoquet de rire. Personne ne m'avait encore jamais dit que j'étais une princesse. Je m'en veux tant de te décevoir.

— Non, non, tu ne me déçois pas…

Il hissa toute sa graisse hors de sa chaise pour contourner la table et venir à ses côtés, s'asseyant et lui prenant la main.

— … Et j'ai une bonne nouvelle à t'annoncer.

Quoi encore ?

— Je prends ma retraite pour de bon. J'en ai discuté avec Jason ce week-end et il a raison. La vie est trop courte. Je veux dire, regarde ce qui est arrivé à Eleanor. Je veux profiter du temps qu'il me reste et le passer avec toi.

Elle jeta les bras autour de son cou pour qu'il ne voie pas son désespoir.

— Quand ?

Pas tout de suite, pas déjà ! Elle n'y arriverait pas.

— Jason va racheter mes parts. Je dois parler à certaines personnes, régler quelques détails, mais je suis pratiquement tout à toi dès maintenant. Si l'envie de travailler me reprend, je pourrais toujours faire du conseil ou accepter des invitations à des déjeuners-conférences. (Il s'écarta pour la regarder.) Nous pourrons voyager, je te montrerai les States. Organiser des événements caritatifs. Se détendre au club.

Chaque mot était comme un nouveau coussin qu'on lui pressait sur le visage, mais il ne le remarquait pas. Il souriait, dents jaunes sous des lèvres pourpres. Elle avait de plus en plus de mal à le supporter. Et c'était encore pire après la nuit dernière.

— C'est génial, parvint-elle à dire.

Trop enthousiaste ? Pas assez ?

— Grâce à toi, je me sens déjà plus jeune.

Ses yeux brillèrent quand ils s'enfoncèrent dans son décolleté. Elle sourit, révulsée. Elle n'avait même pas le temps de prendre un Valium.

29

Il l'avait baisée sur la table de la salle à manger, soufflant et éructant dans son dos, tandis qu'elle se cognait les hanches contre le rebord. À chaque poussée, le regard larmoyant fixé sur les restes de leur repas, elle avait scrupuleusement gémi en réponse à ses grognements. Ce n'était pas douloureux et il n'était pas méchant, mais plus il s'acharnait à la remplir, plus elle se sentait vide. Quand il avait terminé, ils étaient montés dans la chambre et il n'avait pas tardé à vouloir recommencer ; cette fois, elle s'en était tirée avec une pipe. C'était dégoûtant, mais elle n'aurait pas supporté d'être à nouveau écrasée par son poids. Elle ne le lui demanda pas et il ne le dit pas, mais il avait dû prendre un Viagra. Peut-être avant d'arriver à la maison, le gobant sur le trajet depuis l'aéroport avec la ferme intention de l'impressionner. Après cela, il s'était vite endormi et, malgré tout ce qui s'agitait dans sa tête, elle avait sombré dans un sommeil de mort.

Elle se réveilla en sursaut, son instinct de survie l'arrachant à l'eau noire et glacée qui lui emplissait les poumons pour la ramener à la surface du rêve. Elle ouvrit les yeux, mais tout le soulagement qu'elle aurait dû éprouver fut aussitôt broyé par le poids qui lui écrasait la poitrine. Elle n'arrivait pas à respirer, elle n'arrivait pas à respirer, elle n'arrivait pas…

Billy. Il avait dû rouler dans son sommeil. Maintenant, il ronflait affalé, une baleine échouée, une jambe et un bras sur elle, sa lourde tête sur ses seins. Dans la pénombre, sa peau avait la pâleur d'un cadavre. Elle le repoussa avec prudence. Il retourna de son côté sans se réveiller, obéissant sans nul doute au long entraînement de son premier mariage ; sa respiration redevint silencieuse.

Toujours fatiguée, elle aurait pu se rendormir aussitôt, mais en dépit de sa crainte des fantômes cachés parmi les ombres autour d'elle, elle savoura le silence de la nuit. Pour un petit moment, le monde n'appartenait qu'à elle et une fois qu'elle fut assez réveillée pour se rendre compte qu'elle avait à la fois soif et besoin d'aller aux toilettes, elle se leva, prit son téléphone et descendit boire un jus d'orange.

Elle avait mal jusqu'aux os. Était-elle déjà trop vieille pour faire la fête comme ça ? Le week-end prenait maintenant des allures de rêve ; la danse, l'amour, sa bouche entre les jambes de Marcie, la facilité avec laquelle elles s'étaient données l'une à l'autre, toutes les deux défiant les contraintes. Jason allait-il deviner ? se demanda-t-elle. Sentir son odeur dans leur lit ? Sur Marcie ?

Par la fenêtre, elle regarda les ombres au loin. C'était une drôle de toile qu'elle était en train de tisser et elle devait être prudente. Se maîtriser. Serrer les dents. Ne pas laisser la moindre place aux doutes, aux ténèbres, aux inquiétudes. Tout ce qu'elle voulait était à portée de main. Argent, liberté, amour… il suffisait d'attendre. La patience. Ça n'avait jamais été son truc. Elle n'était pas calculatrice comme son oncle et sa tante, mais, bon, si elle souhaitait tous les jours la mort de Billy, c'est qu'elle devait bien posséder quelques traits de famille.

De l'autre côté de l'océan de pelouse, l'appartement de Zelda était invisible, noyé dans l'obscurité, sans lumière allumée ce soir. Il n'était pas si tard, une heure à peine. Sa famille était-elle partie ? Keisha n'avait rien entendu. Cela dit, la maison était si grande qu'elle n'entendait jamais les voitures aller et venir dehors.

Ce manque de lumière la troublait autant que si elle avait à nouveau trouvé Zelda debout derrière sa fenêtre. Zelda la troublait. Toujours sur son dos. La surveillant en ce moment même, si ça se trouvait. Un serpent d'inquiétude s'agita dans son ventre. Et si c'était bien Zelda qu'elle avait vue hier dans la foule ? Elle n'y croyait pas trop, mais cette posture – elle ne l'avait vue que de dos –, c'était quelqu'un qu'elle connaissait, elle en était certaine... Donc, et si c'était Zelda ? Que voudrait-elle pour son silence ?

Keisha se détourna de la fenêtre. Les *et si* ne servaient à rien. Elle ne pouvait rien faire, hormis, une fois encore, attendre. *Serre les dents*, se rappela-t-elle en remontant l'escalier, les ronflements de Billy de plus en plus audibles, comme si la maison elle-même grondait dans la nuit. Elle s'immobilisa, ne voulant pas retourner tout de suite dans ce lit. Un peu plus loin, la porte de la chambre d'Eleanor – son mausolée – était entrouverte, comme pour l'inviter à venir fouiner. Elle ne résista pas à la tentation.

L'air lui parut plus frais et d'une immobilité surnaturelle dans cette vaste pièce remplie d'élégants objets qui attendaient en vain le moment où leur propriétaire aurait à nouveau besoin d'eux. Elle se surprit à respirer très doucement comme si, bien plus que les ronflements de Billy, son souffle risquait de réveiller le fantôme d'Eleanor. Elle glissa un doigt sur la coiffeuse. La brosse, le peigne, le miroir à main, tous parfaitement disposés, exposés. Pourquoi les morts fascinaient-ils autant ? Pourquoi semblaient-ils parfois plus présents que les vivants ? Ou alors, c'était elle. Toujours encerclée par les ombres, voilà ce que lui avait dit tata Ayo.

« Tu es maudite jusqu'au sang, ma fille, c'est là dans les cartes, rien de bon ne sortira de toi, KeKe. »

Elle frissonna en se souvenant de son vœu dans la clairière. *Plus de Billy plus de Billy plus de Billy.* Il n'y avait rien eu de bon là-dedans. Elle n'était peut-être pas maudite, mais elle était mauvaise, elle le savait. Elle désirait sa mort, maintenant plus que jamais, alors qu'elle sentait encore son poids sur elle, sa bite en elle.

Elle alluma son téléphone et demanda à Google : *Combien faut-il de Viagra pour tuer quelqu'un ?* Billy était assez arrogant et obsédé par ses performances pour en prendre trop à la fois. Les résultats qui apparurent n'étaient pas très encourageants. Il était vaniteux, mais pas idiot. Il n'en prendrait jamais *autant*, pas même si elle prétendait avoir envie de faire l'amour vingt fois d'affilée.

Elle se laissa tomber sur le lit d'Eleanor, essayant de les imaginer baiser elle et lui ici. Eleanor avait-elle aimé Billy ? Ou bien était-ce un mariage de convenance, tous deux poussés par des parents convaincus que l'élite ne devait se reproduire qu'entre elle ? Une consanguinité. Qu'avait dit Billy au dîner ? Eleanor *savait comment se comporter et ce qu'on attendait d'elle.* Lui arrivait-il à cette femme de pleurer en silence de frustration et de rage sur son oreiller ? Pas seulement celui-ci, mais tous les autres depuis son enfance. Habille-toi comme ça, marche comme ça, parle comme ça, sois une gentille fille. En avait-il été ainsi toute sa vie ? Keisha avait été abandonnée à son sort et puis il y avait eu tata Ayo et tonton Yahuba et toutes leurs merdes, la peur et la mauvaise éducation que cela impliquait, mais il était possible que la jeunesse d'Elizabeth n'ait pas été tellement mieux. Sa cage était juste beaucoup plus dorée.

Pour la première fois, elle éprouva une infime sympathie pour celle qui l'avait précédée. Vérifiant que la porte était bien fermée, elle alluma la lampe de chevet avant d'aller voir les photos sur la commode. Le verre des cadres brillait. Zelda ne devait jamais cesser de les nettoyer. Elle les examina encore une fois, toutes ces différentes époques de leur mariage. Eleanor avait-elle l'air si heureuse quand elle posait aux côtés de Billy ? Souriante, oui, mais heureuse ? Pas vraiment. En tout cas, pas sur les dernières. Il y avait une froideur dans son regard, une raideur du dos. Dataient-elles d'après la mort de Lyle ?

Elle regarda de plus près, comparant deux clichés, pris lors d'un événement quelconque à environ dix ans d'intervalle. Dans les deux, Billy tenait Eleanor par la taille mais dans l'image la plus récente, l'espace entre eux était plus grand, comme si elle ne voulait pas que son mari pose sa patte sur elle. Elle était élégante, oui, et souriait poliment, mais quelque chose manquait. Il y en avait une autre – cette fois, avec Jason, toujours pareil à lui-même, avec une femme qui devait être Jacquie, brune, mince, une beauté frêle d'oiseau. Elle serrait fermement la main de Jason, ce qui ne faisait que rendre plus évident le vide entre Billy et Eleanor. Comme si pendant qu'Eleanor tentait de s'éloigner de son mari, Jacquie s'accrochait au sien. Jason voyait-il déjà Marcie à l'époque ? Toutes ces histoires, toute l'histoire.

Keisha regarda les autres rangées de photos derrière celles-ci, certaines montrant Eleanor enfant. La plupart étaient des poses officielles avec toute la famille où, à l'évidence, on lui avait expliqué comment s'asseoir, comment incliner la tête par ici ou par là ; ses parents étaient debout derrière elle, la main parfois posée sur son épaule, dans l'intention évidente de paraître affectueux, mais donnant plutôt l'impression qu'ils la maintenaient en place.

Il n'y en avait qu'une sur laquelle elle ressemblait à une joyeuse gamine normale. La vieille photo noir et blanc était froissée dans son cadre et n'était pas le résultat d'une mise en scène. Eleanor, reconnaissable à ses boucles blondes mi-longues, riait, perchée sur une balançoire au bout du vaste jardin. Un garçon en culotte courte lui arrivant aux genoux était adossé au support et une fille plus petite assise en tailleur sur l'herbe levait les yeux vers elle. On distinguait des restes de pique-nique. Qui avait pris cette photo ? se demanda Keisha. Quelqu'un qui se foutait que des gosses aient l'air de gosses.

Elle revisita la vie d'Eleanor à travers ces images, chaque année supplémentaire la montrant plus retenue et plus maniérée, tandis que Billy était de plus en plus gras, son visage de plus en plus rougeaud. Belle ironie du sort : c'était Eleanor qui était morte, après avoir pourri dans cette chambre, pendant que son mari qui ne se refusait aucun excès venait de se remarier, de s'offrir une femme bien fraîche. Un loup déguisé en toutou, voilà qui elle avait épousé, elle qui avait eu l'idiotie de croire à sa comédie. Il l'écœurait. Il lui faisait peur. À cause de lui, elle se détestait. Peu importait le nombre de voitures et de bijoux qu'il lui offrait, elle ne voulait plus qu'une chose : *qu'il ne soit plus là.*

Elle ouvrit à nouveau le tiroir et, cette fois, contempla longuement les seringues et le flacon de morphine cachés – se demandant quel effet ça ferait – avant de le refermer doucement, d'éteindre la lampe et de se diriger vers la porte. Elle allait l'atteindre quand elle revint sur ses pas, ralluma la lumière et sortit de la commode une des photos cachées montrant une Eleanor aux yeux brillants auprès de Lyle enfant qu'elle plaça devant les autres, à la vue de tous, tournée vers le lit.

— Bonne nuit, Eleanor, murmura-t-elle en éteignant la lumière. J'espère que ça t'aidera à mieux dormir.

Puis elle quitta la chambre, laissant les morts et l'obscurité à leur propre compagnie.

30

Ils avaient fait l'amour deux fois cette nuit-là, la première quand Jason avait rejoint Marcie dans l'immense douche à l'italienne qui occupait l'essentiel de leur salle de bains et ensuite dans le lit. Si l'odeur de Keisha traînait encore sur les draps, il ne l'avait pas remarquée. Sa bonne humeur avait été aussi troublante que le sexe. Il souriait comme un chat devant un bol de lait quand elle était rentrée de chez les Radford, brandissant un superbe bracelet en or qu'il lui avait acheté au cours de son voyage ; il y avait même tout un repas commandé chez un chinois sur l'îlot de la cuisine qui avait fini par refroidir parce qu'il avait plus faim d'elle que de nourriture.

Cela avait été étrange, le contraste entre son torse épais avec cette toison de poils serrés qui s'étalait jusqu'aux épaules et la peau sombre, si douce, si lisse de Keisha. Sa façon d'embrasser était différente. Sa langue était plus exigeante, un besoin de faire ses preuves, peut-être. La comparaison était assez euphorisante, elle ne pouvait le nier. Se souvenir de ce qu'elle avait fait la veille à peine avec Keisha dans le lit conjugal l'excitait au point qu'elle n'était plus vraiment sûre de savoir avec qui elle était, elle ou lui. Ce fut le visage de Keisha qu'elle vit quand elle jouit dans la bouche de Jason et qu'elle essaya de garder devant les yeux quand il regrimpa sur elle, la clouant sur le matelas, lui haletant ses grossièretés au visage tandis qu'elle s'accrochait à son dos en sueur et gémissait, faisant semblant d'avoir envie de sa queue jusqu'à ce qu'il décharge.

Elle n'avait pas eu à faire tout ça avec Keisha, s'était-elle dit après coup, quand il avait ramené les nouilles froides et le chablis glacé à l'étage. Aucune flatterie n'avait été nécessaire. Aucun faux-semblant pour préserver ego ou machisme. Peut-être sa mère avait-elle eu raison il y a si longtemps quand elle lui prodiguait ses conseils d'une voix abrutie par l'alcool.

Les hommes restent des bébés toute leur vie. On passe notre temps à les dorloter. Et pour quoi ? Pour que dalle. Prendre, prendre, prendre, c'est tout ce qu'ils savent faire. Ces enfoirés ne grandissent jamais. Et pareil avec ce morveux que tu es si sûre d'aimer. Si tu l'épouses, c'est que t'es aussi conne que moi.

En matière de sermon maternel, à bien y réfléchir, celui-ci avait sans doute été un des meilleurs de M'man mais, bon, sa mère avait passé sa misérable vie à se faire éjecter d'un homme à l'autre comme une boule de flipper et, pour autant que Marcie le sût, ça continuait encore. M'man avait eu raison à *ce* moment-*là*, exactement comme une horloge arrêtée donne l'heure juste deux fois par jour. Marcie n'avait commis qu'une seule erreur dans ses choix d'hommes, ce qui, étant donné qu'elle était la fille de sa mère, n'était pas un mince exploit. Jason était un bon choix. Un choix *excellent*. Elle devait feindre de temps en temps pour le satisfaire, et alors ? Elle possédait une maison magnifique, elle vivait dans le luxe avec un homme séduisant qu'elle n'avait pas eu trop de mal à piquer à sa femme. Certes, ce dernier point n'était pas très flatteur pour elle, avait-elle décidé en laissant Jason la nourrir avec une fourchette de chow mein trop gras. Mais, après tout, les chiennes ne font pas des chattes.

Une fois les lumières éteintes, et alors qu'il dormait à ses côtés, la bouffe chinoise, baignant dans un suc de culpabilité, s'était mise à lui narguer le ventre. Elle avait trompé son mari. Et qu'avait fait Jason de si terrible ? Rien. Tout ce qu'elle savait *avec certitude*, c'est qu'il avait menti à propos d'un coup de téléphone – oui, il avait été lointain et même parfois sinistre, et il avait été ébloui par Keisha, mais elle n'avait aucune preuve qu'il l'avait trompée. Elle, en revanche... C'était elle, l'infidèle. Elle qui mettait en danger sa propre sécurité.

Infidèle un jour, infidèle toujours.

En le regardant maintenant, alors que Jason conduisait, la capote de la voiture abaissée, ses mains bronzées sur le volant, tout décoiffé après une journée à la plage, elle avait l'impression d'un voyage en arrière dans le temps, à l'époque où il la courtisait. Courtisait, un si joli mot sudiste. Se courtiser, c'était sans doute ce qu'avaient fait Iris et Noah ou William et Eleanor tant d'années auparavant. Depuis un moment, c'était le mot que Jason utilisait pour faire référence à leur liaison comme si, d'une manière ou d'une autre, cela pouvait effacer de l'esprit des gens le mélodrame de son divorce.

Elle chassa cette idée ; elle n'avait pas envie de penser à ça aujourd'hui. Ils avaient passé une journée géniale, elle ne pouvait le nier, et même si son téléphone avait vibré plusieurs fois, elle était presque parvenue à maintenir Keisha hors d'elle. Jason les avait emmenés à Tybee Island, où ils avaient traîné sur la plage, savourant la brise marine et cherchant des coquillages, avant de manger des crabes dans une gargote au bord de l'eau. Si différente des nappes blanches et repassées de leurs restaurants habituels. Elle s'était sentie jeune à nouveau. Elle n'avait pas beaucoup parlé, le laissant pérorer avec une excitation évidente sur la réalité du rachat des parts de William et le fait de devenir l'actionnaire principal.

— On va être sur la carte, avait-il répété plus d'une fois. Plus jamais dans l'ombre de qui que ce soit.

— Les nouveaux Eleanor et William ? avait-elle demandé, prenant soin de ne pas citer Keisha.

C'était une question ironique. Ils ne seraient jamais comme Noah, Iris ou William – ils n'étaient pas de *ce monde*.

— En plus jeunes et plus beaux, avait-il répondu.

Il s'était mis à rigoler sur le comportement de William à Atlanta. Levé de bonne heure pour foncer au gymnase de l'hôtel, malgré tout ce qu'ils avaient bu la veille, avant de se nettoyer au lait de coco, tout en commandant dans la foulée des œufs, du bacon, des gâteaux et des trucs en sauce. Tout ça pour impressionner une petite Anglaise qu'il avait achetée et qui n'en voulait qu'à son fric. Il avait ri et Marcie l'avait imité. Pendant ces ricanements, elle s'était demandé si les ordures s'attiraient. Elle était plus ou moins convaincue que ni elle ni l'homme qu'elle avait épousé n'étaient des gens très bien.

— Et si on s'offrait un cocktail chez Sacchi avant de rentrer ? proposa-t-il.

Elle baissa le pare-soleil pour se regarder dans le miroir.

— Je suis horrible.

Ce n'était pas vrai. Elle était décoiffée et sa tenue était assez négligée, mais horrible ? Non. En fait, elle avait l'air fraîche et jeune.

— Tu es superbe, dit Jason.

Elle se regarda encore une fois. Oui, elle avait quelque chose aujourd'hui. Était-ce le contact d'une femme qui pouvait donner cet éclat ? Ou alors, c'était la chaleur d'avoir un délicieux secret. Une petite vengeance sur son mari pour ses mensonges nocturnes et sa drague éhontée.

Les vibrations qui montaient parfois de son sac la troublaient néanmoins et dès qu'ils confièrent la voiture au voiturier, elle s'excusa pour aller vérifier ses textos aux toilettes. Tous de Keisha. Même s'ils ne contenaient rien d'incriminant, ce qui était un soulagement, un besoin menaçant se dégageait de ses reproches à l'égard de William. *Je n'aurai plus de temps pour moi. Comment allons-nous pouvoir traîner ensemble ? ;-)* Le visage de l'émoji était chargé d'un sous-texte qui fit un peu peur à Marcie. Oui, il y avait ça chez Keisha, la magie à laquelle elle avait tant de mal à résister et aussi cette irresponsabilité. Elle était comme une gosse. Ça ne s'arrangeait pas dans les messages suivants. *Je t'en prie, dis-moi que vous n'êtes pas restés au lit toute la journée !* Ce qui était suivi par un petit visage jaune qui vomissait. *Réponds-moi et sauve-moi de l'ennui ! Ça te dit qu'on s'occupe de la teuf la semaine prochaine. J'ai besoin de toi !!!*

C'était comme d'avoir un chiot bondissant dans les pattes sauf que maintenant que Jason était de retour à la maison et dans de si bonnes dispositions, elle n'avait pas envie de tout bousiller à cause de Keisha. Hors de son orbite, Marcie recouvrait la raison. Oui, sa liberté et sa jeunesse lui manquaient, cependant elle n'allait pas tout perdre à cause d'une envie débile et encore moins parce que la personne qui l'excitait n'arrivait pas à la fermer. Surtout maintenant que tout allait si bien avec Jason. Qu'ils étaient sur le point de faire leur entrée dans la véritable élite. Les femmes de la ville se tourneraient vers elle avant d'organiser leurs dîners de charité. Désormais plus personne ne regarderait de haut la deuxième épouse. Pas quand son mari avait accès à toutes leurs affaires financières et privées.

Ses doigts volèrent sur le clavier. *Passé la journée dehors avec Jason ! Désolée ! Je t'écris demain pour la fête. On se voit dans la semaine !* Pas inamical, pas intime non plus. Satisfaite, elle rangea le téléphone. Elle allait reprendre le contrôle de cette histoire. Elle avait toujours eu un talent certain pour le contrôle.

Elle traversa la salle, saluant des visages familiers ici ou là, assez fière de son jean blanc cassé et de sa chemise bleue et blanche au milieu de toutes ces tenues de couturiers étalées dans des fauteuils en cuir à l'ancienne dans cet éclairage trop tamisé. Sacchi était une seconde maison pour la plupart des membres du club, un endroit central à l'ambiance familière où des serveurs impeccables apportaient des cocktails parfaits avant de disparaître sans un bruit sur l'épaisse moquette.

Dans le bar frais et sombre à force d'éclairages indirects, il était difficile de se souvenir qu'il faisait trente degrés dehors, mais heureusement la cour à l'arrière offrait un décor plus détendu et Marcie fut contente qu'ils y aient trouvé une table. Elle appréciait le soleil aujourd'hui, ce sentiment de liberté, et elle se moquait de savoir si elle n'allait pas tarder à être en nage sous sa chemise.

Au moment où elle sortit dans la lumière éclatante, elle se figea face à la scène qui s'offrait à elle, son cerveau essayant de traiter l'information que ses yeux recevaient. Jason assis, lui tournant le dos, un dos très raide, elle le sentait même à cette distance. Celui de Marcie venait de se transformer en plaque de plomb. Une femme brune était debout devant la table, penchée vers lui. Le rayon de soleil qui tombait sur son visage sculptait ses traits félins, une chatte aux yeux durs qui ronronnait dans l'oreille de son mari.

Jacquie.

Marcie ne sentait plus la chaleur de cet après-midi, une sueur glacée coulant lentement entre ses omoplates. Keisha ne s'était pas trompée. Jacquie était de retour.

Comme s'ils étaient sensibles au danger, les yeux de chatte se relevèrent ; ils étincelèrent un bref instant, soulignés par un sourire. Jacquie la salua.

Marcie se força à lui rendre son sourire, se dirigeant vers la table sur des jambes soudain raides, bien décidée à ne pas se lancer dans une scène que des yeux mesquins pourraient capter. Jacquie était suprêmement élégante dans une robe moulante bleu pâle, les hanches et la taille d'une minceur impossible, les pieds précieusement préservés par des sandales ouvertes aux orteils. Habillée comme elle l'était, Marcie avait l'impression d'être redevenue serveuse. Comme toujours face à Jacquie. Et passablement débile, de surcroît. Le mépris était là dans son regard, encore plus présent maintenant que le chagrin de la rupture l'avait quitté. Un pur dédain sous un vernis de politesse gracieuse. Mais Marcie ne se laissa pas avoir : Jason était pâle et furieux, c'était évident. Que se passait-il ici ?

— Vous avez l'air en forme, Marcie. Ces kilos en plus vous vont bien.

Ignorant l'insulte, elle sourit.

— C'est gentil, merci. Nous avons passé la journée à la plage en amoureux.

Elle se sentit ridicule. Sur la défensive. La journée à la plage en amoureux ? D'où sortait une énormité pareille ? Et pourquoi était-ce si important de la convaincre que tout était rose dans son mariage ? Jacquie était le passé. Mais un passé collant. Elle avait paru très insistante quand elle parlait à Jason. Que lui avait-elle dit ? Et savait-il qu'elle serait ici ? Peu probable. Sacchi avait toujours été un des spots préférés de Jacquie. Si elle était de retour en ville, il y avait de fortes chances qu'elle vienne y prendre un verre.

— Comme c'est charmant.

Des gouttes suintant d'un bloc de glace.

— Oh, j'y pense, reprit Marcie en gardant le même ton sucré. Toutes mes condoléances. Ce doit être si dur de se retrouver seule à votre âge.

— Merci. Oui, c'était très triste.

Jacquie baissa les yeux vers Jason avant de les relever vers elle.

— Mais, parfois certaines pertes se révèlent profitables. Et qui sait ce que l'avenir nous réserve.

— Si Dieu le veut, que de bonnes choses.

Jacquie rejeta avec soin ses cheveux par-dessus l'épaule.

— Quoi qu'il en soit, je vous laisse à votre après-midi tous les deux. Annabelle m'attend à l'intérieur. Je ne me suis arrêtée que pour m'excuser auprès de Jason d'avoir raté son appel il y a quelques jours. J'étais au spa. Je voulais rappeler, mais vous savez comment c'est, vous commencez à faire quelque chose et puis vous oubliez. (Elle afficha un sourire, aussi tranchant qu'une lame.) Ce doit être l'âge, ça aussi.

Et là-dessus, elle disparut, passant devant Marcie et ne laissant dans son sillage qu'une lourde odeur de parfum. Marcie en eut la nausée. Ce qui était peut-être l'effet recherché.

Jason avait appelé Jacquie. La pensée était si absurde qu'elle ne parvenait pas à l'absorber. Elle flottait comme de l'huile sur l'eau à la surface de son esprit tandis qu'elle s'installait face à son mari.

— Qu'est-ce… commença-t-elle.

Qu'est-ce que c'est que cette histoire de coup de fil ? C'était la question embarrassante qu'elle allait poser quand le téléphone de Jason sonna.

— William, la coupa-t-il en prenant son appareil, la laissant avec toute sa confusion et sa colère.

Pourquoi diable as-tu appelé Jacquie ? Oui, voilà l'approche qu'elle devait utiliser. Sauf qu'avec Jason l'agressivité ne la mènerait nulle part. Dès qu'il en aurait fini avec William, elle aborderait le sujet tranquillement, comme si elle s'en moquait. Non pas qu'il serait dupe, mais, dans le Sud, la bienséance passait par-dessus tout, et cela lui permettrait peut-être de lui soutirer une parcelle de vérité.

Elle étudia son mari. Son visage était déjà orageux et rien de ce que lui disait William ne chassait les nuages. Ses mâchoires étaient serrées, ses phalanges blêmes sur le portable. Elle écouta son côté de la conversation. *Qui ? Quand ? Parfait, absolument. Je suis impatient que ça soit fait.* Son ton enjoué contredisait tellement son expression qu'elle en frissonna.

Le serveur arriva et elle murmura une commande pour deux margaritas, même si la présence de Jacquie avait tué son envie de passer un moment ici, et il en était sans doute de même pour Jason, mais pourquoi lui donner la satisfaction de les voir filer comme s'ils avaient honte ? Jacquie était le passé. Oubliée. Et de toute manière, la honte était un sentiment qu'elle ne connaissait pas. En amour comme à la guerre, tout est permis. Et dans la vie aussi, *à condition* d'obtenir ce que vous voulez.

Jason raccrocha enfin.

— Qu'y a-t-il ? demanda-t-elle. Il n'a pas changé d'avis ?

— Non, rien de la sorte. Ce n'est pas très important. Il veut faire réaliser un audit avant la vente. Un audit préalable.

— Et c'est un problème ?

— Pas vraiment. Mais c'est bientôt le 4 Juillet et ils ne commenceront qu'après les congés. Ce qui va tout reporter d'un mois environ. (Il lui sourit.) Je suis trop impatient, c'est tout.

— Un mois, ça passe vite.

Leurs verres apparurent et Marcie se força à boire une gorgée, même si elle ne voulait surtout pas laisser l'alcool lui embrumer la tête.

— Comment se fait-il que tu aies appelé Jacquie ?

Il fixait son téléphone.

— À ton avis ? Parce que Keisha a dit qu'elle était revenue. Je me demandais pourquoi. Tu la connais. Je ne voulais pas qu'elle commence à nous chercher des ennuis.

— Elle doit quand même être passée à autre chose, non ?

— C'est toujours une garce.

Ses mâchoires se contractèrent de nouveau.

— Qu'est-ce qu'elle t'a dit ? Tu avais l'air en rogne.

— Rien. Les trucs habituels. À quel point je suis nul. (Il leva la tête, irrité, but un coup.) On peut laisser tomber Jacquie ? On est en train de passer une journée géniale, j'ai pas envie qu'elle vienne nous la pourrir.

Elle était déjà pourrie, eut-elle envie de lui répondre. Elle s'en abstint pour éviter une dispute, surtout ici. Ils restèrent donc assis dans un silence inconfortable ; lui, l'esprit visiblement ailleurs, et elle qui rompait parfois cette méditation forcée avec des questions inoffensives à propos d'une série ou d'un ami auxquelles il répondait par des monosyllabes. Quelque chose l'avait rendu furieux, elle le savait, difficile toutefois de déterminer si c'était Jacquie ou William. Ou les deux à la fois. Sa façon d'être au téléphone avait été si bizarre : cette voix enjouée qui semblait sortir d'un robot ou d'un cadavre. Tellement déconnectée.

Ils partirent peu après, Marcie prétextant la fatigue d'une journée au grand air, en réalité désirant à tout prix s'extraire de chez Sacchi, ce bocal à poissons rouges. Jason ne discuta pas et dès qu'ils arrivèrent à la maison, il monta prendre une longue douche avant de préparer le souper qu'ils mangèrent devant la télé. Quand ils se couchèrent, il n'essaya pas de la toucher et elle se rendit compte qu'au fond elle s'en foutait plus ou moins. Une fois encore, elle était emplie de méfiance à l'égard de son mari. Que lui cachait-il ? Pourquoi ne voulait-il pas s'ouvrir à elle ?

Elle finit par sombrer dans un sommeil agité, et cette fois ne fut pas surprise de se réveiller seule dans le noir, le téléphone de Jason ayant lui aussi disparu de la table de chevet. Un nouvel appel nocturne. Des araignées de suspicion jaillirent des recoins de son cerveau, tissant des toiles sur lesquelles proliféraient ses idées noires : si ce n'était pas à Keisha, alors à qui parlait-il ? Jacquie ? Était-elle parvenue à lui empoisonner l'esprit ? Autant elle rechignait à l'admettre, autant Jacquie avait été pas mal du tout chez Sacchi. Jason la revoyait-il ? Était-ce Jacquie qui attendait dans cette voiture devant leur maison quand il était absent ? En espérant qu'il se glisse dehors pour lui parler ? Maintenant que le chirurgien était mort et qu'il allait atteindre les ultimes barreaux de l'échelle sociale, Jason avait peut-être envie de récupérer son ancienne femme sudiste. Il était aussi possible que Jacquie soit en train de jouer avec elle, Marcie, cherchant à rendre la monnaie de sa pièce à la femme qui lui avait volé son mari. *À l'amour comme à la guerre, tous les coups sont permis.*

Elle ferma les yeux, attendant d'entendre son pas coupable sur le plancher, de sentir son poids déformer le matelas. Au bout d'un moment, elle prit le risque d'entrouvrir les paupières. Jason ne la vit pas. Il fixait le plafond, le visage aussi froid et impassible que quand il était au téléphone avec William. Que se passait-il dans cette tête ? Connaissait-elle vraiment cet homme ? Leur mariage avait commencé par des secrets, une liaison et des mensonges. Les fondations de leur couple. Cela avait été très excitant à l'époque. Ça l'était moins maintenant. Pas quand c'était à elle qu'il cachait des choses… et qu'elle le trompait. Mais, après tout, s'il avait ses secrets, quel mal y avait-il à ce qu'elle ait les siens ? Pourquoi n'aurait-elle pas quelque chose à elle ?

31

Marcie était déjà passée par là. Ce sentiment de catastrophe imminente qu'elle était en train de provoquer, sans pouvoir s'en empêcher. Il y avait tant d'échos de sa liaison avec Jason. Même cette position, à cheval sur Keisha dans la voiture, la jupe autour de la taille, c'était comme ça que Jason et elle avaient baisé la première fois. À l'époque, il s'agissait de le faire jouir, de le satisfaire, alors que maintenant toutes ses pensées, toute sa concentration, étaient focalisées sur son propre plaisir et sur ce que cette autre femme était en train de faire avec ses doigts. Elle avait répété *on peut pas continuer* à chaque fois qu'elles s'étaient revues depuis le week-end et, chaque fois, sa résolution vacillait. C'était le problème avec les liaisons. Une fois qu'on s'y lance, on a beaucoup de mal à s'arrêter. C'est addictif. Excitant. Surtout avec Jason qui changeait d'humeur de façon aussi imprévisible et elle qui commençait à le détester pour de bon ; et puis, il y avait quelque chose de flatteur, et évidemment dangereux, dans le besoin que Keisha avait d'elle. Tout le contraire de Jason. C'était bon de se sentir désirée, spéciale – *Va te faire foutre, Jason* –, malgré cette vague inquiétude devant la rapidité avec laquelle cette fille avait complètement craqué pour elle.

— Tu es si belle, murmura Keisha. Je pourrais te regarder jouir toute la journée.

Marcie se pressa contre ces doigts si longs, si beaux, tandis que l'orgasme se prolongeait.

— Je pourrais te laisser faire, murmura-t-elle en souriant.

C'était étrange comme Keisha était à la fois si fragile émotionnellement et si sûre d'elle dans la baise. Marcie aimait ça. La jeune Anglaise s'était insinuée dans sa tête et quand elle ne se demandait pas quel sale tour Jason était en train de mijoter, elle pensait à la peau douce de Keisha et à son rire cochon qui ne lui paraissait ni vulgaire, ni grossier, mais joyeux et fascinant. Elle l'embrassa, ses cheveux couvrant leurs deux visages.

— Tu es vraiment douée pour ça. Tu veux que je...

— Non, je suis bien. Je suis heureuse de te rendre heureuse. Et puis, ils nous attendent au club, dit Keisha en roulant des yeux. Je jure sur mes couilles que la seule façon de supporter ses mains sur moi c'est de penser à toi.

Une autre chose que Marcie aimait chez elle : sa façon de parler. Elle lui rappelait sa propre jeunesse quand il n'était pas question de vivre, seulement de survivre et qu'elle ne le savait pas encore.

— Ne recommence pas, dit-elle en se glissant sur le siège conducteur. Qu'est-ce que tu vas faire ? Le quitter ? Tu te racontes des histoires. Et, comme je n'arrête pas de te le répéter, je suis heureuse avec Jason. Les choses vont plutôt bien pour nous. Je ne veux plus me retrouver sans rien, redevenir... Rien, justement. Il faut que tu le comprennes.

— Tu n'es pas heureuse avec lui, dit Keisha. Je le vois. Ce mec est un con.

— Le bonheur, c'est relatif, dit Marcie en rajustant sa culotte.

Niquer avec une femme dans un parking souterrain sur Whitaker Street. Ça lui donnait à la fois envie de rire et de se mettre des claques. Elle était dans ce moment de clarté post-sexe, une fenêtre de rationalité, avant que tous ses désirs ne remontent et que la lubricité ne reprenne le dessus. Nul doute qu'avec le temps ça se calmerait et qu'elles en auraient marre l'une de l'autre. Ce qui serait la meilleure issue.

— Nous ne sommes pas comme William et toi. Jason ne me dégoûte pas. Et même si je ne suis plus aussi amoureuse qu'avant, je *l'ai* aimé.

Keisha eut l'air blessé.

— Qu'est-ce que ça veut dire ?

— Tu sais ce que ça veut dire, répondit Marcie avant de s'adoucir et de l'embrasser sur la joue. Je ne te reproche rien, parce que je comprends absolument pourquoi tu l'as fait, mais si tu épouses un homme pour son argent, ma belle, tu finis toujours par devoir le gagner.

— On pourrait être pauvres et heureuses ?

Comme un petit chiot plein d'espoir.

— Non, on pourrait pas. Je pourrais pas. Et tu veux l'argent autant que moi, sinon tu l'aurais déjà plaqué, contrat de mariage ou pas. Alors, laisse tomber. S'il te plaît.

— Je me disais que me marier avec Billy, c'était tout ce que je voulais. En fait, c'est plutôt ce que les autres voulaient, dit Keisha, les yeux troublés de colère et de douleur. Et il n'est pas celui que je croyais.

— Personne ne l'est jamais, dit doucement Marcie. Bon, allez. Monte dans ta petite Corvette rouge et allons expliquer à ces types chiantissimes qu'on a pour maris à quel point cette fête va être une splendeur.

— Tu trouves, toi aussi ?

Keisha souriait et, soudain, elle était à nouveau lumière et vie. Une véritable enfant. Marcie l'avait encore vu quand Pierre et Julian leur avaient exposé les diverses options de restauration pour la soirée. Keisha avait trouvé ça ennuyeux, Marcie l'avait compris à sa façon de se taire et de laisser Elizabeth, qui les avait rejoints, dresser la liste des intolérances alimentaires de tous les invités, sans exception.

Il avait fallu attendre le départ d'Elizabeth et qu'ils se mettent à parler des satins rouges et noirs et des velours qui seraient drapés sur des plinthes de marbre décorées de serpents dorés aux gueules ouvertes sur des crocs au milieu desquels brilleraient des spots éblouissants pour que Keisha tape dans ses mains, absolument ravie. Elles n'avaient pas encore choisi leurs robes, mais Julian avait promis de leur montrer une sélection qui donnerait envie aux autres dames de la soirée de « simplement mourir » d'envie. Pour la première fois, Marcie était vraiment impatiente de participer à une fête chez William.

— Allez, file. Je pars devant.

Keisha se pencha pour l'embrasser, sa langue s'insinuant entre ses dents et, même si elle avait joui deux minutes plus tôt, Marcie sentit les fourmillements renaître un peu partout.

— Je suis folle de toi, dit Keisha. Vraiment.

— Oui, c'est sûr que tu es folle, répondit Marcie, mais elle sourit. Remets-toi du rouge à lèvres, sinon William va se demander ce que tu as fait.

Keisha gémit et sortit de la voiture.

— Putain, j'aimerais qu'il soit *mort,* dit-elle, et pas pour la première fois. Pourquoi ne meurt-il pas ?

Elle ferma la portière et Marcie la regarda traverser le parking, toute en courbes fermes, fières et fortes. Un jour, il faudrait qu'elle lui dise que ça ne fonctionnait pas comme ça. Les hommes comme William survivaient à tout et Keisha allait devoir s'y faire.

★

C'est marrant, pensa-t-elle en embrassant Jason sur la joue, après les avoir rejoints, William et lui, au restaurant du club-house, comme la vie tourne en rond parfois. Sa culotte était encore humide de ce que Keisha lui avait fait et elle était là, tout sourire avec son mari. Cela s'était-il passé de cette façon pour lui, quand il était marié avec Jacquie ? Ce basculement entre deux moments ?

— Où est Keisha ? demanda William.

— Elle arrive. Elle a dû se faire coincer à un feu.

Au moins, Jason n'avait pas eu à gérer d'avoir Marcie à la table quand il déjeunait avec Jacquie.

— Vous allez être sidérés. C'est incroyable comme elle organise cette soirée. Elle a un talent naturel pour ce genre de choses.

William parut satisfait, comme si elle avait complimenté un bon chien qui avait rapporté le bâton. Qu'est-ce que signifiait une femme pour quelqu'un comme lui ? Comprenait-il l'amour, ou bien était-ce avant tout une question de tradition et d'ego ? Il s'était vite remis de la mort d'Eleanor. Peut-être envisageait-il déjà la suite quand elle était encore en vie ? Cette histoire avec cette serveuse. Pour lui, à cette époque, Eleanor n'était qu'un poids mort. Jason était-il comme lui au fond ? L'amour avait-il un sens pour lui ou bien seuls ne comptaient que les biens qu'il acquérait et son statut social ? Toute cette politesse, ce raffinement, n'avaient fait que vider Marcie de sa substance, une lente ponction qu'elle n'avait pas remarquée. Elle n'avait peut-être pas envie de quitter Jason, mais elle ne pouvait pas non plus se résigner à renoncer à la passion. Pas encore. Les hommes se débrouillaient toujours pour avoir le beurre et le cul de la crémière. Pourquoi pas elle ?

— Vous avez commandé ? Je meurs de faim. Je crois que je vais prendre un steak.

Jason la regarda, surpris.

— Je t'ai commandé une salade. Tu prends toujours une salade.

— Pas aujourd'hui.

C'était grotesque. Vraiment. Toutes ces femmes qui ne mangeaient jamais rien, alors qu'elles pouvaient s'offrir les meilleurs restaurants, les plats les plus délicieux. Elles ne restaient pas minces pour se faire plaisir, c'était évident. Elles affamaient leurs corps par crainte des secrétaires et des deuxièmes épouses. Souvent, Marcie contemplait avec dédain les femmes plus grosses qui fréquentaient les mêmes salons et les mêmes bars qu'eux. Et si elle se trompait ? Et si c'étaient elles les plus heureuses ? Leur mariage n'était pas basé sur une image ou sur une puissance financière déséquilibrée. Ces femmes devraient probablement servir de modèles à toutes les autres, y compris elle-même.

— Eh bien, il va falloir que tu changes la commande, conclut-elle.

Elle était d'une humeur de feu, prête à cracher des flammes sur n'importe qui, Jason inclus. Elle était toujours comme ça après une bonne baise. Et Keisha était peut-être un peu folle, mais c'était une sacrée baiseuse. Et soudain, elle fut là à nouveau et le cœur de Marcie trépigna.

— Je vais prendre un steak, moi aussi.

Elle se glissa aux côtés de William après avoir déposé un baiser sur son crâne dégarni, ses lèvres touchant à peine la peau grêlée.

— Consulter cette liste de tous les canapés disponibles m'a affamée, dit-elle en souriant. Cela dit, je suis toujours affamée. J'ai bon appétit.

— Marcie vient de nous dire que tu te débrouillais très bien avec la soirée, dit William et Marcie vit une main épaisse glisser sous la table, sans doute pour presser le genou de Keisha.

La pauvre. Pas étonnant qu'elle veuille à ce point éviter ça.

— Ce sera différent de tout ce qui se fait par ici, j'en suis sûre, dit fièrement Keisha.

Marcie remarqua une ombre fugitive passer sur le visage de William.

Inquiet ? À l'idée de quelque chose de trop différent ? Trop jeune, trop fou ? Qui pourrait l'embarrasser ?

— Je t'expliquerai certaines de nos idées quand nous serons à la maison. Et tu pourras changer tout ce qui ne te plaira pas.

William se détendit. Le roi était apaisé.

— Je l'ai déjà dit et je le répète, fit Jason. William, tu as beaucoup de chance.

Marcie dévisagea son mari. Ses yeux brillaient, un loup devant un beau morceau de viande, pendant qu'il contemplait Keisha un tout petit peu trop longtemps avant de tourner son sourire vers William. Ça l'irritait, ce désir si évident qu'il avait pour la seconde Mme Radford IV. Et plus encore qu'il ait la stupidité de le laisser voir à William alors qu'ils étaient si proches d'obtenir tout ce qu'ils voulaient.

— Oh, j'ai failli oublier. Il y a un voyant qui s'est allumé dans la voiture en venant ici. (Keisha sortit son téléphone.) J'ai pris une photo au cas où vous, les hommes, sauriez ce que ça veut dire.

Elle leur montra l'image.

— Ah, c'est la température, dit William en se levant. Si vous voulez bien m'excuser.

— La température ?

Keisha nota à peine la disparition de son mari.

— Le liquide de refroidissement, expliqua Jason. Ne vous inquiétez pas. Je peux refaire le niveau. Vérifier qu'il n'y a pas de fuite. Marcie, tu pourrais passer en prendre au magasin, au cas où on n'en aurait plus ?

— Depuis quand tu es mécanicien ? dit Marcie.

— À vrai dire, je ne me débrouille pas trop mal avec un moteur, fit Jason en lui adressant un regard assez noir avant de sourire à Keisha. Ne vous inquiétez pas, Keisha, je vais jeter un œil sous votre capot et arranger tout ça. Faudrait pas vous laisser en surchauffe.

— Je crois qu'on n'en a plus, marmonna Marcie, les yeux baissés sur le menu pendant que son mari débitait ses sous-entendus grossiers.

Les mains moites, le ventre dur, elle n'avait soudain plus du tout faim.

32

La sueur irritait ses cuisses sous la jupe à force de rester assise depuis près d'une heure – et la fin du sermon fut un soulagement. En cette journée la plus chaude de l'année, le pasteur avait multiplié les excuses embarrassées à propos de la climatisation cassée que des techniciens étaient apparemment en train de réparer, mais que Marcie n'avait vus nulle part pendant qu'elle transpirait en compagnie de la belle et bonne société de Savannah. Le dimanche précédant la fête nationale. Tout le monde se devait d'aller à l'église, même Jason insistait pour qu'ils s'y montrent. Comme si Dieu allait descendre parmi eux et que Jésus ne portait pas une couronne d'épines mais une casquette « *Make America Great Again* ».

On avait laissé les portes ouvertes, ce qui était une erreur tant l'air était stagnant. Visiblement mal en point, Keisha était sortie dix minutes avant la fin du service et alors qu'ils s'apprêtaient à en faire autant en file indienne, Marcie remarqua que William ne paraissait pas du tout ravi. Virginia, bronzée et en pleine forme après son voyage, heureuse d'être de retour au sein de la congrégation, lui avait murmuré à l'oreille : « Elle est peut-être enceinte » et, si somnolente qu'elle fût, abrutie par le sermon monocorde du pasteur dans cette chaleur écrasante, Marcie n'avait pas manqué de percevoir le fiel dans sa voix. Pas difficile de comprendre pourquoi. William Radford était de sang bleu. Il avait peut-être épousé une Noire, mais voudrait-il que son unique enfant survivant, et donc seul héritier, soit métis ? Elle en doutait. Ici, les vieux préjugés traînaient jusqu'au fond des couilles.

Se protégeant derrière ses lunettes de soleil, elle suivit Virginia dans la lumière éclatante où elle murmura ses remerciements au pasteur avant de scruter le parking et les pelouses automatiquement arrosées à la recherche de Jason. Virginia roucoulait sur les vertus de Grand Cayman, à quel point elle avait pu s'y détendre, le personnel dans les divers *resorts* qu'ils avaient fréquentés était tellement extraordinaire, Marcie adorerait ça, elle devait tout faire pour persuader Jason de l'y emmener. Si suintante de satisfaction. La chaleur poisseuse était déjà assez irritante, surtout après une nuit ponctuée de rêves angoissés à propos du passé. Comme ça devait être merveilleux d'être comme Virginia. Tout cet argent rien qu'à elle. Ne jamais avoir à demander la permission pour quoi que ce soit. Pas de cauchemar. Pas de souvenirs entassés dans une petite boîte.

Peut-être était-ce simplement la chaleur, mais Virginia semblait la seule dans leur petit groupe à être de bonne humeur, se dit Marcie, tandis que son regard glissait vers William qui avait retrouvé Keisha, adossée à un arbre dans l'espèce de bosquet qui masquait la route. Il lui parlait et ce qu'il lui disait ne semblait pas destiné à la consoler, alors qu'elle avait vraiment une sale tête. Typique de la part de William : il aurait préféré qu'elle s'évanouisse ou qu'elle vomisse sur les bancs de l'église plutôt que de l'embarrasser en partant ainsi avant la quête. Keisha, Keisha. Une irrépressible envie s'empara d'elle. Dangereuse, elle le savait, mais d'autant plus bandante.

Elle s'était plus ou moins attendue à trouver Jason auprès d'elle – lui offrant du réconfort, un verre d'eau ou un plan cul –, il était près du mur du fond, derrière les voitures, avec Emmett. En dépit de la ferveur dévote de sa femme, il était rare que celui-ci se montre à l'église, et Marcie était certaine de l'avoir vu somnoler ; mais, s'il dormait tout à l'heure, ce n'était plus du tout le cas maintenant. Jason était penché vers lui, gesticulant. À cette distance, elle ne pouvait les entendre, mais il paraissait assez frénétique pendant qu'Emmett haussait les épaules et souriait avec cette aisance qui, chez lui, semblait permanente.

— Un petit brunch à la maison ?

Marcie tressaillit, surprise, à la question de William qui se trouvait déjà parmi eux.

— Bien sûr.

Elle regarda son mari. La discussion, quelle qu'elle ait pu être, était terminée et Emmett et lui revenaient vers leurs épouses comme s'ils n'avaient pas le moindre souci sur cette terre.

— Jason va s'occuper du liquide de refroidissement de Keisha, continua William. Elizabeth aurait très bien pu aller en chercher, mais il tient à le faire.

— Ah oui ! intervint Virginia. Je me souviens de cette petite voiture de course. Un vieux modèle qu'il a lui-même remis en état. Il était avec Jacquie à l'époque. Mon Dieu ! soupira-t-elle. Comme le temps passe.

Virginia, la garce éternelle, dont le regard brillait à l'évocation du premier mariage de Jason.

— Jacquie est de retour, dit Marcie. Au cas où vous ne le sauriez pas déjà.

Les yeux de Virginia s'écarquillèrent pour laisser plus de place à sa jubilation. Elle ouvrit la bouche, sans doute afin d'émettre une saloperie quelconque. Marcie ne lui en laissa pas le temps, lui tournant le dos pour rejoindre la voiture.

*

Qui d'autre que William Radford ferait installer la climatisation dans son garage ? Mais que le Seigneur en soit remercié, se disait Marcie, adossée à la portière passager de leur voiture tandis que Jason sortait le liquide de refroidissement du coffre.

— Tu devrais rentrer avec les autres, mon cœur, dit-il. Inutile qu'on soit tous ici. Ce n'est pas ton genre de te couvrir de graisse de moteur.

Marcie ne savait pas trop pourquoi elle était restée. Son cœur battait très fort dans sa poitrine malgré le calme qu'elle affichait et elle avait vaguement la nausée, mais voilà qu'il essayait de se débarrasser d'elle. Pas question qu'elle bouge.

— Je pourrais apprendre quelque chose, *mon cœur.*

Elle avait insisté sur ces deux derniers mots avec un doux sourire et elle le vit serrer les dents. Avait-elle l'air jalouse ? Se souciait-elle seulement de ce qu'il pensait ?

— Comme tu veux.

Il ouvrit le capot de la Corvette, le souleva et se pencha sur le moteur.

— Ouais, le niveau est vraiment trop bas.

— Ce qu'elle savait déjà grâce au voyant, non ? fit Marcie.

Il lui jeta un regard noir.

— Fais la maligne.

Il se mit à tâter les durites.

— Celle-là est desserrée, dit-il en montrant ses doigts humides. C'est de là que vient la fuite.

Il se pencha à nouveau pour visser quelque chose, grognant pour souligner son effort. Marcie avait envie de ricaner. C'était quoi, ce cirque macho ?

— Voilà qui devrait être réparé. Maintenant, il suffit de refaire le niveau.

Il s'empara du bidon de liquide de refroidissement qu'il porta au-dessus de l'évier.

— Il faut juste le diluer. J'espère que vous regardez bien, mesdames.

— J'admire le travail, dit Keisha en lui adressant un clin d'œil.

Elle le drague ouvertement, se dit Marcie, *c'est plus fort qu'elle.* Elle regarda Jason se pavaner sous le regard de Keisha tandis qu'il cherchait quelque chose dans l'immense garage. Elle ne l'avait encore jamais trouvé idiot, mais tous les hommes ne se comportent-ils pas comme ça avec les femmes ? Une heure plus tôt, Keisha était au bord de l'évanouissement à l'église et maintenant elle l'allumait, lui balançant ses sourires et ses hanches dans une parodie d'elle-même. Cherchait-elle à rendre Marcie jalouse ? Se rendait-elle seulement compte de ce qu'elle faisait ? Elle, qui n'arrêtait pas de se moquer de Jason quand elle était avec Marcie, était en train de le draguer. Il y avait vraiment un truc qui clochait chez cette fille.

Jason trouva un entonnoir sur une étagère et un vieux bidon vide sous un établi qu'il remplit d'eau à mi-hauteur. Il se débattit avec le bouchon du liquide de refroidissement et Marcie eut une grimace de dégoût quand une grosse giclée d'un produit quasiment phosphorescent éclaboussa ses mains et sa chemise.

— Merde !

— Et dire qu'on devait regarder et apprendre, fit Keisha en croisant les bras, amusée. Vous feriez mieux d'enlever cette chemise. Et puis, c'est comme ça que bossent les mécanos, non ? Le torse nu et moite dans la chaleur de l'atelier ? Ou c'est juste dans les films pornos ?

Jason rit, choqué. Il réévalua Keisha du regard, digérant ce nouveau bout d'information. Une femme qui regardait des films pornos. Pourquoi avait-elle dit ça ? Avait-elle envie de Jason ? De se les taper tous les deux ensemble ? Une espèce de gros fantasme débile. Marcie chassa cette pensée. C'était stupide. Keisha ne faisait que jouer avec lui, elle le savait, mais cette situation commençait à l'énerver sérieusement.

— Lave-toi les mains, marmonna Marcie, tandis que Jason se dénudait jusqu'à la taille. Et n'en mets pas dans ta bouche. Ce truc est un poison.

— Oui, *maman*, dit-il, et elle réprima une envie de coller son poing sur cette jolie petite gueule si satisfaite.

Se moquer d'elle pour impressionner Keisha. Elle devrait lui faire avaler de force ce liquide jaune.

Le petit rire de Keisha était teinté d'une énergie assez étrange que Jason ne parut pas remarquer, mais qui ne fit que renforcer le sentiment de claustrophobie de Marcie. Le liquide de refroidissement n'était pas le seul élément toxique dans cette pièce ; ils étaient tous vénéneux, d'une manière ou d'une autre, et elle seule, peut-être, était assez honnête pour le reconnaître.

⋆

Marcie se sentit mieux quand ils furent de retour dans la maison principale, si lumineuse, sans odeur d'essence ou de produits chimiques, même si cela impliquait encore d'autres papotages insignifiants avec Virginia et Emmett qui étaient déjà en train d'expliquer à William à quel point leurs vacances avaient été *divines* et *nécessaires*, comme si leur vie n'était qu'une longue suite d'épreuves exténuantes. Keisha était redevenue l'épouse attentionnée, rassurant tout son monde à propos de son petit malaise à l'église, c'était fini maintenant, rien de grave, et Zelda emporta la chemise de Jason pour la faire laver pendant qu'il montait à l'étage se nettoyer et emprunter quelque chose à William avant de passer à table. Il en profita pour prendre une douche, car quand il redescendit, la chemise trop grande enfoncée de façon assez comique dans son pantalon sous son veston de sport, Marcie en était à son deuxième verre de vin et quand il vint l'embrasser, lui demandant s'il sentait bon, elle aurait presque pu lui pardonner son cirque pitoyable au garage.

C'était étrange comme ils avaient tous repris leurs rôles. Assise auprès de Jason à table, pendant qu'il laissait son bras traîner négligemment sur le dossier de sa chaise à elle, elle avait du mal à se souvenir de sa relation passionnée dans la voiture avec Keisha. De ce désir animal. C'était comme un rêve maintenant que le statu quo était rétabli. Iris et Noah étaient les seules pièces manquantes et ils seraient de retour d'ici quelques jours. Il y avait une sécurité dans cette vie ennuyeuse, elle en était consciente, et après avoir bu son vin et son café et laissé Jason la prendre par la main quand ils s'étaient levés pour rentrer chez eux, elle savait aussi qu'elle voulait s'y accrocher encore un petit peu plus longtemps.

Quand ils démarrèrent, elle lança un regard vers la porte du garage ouverte, la Corvette rouge étincelant dans la semi-pénombre. Un goût amer emplit sa bouche.

Plus tard, cette nuit-là, alors que la ville dormait et que pour une fois Jason ne rôdait pas dans la maison à passer des coups de téléphone, elle verrouilla la porte du dressing pour examiner le contenu de la boîte. Un rare sentiment de culpabilité lui brûlait le ventre.

Quels que soient les secrets que lui cachait Jason, les siens étaient pires.

33

« Il ne sortira jamais rien de bon de toi, KeKe, si tu ne changes pas, si tu ne te tiens pas mieux, si tu n'arrêtes pas de parler de garçons qui n'ont jamais existé. Tu es maudite, ma fille, tu le sais et je le sens. Fais un effort. Oublie. »

Keisha n'avait jamais oublié le garçon. Malgré tous ses *efforts*, elle n'avait pas pu. Elle avait juste complètement cessé de croire à son existence, et maintenant elle se rendait compte que tata Ayo avait raison, la malédiction était sur elle et elle ne pourrait jamais y échapper. Rien de bon. Que de la pourriture, et c'était à cause d'elle. Elle avait été idiote de croire qu'elle pourrait être heureuse, qu'elle pourrait tout avoir, d'avoir cru en la joie qu'elle avait ressentie en dansant dans la clairière avec Marcie. *Dansé, Calinda !*

Hier, tout était revenu la hanter. C'était dimanche matin avant l'église et elle se sentait bien. En y repensant, elle se sentait *trop* bien, malgré William. Elle était sortie dans cette chaleur formidable. Les jardiniers travaillaient dur, des camionnettes allant et venant tandis qu'ils élaguaient, arrosaient, taillaient des pelouses et des massifs de fleurs déjà parfaits. On était aussi en train de nettoyer la piscine. Il y avait une joie pernicieuse à voir tous ces gens s'activer alors qu'elle n'avait rien à faire.

Visiblement, à Savannah, le dimanche n'était jour de repos que pour les riches, voilà ce qu'elle se souvenait d'avoir pensé pendant qu'elle foulait l'herbe de ses pieds nus et que William prenait sa douche.

Elle l'avait trouvée sous le grand chêne au fond du jardin. Une assiette en fer-blanc avec du riz, des pois et des haricots, des mouches bourdonnant paresseusement au-dessus des restes sur lesquels elles pondaient leurs œufs blancs. Entourée de pièces de monnaie dont le scintillement avait attiré son attention. Elle avait su immédiatement de quoi il s'agissait, similaire mais différent, comme tant de choses dans ce pays étranger. Une offrande. Un sacrifice. Un sort. Un avertissement. C'était de la magie et il n'en sortirait rien de bon.

« Il ne sortira rien de bon de toi, KeKe. »

Elle s'était enfuie dans la maison, les jambes tremblantes, appelant Billy, bredouillant de terreur jusqu'à ce qu'il veuille bien ressortir avec elle pour voir à quoi rimait toute cette agitation.

— C'est du mauvais *juju*, avait-elle dit, hors d'haleine tandis qu'il contemplait sa découverte.

— C'est juste un truc qui traîne dehors, avait-il répondu. Peut-être une blague des petits-enfants de Zelda.

Il s'était penché pour prendre l'assiette, le nez froncé de dégoût, avant d'appeler un des jardiniers.

— Jetez ça à la poubelle, voulez-vous.

L'homme avait pris *ça* et disparu tandis que Billy ramassait les pièces, six larmes argentées parmi les fleurs.

— Ne les touche pas ! avait hurlé Keisha en lui griffant le bras pour l'arrêter.

— Au nom du Ciel, femme ! avait-il aboyé, retrouvant la raideur et la morgue de ses ancêtres. Ce ne sont que quelques dollars ! Qu'est-ce qui t'arrive ?

Il avait baissé la voix et, soudain, Keisha avait pris conscience que tous les yeux dans le jardin étaient braqués sur eux.

— Tu me fais honte, avait-il maugréé.

Remise à sa place, elle l'avait lâché. Et l'avait regardé en silence récupérer chaque dollar qui brillait sous le soleil d'un éclat malfaisant.

— Il n'y a pas de petit profit, avait dit William en les empochant, souriant à son personnel et la laissant avec sa peur.

Elle s'était sentie mal pendant tout le trajet et, dans l'église, l'air avait été si brûlant et sa ceinture si serrée autour de sa taille après des jours et des jours de repas trop riches, qu'elle avait bien cru qu'elle allait vomir sur le banc. Quand William lui avait chuchoté qu'il allait offrir les pièces à la quête, cela l'avait révoltée et elle s'était enfuie. C'était alors qu'elle l'avait vue. Comme si elle l'attendait.

La vieille femme se tenait sous un arbre, le corps presque aussi épais que le tronc derrière elle, gloussant dans l'ombre du feuillage, ses cheveux ocre si secs et si frisés, comme prêts à prendre feu sous cette chaleur. Pendant qu'une main supportait son formidable poids grâce à la canne, l'autre, d'une pichenette, expédiait en l'air une pièce, un dollar d'argent sans doute, la rattrapant entre ses gros doigts sans même la regarder.

Elle avait fait un clin d'œil à Keisha.

— Je vous vois, avait-elle dit en hochant la tête, la pièce dansant à nouveau dans l'air. Lumière et ombre, ombre et lumière, je vois tout ce qui vient. Les morts ne dormiront plus. Mama Laveau et ses filles les appellent. Les esprits aussi ont des besoins.

Elle avait souri à Keisha, le gras de son visage débordant de partout.

— Nous avons tous nos besoins. Nous avons tous nos souhaits. N'est-ce pas ?

— Je ne veux pas… avait commencé Keisha, paniquée.

Que ne voulait-elle pas ? Être libérée de William ? C'était le vœu qu'elle avait fait dans la clairière.

— Trésor, on ne peut pas s'empêcher de vouloir ce qu'on veut, avait rétorqué la vieille femme en repartant d'un pas traînant vers la rue. Chacun de nous a ses vœux.

Elle s'était immobilisée avant de cogner à trois reprises sa canne sur le trottoir, rigolant et secouant la tête, amusée de tout et de rien, avant de reprendre son chemin.

Keisha n'avait pas tenté de la rattraper. Elle s'était assise sur le petit muret du parking et avait avalé le deuxième Valium qu'elle gardait dans son sac, attendant que le sortilège de la drogue fasse son effet et apaise son esprit fébrile. Elle ne devait pas se laisser tenter par les ténèbres. Elle devait trouver une autre folie. Pour se libérer. Elle devait *s'oublier*. Ne pas se laisser envahir par le mal qui la poursuivait. Elle s'était même tapé la tête avec ses paumes, pour en chasser l'hystérie. Elle ne pouvait pas craquer. Non, pas maintenant.

Et elle ne l'avait pas fait. En tout cas, pas hier. Elle avait flirté avec Jason dans le garage, elle avait rigolé des blagues pas drôles de Virginia dans la maison, elle avait ignoré Marcie autant qu'il lui était possible et ensuite elle avait baisé William comme la pute qu'il devait penser qu'elle était.

Mais aujourd'hui, aujourd'hui, c'était une autre histoire. Aujourd'hui, Valium et vin ou pas, son esprit se brisait. Ses pensées s'éparpillaient comme des araignées fuyant en tous sens, emportant sa rationalité avec elles.

Hier, les pièces d'argent. Aujourd'hui, une boule de conjuration.

Tata Ayo en avait fait une, un jour. Keisha l'avait vue. Quand Winnie, la meilleure amie de tata Ayo, avait été abandonnée le cœur brisé et le compte en banque vidé par Frank, son mari infidèle, tata Ayo avait fermé les portes de son « cabinet », sa chambre spéciale, pour fondre de la cire qu'elle avait mélangée à de la terre et du sang en marmonnant les incantations les plus noires et n'en était ressortie que deux jours plus tard. À travers la fente de sa porte à peine entrouverte, Keisha avait vu sa tante quand elle était réapparue et avait montré la petite sphère velue à tonton Yahuba. Celui-ci avait marmonné avec un déplaisir contenu qu'il n'avait pas les couilles d'aller la livrer.

À l'époque, Keisha n'avait pas compris, elle ne savait pas ce que c'était, une boule de conjuration, mais plus tard, après les obsèques, elle avait entendu tata Ayo, bourrée au rhum, raconter l'histoire. Elle l'avait glissée, lourde de ses sortilèges, dans la poche de la veste de Frank et un mois plus tard, il avait découvert la première tumeur sur un de ses testicules volages. Il était, bien sûr, trop tard. Il avait vite décliné. Trop vite pour divorcer de Winnie pour se mettre avec sa pouffiasse et voilà comment Winnie avait récupéré la maison et l'argent planqué sur des comptes dont elle n'avait jamais entendu parler.

Tata Ayo ne s'en était pas non plus trop mal sortie, même si Winnie ne l'avait plus guère fréquentée après cela, en tout cas plus après lui avoir remis une enveloppe remplie d'argent – *un cadeau de remerciement* – non demandée mais assurément attendue. Winnie avait vendu la maison et déménagé quelque part dans le Nord et elle avait scrupuleusement envoyé des cartes pour Noël et les anniversaires, mais elle ne leur avait plus jamais rendu visite. Peut-être que Winnie aimait toujours Frank finalement. Soit ça, soit elle n'avait jamais mesuré l'étendue des pouvoirs de tata Ayo auparavant. Le genre de femme qu'était tata Ayo. Peut-être que Winnie avait peur de voir comment un vœu fait dans un moment d'amertume et de chagrin s'était réalisé aussi facilement.

Et aujourd'hui, surgissait une autre boule de conjuration.

Keisha se trouvait dans le hall d'entrée au pied de l'escalier, appelant William. Une armée de femmes de ménage avait investi la maison, frottant, cirant, polissant chaque moindre surface déjà immaculée en prévision de la fête du week-end. Pour échapper au bruit et à cette fureur assainissante, elle s'était réfugiée au bord de la piscine pendant une heure pendant que le Valium se diluait dans son organisme. Elle avait aussi fini en douce une demi-bouteille de vin pour aider ses nerfs à se calmer avant d'affronter son mari. Mari. Ce mot lui faisait l'effet d'une sentence. Mieux valait être dans les vapes. Là où rien n'avait d'importance. Quand elle était défoncée, le monde perdait ses arêtes dures, celles qui étaient si déterminées à lui trancher la peau dès qu'elle bougeait d'un côté ou de l'autre.

Quand la douceur moelleuse avait commencé à envahir ses veines, la réchauffant là où le soleil ne pouvait l'atteindre, elle avait eu honte de se cacher de William. De l'avoir laissé à l'intérieur courir, suer, se doucher et déjeuner seul, s'énervant sans nul doute encore plus contre elle, sa fort peu parfaite épouse. La bonne idée serait d'aller prendre un brunch au club. Elle le flatterait, rirait de ses plaisanteries et il redeviendrait le gentil Billy de Londres, le fantôme qui n'avait jamais été réel.

Elle était rentrée, gloussant quand la fraîcheur de l'air climatisé lui avait chatouillé la peau, et s'était penchée sur la rampe pour l'appeler avec une gaieté d'enfant. Tout allait s'arranger. Le Valium dissipait les ténèbres ou, en tout cas, les estompait. Elle n'était plus *KeKe la maudite à l'esprit dérangé*, mais Mme William Radford IV, belle, jeune, admirable, avec le monde au creux de la main.

William ne lui avait pas répondu. Soudain, derrière les sons distants d'aspirateurs, il y avait eu un choc sourd et discordant là-haut. Et puis un autre. Les pas d'un mort, maladroits et sans trop de poids. *Toc. Toc. Toc.* Keisha avait levé les yeux, la terreur déchirant la brume dans sa tête à mesure que le rythme s'accélérait, la lourde boule prenant de l'élan, en cadence avec les battements de son cœur, tandis qu'elle comprenait ce qui était en train de dévaler les marches.

Non non non non... Elle avait cru que les mots ne s'étaient pas échappés de sa tête alors qu'elle fuyait, se ruant dans l'escalier, collée à la rampe dans l'espoir de s'en éloigner sauf que la boule, défiant les lois de la gravité, sautait une marche et changeait de direction pour bondir sur elle, la ratant de peu, cette boule chargée de tous les souhaits de son âme noire, au moment où, alerté par ses hurlements, William surgissait en courant, son corps obèse et flasque encore humide de la douche sous la robe de chambre, ses pieds glissant sur le marbre, au point que dans son effroi, elle s'était demandé s'il n'allait pas tomber là tout de suite, rouler sur les marches comme la boule de conjuration et s'éclater la tête comme une pastèque sur les dalles fraîchement cirées du hall. Comme elle en avait fait le vœu.

— Que se passe-t-il ici ?

Il n'était pas tombé, mais lui avait saisi les bras au moment où elle atteignait le palier, l'attirant contre lui. Son expression était inquiète, mais son étreinte lui faisait mal.

— Là en bas, avait-elle murmuré en regardant derrière elle. Elle a dévalé l'escalier. Je ne peux pas... je ne peux pas...

Quoi ? Elle ne pouvait pas la regarder. La toucher. Elle pouvait à peine respirer. Elle aurait voulu *arrêter* de respirer. *Fille maudite, fille maudite.*

— Quoi ?

William avait regardé en bas tandis que Zelda, Elizabeth et divers autres membres du personnel surgissaient des portes du rez-de-chaussée. Zelda. Ses yeux sombres dansaient, ironiques. Keisha avait posé la tête contre l'épaule de William, mais il ne l'avait pas serrée dans ses bras, il ne l'avait pas étreinte, ne lui avait pas murmuré que tout allait bien. Il n'allait pas rassurer sa femme comme une gamine devant tout son personnel. Il la voulait élégante, maîtresse d'elle-même. Elle avait eu envie de rire, un rire hystérique de condamnée, Anne Boleyn dans son cachot de la Tour de Londres.

— Emmenez-la. Elle sent l'alcool.

Voilà ce qu'elle avait entendu quand il l'avait transférée entre des mains plus douces. Elizabeth avait glissé un bras autour d'elle.

— Allons nous asseoir.

— La chambre de Mme Radford est vide, avait dit Zelda après avoir renvoyé les femmes de ménage à leurs tâches. Vous pouvez y aller, mademoiselle Elizabeth.

La chambre de Mme Radford. C'était elle, Mme Radford, non ? Comme si Keisha était le fantôme et que la morte était encore en vie.

34

Jason était parti travailler tôt. Marcie en avait profité pour aller transpirer à la salle de gym et se purger la tête de Keisha et du rappel malvenu de son passé qui s'y était insinué la veille. Quand elle rentra chez elle, avec une délicieuse salade hors de prix de chez Fernando, elle se sentait mieux. Elle possédait une bonne coordination musculaire, elle le savait, mais il n'y avait pas de mal à s'assurer que tout restait en bon état au bon endroit. Une touche de Botox pouvait effacer une ride éventuelle, mais son corps ne dépendait que des efforts consentis. Et, plus que cela, elle aimait se sentir forte. Keisha était forte et elle était superbe.

Keisha. Rien que de penser à elle nue – aux choses qu'elles avaient faites ensemble – lui donnait des frissons. Son cerveau pouvait bien lui dire qu'il fallait arrêter, son corps avait un avis différent. Elle récupéra le courrier qu'elle emporta dans la cuisine, le jetant sur le comptoir avant d'ouvrir sa boîte de salade avec appétit. Elle n'avait pas l'intention de l'examiner – les seules lettres qu'elle recevait étaient des relances publicitaires de magasins où elle avait eu la stupidité de laisser ses coordonnées –, mais alors qu'elle cherchait une fourchette dans le tiroir, elle remarqua le début de son nom inscrit sur une enveloppe blanche de belle qualité. Elle la sortit de la pile et la contempla un moment.

Le papier était aussi doux que du tissu sous ses doigts et son nom était écrit en superbes cursives à l'encre lilas. Le cachet du timbre était celui de la poste de Savannah. Une invitation à un mariage, peut-être, sauf qu'aucune de ses « amies » ne s'était fiancée récemment. Elle glissa un couteau sous le pli et l'ouvrit avec soin, aussi curieuse qu'excitée. Les lettres étaient une chose du passé. Le seul courrier que recevait sa mère était des demandes d'argent.

C'était une invitation, comprit-elle, quand elle libéra l'épais bristol avec une petite exclamation de surprise. Pas à un mariage, mais à quelque chose de bien plus délicieux. Elle fixa les mots sur la première ligne, ne songeant plus du tout à sa salade.

Chère Marcie, nous aimerions vous inviter au prochain déjeuner des Magnolias.

Les Magnolias. De tous les clubs mondains et organisations féminines de la région, les Magnolias étaient le plus prestigieux. Iris était aux Magnolias. Eleanor en avait fait partie. Marcie n'était même pas sûre que Virginia y soit admise. Les Magnolias étaient réservés aux épouses de ceux qui faisaient vivre Savannah. Les hommes puissants qui, chacun dans son domaine professionnel, étaient le sang de la cité. La rumeur que Jason rachetait les parts de William avait dû se répandre et maintenant Marcie devenait une de celles que les dames de la ville voulaient fréquenter de près. Avoir pour amie. Inclure dans leur cercle intime.

Son cœur battait très fort. Si elle était une Magnolia, plus personne ne la regarderait de haut. Autant elle n'avait pas de mots assez durs pour les *clans* de Savannah, autant les Magnolias étaient bien plus qu'une *organisation*. Elles devaient être une cinquantaine – trop nombreuses pour former une clique et cependant réservées, discrètes et puissantes. *Respectées.*

Elle s'assit sur un tabouret, plaçant avec soin la carte devant elle, là où rien ne risquait de la tacher. Enfin, après une vie passée à être dédaignée, moquée ou jugée, la gamine issue du parc à mobile homes de Riverbank dont la mère buvait trop, baisait tard et pouvait rarement payer le loyer de leur caravane délabrée, allait devenir une des femmes les plus vénérées de Savannah.

Et cela, à la seule condition que son mariage demeure une réussite. *La seule.* Il était temps de grandir et, avant tout, de mettre un terme à cette folie avec Keisha.

35

Elizabeth lui avait donné un verre d'eau et lui avait mis un linge mouillé sur le front et, à présent, les deux femmes étaient assises côte à côte sur le lit de la morte.

— Comment vous sentez-vous ? Vous avez mauvaise mine. Et j'ai appris que vous avez failli vous évanouir à l'église.

Incapable de parler, Keisha tremblait, soumise au combat entre le tissu frais et l'air glacé de la climatisation contre la chaleur qui faisait rage en elle.

— Seriez-vous… ? demanda Elizabeth. Vous savez.

Elle baissa les yeux vers son ventre.

Keisha essaya de rire mais cela ressembla à un sanglot.

— Non, je ne crois pas.

« Elle sent l'alcool. »

— Je ne boirais pas si j'étais enceinte.

Non ? Peut-être que si. Peut-être ne méritait-elle pas de porter un enfant. Serait-il maudit lui aussi ? Elle cassait les choses, voilà ce qu'elle faisait. Elle était égoïste. Elle était KeKe et le serait toujours, pas Mme William Radford IV.

La boule de conjuration.

Un autre frisson. Elle avait souhaité du mal à William – plus que souhaité – et maintenant le mauvais *juju* était venu pour elle, la maudite. Elle allait mourir ici, elle le savait.

William apparut sur le seuil, les sourcils froncés et les joues plus rouges que d'ordinaire. Tout en lui hurlait : *« J'ai pas besoin de cette merde, pas devant tout le monde. »*

— Ce n'était rien. Juste une espèce de boule de boue. Ils l'ont jetée.

Boue. Terre. Tombes. Keisha avait un goût de pourriture dans la bouche.

— Une boule de boue ? fit Elizabeth, perplexe. Qui aurait apporté cela dans la maison ?

Elle n'était pas aussi dédaigneuse que William. Ce qui donna à Keisha quelque chose à quoi se raccrocher. Un fil à suivre pour ne plus s'enfoncer dans ces ténèbres terrifiantes. La boule n'était pas là par hasard. Ce n'était pas un accident. Quelqu'un l'avait introduite ici dans un but précis.

— Zelda dit que deux des femmes de ménage avaient amené leurs enfants aujourd'hui. Ils jouaient dehors ce matin. J'imagine que c'est eux. (Une pause.) Elles ne travailleront plus ici. (Il regarda Keisha, sans s'approcher d'elle.) Tu te sens mieux ?

Elle hocha la tête. Avait-elle le choix ?

— À la bonne heure. Je m'habille et je vais voir ce que nous pourrions faire tant que le chaos règne dans la maison. J'espère bien que cette soirée en vaudra la peine ! (Cela ressemblait plus à une menace qu'à une plaisanterie.) Viens me retrouver dans dix minutes.

C'était un ordre, comme si elle était son assistante, une autre Elizabeth. À ses yeux, elles étaient interchangeables. Il les avait achetées. Des robots avec des réglages de fonctions différents. Il allait repartir, quand il aperçut quelque chose sur sa droite. Son front se plissa, se froissa, se creusa. Si une expression pouvait grogner, c'était ce que faisait le visage de William. Il pâlit, seules ses joues restant d'un rouge d'autant plus vif.

— C'est toi qui as fait ça ?

Chaque mot était une goutte d'acide. Il fallut un moment à Keisha pour comprendre de quoi il parlait. Elle suivit son regard. La photo. Celle qu'elle avait sortie de la commode. Eleanor, si heureuse, les bras autour de Lyle quand il n'était qu'un garçon insouciant et souriant.

Sa bouche remua, incapable de formuler une excuse plausible, tandis que William la fixait, partagé entre la haine, la rage et le dégoût de lui-même d'avoir épousé cette conne. Elle était sur le point de bredouiller un pardon implorant quand Elizabeth intervint.

— Oh, c'était idiot de ma part, je suis vraiment désolée. Une des œuvres de charité d'Eleanor voulait une photo moins formelle pour un gala de bienfaisance en son honneur. J'en ai cherché une et j'ai dû laisser celle-ci là par mégarde. Je suis tellement navrée, William, je sais à quel point le rappel de la disparition de Lyle vous est pénible. À quel point c'est douloureux pour vous. Je vais la ranger immédiatement.

Et le rappel de la vie de Lyle ? eut envie de demander Keisha. *Voilà sûrement quelque chose qu'on voudrait chérir. Ça vaut quand même bien un peu de chagrin.* Un autre garçon qui n'était plus là, comme son fantôme à elle. Lyle n'existait-il plus désormais que dans les rêves ? Ce lieu où nul ne pouvait se cacher de lui-même, où les portes de toutes les peurs enfouies s'ouvraient la nuit ?

William ne parut pas convaincu, mais il hocha sèchement la tête avant de leur tourner le dos.

— Dix minutes, répéta-t-il sans regarder Keisha, sans chaleur dans la voix, juste de l'irritation.

Elle ne répondit pas. Elle avait envie de pleurer. Il y eut un long silence, puis Keisha regarda Elizabeth.

— Merci. Vous n'étiez pas obligée de faire ça.

— J'en déduis que c'était bien vous ?

Elizabeth inclina la tête, un oiseau curieux. Autour de ses yeux sombres, elle avait de profondes rides qui semblaient avoir été creusées par des rires et Keisha se dit que ce serait bien un jour d'être vieille et d'avoir une peau qui portait les traces d'une vie heureuse.

— Pourquoi ? demanda Elizabeth.

Keisha soupira.

— Je ne sais pas trop. La moitié du temps, je ne sais pas pourquoi je fais ce que je fais. Je me disais juste... vous allez trouver ça idiot. Je me disais, eh bien, que si les fantômes existent, et comme j'ai la sensation qu'elle est encore ici, que cela l'aiderait à trouver le repos. Tout cet amour, cette perte, ne devraient pas être cachés comme s'ils n'avaient jamais existé.

Elizabeth sourit.

— C'était très gentil de votre part, Keisha. Vous êtes quelqu'un de bon.

— Je ne le suis pas, dit-elle, redoutant de se mettre à pleurer. Je ne l'ai jamais été.

— Eh bien, moi je trouve que vous l'êtes. Je suis sûre que vous n'êtes pas une sainte, mais la bonté, c'est autre chose. Et je la vois en vous. Peut-être est-elle cachée, car il fallait qu'elle le soit, mais elle est là.

Elle reprit le linge qu'elle plia soigneusement, même s'il allait sans aucun doute partir tout droit à la lessive, avant de se lever et de ranger la photo.

— Pourquoi toutes ces photos sont-elles dissimulées ? demanda Keisha, préférant penser à n'importe quoi plutôt qu'à la boule de conjuration bondissant dans l'escalier. À la rigueur, je pourrais comprendre si Lyle était mort récemment, mais cela fait des années, n'est-ce pas ? Ne voulaient-ils pas se souvenir de lui ? Le voir ici, dans cette maison, même si ce n'était qu'en image ?

— Oh, Eleanor en aurait mis partout, surtout dans cette maison où il n'avait pas vécu enfant. Sa mort a failli la briser. Elle ne voulait pas qu'il s'engage, mais vous connaissez les garçons. Lyle tenait à impressionner son père et il pensait avoir trouvé le bon moyen. Le conflit en Afghanistan a commencé juste après. C'était bien la chance de ce pauvre Lyle. Il a été l'une des premières victimes américaines

— C'est horrible.

— Sa mort a bien failli tuer Eleanor. Je n'ai jamais vu quelqu'un en proie à un tel chagrin. Mais elle était forte. Elle a surmonté ça.

— Et William ?

Ce fut au tour d'Elizabeth de pousser un long soupir.

— Les hommes sont différents. Ils sont comme des enfants. Il fuyait sa culpabilité autant que sa douleur. La culpabilité d'avoir forcé Lyle à faire quelque chose qui ne lui correspondait pas. William ne la supportait pas, pas plus qu'Eleanor ne supportait son chagrin au début.

— Hors de vue, hors de soi, fit doucement Keisha. J'ai déjà entendu dire ça ici.

Si seulement elle pouvait appliquer ce précepte à la boule de conjuration. À cette étrange vieille femme. Aux pièces d'argent.

Elizabeth lui sourit avec gentillesse.

— Quelque chose comme ça.

*

Ce jour-là, tout miroitait, comme si on regardait à travers du verre en train de fondre. Si brillant que ça en devenait flou. En milieu d'après-midi, le crâne de Keisha était une zone d'ondes de choc, chaque martèlement douloureux lui rappelant la boule de conjuration heurtant une marche, une interminable descente aux enfers. Ayant décidé qu'il valait mieux éviter le club, William l'avait emmenée au restaurant. Ils avaient déjeuné en silence, lui passant son temps à vérifier les courriels sur son téléphone pendant qu'elle buvait son vin. Puis il l'avait engueulée quand elle avait voulu l'embrasser au-dessus de la table, disant qu'elle était saoule et qu'elle se donnait en spectacle.

Épuisée par la redescente du Valium, imbibée de trop d'alcool, rongée par trop de peur, elle avait fondu en larmes, se donnant *pour le coup* en spectacle. D'où venait cette crise ? Depuis quand n'avait-elle pas été aussi mal ? Elle perdait les pédales pour de bon. La nausée en permanence. Elle avait besoin d'une ancre pour l'attacher à ce monde, et s'il fallait que ce soit William, elle devait s'accrocher à lui. De toutes ses forces. Elle voulait être pardonnée pour les choses qu'elle avait faites et celles qu'elle n'avait pas encore faites. Elle voulait que tout ça s'en aille. Elle s'efforcerait de l'aimer, d'être *bien*.

Elle était allée aux toilettes, encore une envie de vomir, pour envoyer différents textos à différentes personnes, des appels à l'aide déguisés en plaisanteries, et personne n'avait répondu. Quand ils étaient rentrés, elle avait fait une sieste d'une heure, la maison enfin silencieuse et immaculée, et quand elle était redescendue, le crâne lui aussi – et enfin – silencieux, elle avait trouvé William endormi dans son bureau. Cette journée l'avait exténué, lui aussi.

Zelda était absente. William lui avait peut-être donné sa soirée pour éviter une nouvelle crise devant le personnel. Elle prépara donc le dîner, une bonne purée au beurre et à la crème, faisant frire des steaks et de grosses crevettes avec un accompagnement de salade pour la forme. Des plats à vous bousiller le cœur, comme il les aimait.

Quand ce fut prêt, elle le réveilla et même s'ils mangèrent dans un silence relatif, elle eut l'impression qu'il était plus calme.

— Je suis désolée pour ce matin, dit-elle. Je sais que ma réaction était exagérée. Ce n'était qu'une boule de boue ou d'autre chose qui m'a fait penser à tata Ayo. Je ne te l'ai jamais dit, mais elle...

— Ta tante n'est pas là, la coupa William. Et cela n'avait rien à voir avec elle.

Il fouilla dans la poche de son pantalon pour en extraire la plaquette de cachets qu'elle avait cachée dans sa boîte de Tampax, pensant qu'il ne la trouverait jamais. Il la posa entre eux sur la table.

— Je savais que tu prenais quelque chose. Je ne suis pas idiot.

Elle tendit la main, mais il fut trop rapide, la remettant aussitôt dans sa poche.

— C'est terminé.

— Tu ne comprends pas, dit-elle, effrayée et désespérée. J'ai toujours... J'ai des problèmes. J'en ai besoin... C'est pas pour me défoncer... C'est...

— Je ne veux pas être marié à une alcoolo qui se bourre de cachets. Il va falloir que tu te ressaisisses. Fini de boire pendant la journée, sauf si tu es avec moi et deux verres maximum. Je vais te trouver une thérapie. Ce qu'il faudra. Mais plus de cachets. Plus d'incidents comme ce matin.

Comme il soutenait son regard, elle comprit qu'il pensait sincèrement l'aider, alors qu'elle ne voyait que le *contrôle*. L'irritation. Un homme qui avait décidé qu'il était amoureux et qui entendait bien s'y tenir.

— Londres, c'est fini, continua-t-il. Rien de tout ça n'existe ici. Je veux que tu sois heureuse, Keisha. Tu n'étais rien et je t'ai tout donné. Ne me déçois pas.

Chaque phrase était un nouveau coup de guillotine. Heureuse ? Que connaissait-il du bonheur ? Comment lui expliquer qu'elle avait *besoin* de ces cachets ? Que, sans eux, elle ne se contrôlait pas. Qu'il pouvait arriver n'importe quoi. Qu'elle pouvait *faire* n'importe quoi et que cela la terrifiait.

— Mange, dit-il en désignant son assiette. Ça te fera du bien. Et n'en parlons plus.

« N'en parlons plus. » « Hors de vue, hors de soi. » Peut-être que ça marchait quand c'était vous qui donniez les ordres. Pour celui qui était né avec tant d'argent, le monde était un jouet. Elle enfourna une fourchette de purée dans sa bouche et essaya d'ignorer la façon dont elle s'accrochait à sa gorge. Peut-être que quand il comprendrait à quel point elle en avait besoin, il les lui rendrait, en la rationnant. Elle pouvait arrêter de boire, oui, elle en était capable, mais elle ne pouvait pas se passer des cachets. Une nouvelle vague de nausée déferla, si puissante qu'elle en eut le vertige.

Elle se montra aussi humble et soumise qu'elle le put, ce qui n'empêcha pas William de jeter les cachets dans les toilettes et de tirer la chasse ; le sexe fut brutal – délibérément, comme s'il lui donnait une leçon au lieu de rechercher le plaisir – et il se prolongea encore et encore, une épreuve épuisante pour tous les deux, esclaves de son Viagra.

Après cela, pendant qu'il ronflait, vidé, entre ses draps trempés de sueur, elle s'interrogea sur la haine qui emplissait ce nouveau mariage. Elle le détestait, c'était une certitude. Elle parvenait à peine à le cacher maintenant, comment allait-elle y arriver sans béquille chimique ?

Elle se glissa hors du lit dans l'obscurité, comme c'était devenu son habitude, la nuit restant sa seule amie, l'enveloppant de sa sécurité malgré les esprits qui risquaient de surgir des ombres, et alla se servir un grand verre de cognac de la réserve personnelle de William, certaine qu'il avait noté le niveau de la bouteille de vin à demi vide qui restait du dîner. Les araignées dans sa tête commençaient à quitter leurs nids.

Elle passa un appel, mais n'eut aucune réponse. Pas de réponse non plus à ses textos du matin. Seule. Elle était complètement seule. C'était une sensation vertigineuse, comme si elle était déjà morte et oubliée. Elle retourna se servir un autre verre avant de sortir dans le jardin, incapable de respirer dans cette maison qui puait William et l'odeur douceâtre des fleurs coupées et où elle n'entendait que les chocs répétés de la boule de conjuration sur les marches, sous le regard d'Eleanor, pétrifiée à jamais sur son mur.

Dehors, l'air était figé, mais frais, et elle marcha sur l'herbe en feignant de croire qu'elle avait la force de courir loin d'ici. Cette situation ne pouvait pas continuer. Quelque chose allait casser et elle avait peur que ce ne soit elle, brisée par sa propre cupidité. La coquille qu'elle avait construite autour de son esprit fragile se disloquait. Bientôt, tout le monde verrait qu'elle était maudite. Une femme qu'il fallait cacher et non exposer à la vue de tous.

Là-haut, dans l'appartement de Zelda, une chandelle brûlait à la fenêtre, sur un fond de ténèbres. La flamme jaune, orange et blanche vacillait et le cœur de Keisha se mit à l'imiter. Tout ça, c'était Zelda, elle le savait. La boule de conjuration. Les pièces d'argent. Même la vieille femme, tout était l'œuvre de cette gouvernante, cette *âme damnée*. C'était bien elle qu'elle avait vue lors de cette folle soirée dans la clairière. Qu'y avait-il dans leurs verres ? Sûrement pas que du MDMA. Tout ce délire avait-il commencé avec une potion qu'on lui avait fait boire ? Zelda voulait se débarrasser d'elle. Elle voulait la *détruire*.

Elle se planta sous la fenêtre, verre à la main, chancelante dans l'obscurité.

— Je sais ce que tu fais ! cria-t-elle dans une rage noire. Je sais comment ça marche ! (Elle éclata de rire, une surprise même pour elle, une décharge d'énergie alimentée par la peur et l'épuisement.) Ta malédiction ne peut rien contre une fille déjà maudite, Zelda, espèce d'idiote ! Espèce d'idiote, répéta-t-elle, plus doucement, les larmes se rassemblant derrière ses yeux.

La fenêtre ne s'ouvrit pas et personne ne lui gueula de la fermer. Au lieu de cela, après un long moment, la chandelle s'éteignit. Pas l'ombre d'un mouvement, d'une silhouette se penchant pour souffler la flamme. Elle s'éteignit, c'est tout.

Comme si quelqu'un l'avait simplement décidé.

36

En dépit de sa détermination à remettre son mariage sur les bons rails – faire l'impasse sur les mensonges et les secrets de Jason pour le salut de son fabuleux avenir dans le grand monde –, Marcie avait du mal. Elle n'y arrivait pas, mais cette fois cela n'avait rien à voir avec elle, ou avec Jacquie, ou la personne – quelle qu'elle soit – avec qui il partageait ces appels nocturnes. Tous les ordinateurs au bureau avaient spectaculairement crashé, provoquant la perte d'un tas de données clients et de fichiers, ce qui était un *emmerdement majeur.* La seule explication – ou ce qui s'en rapprochait le plus – qu'elle avait pu lui soutirer : un serveur grillé ou quelque chose comme ça. Quoi qu'il en soit, c'était assez grave pour qu'on reporte l'audit, ce qui à son tour retarderait le rachat de parts et l'ascension des Maddox au firmament de Savannah.

Le rappel accidentel de son passé le dimanche au garage et l'invitation à déjeuner des Magnolias la veille l'avaient incitée à faire un bilan. Finalement, elle ne tenait pas tant que ça à sa liberté. C'était juste le frisson qui lui avait manqué. Keisha le lui avait procuré et, pour autant qu'elle puisse en juger, la prise de contrôle de Jason sur la firme et son nouveau rôle à elle dans la cité en feraient autant, malgré leur amour ranci. Mais le retour de sa mauvaise humeur avec cette histoire d'ordinateurs n'arrangeait rien. C'était difficile de l'apprécier quand il était comme ça.

Heureusement, il était rarement à la maison. Il était resté au bureau très tard hier soir et ce matin il était parti avant sept heures, la laissant seule dans leur vaste lit. Il n'avait pas essayé de lui faire l'amour, ce qui, avait-elle découvert, ne lui faisait ni chaud ni froid. Peut-être que des vies polies et séparées étaient la voie à suivre désormais. C'était si différent avec Keisha.

Keisha, Keisha, Keisha. Toujours là quelque part dans sa tête malgré sa résolution à la bannir. Elle attendit que la machine à café en ait fini avec ses gargouillements avant de se servir une grande tasse. *Keisha.* Marcie n'avait pas répondu à ses derniers textos. Ils exprimaient un besoin qui la perturbait. Ses humeurs étaient trop capricieuses et même si elle se faisait du souci pour elle, elle savait aussi que Keisha n'était pas fiable. Il valait mieux pour toutes les deux que ça s'arrête. Keisha recouvrerait peut-être son équilibre. Néanmoins, le point essentiel pour Marcie était que Keisha était capable de tout foutre en l'air et, après l'intermède liquide de refroidissement, elle n'avait qu'une envie : retrouver son cocon avec Jason pour ensuite reprendre son envol, tel un magnifique papillon mondain une fois le rachat effectué. Keisha avait été un rappel de celle qu'elle avait été autrefois, sauvage, folle et téméraire, mais cette fille n'existait plus. Elle n'avait pas sa place ici.

Avec un peu de chance, une fois que William aurait pris sa retraite, ils ne verraient plus autant les Radford. Ce qui faciliterait les choses. Elle se sentait forte. Elle pouvait vivre sans amour s'il le fallait, mais pas sans richesse ni pouvoir. Voir Keisha aussi fragile était un crève-cœur, et elle en était en partie responsable, mais si elle se montrait cruelle maintenant, ce serait en fait pour son bien. Leur bien à toutes les deux.

La sonnette de l'entrée, aussi démesurée que la maison, la fit sursauter. Nouant la ceinture de sa robe de chambre, elle gagna pieds nus le hall d'entrée, irritée d'être dérangée à huit heures et demie du matin. Personne ne rendait visite à personne avant dix heures et encore, à condition que le rendez-vous ait déjà été fixé, telles étaient les règles entre gens éduqués. Elle ouvrit la porte, prête à envoyer promener l'indélicat, mais les mots restèrent coincés dans sa gorge.

Keisha. Keisha était là, sur le pas de sa porte. Comme si, en pensant à elle, Marcie l'avait invoquée.

— Tu as une sale tête.

C'était la vérité. Elle avait une mine atroce. Que lui arrivait-il encore ?

— Je n'arrive plus à réfléchir. Je ne dors plus. Billy a jeté mon Valium.

Aucun maquillage, s'arrachant la peau des lèvres avec les dents d'une manière compulsive. Marcie avait déjà vu ce genre de manie, quand elle était gosse et parfois aussi à la mission, mais encore jamais par ici. Pas dans ce quartier.

— Je ne peux pas fonctionner sans ça, dit Keisha. Je ne sais pas quoi faire. Tu as quelque chose ? demanda-t-elle, désespérée. Tu peux m'en trouver ?

Marcie la dévisagea, cette femme splendide si puérile devant chez elle, cette larve qui vivait cachée sous les couleurs scintillantes d'un papillon, ce fascinant débris d'humanité.

— Tu ferais mieux d'entrer. (Que pouvait-elle dire d'autre ? Il fallait que cette *chose* entre elles s'achève, mais elle devait aussi ménager Keisha. Dans un état pareil, elle était capable de raconter n'importe quoi à n'importe qui.

Et pas besoin non plus que ses nouveaux voisins assistent à cette scène sur son paillasson.) Allez, dépêche-toi.

★

— Est-ce que tu crois aux malédictions ?

Les yeux de Keisha ne cessaient de fouiller les quatre coins de la cuisine pendant que Marcie posait une tasse de café devant elle.

— Aux vraies malédictions ? Aux sortilèges ? À la magie noire ?

Le café n'était sans doute pas une bonne idée, se dit Marcie, tandis que la jeune femme remontait ses genoux sous son menton avant de triturer une mèche de ses cheveux.

— Il y avait un garçon autrefois, continua Keisha. Et puis, il n'a plus été là. Je n'aurais jamais dû le voir. Peut-être n'a-t-il jamais été là. Quand je l'ai revu, il avait disparu.

Elle se rend compte de ce qu'elle raconte ?

— C'est encore ces histoires de fantômes ? Je te l'ai déjà dit, Keisha, les fantômes, ça n'existe pas.

— KeKe la maudite, c'était comme ça que m'appelait ma tante. Ils disaient que j'étais folle. Qu'il n'avait jamais été là. Un fantôme. Et moi, j'arrêtais pas de le voir.

— Keisha, tu me fais peur, dit Marcie, et c'était la vérité.

— Je *me* fais peur, murmura Keisha en lui prenant la main. On ne peut pas échapper à une malédiction. Elle te retrouve toujours, c'est ce que dit tata Ayo. Elle m'a retrouvée et je ne sais pas quoi faire… (Elle se pencha en avant.) Je suis mauvaise, Marcie. C'est dans mon sang.

— D'accord, ça suffit. (Marcie la prit par les deux mains pour la forcer à se lever.) Les malédictions, ça n'existe pas et je sais ce que mauvaise veut dire et tu ne l'es pas. Ce qu'il faut, c'est qu'on te remette les idées en place. Viens. En haut. Il doit y avoir du Xanax quelque part. Jason en a besoin pour prendre l'avion.

— Ça vaut le Valium ?

— Ça vaut mieux que de devenir cinglée comme ça. À quoi pensait William ?

La main de Keisha était d'une froideur de cadavre.

— Il me hait.

— Non, il ne te hait pas. Il t'aime.

« Aimer » n'était sans doute pas le terme adéquat pour décrire les sentiments de William à l'égard de sa seconde épouse, se dit Marcie en donnant un cachet à Keisha qu'elle avala sans eau et en commençant à faire couler la douche. Par contre, elle lui *appartenait*.

— Je pourrais lui dire. Pour nous..., déclara Keisha en la regardant avec espoir. Genre on arrache le pansement d'un coup. Je parie qu'il me donnerait de l'argent pour que je disparaisse avec mon scandale. Il y en aurait sans doute assez pour qu'on ait la belle vie. Loin de *tout ça*.

Marcie la dévisagea.

— J'aime bien *tout ça*, dit-elle, plus froide. (La peur étouffe toujours l'amour ou le désir et elle était terrorisée à l'idée que Keisha finisse par ouvrir sa grande gueule de junkie et bousille tout, alors qu'elle était sur le point d'être respectée, d'obtenir un pouvoir réel.) J'aime mon mari. Je te l'ai dit. Et il n'y a rien à raconter. Je nierai tout.

— Ouais, parce que Jason est si génial.

— Il n'est peut-être pas parfait, mais il est ambitieux. Et avec lui, aucun risque.

— Il y a toujours des risques, Marcie.

Keisha semblait épuisée.

— La richesse achète la sécurité. Il est temps que tu l'apprennes. Je refuse de redevenir pauvre, Keisha, pas même pour toi. Si tu ne fais pas attention, tu retourneras là d'où tu sors et tu auras beaucoup plus de mal à t'en extraire cette fois. Prends cette douche. Je vais te faire des œufs. Tu te sentiras mieux quand le Xanax aura fait effet.

— Est-ce que tu m'aimes un peu, au moins ? demanda Keisha en enlevant son tee-shirt.

Marcie la fixa, la gorge déjà sèche à la vue de cette peau nue et lisse. Qu'éprouvait-elle ? Du désir ? Absolument. Une obsession, peut-être. Était-ce de l'amour ? C'était quoi l'amour, d'ailleurs ? Un délire passager ? Qui ne valait pas de foutre son avenir en l'air. Comment expliquer la peur irrationnelle et la nausée qui s'étaient emparées d'elle dans le garage dimanche ? Jason lui cachait quelque chose, mais cela ne justifiait pas ses secrets à elle. Ce rappel de son ancienne vie – ce qu'elle lui cachait – avait suffi à la convaincre qu'elle devait verser de l'eau glacée sur sa folie adolescente retrouvée.

— Tu sais que je tiens à toi, répondit-elle de la porte. Mais il faut qu'on arrête. Je suis sérieuse. Surtout tant que tu es dans cet état. Je serai ton amie, Keisha, mais à partir de maintenant, il n'y aura rien de plus.

— Je ne te crois pas. Tu m'aimes. Je le sais. Je le vois à ta façon de me regarder.

— Ça fait un peu cliché, non ?

Quand elle arriva en bas, Marcie tremblait de tout son corps. Peut-être aimait-elle un peu Keisha, mais comment lui expliquer que ça ne suffisait pas ? Que l'amour ça ne se mange pas, ça ne se boit pas, ça ne se met pas sur le dos et ça ne remplace pas le Valium.

37

Keisha était partie sans rien manger et sans même dire au revoir, quittant la maison avant que Marcie n'atteigne la porte. Elle avait cependant pris la boîte de Xanax, ce qui était mieux que rien. Mais quand, à trois heures de l'après-midi, Marcie n'avait toujours pas reçu de réponse à aucun de ses textos, elle s'inquiéta. Elle avait appelé et s'était tout de suite fait renvoyer sur la boîte vocale. Et s'il était arrivé quelque chose ? Keisha était en pleine crise de manque, elle n'avait plus les idées claires. Dans cet état, elle était capable des pires conneries.

Comme ces trucs de malade dont elle avait parlé ? Les malédictions ? Des garçons qui étaient là et pas là ? Keisha avait-elle eu un bébé autrefois ? C'était ça, l'explication ? Un gosse qu'elle avait dû abandonner pour une raison ou pour une autre ? Ou alors, un avortement – certaines femmes l'acceptent très mal. Mais ça pouvait aussi être n'importe quoi. Qui savait ce qu'il se passait dans cette jolie tête déphasée ?

Mais bon, pensa-t-elle en se servant un grand gin tonic, son inquiétude se transformant en agacement, c'était quand même pas si difficile de répondre à un texto ou à un appel. Elle lui avait donné le Xanax, non ? Elle avait peut-être été dure avec elle, mais elle l'avait aidée.

Et il n'y avait pas que Keisha qui l'énervait. Jason était remarquablement absent aujourd'hui. Lui aussi, elle l'avait appelé, lui avait envoyé des messages et la seule réponse qu'elle avait obtenue, c'était deux lignes sur son écran : *Occupé au bureau. On se parle à la maison.* Si elle était honnête, elle s'y attendait plus ou moins. Jason avait toujours été égocentrique. Au contraire de Keisha qui n'avait jamais snobé Marcie. Pourquoi refusait-elle de répondre ? Pour la punir ? Il y avait un inconvénient à avoir une liaison avec une femme : la relation était beaucoup plus transparente, elles connaissaient toutes les deux les jeux qui étaient à leur disposition. Elle voulait juste savoir si Keisha allait bien. Était-ce trop demander ?

Sa journée avait filé ainsi, teintée d'irritation et de rancœur silencieuse à l'égard de l'une ou l'autre personne dans sa vie, aussi quand la sonnette retentit à nouveau à trois heures et quart, certaine qu'il s'agissait de Keisha, elle ouvrit la porte… et l'insulte qu'elle s'apprêtait à lâcher lui resta en travers de la gorge.

William. Cette fois, c'était William et il avait l'air *furieux*. Oh, merde, Keisha avait-elle tout déballé ?

— Jason n'est pas là, marmonna-t-elle, en s'efforçant de respirer normalement. Il est au bureau, je crois.

— Non, il n'y est pas. Je n'ai aucune idée moi non plus d'où il passe sa journée, mais ce n'est pas mon problème immédiat.

— Vous non plus ?

Elle le fit entrer. Où était Jason s'il n'était pas au bureau ? Avec Jacquie ? Une anguille se réveilla dans son ventre. Encore un mensonge. William pénétra dans le hall d'entrée, mais n'alla pas plus loin. Sa chemise lui collait au corps, couverte de grosses auréoles de sueur, ce qui était assez surprenant dans la mesure où il avait dû quitter une maison climatisée pour accomplir le trajet dans une voiture toute aussi climatisée et n'avait eu que quelques pas à faire pour arriver à sa porte. Le stress ? La colère ? Ces choses pouvaient-elles suinter à travers sa peau ? À voir comment il soufflait et haletait, c'était possible. Il semblait au bord de la crise cardiaque.

— Que se passe-t-il ?

— Avez-vous vu ma femme ?

Ma femme.

Elle a un nom, eut-elle envie de répondre, mais elle se contenta de froncer les sourcils, délicatement perplexe.

— Keisha ? Non, je ne l'ai pas vue. Je veux dire, elle est passée ce matin pour m'annoncer qu'elle allait régler les derniers détails avec le traiteur pour la soirée. Elle m'a demandé si je voulais l'accompagner… (Elle allait devoir envoyer un autre message à Keisha dès que William serait parti pour faire concorder leurs histoires. Les mensonges engendrent les mensonges.) Elle a sans doute perdu la notion du temps. Vous la connaissez.

Elle ne lui demanda pas s'il avait essayé de l'appeler. Son portable disparaissait presque dans sa paluche. Marcie n'était pas la seule à qui Keisha n'avait pas répondu.

— En effet, gronda-t-il, ses joues rouges virant au pourpre.

— Voulez-vous que nous appelions la police ? Si vous êtes si inquiet ?

William n'était pas inquiet. Il était énervé. Il avait les boules d'être rempli de sentiments qu'il ne comprenait pas pour une femme qu'il ne contrôlait pas.

— Non, répliqua-t-il. Pas encore. De quoi j'aurais l'air si j'appelle la police parce que ma femme est sortie pour la journée ? Je sais ce qu'on dirait. Elle le fait déjà tourner en bourrique.

— Oh, non. Personne ne penserait une chose pareille. C'est formidable que vous vous fassiez du souci pour elle. Toutes les femmes veulent se sentir protégées...

Quelles conneries. Il ne protégeait pas Keisha. Il ne cherchait qu'à préserver sa propre réputation.

— Vous voulez un verre ? Je viens de préparer du gin tonic.

Elle prit soudain conscience qu'elle buvait seule chez elle en plein milieu d'après-midi.

William secoua la tête.

— Non. Je n'aurais pas dû vous déranger. Je m'in quiète sûrement pour rien, mais elle n'est pas trop dans son assiette ces derniers temps et je ne sais pas quoi faire. J'aimerais gérer cela au mieux.

Marcie ne dit rien alors que la frustration et la colère de William se muaient en désespoir silencieux. C'était quelque chose de voir le grand William Radford IV dans cet état et s'ouvrant à elle, Marcie Maddox, la deuxième épouse un peu trop trash.

— Tout a changé depuis que je suis allé en Europe, n'est-ce pas ?

Il semblait épuisé.

— La vie n'est que changement.

— C'est facile à dire à votre âge. Je veux que les choses reviennent à la normale. Je suis trop vieux. (Il plissa les yeux.) Vous n'avez pas eu de nouvelles de Jason aujourd'hui ?

Elle haussa les épaules.

— Je préfère ne pas le déranger au travail.

C'était un mensonge éhonté. Depuis le premier jour, elle le dérangeait souvent au bureau, pour aller déjeuner ou juste pour dire bonjour, surtout à l'époque où ils voulaient se respirer l'un l'autre vingt-quatre heures sur vingt-quatre. Oui, les temps avaient bien changé.

— Au travail ! grommela William. Si vous le dites.

— Il est sûrement en rendez-vous à l'extérieur. Voulez-vous que je lui demande de vous rappeler ?

— Non. Et si Keisha passe vous voir, ne lui dites pas que je la cherchais. Vous avez sans doute raison : elle doit être occupée quelque part.

— Je ne dirai pas un mot. De votre côté, n'oubliez pas qu'elle tient à préparer cette soirée au mieux et, comme les congés commencent demain et que personne ne travaillera plus vraiment, elle sait que tout doit être prêt aujourd'hui. (Marcie sourit.) Tout ça la rend un peu nerveuse. Elle est sûrement avec Pierre et Julian. Les masques qu'elle a choisis doivent arriver aujourd'hui, non ?

Quelque chose comme une lueur de culpabilité passa dans le regard de William, comme s'il se rendait compte qu'il était peut-être injuste avec sa jeune nouvelle épouse étrangère. Cela ne dura qu'un instant. Rien n'était jamais la faute de William Radford IV.

⋆

De lourds nuages pesaient sur cette fin d'après-midi et l'humidité s'insinuait dans la maison à travers les portes et fenêtres entrouvertes, lui collant à la peau, comme sa mauvaise humeur. Jason rentra à la tombée de la nuit, fatigué et peu bavard.

— Bonne journée ? demanda Marcie pour la forme.

— Fatigante. (Il prit une bière dans le frigo, un œil silencieux, critique, sur son verre de gin.) J'ai pas arrêté de régler des conneries au bureau, pour être sûr que tout soit remis en ligne. La plupart des gens prennent une demi-semaine de vacances à partir de demain.

« Régler des conneries au bureau. » Elle faisait tout pour que ça marche entre eux et, lui, il mentait.

— William est passé, dit-elle froidement. Il m'a dit que tu n'es pas allé au bureau de la journée.

— Quoi ?

— Tu n'étais pas au bureau, Jason. (Son cœur battait à toute allure, son visage était brûlant. Elle ne pouvait pas sauver ce mariage à elle seule.) T'étais où, merde ?

— Ne sois pas vulgaire, Marcie.

Il fila dans le salon et elle le suivit. Cette fois, elle n'allait pas le laisser s'en tirer. Elle avait renoncé à Keisha pour lui.

— Arrête de te défiler, Jason. Où étais-tu ?

— Que voulait William ?

— Et si tu répondais à ma question ?

Il fit volte-face.

— Lâche-moi, Marcie ! Régler des conneries au travail ne signifie pas nécessairement être au bureau. Je voulais dire, *pour* le bureau, pas *au* bureau. Seigneur, tu n'es pas en train de devenir une de ces femmes au foyer complètement paranos ? J'ai déjà eu une journée assez difficile pour me taper ce genre de trucs en rentrant chez moi !

Face à ses cris, elle se tassa un peu contre le mur, mais sa colère ne diminua pas. *Femmes au foyer paranos.* L'enfoiré.

— Faut-il que j'appelle William ? lui demanda Jason. Il me cherchait ?

— Non, répondit-elle doucement. Il cherchait Keisha. (Elle se dirigea vers l'escalier.) Je vais prendre une douche. Si tu veux dîner, tu n'as qu'à te débrouiller.

« J'ai pas arrêté de régler des conneries au bureau. » C'était ce qu'il avait dit. Pas en rendez-vous, pas au club ou là où il harponnait ses clients. Au bureau. Il lui avait menti et s'il la croyait assez conne pour gober son explication, il ne la connaissait vraiment pas.

Plus tard, dans le lit, elle essaya de faire le tri. Le visage de William quand il avait demandé si elle avait eu des nouvelles de Jason. Les soupçons, dans son regard. Keisha était restée dehors toute la journée dans un état abominable, Dieu seul savait où et avec qui. Jason ne lui avait envoyé qu'un bref message et il avait menti sur l'endroit où il était. Et si Keisha était allée le retrouver après avoir quitté Marcie ? Une épaule d'homme sur laquelle pleurer ? Ou alors, Jason était-il avec Jacquie ?

Dehors, le tonnerre grondait, mais la pluie ne tombait pas. Un orage arrivait, posant lentement sa charge électrique sur la ville. Elle contempla le dos de Jason et, pour la première fois depuis qu'elle le connaissait, malgré toute son ambition et en dépit du fait qu'elle avait tant besoin de lui, elle éprouva du dégoût.

38

L'orage n'avait pas éclaté et la tension dans l'air devenait presque insoutenable. Le ciel au-dessus de la cité avait la couleur d'un nuage de poussière, un filtre granuleux jaune-gris qui vous obligeait à plisser les paupières alors que le soleil restait invisible ; à mesure que le soir tombait, écrasant de chaleur, il n'apportait aucun soulagement.

Marcie n'enviait pas ceux qui avaient passé l'après-midi à la parade dans Magnolia Park ou aux différentes autres célébrations en plein air de la fête nationale. Au moins ici, chez Iris et Noah, une légère brise venait de la rivière, même si la proximité de l'eau la transformait en festin pour les moucherons et les moustiques qui semblaient préférer son sang exotique d'étrangère à cette ville.

— D'ici, nous devrions voir les feux d'artifice de Tybee Island, malgré ces horribles nuages, déclara Iris.

Tout le monde acquiesça et feignit l'enthousiasme.

L'atmosphère dans la pièce était aussi palpable que l'humidité dehors, même s'ils souriaient et portaient des toasts avec un vin parfaitement rafraîchi en grignotant leur dîner. C'était une étrange réunion et Marcie se demanda si leurs hôtes, Iris et Noah, sentaient les glissements qui s'étaient produits en leur absence. Iris ne lui avait pas parlé de l'invitation des Magnolias. Peut-être n'était-elle pas encore au courant. Ce qui mettait Marcie mal à l'aise. Iris émettrait-elle un avis défavorable à son sujet au sein du groupe ? Non. Iris n'était pas comme ça. Elle lui donnerait au moins sa chance.

Marcie but le reste de son vin, contente pour une fois que son verre n'ait pas été de nouveau rempli. Dans la pièce, couvait un feu de forêt de ressentiments cachés à l'affût d'une étincelle pour s'embraser. Ce soir, elle n'avait pas l'énergie pour une dispute. Au moment où le café arriva, elle y ajouta un peu de crème et de sucre et s'enfonça dans son fauteuil, essayant de se rendre invisible, observatrice de leur cercle guindé plutôt que piégée à l'intérieur.

Jason effectuait une excellente démonstration de jovialité maintenant que tous les systèmes au bureau avaient été réparés, mais elle savait qu'au fond son humeur était toujours aussi aigre. Il commençait à l'épuiser. Peut-être allait-elle attendre que le rachat soit effectif et oublié d'ici une petite année, et qu'elle soit fermement implantée au sein du groupe des femmes qui comptaient, pour demander le divorce. *C'est lui qui l'aura aigre.* C'était une menace en l'air, elle le savait. Elle ne donnerait ni à lui, ni aux *autres*, la satisfaction de constater l'échec de leur couple, surtout avec ce contrat de mariage qui limitait fortement ce qu'elle pourrait en tirer en cas de séparation. S'il voulait la quitter, qu'il fasse lui-même la démarche. Et qu'il paie.

Elle coula un regard vers Keisha, la cause de tout son inconfort. Elle semblait étonnamment bien, quoique réservée, assise auprès de William, lui tenant la main pendant qu'il discutait avec Noah. Le simple fait de la regarder lui mouillait la chatte.

Marcie l'avait suivie dans la salle de bains un peu plus tôt pour lui annoncer qu'elle s'était procuré une ordonnance de Valium, mais Keisha n'en avait pas voulu. Elle allait bien, avait-elle proclamé en évitant son regard. Elle s'était raidie quand Marcie lui avait touché le bras, d'une façon qui révélait une migraine carabinée et qui avait suscité des remords chez Marcie. Elle avait eu envie d'écraser cette Anglaise complètement dingue contre le mur pour l'embrasser.

— Comme tu veux, avait-elle marmonné avant d'aller reprendre sa place auprès de son mari en se disant que cela valait mieux ainsi.

Même si elle aurait adoré ça, elle ne pouvait avoir le beurre et le cul de la crémière. Pas avec quelqu'un d'aussi instable que Keisha.

— N'est-ce pas, Marcie ? Marcie ?

Arrachée à ses réflexions et aspirée à nouveau dans leur cercle, Marcie regarda Virginia.

— Désolée, vous disiez ?

— C'est si triste de voir tous ces sans-abri venir au déjeuner du 4 Juillet. J'y étais ce matin. Si seulement nous pouvions tous les nourrir.

— Je suis persuadée que beaucoup d'entre eux ont un logement, dit Marcie, et veulent simplement s'offrir un repas gratuit. Ils profitent de vous.

Elle faisait tourner le délicat verre en cristal entre ses doigts. En baissant les yeux, elle y surprit son propre reflet déformé, un monstre qu'elle ne reconnut pas.

Elle n'aurait pas dû répondre ainsi – elle n'aurait pas dû répondre du tout –, mais le cinéma plus près de toi mon Dieu de Virginia lui tapait sur les nerfs. Du reste, Virginia avait largement les moyens de nourrir tous les clodos de la ville. Et chez Nouvelle, si ça lui chantait, le deux étoiles Michelin de Savannah.

— Que Dieu vous bénisse, vous êtes trop naïve, conclut-elle.

Les épaules de Virginia se raidirent.

— Dans Sa grande miséricorde, le Seigneur ne se détourne de personne.

Marcie prit une gorgée de vin.

— Alors, nous ne devons pas lire la même Bible car, pour ce que j'en sais, le Seigneur est assez difficile sur ceux qu'il accepte dans son équipe.

— Marcie, arrête. (Jason se pencha pour lui serrer la main un petit peu trop fort avant de sourire à Virginia.) Cette chaleur. Je vous promets que ça la rend folle.

Elle serra les dents. *Ou peut-être que c'est mon menteur de mari qui me rend folle.* Mais elle prit un certain plaisir à voir le sourire qui flotta sur les lèvres d'Emmett. Son propre mari la jugeait peut-être grossière, mais celui de Virginia la trouvait plutôt drôle.

— J'dis c'qui est.

Son élocution la trahit, les accents sur les mots venant se placer aux mauvais endroits. Si une fille peut quitter Boise, Boise, elle, ne la quitte jamais.

— Il faut que je sache, intervint Iris, son mince dos bien droit tirant un trait sur cette conversation chafouine, tout en braquant un sourire éclatant vers Keisha. Qu'avez-vous apporté dans ces sacs ? Je meurs de curiosité.

— Oui, moi aussi, renchérit Noah.

Marcie faillit éclater de rire devant ce changement de sujet désespéré. Comme si Noah avait quelque chose à foutre des cadeaux de Keisha. N'importe quoi pour éviter des grossièretés à table.

— C'est pour la soirée de dimanche, dit Keisha. Je voulais offrir un cadeau à chacun pour vous remercier de m'avoir accueillie parmi vous avec tant de bienveillance. (Elle se baissa pour prendre la première boîte.) Il m'a fallu un temps fou pour les choisir, mais je pense m'être assez bien débrouillée. Tenez. (Elle la tendit à Iris.) Voilà le vôtre. Ne l'ouvrez pas avant que tout le monde ait le sien, s'il vous plaît.

— Je crois que vous allez être impressionnés, rayonna William, fier, mais Marcie perçut la légère crispation du bras de Keisha quand il lui serra la main.

Elle ferait bien de faire attention, ce sont toujours les petits détails qui finissent par vous trahir.

— Et voilà, vous pouvez les ouvrir maintenant !

Keisha tapa dans ses mains quand chaque personne eut une boîte devant elle, son regard cherchant enfin celui de Marcie.

Il n'y eut rien de faux dans les exclamations qui retentirent autour de la table quand les couvercles furent retirés. Même Marcie en eut le souffle coupé. Des masques vénitiens, superbement réalisés et tous différents. Des modèles uniques. Ceux des hommes étaient relativement simples, noir ébène pour Jason et couvrant les yeux et le nez, un Zorro démoniaque ; couleur argent bruni pour Emmett, un Puck aux sourcils arqués et l'air espiègle, avec un nez doré trop long dont Marcie se dit qu'il convenait parfaitement à son maniérisme précieux et inquisiteur. Celui de Noah était noir et or, discret mais en même temps royal et visiblement hors de prix. Afin de ménager le suspens, William – et Keisha – avaient laissé les leurs à la maison, mais si ceux des femmes étaient un indice, la nuit de samedi allait être éblouissante.

— Eh bien… souffla Iris en tenant le sien devant son visage.

C'était un superbe loup à filigranes, fixé à un support et non attaché derrière la tête et s'il n'était pas aussi coloré et décoré que celui de Noah, il suintait d'élégance sophistiquée. Si Iris, toujours d'une politesse irréprochable, n'avait jamais dit qu'elle trouvait l'idée d'un bal masqué un tantinet vulgaire, son sourire à présent était sincère.

— Il est vraiment sensationnel, ma chère. Vous avez un goût exquis.

— Oh oui, alors, renchérit Virginia en extase devant le sien : une tête d'oiseau bleue et dorée avec des plumes de chaque côté et un petit bec doré sur le nez.

Marcie réprima une envie de rire quand William déclara qu'il s'accordait merveilleusement à ses traits. Virginia, la garce hautaine qui ne cessait de distribuer des coups de bec.

Marcie sortit le sien de la boîte et un murmure parcourut la tablée.

— Je voulais te remercier d'être une si bonne amie pour moi, dit Keisha.

La pique était assez légère pour que seule Marcie la sente. Les délaissés se défendent toujours en attaquant. Marcie espérait seulement que cela en resterait au stade des petites remarques. Mais elle n'en fut pas moins saisie de regrets quand elle prit conscience de la beauté du masque. Il était *pur.* Ce fut le seul terme qui lui vint à l'esprit. Jason ne lui avait jamais rien offert de semblable, d'aussi *beau* et parfait pour elle.

Elle le tint devant son visage et sut, sans avoir besoin de miroir, qu'elle était magnifique. Il était recouvert d'or blanc, un peu bruni, avec des paillettes qui s'illuminaient de rose sous la lumière. Ce qui aurait dû paraître mièvre et puéril lui donnait, avec sa chevelure blond pâle, un aspect éthéré, un peu lointain. Quand le rebord en métal autour d'un œil s'incurvait de façon féline, de l'autre émergeait une aile de papillon, scintillante, sertie – elle en était certaine – de centaines de minuscules diamants. C'était magique. Il n'y avait pas d'autre mot. Même les rubans qui se nouaient derrière la tête portaient des pierres précieuses.

— Et je me disais qu'il t'irait bien, acheva Keisha.

Marcie, admirant le masque avec délice, ne dit rien.

— Elle n'a pas été une si bonne amie, fit Jason avec un sourire aussi mince que sa plaisanterie.

— Eh bien, dit Emmett en levant son cognac, pour une fois je suis impatient d'assister à une soirée ! Cela va être une nuit inoubliable !

39

Marcie ne voulait pas aller à la soirée, elle voulait se rouler en boule dans son lit, tirer les couvertures au-dessus de sa tête et rester comme ça jusqu'à ce qu'elle meure, elle voulait être malade, elle voulait pleurer, elle voulait être n'importe où sauf ici. Mais quand cela avait été terminé, toute l'histoire déballée, Jason n'avait rien dit pendant un long moment avant de grommeler qu'ils partaient dans vingt minutes. Il devait voir William. Il n'était pas question qu'ils ratent la soirée. Son ton n'admettait pas de réplique ; elle était certaine que si elle avait protesté, il l'aurait prise à la gorge et aurait serré jusqu'à lui faire sortir les yeux de la tête.

Elle lui jeta un regard alors qu'ils approchaient de la maison. Son beau visage était froid, celui d'un étranger, mais cette fois, c'était sa faute à *elle*. Que pensait-il ? Qu'allait-il faire ?

Les lampadaires brillaient, éclairant l'allée à la manière d'une étroite scène sans fin. Marcie noua les rubans derrière sa tête avec des doigts tremblants. Ce masque était une bénédiction. Qui cacherait sa pâleur et sa peur.

Elle était finie.

Ses secrets avaient été dévoilés.

L'épaisse enveloppe avait été adressée à Jason, son nom inscrit en lettres majuscules. Pas de timbre. Glissée directement dans la boîte aux lettres. Elle se souvenait vaguement de lui la rapportant avec le reste du courrier, l'air déjà sombre. *Mauvaise journée au bureau, chéri ?* avait-elle eu envie de lui balancer tandis qu'il se servait un whisky avant de disparaître dans son bureau. Elle était de bonne humeur malgré lui, malgré le fait qu'il était allé travailler un samedi, joyeuse de se préparer pour la soirée chez les Radford. Le salon de coiffure avait particulièrement réussi son chignon « négligé », le maquillage était terminé et elle savait qu'elle était belle, même sans la robe argentée et sans le masque. Une de ses playlists préférées en sourdine, elle ne cessait de s'admirer dans le miroir, enchantée, séduite. Elle s'était mise à penser à la réaction de Keisha quand elle la verrait, à ce qu'*elle* porterait et si elles se parleraient… et ensuite, à Iris et aux Magnolias, persuadée que ces femmes seraient ravies de compter parmi elles une créature aussi somptueuse.

— Marcie ! Viens ici tout de suite !

Même à ce moment-là, quand il l'avait appelée, elle était de trop bonne humeur, trop absorbée dans ses pensées pour prêter attention à ce ton.

Au début, quand elle était entrée d'un pas léger dans son bureau, agacée d'être interrompue dans ses préparatifs, elle n'avait pas vraiment *vu* ce qu'il lui montrait. Ce vieil album de l'année. Puis elle avait remarqué la feuille où était écrite une phrase : *Qu'est-il arrivé à Jonny ?* et, en un instant, le livre du lycée avait pris tout son sens et son monde s'était écroulé.

Elle avait dû tout lui raconter. Elle n'avait pas eu le choix. Sa vie d'avant, si dure. Sa mère. Le parc à mobile homes. Les circonstances dans lesquelles elle avait trouvé Jonny. Le scandale. Comment elle avait dû partir. Fuir quelque part où elle pourrait repartir à zéro. Alors que les questions de Jason arrivaient comme des balles, elle avait dû tout lui *montrer*, descendre sa boîte à secrets planquée dans le faux plafond du dressing et la vider devant lui tandis que son maquillage parfait coulait en traînées sur ses joues et que sa voix s'étranglait dans sa morve : son vieux permis de conduire, son certificat de naissance, les photos. Tout.

Il n'avait rien dit quand elle s'était tue, il était resté assis là en silence cependant que son cœur cognait, la guillotine au-dessus de sa vie prête à s'abattre. Finalement, il s'était levé en disant qu'il allait prendre sa douche et qu'elle ferait mieux de s'arranger. Ils partaient dans vingt minutes.

Et à présent, ils étaient là, derrière leurs superbes masques ; aux yeux de tous, un couple magnifique qui n'avait rien à cacher. Quand Jason tendit les clés de la voiture à l'employé, Marcie sentit à nouveau les larmes monter. Que ferait-elle s'il demandait le divorce ? Où irait-elle ?

— Je te retrouve à onze heures, annonça-t-il. Ici.

Dans l'obscurité, elle discernait à peine ses yeux sous l'ébène du masque.

— Mais ne devrions-nous pas…

Entrer ensemble ? Elle ne put finir sa phrase. Il s'éloignait déjà. Elle le suivit du regard et vit deux Pierrots indiquer avec des gestes exagérés de mime que les invités étaient attendus à l'arrière de la maison.

— Jason ! l'appela-t-elle, mais il ne se retourna même pas.

Elle n'eut d'autre choix que de le suivre à distance, les deux pierrots faisant mine de pleurer sur son passage, se moquant de son trouble avant de la rediriger avec des gestes fleuris et d'immenses sourires.

Il y avait tellement de monde, comme si la ville entière avait été invitée. Marcie se sentit perdue en traversant ce capharnaüm multicolore de lumières, de musiques et de tissus. Des podiums avaient été dressés un peu partout dans les jardins éclairés à la chandelle ; des contorsionnistes et des cracheurs de feu en mettaient plein les yeux de spectateurs qui se remplissaient le gosier de champagne. L'atmosphère, la *vibe*, était à la décadence et elle semblait contagieuse, car elle affectait déjà ces gens si distingués qui riaient trop fort et se frôlaient d'un peu trop près. En dépit de la chaleur terrible, Marcie frissonna. C'était trop. C'était dangereux. C'était Keisha.

Elle attrapa un verre sur le plateau d'un serveur apparu à ses côtés et qui, comme ses collègues, était vêtu de noir de la tête aux pieds, ombre sans visage, un fantôme. Elle se força un passage vers la maison.

On se retournait sur son passage, hochements de tête approbateurs de la part des hommes, évaluations circonspectes des femmes. Les visages étant masqués à des degrés divers, Marcie aurait été bien en peine de dire qui était qui ou même si elle les connaissait. Ces dames du club de tennis étaient rassemblées près de la fontaine à champagne illuminée et du comptoir à petits-fours, la nuque renversée en arrière, lâchant des rires suraigus, pendant que leurs maris bavardaient entre eux un peu plus loin.

Elle ne vit Jason nulle part, pas plus qu'aucun des autres membres de leur clan. Des gens ne cessant d'arriver, les jardins se remplissaient inexorablement. Il y avait beaucoup plus d'invités que la centaine habituelle d'« amis très proches » de William qui était généralement convoquée sur ces terres sacrées. Trois cents personnes, peut-être. Beaucoup trop. Marcie en avait le vertige. C'était de la folie que Jason et elle soient là après ce qui était arrivé. Jason était-il en train de tout raconter à William à l'instant même ? D'en discuter avec Noah, pour trouver le meilleur moyen de se débarrasser d'elle ?

Elle vida son verre et en prit un autre sur un plateau qui passait. Un *mint julep*. La boisson d'Eleanor. Pas vraiment à son goût, mais elle la but quand même. Pour se calmer. Jason savait tout et c'était déjà atroce, mais, pire encore, il n'était pas le seul. La personne qui avait glissé cette enveloppe dans leur boîte aux lettres… Qui était-ce ? Était-elle ici ? En train de l'observer ? Elle se retourna, retenant son souffle, pour scruter la foule, masse compacte dans la nuit qui semblait se moquer d'elle, la menacer, un mur de visages distordus et monstrueux.

Son masque la serrait trop, pressant ses tempes et ses orbites et, pendant un instant, elle crut qu'elle allait s'évanouir. Cette chaleur… La clim ! À l'intérieur, il faisait frais. Les portes de la terrasse étaient ouvertes derrière l'orchestre qui jouait du vieux jazz du temps de la prohibition. Elle les franchit avec soulagement.

Elle se dirigeait vers une des salles de bains du rez-de-chaussée quand une main la saisit si soudainement, de longs ongles sur sa peau, qu'elle faillit hurler.

— Marcie.

La créature était un phénix flamboyant. Le rouge et l'or du masque incrusté de rubis étaient une extension de la robe qui moulait le corps incomparable de Keisha. Au premier regard, elle était fascinante, belle et puissante, mais ses yeux, prisonniers sous tout ce glamour, étaient injectés de sang et de crainte.

— Il faut que je te parle. C'est horrible. Il me hait. Il va me jeter, je le sens… (Elle serra le bras de Marcie encore plus fort.) Et si on s'enfuyait, toi et moi ? Tu n'aimes pas Jason, je le sais. Je peux prendre des bijoux, nous aurons de l'argent…

Marcie se libéra violemment. Ce n'était pas le moment.

— Moi aussi, je suis dans la merde, Keisha. J'ai pas le temps pour tes salades.

Keisha *s'imaginait* avoir des problèmes. Elle n'avait pas idée. Comment lui expliquer que sa vie, qui venait tout juste de s'emplir de promesses radieuses, était en train de tourbillonner dans la cuvette des chiottes ? Exaspérée, elle fixa la jeune femme.

— Je te l'ai déjà dit, la pauvreté, c'est fini pour moi. Pas question. Où irions-nous avec rien ? Nulle part.

— Mais j'y arrive plus ! J'en peux plus ! Et aujourd'hui, il a…

— Tais-toi, la coupa Marcie. Pas maintenant. Démerde-toi sans moi.

Elle tourna les talons et s'éloigna très vite, sans un regard en arrière jusqu'à ce qu'elle soit en sécurité, enfermée dans une salle de bains, enfin seule. Elle arracha le masque de son visage et pressa son front contre le carrelage frais.

Submergée de pitié pour elle-même, elle avait envie de pleurer. Finalement, elle risquait de ne pas avoir d'autre choix que de fuir avec Keisha, et pour se retrouver où ? Elle était habituée au luxe maintenant, elle était sur le point d'être *respectée*. Elles seraient la risée de la ville, le délice des mauvaises langues et, après avoir été mises en pièces par des avocats payés à l'heure, elles se retrouveraient dépouillées de tout, y compris de leur dignité. Elles finiraient dans une caravane quelque part, cernées de ricanements, ostracisées. Ce serait encore pire qu'avant.

Son ventre se serra et elle aspira très vite plusieurs petites gorgées d'air pour s'empêcher de vomir. *Reprends-toi. Ce n'est pas encore terminé.* Jason n'allait pas divorcer dans la minute. Il voudrait d'abord réfléchir aux conséquences… pour lui. Dans ce monde, les apparences comptaient par-dessus tout ; n'était-ce pas pour cette raison qu'ils étaient à cette soirée ? Les choses entre eux ne seraient sans doute plus jamais pareilles, mais il préférerait sûrement glisser tout ça sous un tapis. Il n'avait pas besoin d'un nouveau divorce et ce ne serait pas très bon pour lui non plus si on découvrait le passé de sa chère et tendre. La boue, ça colle. Il avait déjà eu un scandale avec son père, il n'en voudrait pas d'un deuxième avec sa femme.

Elle se redressa et se tamponna le visage avec une serviette en papier. Et puis, lui aussi, il avait ses secrets, non ? Ces appels. Les mensonges. Jacquie ? Était-elle ici, à la soirée ? Impossible de le savoir avec ces masques et tout ce monde. Était-ce Jacquie qui avait déterré son ancienne vie ? L'ancienne vie de la seconde femme contre l'ancienne vie de la première. Tenait-elle à Jason à ce point ? Avait-elle entendu dire que la deuxième Mme Maddox prenait son envol mondain et cherchait-elle à lui couper les ailes ? *Salope.*

Sa panique se calmait, laissant la place à de la froideur. Elle devait régler le problème. Mais comment ? Une chose était certaine, elle n'y arriverait pas ici, pas à cette soirée. Keisha était instable et Jason ne lui adressait pas la parole. Le mieux était de prétexter une migraine pour rentrer chez elle où elle pourrait réfléchir.

Elle rattacha son masque et prit le temps d'apprécier le réconfort que lui apportait son reflet, sa beauté, avant de déverrouiller la porte. Elle savait ce qu'elle avait à faire. Trouver William et s'excuser de partir si tôt. Sa réaction lui dirait si Jason lui avait tout révélé. Une première évaluation des dégâts.

Dehors, la fête semblait se dérouler dans un autre univers, fait de rires insouciants, de musique et de vacarme, un lieu qui lui était totalement étranger. Elle était sur le point de partir à la recherche de leur hôte au milieu de cette folie, quand elle vit Iris et Noah devant les portes du patio, pour une fois sans leur entourage de sycophantes. Ils étaient en grande conversation, penchés l'un vers l'autre, le visage d'Iris ridé et grave, son masque aux motifs si complexes pendant au bout de sa tige le long du corps. Parlaient-ils d'elle ? *Savaient-ils ?* Jason n'était peut-être pas le seul à avoir reçu une enveloppe. Son ventre se noua à nouveau. Assez ! C'était insupportable. Elle devait cesser de s'inventer des problèmes pour s'occuper de ceux qui étaient bien réels. Elle battit en retraite à l'intérieur de la maison, ne voulant pas se retrouver face à eux, qu'ils soient au courant ou pas. Elle avait mal au crâne, son corps était épuisé.

Au moins, ici, il faisait frais et Julian et Pierre opérant depuis leur camion-régie ultra high-tech, c'était un havre de silence et d'ombre, les murs épais la protégeant de la décadence qui se déchaînait dans la moiteur des jardins. Du coup, la maison flanquait aussi un peu la trouille, comme si la vie n'y pénétrait pas ; Marcie songea à Eleanor s'éteignant lentement, seule dans son fauteuil roulant, le corps dévoré par la maladie tandis que son esprit restait lucide. Et maintenant, Keisha, belle, forte et en bonne santé, mais qui perdait les pédales. Une fille maudite. Une maison maudite. Peut-être étaient-ils tous maudits d'une manière ou d'une autre.

Elle frissonna. Et si elle laissait tomber William ? Filer d'ici sans se faire remarquer, éviter la corvée des au revoir. Jason en serait-il outré ? Quelqu'un lui avait-il seulement demandé des nouvelles de sa femme ?

— *Une erreur ? C'est tout ce que tu as à dire ?*

Elle retint son souffle. Dans le silence, les mots avaient claqué comme une série de coups de feu. Un reproche violent. William ? Il semblait impatient. Furieux. Mais contre qui ? Keisha ? Forcément. Elle s'avança sans bruit, dépassant l'escalier monumental, suivant les voix en direction du bureau de William. Y avait-il convoqué Keisha comme un directeur d'école le ferait avec une vilaine élève ? Il baissa le ton, comme s'il prenait conscience qu'on risquait de l'entendre crier. Ce qui ne serait pas convenable.

— *Au nom du Ciel, explique-toi !*

— *Le système a planté…*

Jason. C'était Jason, pas Keisha. William et Jason étaient en train de se disputer.

— *J'emmerde le système. Le système ne peut pas planter comme ça. L'audit démarre lundi, Jason, et si tout n'est pas arrangé d'ici là…*

— *Ça le sera. Il s'agit d'une erreur, c'est tout. Un transfert de fichiers qui s'est mal passé. Ce genre de choses arrive. Tu t'inquiètes pour rien.*

— Vous allez bien ?

La main sur son épaule lui fit l'effet d'une toile d'araignée se posant sur sa peau nue et Marcie retint un hurlement en faisant volte-face. Elizabeth. Ce n'était qu'Elizabeth. Son inquiétude semblait sincère.

— Marcie ? Vous allez bien ?

Son masque avait été peint sur son visage, un délicat motif de fleurs et d'oiseaux, mais qui commençait déjà à couler sur les bords, là où ses grosses joues écrasaient la peau autour de ses yeux quand elle souriait. Le danger était imminent que tout cela ne se transforme en tête de clown. Pauvre Elizabeth. Elle non plus n'appartenait pas à ce monde.

— Non, pas trop, je le crains. J'ai un épouvantable mal de crâne. Je cherchais Jason pour lui dire que j'envisageais d'appeler un taxi pour rentrer. (Réfléchissant à toute allure, elle jeta un regard vers le bureau. Elle avait été surprise en train d'écouter aux portes ; il était donc inutile de prétendre le contraire.) Mais j'ai l'impression que William et lui sont en pleine discussion. Je n'osais pas les interrompre.

— Les hommes se mettent toujours dans des colères insensées, n'est-ce pas ? dit Elizabeth. Je me demande bien pourquoi. Une conversation raisonnable est tellement plus productive...

Elle s'interrompit, car la porte du bureau s'ouvrait ; les deux hommes apparurent. Pendant un instant, Marcie ne les reconnut ni l'un ni l'autre, deux ombres, deux démons derrière leurs masques. Puis ils aperçurent les deux femmes et leurs expressions changèrent.

— Qu'est-ce que tu fais là ?

Jason la regardait avec un tel dégoût, une telle irritation, qu'elle ne trouva pas les mots pour lui répondre.

— Je... Je...

— Marcie ne se sent pas très bien, intervint Elizabeth. Je vais la raccompagner chez vous.

— J'ai juste besoin de m'allonger un peu au calme, marmonna Marcie.

Elle ne sut pas trop si elle était triste ou soulagée que Jason ne propose pas de rentrer avec elle. Il se contenta de hocher la tête.

— Comme tu veux. Je ne rentrerai pas tard.

— J'ai une migraine, dit William à Elizabeth sur le même ton brusque que Jason avait utilisé avec elle. Vous n'auriez pas de l'Advil sur vous ?

Quel que soit le problème dont ils discutaient, il était loin d'être résolu. Rougissant légèrement, Elizabeth secoua la tête.

— Non, je suis navrée. Il y en a sûrement dans la salle de bains.

William lui lança un regard noir comme si, dans son état, l'effort de monter à l'étage était inadmissible.

— Pourquoi ne prendriez-vous pas du lait de coco ? proposa-t-elle. Cela vous réhydrate toujours. Je passerai en acheter sur le chemin du retour. C'est votre soirée, vous devez en profiter.

Elle sourit, essayant de détendre l'atmosphère.

— En profiter ? grommela William. Je n'en voulais pas de cette soirée. (Il n'avait toujours pas regardé Marcie.) Nous reprendrons cette discussion plus tard, Jason, et il y a intérêt à ce que ça se déroule comme tu dis.

Il s'éloigna en direction de la cuisine et Jason le suivit du regard.

— Tout va bien ?

Marcie posa la main sur sa manche de chemise. À travers le tissu, elle sentait la force de son avant-bras qui l'excitait tellement et dont elle avait cru qu'elle la protégerait toujours.

— Rentre à la maison, Marcie. On se verra tout à l'heure.

Il se libéra, sans brutalité, mais avec assez de fermeté pour qu'elle se sente abandonnée.

Va te faire foutre, Jason. Et si je criais moi-même sur les toits ce que tu penses de ta seconde femme ? Ça te la couperait, hein ? Mais les mots qui sortirent de sa bouche la trahirent, lui donnèrent juste l'impression d'être insignifiante.

— D'accord. Amuse-toi bien. Je t'aime.

— Venez, dit Elizabeth comme Jason ne lui répondait pas.

Sa voiture se trouvait derrière, près du garage, et ce fut un soulagement de se glisser dehors par une porte de service plutôt que de devoir traverser à nouveau la mer de fêtards.

— Merci pour tout, dit Marcie. Vous êtes très gentille.

— Aucun problème. Pour être honnête, avec toute cette foule, j'avais moi aussi besoin de respirer un peu. Je n'aime guère les fêtes, comme vous devez vous en douter, mais je suis si habituée à faire tout ce que me demande William que c'est presque une seconde nature d'être présente en chaque occasion.

Leur hôte était lui aussi sorti de la maison et se tenait en haut du perron, une boîte de lait de coco à la main. Préférant boire sa mixture, il ne les regarda pas quand elles passèrent devant lui et Marcie était sur le point de poser une nouvelle question à Elizabeth quand elle resta bouche bée. *C'est pas vrai.* Une fournée d'invités débarquait d'une flotte de limousines, un bataillon de femmes chaussées de talons de quinze centimètres, riant et bavardant tout en se dirigeant vers les jardins.

Une silhouette resta en arrière, robe noire moulant un corps mince, les cheveux noirs épaissis par des extensions, le tout remonté en un nuage de boucles au sommet de la tête, le regard aiguisé suivant le départ de la voiture d'Elizabeth. Son visage était à moitié couvert par un loup noir et scintillant, mais Marcie aurait reconnu l'amertume de ce sourire n'importe où. Jacquie. Quand elles s'engagèrent dans la rue, alors qu'Elizabeth papotait toujours, Marcie avait l'impression de se noyer, que sa voix lui parvenait sous l'eau.

Jacquie.

Jacquie était à la soirée.

Elle ferait peut-être mieux d'y retourner.

40

Keisha avait flotté à travers sa propre soirée comme un fantôme indésiré, certaine par moments d'être complètement invisible. Ce qu'elle était, de bien des manières. Un objet, un caprice, une vague curiosité. Et bien sûr, au bout du compte et de la nuit, une marchandise périmée. Une tranche de rigolade. Pas une personne. Pas un être vivant et respirant. Le bourdonnement de murmures réprobateurs de la part d'Iris, d'Elizabeth et de Virginia quand elle s'était enfuie, bourrée.

Même ici, dans le silence et la pénombre de la chambre d'Eleanor, c'était comme si la première épouse occupait davantage la maison qu'elle-même, avec sa peau noire absorbée par la nuit. Gommée. Il y aurait toujours cette crasse sous ses ongles peints et manucurés. Elle frissonna, se frappa la tempe avec le poing. À qui pouvait-elle parler ? Qui l'écouterait quand elle-même se perdait ainsi dans la mélasse de ses pensées ?

Quelle heure était-il ? Deux heures ? Trois ? Plus, probablement. Tout était devenu brumeux, les dernières quarante-huit heures un kaléidoscope d'images et de souvenirs tronqués. Elle aurait dû prendre l'ordonnance que Marcie lui avait proposée. *Toujours aussi si fière, KeKe, ça sera ta perte, avec ta manie d'imaginer des choses, les délires d'une folle, Oui oui, tata Ayo, s'il te plaît tais-toi dans ma tête, je sais que le garçon n'existait pas, laisse-moi tranquille.* La tension avec William quand elle avait commencé à grimper aux murs quand il n'y avait plus eu de Xanax, et puis ce soir, alors qu'elle s'habillait, se préparait, se persuadait que le maquillage, les fringues et le fric pouvaient tout arranger – *un masque derrière un masque, toujours à te cacher, à te concentrer, à te focaliser, alors que tout s'écroule, se noie, se pulvérise* –, les cris quand il avait brandi la photo – *la tête rejetée en arrière, hilare, les seins à l'air dans la nuit, elle dansait, le corps déchaîné et empli de magie noire comme tata Ayo dans son cabinet* –, claquant la porte au nez de Pierre et Julian qui se retournaient en même temps, alertés par l'engueulade.

Les souvenirs ne cessaient de la poignarder. Le visage de William si rouge. Postillonnant, fou de rage, ses mots n'étant que du bruit, alors qu'elle voulait qu'il meure là sur-le-champ ; que cette veine gonflée et palpitante sur sa tempe quand il la baisait en éructant se décide enfin à éclater. Le dégoût dans ses yeux, si évident, malgré sa peau de junkie qui la grattait et sa cervelle si embrouillée que, même avec des litres de vin, elle n'arrivait pas à s'y retrouver. « Je m'occuperai de toi plus tard. J'ai des problèmes plus graves qu'une femme bourrée qui se conduit comme une salope. Dire que je croyais pouvoir faire quelque chose de toi. » Faire quelque chose d'elle. La tasser dans un moule. La briser. Il était pire que sa famille là-bas à Londres.

Il n'avait pas annulé la soirée. Comment aurait-il pu ? Pas question d'arrêter le show ; les apparences, toujours. Elle avait essayé d'être charmante, vive et élégante, vraiment essayé, mais son cerveau était en feu et, après avoir vu William discuter avec Noah, leurs regards se braquer sur elle, elle s'était mise à en faire trop, trop de bruit, trop de simagrées, comme un de ces clowns qu'elle avait embauchés plutôt que comme une maîtresse de maison, tourbillonnant d'un groupe à l'autre, jamais la bienvenue sans son riche mari à ses côtés. Et puis, il y avait eu Marcie – *Démerde-toi sans moi* – qui avait refusé de l'écouter et qui avait ensuite disparu.

À partir de ce moment-là, elle avait dérivé. Dérivé et picolé. Des flashes de la soirée surgissaient en elle. Emmett et Jason derrière le coin de la maison, à l'écart de la foule. Jason criant, gesticulant. Emmett haussant les épaules avant de s'éloigner, laissant le beau gosse flanquer des coups de poing dans le mur. Jason non plus n'avait pas voulu lui parler quand il était passé en trombe devant elle pour se ruer dans la maison. Pierre et Julian échangeant un regard gourmand, eux aussi observant tout ça de l'extérieur. Emmett et Virginia dansant, lui les yeux rivés à William qui bavardait avec Iris. Tout le monde souriant, riant et faisant semblant de prendre du bon temps alors que tous n'étaient que des vipères entassées dans le même nid, attendant le moment de mordre ou d'être mordus. Voilà ce qu'elle avait ressenti. Et cette envie de pleurer, de rire et de danser, tout en même temps. Et c'est alors qu'elle l'avait vue.

Zelda. Debout là-bas dans l'herbe, les surveillant. Une araignée sur sa toile. Qui d'autre aurait pu prendre la photo et l'envoyer ? Qui d'autre voulait à ce point se débarrasser d'elle ? Keisha ne se souvenait plus trop de ce qu'elle avait dit, ni de la façon dont elle l'avait dit, mais elle s'était ruée à travers la fête pour foncer sur la gouvernante. Des sons étaient sortis de sa bouche, des mots grossiers, d'avant, rageurs, troublés et accusateurs et puis il y avait eu les mains sèches et froides d'Iris – *Bonté divine, pourquoi êtes-vous dans un tel état, quel est le problème ?* –, le bras de Virginia autour de ses épaules, étonnamment fort, une pénible odeur de fleurs sur sa peau.

Elles l'avaient traînée à l'intérieur, ordonnant à Elizabeth d'aller lui chercher un verre d'eau à la cuisine où elle était tombée sur Jason qu'elle avait envoyé à la rescousse de Keisha, comme si elle était aussi invalide que l'épouse disparue. On aurait dit une farce minable. Elle ne se souvenait pas si Jason l'avait aidée. Elle ne se souvenait plus de grand-chose avant qu'on la laisse seule à l'étage pendant que la fête se vidait, Iris et Virginia s'occupant de tout avec leurs gestes pleins de charme, les invités se fondant dans la nuit, la musique s'arrêtant, Pierre et Julian surveillant seuls la désolation qu'était devenue leur grande *pièce de résistance**, avant qu'eux aussi ne soient mis dehors.

Keisha avait attendu comme une enfant effrayée, punie, jusqu'à ce que finalement son mari et elle soient les seuls qui restent. William ne lui avait pas adressé la parole. Il n'était même pas venu dans leur chambre à coucher, s'installant dans une chambre d'ami. Elle en avait été à la fois soulagée et paniquée. Elle n'aurait pas à le supporter, à affronter son courroux, mais il était évident que cette comédie – leur mariage – était terminée et qu'ils allaient être la risée de la ville. Ce qu'il ne lui pardonnerait jamais. Rien que pour ça, il allait vouloir la détruire. Si seulement il lui avait laissé ses cachets, rien de tout ceci ne serait arrivé. S'il avait été un mari plus doux. *Si, si, si.* Maintenant, il allait tout lui reprendre et la renvoyer là d'où elle venait. Pire que ça. Sur le trottoir, sans Versace, uniquement vêtue de sa dégoûtante humiliation. Sa respiration se bloqua dans sa gorge. Tout s'était effondré si vite.

Elle se leva sur des pieds mal assurés, agrippant toujours la bouteille de champagne qu'elle avait remontée des décombres de la fête et vidée dans l'espoir qu'elle l'aiderait à dormir. Qu'arriverait-il demain ? Une petite valise ? Un billet d'avion ?

Les araignées s'activaient dans sa tête, lui chatouillant le cerveau, le rendant incapable de traiter la moindre information. Elle aurait dû prendre cette ordonnance. Avec le Valium, elle aurait trouvé le moyen de retomber sur ses pattes, d'expliquer cette photo, de réveiller sa pitié pour elle, comme avant. Mais il n'y avait pas de Valium. Et il était trop tard de toute façon. C'était terminé.

Elle alla à la fenêtre. Combien de nuits Eleanor avait-elle passées à regarder dehors alors que, mourante, elle avait peur de s'endormir ? À contempler ces superbes jardins en se disant que bientôt elle ne serait plus rien – comme son fils – tandis qu'ils seraient encore là, comme son mari et tous ses amis, et qu'une nouvelle épouse plus jeune, plus vulgaire, aurait pris sa place. Sainte Eleanor aurait-elle rigolé de voir comment l'histoire se terminait pour Keisha ?

Le ciel s'était éclairci et les étoiles scintillaient, lumières féeriques dans la nuit et, pendant un moment, dans l'ombre sous les arbres, elle fut certaine de voir la lueur tournoyante d'un dollar d'argent jeté en l'air. Son âme s'apaisa. Elle n'allait pas renoncer à tout ça. Pas encore. Il restait beaucoup d'heures sombres avant l'aube. Tout pouvait encore changer d'ici là. Tout.

★

On aurait pu croire que la découverte d'un cadavre provoquerait des hurlements qui réveilleraient la maison. Eh bien non. Personne ne hurla quand William fut trouvé et il fallut au moins un quart d'heure avant que quelqu'un ne songe à venir réveiller Keisha ; quand elle fut levée, vaseuse et hébétée, l'ambulance était déjà là, des gens criaient des ordres et posaient des questions qu'elle ne comprenait pas.

Ce ne fut que plus tard, quand la police débarqua pour l'interroger, qu'elle se dit que si personne n'avait hurlé, c'était simplement parce qu'on ne hurle que dans l'espoir de réveiller un mort.

Or William n'était pas mort.

TROISIÈME PARTIE

Toute la journée,
je me suis demandé ce qu'il y a en moi.
Qui je pourrais accuser ?
Je me dis que c'est de famille…

Amanda Parker, « Runs in the Family »

41

— On pense qu'il s'agit d'une attaque. Ou d'une crise cardiaque. Quelque chose d'aussi atroce. Il courait sur son tapis. J'imagine que c'est ce qui a dû la provoquer.

— C'est Zelda qui l'a découvert, un peu après dix heures. Elle venait de faire entrer Elizabeth pour organiser le nettoyage après la fête.

— En tombant, il s'est cogné la tête sur le coin du bureau. Il y avait du sang partout. Horrible.

— Il était si froid que Zelda a cru qu'il était mort. Il devait être étendu là depuis au moins une heure ou deux. Heureusement, Elizabeth a trouvé un pouls, n'est-ce pas, ma chère ?

— Par chance, oui. Mais, Seigneur Dieu, mon propre cœur a failli s'arrêter. J'ai vraiment cru qu'il était mort.

— Où était-il ?

— Dans son bureau. Déjà au travail. Vous connaissez William.

— Quel choc ! Je n'arrive pas à y croire.

Marcie ne trouvait pas si surprenant qu'un vieil homme obèse marié à une ardente jeune femme fasse une crise cardiaque, mais elle ne dit rien, restant en retrait pendant que Jason cuisinait Virginia, Emmett et Elizabeth. Elle n'avait pas l'énergie. Elle avait ses propres problèmes. Jason était rentré tard, après une heure du matin, marmonnant quelque chose à propos de Keisha qui se serait effondrée ; quand elle lui avait demandé s'il voulait parler, il s'était simplement levé pour aller se coucher dans une des chambres d'ami, l'abandonnant dans leur lit. Jacquie était venue à la fête. Était-ce à cause d'elle qu'il avait traîné ? Une sorte de rendez-vous galant à la vue de tous ? Il avait toujours aimé prendre des risques. Il en avait pris avec elle, pourquoi serait-ce différent maintenant ? Personne ne change.

Elle s'était finalement endormie vers cinq heures du matin et, juste après – ce fut du moins sa sensation –, Jason l'avait secouée, lui disant de s'habiller parce qu'ils devaient aller à la clinique. Lui aussi avait dû s'endormir très tard, car ils avaient raté de nombreux appels et messages et voilà comment, à quatre heures de l'après-midi, entourés de leurs amis, ils découvraient l'excitation et l'horreur de cette matinée. À mesure qu'il interrogeait les autres, Jason retrouvait le feu. Il y avait à nouveau cette étincelle dans ses yeux. Celle du loup. Elle n'était pas sûre d'aimer ça.

— Où est Noah ? demanda-t-il.

— Chez William, dit Emmett. Il est arrivé en même temps que les ambulanciers. William lui avait demandé de venir discuter autour d'un brunch. (Il haussa un sourcil.) Dites-moi qui programme un rendez-vous d'affaires au lendemain d'une fête aussi fabuleuse ? (Il observa une courte pause avant de répondre à sa question.) Sans doute le même homme qui fait une crise cardiaque parce qu'il court trop tôt le lendemain d'une fête fabuleuse. Quoi qu'il en soit, conclut-il, souriant, en haussant les épaules, Noah est resté là-bas pendant qu'Elizabeth venait ici. À passer des coups de téléphone, j'imagine. Il faut bien que quelqu'un prenne les choses en main.

— Quelque chose le tracassait, dit Elizabeth.

— Sans doute le fait que son vieil ami a failli mourir par terre dans son bureau, intervint sèchement Virginia, ce qui cloua le bec à Elizabeth.

Marcie était soulagée de ce silence. Pour sa part, elle avait eu son content d'excitation. Elle voulait que sa vie redevienne ce qu'elle était avant Keisha, cette existence monotone et sûre où elle était la ravissante deuxième épouse. Keisha. Elle regarda autour d'elle.

— Où est Keisha ? demanda-t-elle doucement.

— Avec Iris, répondit Virginia, dans le coin là-bas. Elle est un peu… instable.

Ignorant le sous-entendu mesquin, Marcie s'éloigna du groupe pour se diriger vers l'autre section de la salle d'attente, derrière le comptoir où trônaient la machine à café et les cookies. Elles étaient assises contre le mur du fond, Iris tenant la main de Keisha entre les siennes, deux tasses délaissées sur la petite table devant elles.

— Tu vas bien ? demanda Marcie en prenant le siège de l'autre côté. Je suis vraiment désolée. Cela a dû être un tel choc.

De brusques hoquets ébranlaient le corps de Keisha ; ses yeux, sans maquillage, étaient cernés et injectés de sang.

— C'est ma faute, dit-elle. C'est entièrement ma faute.

Perdue dans son propre monde, elle ne regardait pas Marcie qui se demanda si elle était seulement consciente de leur présence, à Iris et à elle.

— J'ai trouvé la poupée dans mon placard ce matin en m'habillant. C'est ma faute. Je l'avais souhaité, vous comprenez ? J'ai fait le vœu. (Elle commença à pleurer, un bruit doux et entêté, un flot de peur. Ses yeux étaient vides.) Je suis maudite, à cause du garçon qui n'existait pas. C'est ma faute.

— Allons, allons, mon enfant, dit Iris en lui frottant la main entre ses paumes. Respirez. Essayez de vous détendre. (Un regard vers Marcie.) Savez-vous si elle prend des médicaments, d'habitude ? Elle n'était pas elle-même hier soir et elle ne l'est certainement pas aujourd'hui.

Marcie hésita à répondre, réticente à révéler qu'elle en savait autant, mais, à l'évidence, Keisha convulsait.

— Je lui ai donné du Xanax l'autre jour parce que c'était difficile pour elle. Normalement, elle a une prescription de Valium. Elle ne l'avait pas dit à William et quand il l'a découvert, il a jeté tous ses cachets. Elle n'a pas encore trouvé de médecin ici pour lui faire une ordonnance.

— Eh bien, c'est ridicule, s'exclama Iris. Et dangereux. Et si typique de cet homme. Pas étonnant que la pauvre fille soit dans un tel état. Restez avec elle, Marcie. Je vais lui trouver un médecin qui lui donnera quelque chose. La situation est déjà suffisamment éprouvante pour elle sans y ajouter un sevrage.

Marcie se contenta de hocher la tête, trop surprise pour répondre. Était-ce vraiment Iris qui s'exprimait ainsi ? Iris, qui passait sa vie parfaite à les toiser depuis son Olympe ? Depuis quand avait-elle de la sympathie pour les camés ? Tandis qu'Iris quittait la pièce avec sa beauté encore évidente et son pas décidé – bonne chance au médecin qui envisagerait de lui refuser quoi que ce soit –, un homme et une femme y pénétrèrent. Leurs tenues – pantalons et chemises de sport sous des blousons – étaient une intrusion vulgaire dans cette luxueuse salle d'attente. Autant que leurs coiffures. La peau de Marcie se hérissa. Ils fouillèrent la pièce du regard. Celui de la femme s'attarda sur Keisha avant de scanner les autres puis, suivie par son acolyte, elle se dirigea vers la partie de la pièce que Marcie ne voyait pas.

— Keisha, écoute-moi. (Le ventre noué, Marcie prit la main de la jeune femme. Sa voix était sourde mais ferme, ne laissant pas percer sa panique.) Regarde-moi.

Keisha lui obéit, quittant à regret l'enfer que son imagination était en train d'aménager.

— Quoi qu'il se passe, tu ne dois rien dire sur nous, d'accord ?

— Je t'aime, Marcie. Tu le sais, n'est-ce pas ?

— Oui, je sais. Et je t'aime moi aussi. Mais tu ne dois pas parler de nous. À personne ! On s'en servirait contre toi. Tu ne dois rien dire. Nous sommes amies, c'est tout. Tu comprends ?

Keisha hocha la tête en répétant : « Amies ». Puis, elle « comprit » enfin.

— Qui s'en servirait contre moi ?

Les deux inconnus faisaient le tour du comptoir et, cette fois, Noah les accompagnait. Des flics en civil. Marcie les aurait reconnus n'importe où. Noah évitait de regarder Keisha. Contrairement aux policiers. Ils avaient trouvé leur cible.

42

— Est-ce qu'il est mort ?

Le bruit dans sa tête s'était enfin arrêté, mais il avait été remplacé par l'hébétude provoquée par les médicaments. Une éternité ou trois minutes s'étaient écoulées depuis la clinique et cette nausée, des vagues écœurantes qui brassaient la pagaille dans son crâne. Marcie avait été assise près d'elle – « Tu ne dois pas parler de nous » –, puis, cette femme, la détective Anderson, avait annoncé qu'ils avaient des questions à lui poser sur l'accident de William. Pas ici, au poste. Elle s'était mise à pleurer. Iris était apparue avec des cachets, essayant de convaincre la policière de les emporter pendant que Marcie se tassait sur sa chaise, que Jason – elle en était certaine – se retenait d'éclater de rire alors qu'ils l'emmenaient et qu'elle se demandait comment il se faisait qu'Iris soit soudain sa seule amie.

Et là, avec leurs mains sur elle alors qu'ils l'embarquaient, elle avait craqué pour de bon. Une vraie crise d'hystérie. Des larmes et des hoquets de gamine terrorisée. Elle voulait rentrer à la maison, où que soit cette maison. Un médecin lui avait donné quelque chose pour la calmer et le monde s'était éloigné. Ensuite, elle avait passé la nuit dans un étrange sommeil, blottie dans le cocon de ses cauchemars.

Un autre médecin était venu le matin avec une pilule qui devait être une sorte de Valium. Elle n'avait pas reconnu le nom et ne s'en souciait guère.

À présent, elle était dans une salle d'interrogatoire et un type assis à côté d'elle lui avait dit qu'il était là pour elle à la demande d'Iris. Elle ne lui avait pas dit grand-chose à lui non plus. Personne n'avait jamais été vraiment *là* pour elle ; pourquoi croirait-elle cet inconnu ?

Elle était si fatiguée. Elle voulait dormir. Et pourtant, même si le sédatif apaisait son corps, calmait le manque, son esprit se tordait dans tous les sens. Avait-elle commis cet acte effroyable à propos duquel ils l'interrogeaient ? Après la scène avec Zelda, tout n'était que brouillard. Elle se rappelait sa colère. Elle se souvenait d'avoir bu. Quand s'était-elle enfin endormie ? Avait-elle pu faire quelque chose d'horrible ? Accidentellement ? Parce qu'elle était saoule ?

Dan Temple, son avocat, se pencha pour lui répéter une fois de plus à l'oreille de ne répondre aux questions que quand il l'y autorisait. Il était frustré, elle le sentait. Quand il était arrivé, elle avait bredouillé des trucs sur tata Ayo et le garçon, sur tout ce qui s'était passé *avant* et elle avait vu sur son visage qu'il la prenait pour une folle.

— Est-ce qu'il est mort ?

Elle reposa la question, le cœur battant.

La détective Anderson, petite, carrée, ses cheveux blond sable tirés en arrière dans un chignon impitoyable, et son acolyte costaud, John Washington, ne lui avaient toujours rien dit au sujet de William et elle ne supportait plus de ne pas savoir.

— Non, finit par répondre Anderson. Pas encore. Toutefois, votre mari souffre de graves défaillances du foie et des reins, il a perdu la vue et il est dans le coma. Inutile de dire que le pronostic n'est pas bon.

Tout ça à la suite d'une attaque ? D'une crise cardiaque ? Ou était-ce dû à la chute ? Elle se tritura la peau autour des ongles pendant que les larmes menaçaient à nouveau. *Maudite*. Voilà ce qu'elle était. Et maintenant, la malédiction s'était attaquée à Billy. Comme elle en avait fait le vœu.

— Il a de la chance d'être encore en vie, ajouta Washington.

Son accent était cent pour cent Sud profond ; en d'autres circonstances, Keisha l'aurait trouvé chaleureux et rassurant. Une voix pour raconter des histoires le soir avant de dormir.

— Si le juge Noah Cartwright ne nous avait pas appelés hier pour nous dire que William Radford désirait divorcer et vous rayer de son testament et que, partant, sa chute et les blessures subséquentes pouvaient être le résultat d'une altercation physique plutôt que d'un accident, nous ne serions jamais retournés fouiller la maison hier soir. Notre équipe scientifique n'aurait pas remarqué la tache jaune sur la moquette et il serait mort à l'heure qu'il est.

Elle ignora le signe de son avocat lui enjoignant de se taire. Pendant qu'Iris la réconfortait, Noah alertait les flics.

— Quelle tache jaune ? Que lui est-il arrivé ?

— À vous de nous le dire.

Des larmes de frustration lui emplirent les yeux pendant que son avocat intervenait.

— Ma cliente vous a déjà dit qu'elle ne sait pas ce qui est arrivé à M. Radford.

— Alors, laissez-moi vous dire ce que nous savons, fit la détective Anderson en se penchant vers elle. Est-ce que ça permettrait d'accélérer les choses, Keisha ? Nous épargner tous ces « ma cliente est dans l'impossibilité de répondre à cette question pour l'instant » de la part de votre avocat pendant que nous jouons au chat et à la souris ? La nuit a été longue, nous avons dû parler à un tas de gens et nous sommes tous fatigués. Moi, en tout cas.

Keisha hocha la tête. Que pouvaient-ils savoir ? Il n'y avait rien à savoir.

— Pour les besoins de l'enregistrement, Keisha Radford fait signe qu'elle acquiesce, intervint Washington.

— Nous savons, reprit Anderson, que la victime était la seule personne dans cette maison à boire le lait de coco conservé dans le réfrigérateur de la cuisine et il a été confirmé par sa gouvernante, ses amis et son assistante personnelle qu'il en buvait systématiquement une brique après sa séance de tapis de course matinale. C'était sa routine et il s'y tenait. De plus, nous savons que la nuit du 7 juillet, votre mari a dit au juge Noah Cartwright qu'il voulait vous supprimer de son testament. Ils ont convenu de se retrouver le lendemain matin pour en discuter de façon plus approfondie. Dans la mesure où vous avez signé un contrat de mariage, cela vous aurait laissée sans un sou, même dans l'éventualité du décès de votre mari. Il a aussi été confirmé par plusieurs sources qu'au cours de la soirée du 7 juillet vous étiez extrêmement agitée, que vous vous êtes mise à hurler contre la gouvernante de la victime, Zelda Williams, au vu et au su de tous vos invités, lui reprochant le mécontentement de votre mari à votre égard et disant qu'elle essayait de vous faire jeter dehors et ce, avec une telle véhémence, que la soirée s'est achevée plus tôt que prévu. Nous sommes d'accord jusque-là ?

Keisha jeta un regard vers son avocat avant de murmurer :

— Oui.

S'ils le disaient, c'est que ça devait s'être passé ainsi.

— Nous avons trouvé une bouteille de champagne vide dans une chambre à coucher de la maison de la victime, celle de feu Mme Radford, première du nom. Nous sommes en train de l'examiner à la recherche de traces ADN.

— Je n'arrivais pas à dormir, dit Keisha. C'est très silencieux là-bas. J'avais emporté la bouteille.

Ça, elle s'en souvenait. S'être cachée dans la chambre d'Eleanor, dans l'espoir de chasser la brume et la folie dans sa tête.

— Vous n'arriviez pas à dormir à cause de votre altercation ?

— Entre autres choses.

De la confusion qui régnait dans son cerveau, une pensée solitaire émergea. Pourquoi n'évoquaient-ils pas la photo ? Pourquoi ne l'interrogeaient-ils pas là-dessus ? C'était elle qui avait rendu Billy furieux. Alors, pourquoi ne lui en parlaient-ils pas ?

— Eleanor Radford gardait un flacon de morphine et des seringues dans un des tiroirs de sa chambre et vous le saviez. Vous y aviez trouvé de la marijuana que vous avez fumée en compagnie de Marcie Maddox, je ne me trompe pas ? fit Anderson avant de sourire à l'avocat. Ne vous inquiétez pas, je ne compte pas inculper votre cliente pour ça.

— Où voulez-vous en venir, détective ?

— Quand nous avons trouvé la tache jaune sur la moquette du bureau près de la brique de lait de coco vide, nous avons effectué des tests tant sur la moquette que sur la brique.

— Je ne comprends pas, dit Keisha.

— Une des seringues dans le tiroir d'Eleanor a disparu. À un moment quelconque de la soirée, quelqu'un a injecté de l'éthylène glycol – plus connu sous le nom de liquide de refroidissement, un liquide qui a été acheté pour votre voiture – dans le lait de coco de M. Radford. Le trou fait par une seringue dans le haut du carton est parfaitement visible. Quand M. Radford l'a jeté dans sa corbeille à papier, une éclaboussure a provoqué cette tache jaune.

Du liquide de refroidissement jaune dans le lait de coco blanc ? L'esprit de Keisha jonglait avec des couleurs.

— Votre mari a été empoisonné.

Empoisonné ? Elle avait du mal à respirer.

— Ça a failli marcher, dit Washington en posant ses bras musclés sur la table. M. Radford a *bel et bien* fait une crise cardiaque, soit à la suite de la blessure qu'il s'est infligée pendant sa chute, soit comme effet secondaire de l'ingestion de ce produit chimique. Compte tenu de la blessure à la tête et de l'attaque cardiaque, sans cette tache il y avait peu de chances que l'équipe médico-légale retrouve des traces de liquide de refroidissement avant qu'elles ne disparaissent de son organisme, pour la bonne raison qu'elle ne les aurait pas cherchées. Vous auriez pu tranquillement rentrer chez vous et effacer toutes les preuves.

— M. Radford était un homme puissant. Les hommes puissants ont des ennemis, intervint l'avocat. Il y avait plus de deux cents personnes à cette soirée. N'importe qui aurait pu faire ce que vous dites. Avez-vous cette seringue ?

— Je suis sûre que nous finirons par la trouver, répondit Anderson. Nous sommes très méticuleux. M. Radford *est* un homme puissant… et il a de puissants amis. Croyez-moi, cette enquête ne s'arrêtera pas faute de moyens. Et aucun des deux cent quarante-huit invités, au dernier décompte, n'était sur le point d'être rayé de son testament en préalable à un divorce. (Elle se tourna vers Keisha.) À cela s'ajoutent les courriels que vous avez reçus de vos parents en Angleterre demandant quand vous alliez leur envoyer de substantielles sommes d'argent. Ils ont été supprimés, mais vous avez oublié de vider la corbeille de votre ordinateur portable. Je fais référence à ces deux-là en particulier..., précisa-t-elle en faisant glisser deux feuilles de papier sur la table. Pour l'enregistrement, je suis en train de montrer à Mme Radford les pièces IIa et IIb. Le premier est de votre oncle Yahuba. Cette phrase : *Tu sais ce que tu as à faire.* Et celui-ci, de Dolly Palmer : *J'espère que tu t'éclates ! Il est pas encore mort ? Je t'aime !* Pourriez-vous nous en expliquer le sens ? Ou bien est-ce aussi clair qu'il y paraît ?

Cette fois, Keisha ne respirait plus. *Non, non, non.*

— Elle voulait... C'était juste...

— J'ai besoin de discuter avec ma cliente, intervint l'avocat, la réduisant au silence.

Tout se retournait contre elle.

KeKe la maudite.

43

Ils dînèrent tard au club, le seul endroit en ville où ils pouvaient espérer bénéficier d'une relative discrétion maintenant que William et Keisha étaient dans tous les médias, ce qui n'empêcha pas les autres clients de les observer. Beaucoup avaient participé à la soirée, ce qui ne faisait qu'ajouter à leur excitation tandis qu'ils se délectaient à mi-voix de cette horrible histoire. La vie de William Radford IV n'était pas si enchanteresse après tout.

Ils n'avaient commandé que des salades, mais Marcie ne fit même pas mine de toucher à la sienne pendant que Noah les mettait au courant des derniers développements de l'enquête. Les choses ne se présentaient pas bien pour Keisha, et quand il leur apprit que William avait été empoisonné, les yeux de Marcie se vissèrent à son assiette. Elle voulait rentrer, prendre un cachet, dormir et découvrir à son réveil le lendemain matin que toute cette histoire n'avait été qu'un cauchemar. Tout cela n'avait aucun sens. Cette enveloppe livrée à Jason et ensuite William qui se faisait presque assassiner ?

— Je n'y crois pas, dit Iris.

La tension entre Noah et elle était palpable. Elle avait fait en sorte que Keisha bénéficie d'un bon avocat – Dan Temple était considéré comme l'un des meilleurs –, alors même que Noah balançait des accusations contre elle.

— Cette fille a peut-être des problèmes, reprit-elle, mais je ne la vois pas commettre un acte pareil.

— Comme Marcie nous l'a dit, elle souffre d'une addiction au Valium et William l'a brutalement privée de ses cachets, dit Virginia. Dieu sait si j'ai vu les effets des drogues à la mission. Les gens peuvent faire n'importe quoi quand ils sont en manque et, Dieu la préserve, elle m'a toujours paru un peu *exaltée*. Vous voyez ? Un peu trop folle, trop libre ? Traumatisée, peut-être ?

— Ce qui pourrait indiquer qu'elle n'était pas dans son état normal, dit Iris en foudroyant son mari du regard. Je vais voir avec Dan si une évaluation psychiatrique est possible. Même si elle est innocente, cela ne lui fera pas de mal.

— Vous ne la croyez pas coupable ? demanda Marcie.

Elle aurait pensé qu'Iris et Virginia – surtout Virginia – auraient été ravies d'accabler Keisha. *Commune. Vulgaire. Parvenue. Une petite pute. Pas de notre monde.* Mais non, toutes les deux se ralliaient autour de la seconde Mme Radford. De la part d'Iris, s'agissait-il d'une tentative de rébellion contre son mari ? Y en avait-il seulement une parmi elles qui soit heureuse dans son mariage ?

— Et vous ? demanda Iris, haussant un sourcil. Vous étiez son amie, Marcie. Ce genre de comportement vous paraît-il conforme à ce que vous savez d'elle ? Et même si elle l'a fait, je doute qu'elle ait eu tout son discernement.

— Non, absolument pas, marmonna Marcie, peu désireuse de voir quoi que ce soit interférer avec sa potentielle acceptation au sein des Magnolias.

Elle ne voyait pas Keisha empoisonner William, mais comment pouvait-elle l'aider ? Jason l'avait bien dit dans la voiture : si la police décidait de lâcher la piste Keisha, elle en chercherait une autre, et il ne lui faudrait pas longtemps avant de renifler l'odeur de Marcie.

— Il semble, dit Noah, que vous, mesdames, soyez en désaccord avec des indices qui, dans ce cas, paraissent fichtrement concluants. Ils ont droit à soixante-douze heures et ils comptent bien en profiter. Je suis sûr qu'avant la fin de la garde à vue, elle sera accusée de tentative de meurtre.

— Qui donc ? demanda Jason de retour des toilettes.

Emmett arrivait derrière lui.

— Keisha. Noah pense qu'ils vont l'inculper.

La gorge de Marcie se serra. Apparemment, William risquait d'y passer d'une seconde à l'autre. Ce serait alors une accusation de meurtre. Avec, au bout, la peine de mort. La tête lui tourna. Keisha n'avait pas pu faire ça. Elle en était incapable, non ? Mais elle songea à ces fois, ces si nombreuses fois, où elle avait murmuré : « Mais pourquoi ne meurt-il pas ? » Sauf que cette méthode – l'empoisonnement – était trop froide, trop clinique pour elle. Si Keisha tuait quelqu'un, ce serait dans la chaleur du moment. Elle le poignarderait ou le frapperait avec ce qui lui tomberait sous la main. C'était une passionnée, pas une calculatrice.

— La police veut uniquement boucler son enquête au plus vite, reprit Iris, de plus en plus irritée contre son mari. Tu es bien placé pour savoir que c'est trop souvent le cas. Si elle a été assez maligne pour concevoir un assassinat pareil, elle aurait tout nettoyé derrière elle avant de retourner se coucher. N'importe quel idiot l'aurait fait.

— Sais-tu ce qu'on a trouvé dans l'historique de ses recherches sur son portable ? gronda Noah qui n'attendit pas sa réponse. « Combien faut-il de Viagra pour tuer quelqu'un ? »

Un long silence régna jusqu'à ce qu'Iris se redresse de toute sa hauteur.

— Il y a un grand pas à franchir entre désirer la mort de quelqu'un et le tuer pour de bon. (Un nouveau regard très froid à Noah.) Tu peux me croire.

— Elle s'inquiétait peut-être parce qu'il en prenait trop, dit Marcie.

Virginia laissa échapper un bref rire nerveux qui fit baisser la tension d'un cran, mais Noah avait marqué un point. Les éléments à charge s'accumulaient contre Keisha. Pourquoi la police irait-elle chercher ailleurs ?

★

Il était près de minuit quand ils arrivèrent chez eux. Marcie avait un mal de crâne atroce et l'impression de ne pas avoir dormi depuis des jours. Elle ne voulait qu'une chose, son lit, mais ne pensait qu'à Jason et à l'enveloppe. Qu'allait-il *faire* ? Ils avaient à peine eu un moment à eux, entre les amis, la police et les coups de téléphone des curieux et des fouineurs masquant leur soif d'infos juteuses sous la chaleureuse compassion sudiste.

— Je n'aurais peut-être pas dû parler de l'herbe qu'a trouvée Keisha, dit-elle en retirant ses chaussures d'un petit coup de cheville, essayant d'avoir l'air normal. J'ignorais qu'ils étaient au courant pour les seringues. Ils m'ont seulement demandé si elle avait pris quelque chose dans les affaires d'Eleanor.

Ce n'était pas tout à fait vrai. Il était clair que les policiers recherchaient un indice, et elle le leur avait fourni. Pour se protéger, elle.

— Bien sûr, ricana Jason. Tu es si généreuse. Tu préférerais peut-être qu'ils s'occupent de toi ?

— Je n'ai pas empoisonné William !

— C'est ce que tu ne cesses de répéter. Mais on a bien cherché à le tuer et quelqu'un nous a envoyé cet album. Espérons que ce quelqu'un ferme sa gueule, sinon c'est toi qui pourrais te retrouver en cellule à la place de Keisha. On doit faire profil bas, Marcie. Être les meilleurs amis de William. Nous fondre dans le décor.

Il avait raison. Quelqu'un était en train de les traquer, de *la* traquer.

— Mais qui a pu envoyer cet album ? demanda-t-elle. Et pourquoi ? Pourquoi maintenant ? Et pourquoi n'a-t-il pas dit ce qu'il voulait ?

Jason emplissait la machine à café.

— J'en sais rien et je m'en fous. Je l'ai jeté. Je ne voulais pas l'avoir sous les yeux. Et, bordel de merde, j'ai autre chose à foutre que de penser à ça en ce moment.

— Tu fais du café ? Maintenant ?

— Je dois travailler. D'abord, il faut que j'annule l'audit. Il est censé commencer ce matin, mais je vais laisser le bureau fermé pendant quelques jours, jusqu'à ce qu'on sache… eh bien, si William a des chances de s'en tirer.

Était-ce son imagination ou n'avait-il pas vraiment envie que William se rétablisse ? C'était son meilleur ami, pourtant il n'avait pas versé une larme pour lui, ni hier, ni aujourd'hui. Ou alors, il était encore sous le choc.

— En son absence, je suis l'associé principal, donc le rachat n'est plus une priorité. Attendons que les choses se tassent.

— Tu ne veux pas que nous parlions de nous ? Nous ne pouvons…

— Pas maintenant, Marcie. (Il la regarda avant d'enchaîner :) Je t'aime. Vraiment. Mais j'ai besoin de temps pour réfléchir au meilleur moyen de te protéger ; hélas, c'est un luxe que je n'ai pas en ce moment. De toute manière, tant que nous ne saurons pas ce que nous veut cette personne, nous tournerons en rond.

— Tu ne crois pas que Jacquie…
— Ne sois pas ridicule ! Et j'ai dit, pas maintenant.

★

Elle n'insista pas et alla chercher un peu de réconfort sous la douche. Pourquoi refusait-il d'admettre l'éventualité que Jacquie était impliquée – et quel genre d'homme prend le parti de son ex contre sa femme ? L'hypothèse n'avait rien d'extravagant. Jacquie avait toujours été une salope de première et il était évident qu'elle cherchait à semer la merde entre eux depuis qu'elle était de retour en ville.

Et puis, il y avait ses secrets. Jason jouait au petit saint, or il n'était pas tout blanc. Par exemple, sa dispute avec William au cours de la soirée ? Il n'en avait pas parlé à la police, n'est-ce pas ? Pas même à elle. Croyait-il qu'elle n'avait rien entendu ? Sauf qu'elle avait entendu, et Elizabeth aussi. Et si elle balançait ça à la jolie gueule de son cher mari ? Histoire de voir sa réaction.

Elle s'enduisit de crème hydratante avant de se glisser dans son lit vaste et doux. Elle pensa à Keisha sur son étroit lit de prison, le matelas si mince que les ressorts devaient le traverser, la couverture rêche sur sa peau. Les bruits d'inconnus dans la nuit. Les sifflets. Les menaces sexuelles proférées par les ivrognes et les damnés. Parviendrait-elle à seulement fermer l'œil ?

Marcie serra les draps en coton égyptien autour de son corps. Elle avait des sentiments pour Keisha. Mais elle ne pouvait pas l'aider. Pas sans attirer l'attention sur elle-même et il n'en était pas question.

Elle resta donc là, à se tourner et à se retourner, la sueur perlant sur son front malgré la climatisation, incapable de se détendre. Tout cela n'avait aucun sens. Oui,

Jacquie aurait pu envoyer l'album, mais empoisonner William ? Quel aurait été son mobile ? Plus elle y pensait, plus tout cela lui faisait l'effet d'un jeu grandeur nature où elle, et d'autres, étaient des pions sur un échiquier. Ce ne pouvait être une coïncidence si on avait fait resurgir son passé la veille du jour où William avait été empoisonné. Elle ne croyait pas aux coïncidences.

Finalement, le cerveau et les nerfs épuisés, mais le cœur battant toujours trop vite, elle sombra dans un sommeil agité, et elle rêva de Jonny en poussant des hurlements silencieux.

44

Les pas de Jason dans le couloir, s'arrêtant devant la porte de la chambre, la réveillèrent. Elle était épuisée et en nage. La nuit noire avait été remplacée par la grisaille précédant l'aube et elle retint son souffle jusqu'à ce que, au bout d'un moment, il batte en retraite. Jonny oublié, toutes ses pensées se focalisèrent sur son mari actuel. Il n'allait pas dormir avec elle cette nuit. Voilà donc ce que leur mariage allait devenir désormais ? Une lente punition ? Des chambres séparées et des sourires pour sauvegarder les apparences jusqu'à ce qu'il en rencontre une autre ou que son ascension sociale lui permette de s'offrir un second divorce ? Ou bien attendait-il que les choses se calment pour l'éjecter afin de se remettre avec Jacquie ?

Elle resta allongée une longue demi-heure avant de rejeter les couvertures. Qu'avait-il fabriqué toute la nuit ? Encore d'autres coups de téléphone furtifs ? Probablement. Il avait son portable avec lui donc elle ne pouvait pas vérifier, mais… Sans un bruit, elle se glissa dans son bureau et alluma son ordinateur, soulagée de découvrir qu'il n'avait pas changé son mot de passe. Elle alla à ses courriels envoyés et, cette fois, elle les lut tous, ne cherchant pas seulement l'indice d'une liaison.

Il n'avait pas chômé. Une flopée de messages adressés à des clients pour expliquer que William était gravement malade et que cela aurait des répercussions sur le fonctionnement de la firme pendant environ une semaine. Il leur demandait de la patience, assurant qu'il ferait de son mieux pour que tout se passe sans le moindre heurt et, dans l'intervalle, de lui écrire directement s'ils avaient la moindre interrogation. Ensuite, venaient deux courriers aux experts chargés de l'audit, mettant leur investigation en suspens pour un temps indéterminé et dans des termes qui ne laissaient aucune place au doute.

Il y en avait aussi un à Emmett – envoyé peu après minuit – lui disant de décrocher son téléphone. Elle se laissa aller contre le dossier du fauteuil en cuir, les yeux rivés à l'écran jusqu'à ce que les mots se brouillent. Pourquoi voulait-il parler à Emmett au beau milieu de la nuit ? Jason et lui n'étaient pas si proches. Ou bien l'étaient-ils ? Elle ferma les mails et fixa son écran d'accueil, le cerveau en ébullition. Tous ces coups de téléphone nocturnes. Avaient-ils été avec Emmett ? Mais pourquoi la nuit ? Quand elle dormait. Parce que Virginia dormait elle aussi ? Et pour parler de quoi ?

D'argent.

D'investissements.

C'était le domaine d'Emmett. Jason lui avait-il confié de l'argent ? Elle regarda de nouveau l'écran et c'est alors qu'elle remarqua que le dossier sans titre – celui qui contenait ce tableur de chiffres et de lettres – avait disparu. Supprimé. Jason avait fait du ménage.

Le bug qui avait touché tous les ordinateurs du bureau.

La dispute avec William. « L'audit démarre lundi, Jason, et si cela n'est pas arrangé d'ici là... » Quelle explication Jason avait-il donnée ? « Un transfert de fichiers qui s'est mal passé. »

Elle ne bougeait plus, le flux d'informations dans son cerveau tel de l'oxygène pur lui donnant le vertige. Cette histoire avec son père bien des années plus tôt qui avait obligé Jason à repartir du bas de l'échelle. Avait-il fini par imiter son père ? Avait-il détourné des fonds de la firme ?

L'argent. Pas une femme. Son humeur de chien, ses appels au milieu de la nuit, tout ça, c'était un problème de fric, pas de cul. Pas Keisha. Pas Jacquie. Pas de minable petite serveuse qui cherche à mettre le grappin sur un riche mari, seulement Jason qui tentait de couvrir ses traces. Les disputes à propos des meubles trop chers et de ses envies de décoration. La maison. Comment l'avait-il payée ? Avec l'argent des autres ? Et il se permettait de la juger alors qu'il était en train de les ruiner tous les deux.

L'enfoiré.

*

Elle le réveilla avec un petit déjeuner au lit : œufs brouillés, bacon, pommes de terre sautées et du café frais et fort. Elle avait même ajouté une fleur dans un vase fin sur le plateau, comme il lui en apportait au début. Elle posa tout ça près du lit de la chambre d'ami tandis qu'il clignait des paupières, un peu hébété par toute cette agitation.

— C'est quoi ça, Marcie ? Je n'ai pas faim.

Il lorgna le plateau comme s'il était aussi dangereux que le lait de coco l'avait été pour William.

Elle tira les rideaux, laissant le soleil déferler dans la chambre.

— Bon Dieu…

Elle se tourna face à lui.

— Il faut qu'on parle.

Il gémit, un bras sur les yeux.

— Et moi, il faut que je dorme encore au moins une heure avant d'aller voir William. Je dois me montrer à la clinique.

Elle servit deux tasses de café et s'assit au bord du lit. Après avoir refermé son ordinateur, elle était restée assise dans son bureau, partagée entre une envie de rire et de pleurer. À présent, il fallait qu'elle sache exactement dans quelle merde ils étaient plongés et jusqu'à quelle profondeur. Au tour de Jason de passer sur le gril.

— Tu n'es pas inquiet ? demanda-t-elle, après une gorgée de café.

Leur plus beau service en porcelaine.

— Inquiet de quoi ? rétorqua-t-il.

— Tu ne crains pas que celui ou celle qui a fouiné dans mon passé soit aussi au courant de tes magouilles ?

Pendant une fraction de seconde, tout son corps se pétrifia, puis il se frotta le visage comme si elle le fatiguait.

— Quelles magouilles, Marcie ? De quoi tu parles ?

— L'argent, Jason. (Un long silence.) L'argent de la firme. (Et elle fut là, cette étrange expression, comme si un inconnu s'était glissé dans la peau de son mari.) Comment ça a commencé ? continua-t-elle. Un petit emprunt non autorisé sur un compte client ? La pente qu'on dévale forcément et l'obligation de bouger des fonds dans tous les sens ? Emprunter à Pierre pour rembourser Paul ? Jusqu'à ce que ça devienne incontrôlable. As-tu confié l'argent de certains clients à Emmett dans l'espoir que les profits te permettraient de rembourser ce que tu avais pris et quand même racheter les parts de William ?

En formulant ses soupçons, elle en était malade. Quand les choses s'étaient-elles détériorées à ce point ?

— Tu es folle, dit-il, glacial. Ça fait un moment que tu es cinglée.

— Moi ? Vraiment ? Alors que c'est toi qui es sur les nerfs depuis un an. Et ne me dis pas que c'est dans ma tête, ça ne marchera pas. Alors, réponds. Il faut que je sache la vérité, Jason.

Il repoussa les draps et sortit du lit par le côté opposé.

— On doit aller à la clinique.

— Tu vas vraiment m'ignorer ? (Elle n'était pas surprise. Si charmant et séduisant qu'il fût, Jason détestait les confrontations. Il se refermait. Il refusait de discuter. C'était ce qu'il avait fait avec Jacquie avant leur divorce. À l'époque, jeune et stupide, Marcie y avait vu une preuve de force, sauf qu'elle se trompait du tout au tout. Il était simplement trop faible pour affronter la femme qu'il quittait.) Je comprends que tu sois si content de ce qui arrive à Keisha. Toutes ces preuves contre elle empêchent les flics de s'intéresser à *nous deux*, hein ? Pas seulement moi, mais toi aussi, espèce de petit con prétentieux. (L'insulte lui fit du bien. Il l'avait méritée.) Keisha n'est pas la seule à qui profiterait la mort de William, continua-t-elle. Tout ça sent finalement assez bon pour toi, non ?

Il s'arrêta sur le seuil, des taches colorées marbrant son visage soudain très pâle.

— Qu'est-ce que tu sous-entends ? Que j'ai empoisonné William ? Bien sûr que non ! Et pour ce que ça vaut, je ne crois pas que tu l'aies fait toi non plus, alors pardonne-moi d'être soulagé pour *nous deux* si les preuves accablent Keisha.

Elle le fixa.

— Donc, tu as bien volé l'argent ?

— Je ne l'ai pas volé. Je l'ai… emprunté. (Il y eut un long silence, puis son dos se voûta, ses épaules s'affaissèrent pendant qu'il soupirait.) Oui, c'est devenu incontrôlable, mais j'étais en train de tout arranger, de tout rembourser, je te le promets. Sauf qu'il y a eu un contretemps et que je n'ai pas pu tout couvrir. Je ne m'attendais pas que William organise l'audit. Pas si vite.

— Mais pourquoi ? demanda-t-elle. Pourquoi t'es-tu lancé là-dedans ?

L'entendre confirmer ses soupçons avait assommé sa colère et maintenant elle était désorientée et effrayée. Y avait-il quoi que ce soit de réel dans leur mariage ? Si cela venait à se savoir, ils seraient finis. Jetés en prison. Qui croirait qu'elle n'était pas au courant ?

— Je voyais comment tu les regardais, dit-il en haussant les épaules, l'air impuissant. William et Eleanor. Iris et Noah. Même Virginia et Emmett. Je n'étais pas stupide. Je savais que nous étions les parents pauvres.

— Tu n'as jamais été pauvre, Jason. Loin de là.

— Tout est relatif. Le bonheur. La santé. La richesse. Tu les enviais.

— Et toi aussi. Nous avions cela en commun.

— Oui. Mais surtout, je voulais te rendre heureuse. D'abord, ta boutique qui n'a pas marché et ensuite tu as tellement insisté pour qu'on prenne cette maison…

— Arrête-toi tout de suite, Jason Maddox… (Marcie n'en croyait pas ses oreilles. C'étaient quoi, ces salades ?) Tu essaies de me mettre ça sur le dos ? Je ne t'ai jamais forcé à voler quoi que ce soit. C'était ta décision, à toi et à toi seul. (Elle n'aurait pas eu la stupidité de risquer tout ce qu'ils avaient pour quelques mètres carrés en plus. Pourquoi avait-il fait ça, bon Dieu ?) Si tu m'avais expliqué que nous n'avions pas l'argent, nous aurions pu rester dans notre ancienne maison, reprit-elle, plus calmement. Cela ne m'aurait pas dérangée.

Était-ce la vérité ? Pour être honnête, elle préférait leur ancienne maison. Mais celle-ci était impressionnante, elle commandait le respect et n'était-ce pas ce qu'elle voulait ?

— Non, ce n'est pas ta faute. Bien sûr que non. Je cherche simplement à t'expliquer. (Et voilà qu'il se mettait à geindre.) Quand nous nous sommes rencontrés, poursuivit-il, tu me regardais comme si j'allais conquérir le monde, du coup j'avais l'impression d'en être capable. Tu ne me rabaissais pas comme Jacquie. Je tenais à ça. À le préserver. Puis les choses ont changé. Plus tu découvrais cette vie et plus tu en voulais. Et je ne pouvais pas – je ne peux pas – te le reprocher, ajouta-t-il en levant vers elle des yeux de chien battu. Je regrette tellement. Je voulais que tu sois heureuse. Dans une semaine ou à peu près, tout l'argent sera là où il doit être. Je te le promets. Je ne recommencerai jamais. C'était en train de me tuer, pour de bon. Tromper autant de gens. Je ne pouvais pas vous regarder, William et toi. C'était atroce. (Il lui prit la main.) Mais je n'ai fait aucun mal à William. Je le jure devant Dieu. Je t'aime, Marcie. Sincèrement.

Elle n'avait pas de mot. Juste l'envie folle que tout ce qu'elle éprouvait se transforme en coups de poing qu'elle lui écraserait sur la gueule. Imaginait-il une seconde qu'elle allait gober ces conneries ? Qu'il avait fait ça *pour elle* ? Elle le regarda à nouveau, ce visage si sincère, et comprit qu'il était convaincu qu'elle allait le croire – comme il semblait être parvenu à s'en convaincre lui-même. Ce qui était plus facile que de reconnaître sa propre responsabilité. Elle serra les dents. Allait-elle lui mettre le nez dans son caca maintenant ou valait-il mieux laisser tomber pour le moment ?

— Je t'aime moi aussi, dit-elle finalement en lui pressant la main. Mais quelle histoire.

Sous son ton conciliant, elle écumait. Ainsi, elle n'était pas la seule à avoir un secret. Son cher mari était en train de les salir tous les deux. Son Jason bien-aimé n'était pas si blanc lui non plus. *Bien-aimé*. L'aimait-elle encore ? se demanda-t-elle alors qu'il l'embrassait, la bouche chaude et rance à cause du manque de sommeil, sa langue cherchant le réconfort et le pardon. Elle le laissa la conduire vers le lit. Ils allaient faire l'amour, bien sûr. Une affirmation de leur union. Le rappel qu'ils étaient dans le même bain, aussi sale soit-il, pour le meilleur et pour le pire.

Ce que d'habitude elle prenait pour de la passion ressembla plutôt à du besoin quand il la saisit par le cou et par les cheveux pour l'attirer contre lui. Elle laissa son propre corps bouger en rythme avec le sien, et même si ses nerfs frissonnaient, réagissaient, elle était détachée. Il avait été horrible avec elle pendant des mois pour finalement lui faire endosser sa faute. Il l'avait menée en bateau et maintenant elle était censée lui pardonner, juste comme ça ? Au moins, son secret à elle ne l'avait affecté en rien. En tout cas, pas jusqu'à présent. Il était resté enfermé dans sa boîte.

Elle laissa ses mains courir sur la fermeté familière de son dos, s'attardant dans le creux de la colonne avant de continuer vers son cul, glissant un doigt dans la raie, sachant à quel point l'allusion de l'interdit l'excitait. Elle voulait qu'il jouisse vite. Elle n'était pas prête à lui faire l'amour. Le serait-elle jamais désormais ? Elle était en colère contre lui. Pire, elle avait pitié de lui. C'était si différent avec Keisha. De *l'amour* avec Keisha. Mais Keisha était en prison et Jason était ici, et ils avaient de plus gros problèmes à résoudre que de savoir avec qui elle préférait baiser.

Heureusement, il ne tarda pas à éjaculer.

45

Keisha n'avait pas dormi de la nuit. Pas à cause de l'environnement glauque ou de ce banc qui était censé servir de lit – en fait, la cellule était plutôt réconfortante ; c'était presque un soulagement de se retrouver là où était sa place. Dans la merde. Parce qu'elle ne pouvait plus se fier à sa mémoire. Son esprit n'avait jamais été son ami, mais maintenant que les médicaments avaient dispersé les nuages les plus noirs, elle se retrouvait face à un océan de doutes. Qu'est-ce qui était réel et qu'est-ce qui ne l'était pas ?

Ces derniers jours étaient devenus une sorte de rêve saccadé, une succession de moments disjoints. Hier, les deux détectives avaient passé tant de temps à le lui répéter qu'ils l'avaient à moitié convaincue qu'elle avait empoisonné William. Oui, elle avait voulu sa mort. Elle l'avait souhaitée. Dans son esprit, elle voyait la bouteille de liquide de refroidissement, la seringue, le lait de coco et ses mains en train de manipuler tout ça. Sauf que ce n'était pas réel, c'était seulement son cerveau malade qui transformait en vérité la fiction des policiers, son esprit qui leur faisait plus confiance à eux qu'à lui-même. Non, elle n'avait pas tenté de tuer William de *cette* façon, mais elle avait souhaité sa mort, elle avait soumis son vœu au vieux John Bayou et en cela elle était coupable. Qui savait ce qu'elle avait provoqué en invoquant le mauvais *juju* ? Elle pouvait à peine regarder les objets sur le bureau de peur qu'ils ne clament sa culpabilité.

« Ne dites rien », lui avait répété son avocat en arrivant tôt ce matin. Il n'avait pas à s'inquiéter. Elle n'avait jamais eu aussi peu envie de parler. Elle fixa les deux pièces à conviction que les policiers avaient référencées pour l'enregistrement. Deux poupées, une masculine et une féminine, grossièrement cousues, et petites, sauf que celle de la femme était lourde. Trop. Anderson ne s'en rendait peut-être pas compte, contrairement à Keisha. Les poupées avaient été confectionnées à partir de leurs vêtements, à William et à elle, mais c'était le poids de la sienne qui la troublait. Qu'y avait-il *à l'intérieur* ? Washington n'arrêtait pas lui non plus de la regarder. Peut-être avait-il l'âme inquiète lui aussi, un parent en ville qui exerçait encore les anciennes pratiques ? Une histoire de nuit et de terre.

Peut-être avait-elle *tenté* de tuer William, se dit-elle, en fixant les affreux gris-gris. Mais si c'était le cas, elle avait été ensorcelée pour le faire ; et si elle n'avait rien fait, elle avait été ensorcelée pour endosser la culpabilité.

— Vous dites que vous avez trouvé une de ces poupées dans un de vos tiroirs le matin du 8, c'est bien cela ?

Elle regarda son avocat qui hocha la tête.

— Oui. Quand Elizabeth m'a réveillée pour me dire que Billy avait eu une attaque, je me suis précipitée pour m'habiller et je l'ai trouvée, posée sur mes sous-vêtements.

— Quelle a été votre réaction ?

— Je ne voulais pas la toucher. Je voulais…

Elle se mordit la lèvre. Elle ne pouvait pas dire ça. *Je voulais que Marcie vienne et arrange tout. Je veux toujours que Marcie vienne et arrange tout.* Elle ne pouvait pas parler de Marcie. Elle le lui avait promis. Ce souvenir-là n'était pas faux.

— Parce que vous saviez que c'était une poupée vaudoue ?

— Quelque chose comme ça.

— L'autre poupée – l'homme – nous l'avons découverte sur le bureau de votre mari. Là où il s'est effondré. L'aviez-vous vue ?

Keisha secoua la tête.

— Non. J'étais trop inquiète pour Billy.

— Avez-vous parlé à qui que ce soit de la poupée que vous avez trouvée ?

— Je ne sais pas. Je crois. À Iris, peut-être. J'étais terrorisée. Ce n'était pas la première fois…

— Ah oui, cette espèce de boule dans la maison, c'est ça ? Faite avec de la boue. Vous l'avez remarquée dans l'escalier et vous avez piqué une crise.

— Billy disait que ce n'était que de la boue. Mais c'était une boule de conjuration. On les fabrique avec du sang et de la terre prise dans un cimetière.

Le souvenir la fit grimacer. Les petits chocs sur les marches.

— Nous avons parlé de votre famille avec la police de Londres.

— Ils vont venir ? Mon oncle et ma tante ?

Oh non, pas ça, pas eux. Elle ne pourrait pas s'occuper d'eux en plus de tout le reste. De leur déception.

— On ne leur accordera pas de visas, intervint Washington. Ils ont tous les deux un casier judiciaire.

— Et ils ne se sont pas non plus montrés très causants à propos de vos relations familiales, ni très concernés par votre situation. La police anglaise, en revanche, a été très utile. (Une pause. Anderson se laissa aller en arrière dans sa chaise.) Vos débuts dans la vie n'ont pas été très faciles, n'est-ce pas ? Votre mère s'est suicidée quand vous aviez cinq ans, c'est bien cela ?

— Oui.

Elle se souvenait à peine de sa mère. Un fantôme. Toujours des fantômes.

— Elle avait des problèmes de santé mentale et d'alcoolisme et, après sa mort, vous êtes allée vivre chez votre tante et votre oncle.

— Oui.

— Votre oncle est un roi de l'arnaque, c'est bien ça ? Il vante ses services de docteur en sorcellerie et promet de résoudre tous vos problèmes contre de l'argent. Beaucoup d'argent. Certains de ses clients sont contraints de payer par peur des répercussions.

— J'ignore ce que fait mon oncle.

— Oh, allons, dit Anderson en souriant. (Ses dents de devant étaient de travers, mais l'expression la rendit soudain jolie.) Vous avez écrit les textes de son site web.

— Je sais qu'il fournit un service. Je ne sais rien à propos des arnaques.

— Nos collègues de Londres nous ont dit que leur maison – votre ancienne maison – est remplie de ce genre de trucs. Vaudous ou assimilés. Des livres. Des gris-gris. Cela a dû être assez bizarre de grandir au milieu de tout ça.

— C'était normal pour moi.

— Donc, ces objets vous étaient familiers ?

— Ma tante est une adepte.

— Est-il possible que, après avoir compris qu'il vous serait difficile de tuer votre mari avec une overdose de Viagra, vous ayez envisagé de le faire mourir de peur ? Nous sommes dans le Sud, après tout. Ce n'est peut-être pas La Nouvelle-Orléans, mais nous en sommes très proches. Les gens sont superstitieux par ici. Vous aviez appris tout ce qu'il fallait savoir en Angleterre. Vous espériez peut-être provoquer une crise cardiaque ? M. Radford était un homme âgé, en surpoids qui essayait d'être à la hauteur de sa jeune épouse. Ça n'aurait étonné personne.

— C'est moi qui avais peur de tout ça. Pas Billy.

— C'est vous qui le dites.

La détective Anderson se mit à marteler le bureau avec son crayon et, dans sa tête, Keisha entendit de nouveau les chocs répétés de la boule dans l'escalier.

— Étiez-vous de connivence avec votre famille ? reprit Anderson. Vous ont-ils envoyée ici avec ces poupées en vous disant quoi faire ? À en juger par leurs courriels, il est clair qu'ils attendaient l'argent de M. Radford avec impatience.

— Non, dit Keisha. Non, non, non. Tata Ayo n'aurait jamais partagé son don avec moi. Jamais.

Ce fut Washington qui se pencha en avant cette fois, ses bras épais comme ceux d'un lutteur sur le bureau, les yeux plissés. Il sentait ce qu'Anderson ne percevait pas. La *croyance* de Keisha.

— Pourquoi ?

Keisha le regarda droit dans les yeux.

— Elle dit que je suis maudite. Que je suis folle. À cause du garçon. Du garçon fantôme. (Elle ravala sa salive.) Le garçon qui n'existe pas.

— Quel garçon ? demandèrent les deux flics à l'unisson.

46

Marcie ne savait pas trop ce que la baise était censée avoir réglé, mais à en juger par le sourire sexy que Jason ne cessait de lui balancer alors qu'ils roulaient vers la clinique tout en lui répétant qu'ils formaient une équipe, les Indestructibles Maddox, et que d'ici à huit jours ils n'auraient plus le moindre souci à se faire, elle sentait qu'en laissant sa queue la pénétrer, elle avait plus ou moins accepté que leurs secrets s'annulent l'un l'autre. Il se comportait comme si elle l'avait surpris en train de cacher une tache de vin sur leur canapé préféré.

— Espérons-le, dit-elle sèchement tandis qu'il arrivait sur le parking et, pendant une seconde, la bonne humeur de Jason s'effrita.

— Bon Dieu, Marcie, tu pourrais au moins essayer d'être positive !

— Oh, je suis désolée, chéri. J'ai cru un instant que je venais tout juste de découvrir que tu n'avais pas arrêté de me mener en bateau depuis un an et que c'est une chance si ton associé s'est fait empoisonner sinon tu serais déjà en taule et moi SDF.

Elle sortit de la voiture et ferma la portière, le regardant en faire de même de l'autre côté sous le regard appréciateur de deux jeunes infirmières qui passaient. Elle ne leur en voulait pas. C'était le beau et séduisant Jason

Maddox, le chéri de ces dames. Toujours plein d'assurance. Toujours aussi merdeux.

— Excuse-moi, reprit-elle, mais il va me falloir un ou deux jours pour m'y faire.

— Maintenant, tu sais ce que je ressens, marmonna-t-il. Tu as été la première à mentir, Marcie. Et depuis plus longtemps.

Quand ils arrivèrent aux luxueuses chambres privées situées au dernier étage, où n'était imposée aucune règle pour les visites, ils se tenaient la main, le couple idéal inquiet pour leur meilleur ami. Tandis que Marcie inscrivait leurs noms dans le registre, Jason s'entretint à mi-voix avec l'infirmière qui les conduisit ensuite le long d'un couloir silencieux décoré d'œuvres d'art moderne et de vases emplis de fleurs exquises qui ne firent que convaincre un peu plus Marcie que William ne s'en sortirait pas. Tout ça sentait l'endroit où les riches venaient poliment mourir.

Ils n'eurent pas besoin qu'on leur indique la chambre de William : il n'y avait qu'une seule porte gardée par un policier en civil, un gobelet de café à la main.

Elle s'attendait plus ou moins à ce que la moitié du clan soit déjà là, mais il n'y avait qu'Elizabeth, l'air fatiguée et plus vieille que d'habitude, enveloppée dans un cardigan, loin de l'assistante efficace et guindée qu'elle était en temps ordinaire. Elle s'était installée dans un fauteuil près du lit. William était méconnaissable, sa formidable corpulence soudain réduite à un tas de chairs pâles hérissé de câbles et de tuyaux branchés à des machines bourdonnantes en arrière-fond. En le regardant, elle pensa à l'album scolaire et, une fois de plus, elle se sentit manipulée, un pion dans un jeu qu'elle ne comprenait pas.

— Vous avez passé toute la nuit ici ? demanda-t-elle à Elizabeth quand celle-ci se leva pour les accueillir.

— Pratiquement, dit-elle, les yeux injectés de sang. Comme je n'arrivais pas à dormir, je suis revenue. Le docteur dit qu'il possède encore l'audition. Alors, je me suis dit que lui parler serait peut-être une bonne idée. Quand je n'ai plus su quoi lui dire, je lui ai fait la lecture... (Elle hocha la tête vers la table de chevet où reposait un vieux livre de poche.) *Moby Dick*. J'ai toujours eu envie de le lire. Pourquoi pas à voix haute.

— Va-t-il se remettre ? s'enquit Jason.

Il semblait plein d'espoir, mais Marcie n'était pas certaine que ce soit pour la guérison de son ami. La vie serait à coup sûr plus facile pour lui si William disparaissait de la scène au moins un moment. Les larmes aux yeux, Elizabeth leur fit signe de venir à l'écart, tout en jetant un regard derrière elle comme si elle craignait que William espionne leur conversation. Marcie se dit qu'il avait déjà assez de boulot à essayer de rester vivant.

— C'est abominable. Comment pourrait-on imaginer que du liquide de refroidissement provoque de tels dégâts au corps humain ? C'est terrible. Ses reins ne fonctionnent plus. Son foie est très endommagé ; des examens sont en cours pour savoir à quel point. Il a perdu la vue et il est dans le coma. Le cerveau est peut-être atteint, lui aussi. Trois centilitres de liquide de plus dans ce lait de coco et on l'aurait retrouvé mort ou transformé en légume, aveugle et sourd. Ils disent que s'il survit aux prochaines vingt-quatre heures... (Son visage trembla pendant qu'elle refoulait ses larmes.) Il ne sera plus jamais lui-même. Il ne guérira pas. Pas complètement.

— C'est ce qu'ont dit les médecins ? demanda Jason.

— Pas en ces termes. Pas encore. Ils ont toutefois dit que s'il passe la nuit, il faudra évaluer l'étendue des séquelles à long terme. Même si on lui permet de quitter la clinique, il aura sans doute besoin de soins constants.

— Quelle horreur, murmura Marcie en se demandant ce qu'elle foutait ici. Si c'est le cas, je ne peux m'empêcher de penser qu'il vaudrait mieux qu'il soit mort.

— La décision repose entre les mains du Seigneur. S'il survit, même dans cet état, c'est qu'Il doit avoir un dessein pour lui.

— Sûrement, acquiesça Marcie. Voulez-vous que j'aille vous chercher du café ou quelque chose à manger ?

Tout plutôt que de rester dans cette chambre. Voir William dans un tel état l'écœurait.

— Je vous remercie, dit Elizabeth. Les infirmières m'ont déjà donné tellement de café ce matin que je ne retrouverai sans doute plus jamais le sommeil. Je suis encore sous le choc. Comme tout le monde, j'imagine. Je n'arrive pas à croire qu'une telle abomination ait pu se produire.

— La police se prépare à inculper Keisha, dit Jason. C'est ce que Noah nous a dit hier soir.

— Je suis au courant. Cela aussi est un choc. Mais je ne comprends pas pourquoi elle aurait commis un crime aussi évident. Peut-être a-t-elle paniqué quand il lui a annoncé qu'il voulait divorcer ? Le contrat de mariage ne lui laissait pas grand-chose en cas de divorce. S'il mourait, en revanche, elle aurait touché un héritage conséquent. Pour ne pas dire *énorme*.

— D'après la police, elle a failli réussir son coup, dit Jason.

N'aimant pas leurs sous-entendus à tous les deux, Marcie préféra les laisser à leurs hypothèses malsaines pour se réfugier dans les toilettes où elle put enfin respirer sans se dire qu'elle suçait l'air empoisonné de William. Elle y demeura bien plus longtemps que nécessaire, se lavant les mains, les frottant de plus en plus fort, jusqu'à ce que la peau soit toute rose et irritée. Quand elle en sortit enfin,

Jason était heureusement en train de prendre congé pour eux deux.

— Je vais moi aussi rentrer d'ici une demi-heure, dès que j'aurais revu les médecins, dit Elizabeth. Pour me reposer un peu et prendre une douche. Je dois aussi vérifier comment ça se passe à la maison. La police... je suppose qu'elle est à la recherche de la seringue qu'elle a utilisée. Je n'ose imaginer la pagaille que tous ces agents sont en train de semer. Zelda doit devenir folle. Vous savez à quel point elle tient à ce que tout soit impeccable.

— Nous reviendrons voir William bientôt, dit Marcie en se penchant pour offrir une demi-étreinte polie à la petite femme courtaude et en espérant que Jason ne la traîne pas ici avant un bon moment.

Toute la pourriture de son passé et du présent de Jason semblait avoir rejoint William dans cette pièce. Il y régnait une chaleur mièvre. Suffocante. Elle ne voulait plus jamais y remettre les pieds. Mais elle reviendrait, évidemment. Les apparences devaient être préservées.

En signant à nouveau le registre pour confirmer leur sortie, Marcie parcourut distraitement les autres noms en attendant que Jason revienne des toilettes. Et c'est alors qu'elle la vit là, au milieu de la colonne. Une visite pour William Radford à trois heures du matin : Jacqueline Marshall.

Jacquie.

47

Comment une si grande maison qui n'abritait que deux personnes pouvait-elle donner une telle sensation de claustrophobie ? Elle avait essayé de dormir pendant que Jason s'enfermait dans son bureau pour faire ce qu'il fallait pour les sortir du bourbier dans lequel il les avait mis. Le soir approchant, elle avait proposé d'aller chercher des plats à emporter. N'importe quoi pour respirer un peu. Pour être dehors. Loin de lui et de ses *Je vais tout arranger pour toi, ce sera un nouveau départ pour nous.*

Elle roula lentement à travers la ville, évitant de se rendre directement au restaurant chinois afin de se donner le temps de réfléchir. Elle aurait aimé pouvoir parler à Keisha. D'une certaine manière, Marcie espérait que *c'était* vrai. Que Keisha avait bien tenté de tuer William. Cela faciliterait beaucoup les choses. Si William mourait et si Keisha était coupable, Jason deviendrait automatiquement le partenaire principal et il prendrait le contrôle de la firme, probablement sans même devoir racheter ces parts et alors il y aurait un nouveau roi et une nouvelle reine en ville. Une nouvelle Magnolia.

Sans Keisha, ce serait aussi plus simple de retrouver un équilibre avec Jason. Si Marcie n'avait pas à la voir, peut-être que le charme que Keisha exerçait sur elle se briserait enfin. Elle ne cessait de penser à elle. À cette excitation. Même au milieu de toute cette folie, il y avait un appétit animal en elle que Jason ne pouvait combler et qui était d'autant plus fort maintenant que Keisha était hors d'atteinte…

Jason. Qu'allait-elle faire avec lui ? Même si elle brûlait de ressentiment et de colère, elle devait l'épargner, au moins jusqu'à ce que la crise soit passée. Et après ? Demander le divorce ? À moins que ce soit lui qui le demande ? Et s'il avait raison de dire qu'à présent qu'ils n'avaient plus de secrets l'un pour l'autre les choses ne pouvaient qu'aller mieux. Elle n'en était pas aussi sûre. C'était la raison même des secrets. Leur révélation provoquait des dégâts. Mais, pour l'instant, elle jouerait le jeu.

Le jeu. Elle repensa à Jacquie. Jason n'avait pas paru inquiet quand elle lui avait appris que son ex avait été à la clinique à trois heures du matin. Il avait dit que c'était une insomniaque qui passait ses nuits à faire de la gym quand le reste du monde dormait. Ça le rendait dingue à l'époque de leur mariage. Et puis, elle connaissait William depuis très longtemps. Ce n'était franchement pas une surprise qu'elle lui rende visite. Marcie avait ajouté que Jacquie se trouvait aussi à la soirée, cherchant sans trop en avoir l'air à savoir s'il lui avait parlé. Apparemment non. Il avait prétendu ne pas l'avoir vue avant de hausser les épaules et de dire que, maintenant qu'elle était revenue, que ça leur plaise ou pas, il fallait s'attendre à la voir fréquenter les mêmes milieux. Il avait ensuite clos le chapitre en déclarant qu'ils avaient pour le moment des problèmes bien plus graves que sa jalousie envers Jacquie.

Sa jalousie envers Jacquie ? Elle avait eu envie de lui arracher la langue. Et si c'était Jacquie qui les traquait ? Jason avait toujours un ton bizarre quand il parlait d'elle. Était-ce simplement la gêne de discuter de son ex avec son épouse actuelle ? Ou autre chose ? Il entretenait une liaison pour le moins trouble avec la vérité. Lui cachait-il d'autres secrets ? De quoi Jacquie lui avait-elle parlé cet après-midi-là chez Sacchi ? Jason l'avait appelée. Impossible d'oublier ce détail. Jason, qui détestait la confrontation, avait choisi de téléphoner à son ex-femme si rancunière…

Avait-elle tenté de le récupérer et l'avait-il repoussée ? De dépit, elle se serait alors mise à fouiner dans le passé de Marcie, leur envoyant cet album pour essayer de provoquer leur rupture. Possible. Elle aurait aussi pu vouloir beaucoup plus que ça. L'argent ? D'accord, elle n'en manquait sûrement pas, mais quel plaisir de piquer celui de Jason. Lors du divorce, elle avait cherché à lui soutirer le maximum. Était-ce un nouvel essai pour le rincer complètement ? Quelle que soit la personne qui avait expédié cet album, elle devait vouloir de l'argent. Sinon, elle aurait tout rendu public et Marcie serait dans un sacré merdier à l'heure qu'il était. Cette idée était un soulagement. Tout tournait toujours, ou presque, autour de l'argent.

Que disait M'man ? Une de ses perles de sagesse à propos de l'existence ? « L'argent, le sexe et le pouvoir sont le père, le fils et le Saint-Esprit de la vie, ma chérie. Ne l'oublie jamais. Et les femmes peuvent avoir les trois, à condition de ne pas être connes. Alors, ne sois pas conne. »

La ville était différente au crépuscule, le jour mourant alors que la nuit naissait, accouchant d'ombres fantomatiques sous chaque lampadaire. Elle alla finalement acheter les plats et rentra. Jason l'attendait dans la cuisine, assiettes et couverts installés, deux verres de vin servis.

— Où étais-tu ? Tu es partie depuis près de deux heures.

— Désolée, fit-elle en l'embrassant. Il y avait la queue et tu sais comme je déteste attendre. J'ai fait un tour. J'ai oublié l'heure.

— J'ai bien cru que tu ne reviendrais pas.

Il semblait si perdu et solitaire qu'elle faillit craquer. Faillit seulement.

— Je n'ai pas l'intention d'aller où que ce soit, dit-elle en souriant tout en serrant les dents. J'avais besoin d'un peu d'espace, voilà tout. Crevettes Kung Pao, ajouta-t-elle en montrant les boîtes. Et tous les trucs que tu aimes tant chez eux.

— Tu es sûre que ça va ?

— Sûre. Je t'aime.

Des mots creux. En les prononçant, elle se surprit à penser à Keisha. Folle, libre et généreuse Keisha. Si différente de ce menteur, et qu'elle avait perdue. Mais elle s'en remettrait. Elle s'en remettait toujours.

Ils mangèrent comme si tout était normal et, avant de se coucher, Marcie appela la clinique. Aucun changement. Virginia et Iris ne s'étaient pas manifestées de la journée et elle ne les avait pas appelées non plus. Tout le monde se retirait dans son coin pour évaluer la situation, les conséquences de ce qui était arrivé à William. Elle aurait aimé pouvoir en faire autant, sauf que son coin à elle, cette maison, était rempli de rancœurs et de menaces, pas franchement un havre de tranquillité.

Ce soir-là, Jason et elle se déshabillèrent ensemble dans la même chambre, Marcie laissant ses affaires tomber sur la robe de soirée et le masque abandonnés par terre dans une autre vie. Ils baisèrent. Deux corps effectuant les gestes requis, deux étrangers partageant une intimité forcée. Finalement ils s'écroulèrent, chacun de son côté, haletants. Ni l'un ni l'autre ne dit rien et au bout de quelques minutes, Jason sombra dans un profond sommeil. Marcie, les yeux braqués sur le plafond, se prit à regretter que cet homme et ses mensonges ne soient pas dans une autre chambre.

Vers cinq heures, le tonnerre commença à gronder, un roulement lent qui se transforma en orage, cinglant le toit et les murs de pluie et de vent, assombrissant le matin. À sept heures, ils apprirent que William n'était pas mort pendant la nuit, le peu de vie qui demeurait en lui refusant de partir. Il allait durer, coincé dans le noir, nourri par des machines. Il en avait les moyens. Marcie se demanda si la pauvreté n'aurait pas mieux valu pour lui. Au moins, il aurait pu lâcher prise. Mourir avec dignité. Au lieu de ça, il allait pourrir dans un lit d'hôpital comme un zombie pendant les quelques années où ils seraient capables de le faire respirer.

La pluie les tenant enfermés dans la maison, elle prépara du café pendant que Jason prenait des appels de clients et d'autres avocats de la firme. Marcie, debout devant la porte entrouverte du bureau, l'observait par l'entrebâillement, partagée entre la stupeur et l'effroi de voir à quel point il parvenait à glisser de l'émotion dans sa voix, sans qu'elle ne transparaisse sur son visage ou dans ses gestes. Qui était ce caméléon qu'elle avait épousé ? Il serait au bureau vers midi, l'entendit-elle annoncer, non sans soulagement. Elle aurait son après-midi à elle. Pour dormir, peut-être. Bon Dieu, comme elle avait besoin de dormir.

48

Keisha avait apprécié l'orage avant qu'on allume les lumières et qu'une nouvelle journée commence. C'était comme si toute la folie dans sa tête avait fui la cellule pour se déchaîner dans le ciel. Elle était vidée. Trop d'interrogatoires hier, tant de questions. Elle avait répondu à certaines et pas à d'autres, selon les consignes de son avocat. Une marionnette dont il tirait les ficelles ; c'était plus facile que de réfléchir par elle-même.

Le tonnerre gronda de nouveau. Il devait être très fort pour qu'elle l'entende sous toutes ces couches de béton. C'était le grondement des fantômes. *Des fantômes*. Sa tête en était remplie. Le garçon – toujours lui –, Eleanor, Lyle et William. Sauf que William n'était pas mort. Il était quelque part dans un entre-deux. Est-ce que les fantômes lui parlaient à lui aussi maintenant ? Le petit cadeau de la journée, le bijou brillant, avait été la nouvelle qu'il n'allait pas mourir, pas tout de suite, en tout cas. Ce qui signifiait qu'elle non plus. Elle ne serait coupable que de tentative de meurtre. Une vie dans une cellule pour elle et une vie dans le noir pour lui, enterré vivant sous sa propre peau. Elle frissonna. Coupable. Était-elle coupable ? Elle ne lui avait pas souhaité *ça*.

Aujourd'hui, elle attendait que la situation atteigne sa conclusion naturelle : son inculpation. Hier, son avocat avait parlé d'*accord avec le procureur* et de *circonstances atténuantes* comme si son sort était déjà fixé. Ce qui aurait dû l'affoler, mais en fait ça glissait sur elle. Elle était montée trop haut et maintenant – c'était la logique des choses – elle devait dégringoler. Les filles du club allaient bien rigoler. Et Dolly ? La police lui avait-elle parlé ? Elle contempla le plafond de la cellule, là où ses souvenirs défilaient. Comme elle allait peut-être le faire pour le restant de ses jours. Un lit étroit. Une pièce étroite. Une vue étroite. Des sirènes, des cris et la routine. Plus question de boire et de danser. De viser haut. Soudain, elle se sentit terriblement fatiguée. Au moins, elle avait échappé à sa famille. Mais plus de Marcie, non plus. Comment était-elle censée supporter ça ?

Quand son avocat revint, son visage gras était fendu par un sourire. Elle ne l'avait encore jamais vu aussi réjoui.

— Bonne nouvelle, dit-il. La partie n'est pas perdue !

Il se frotta les mains. La partie. Sa vie était un jeu pour lui.

— Ils ne vous inculpent pas encore. Ils se sont contentés de demander une prolongation de la garde à vue à quatre-vingt-seize heures sans mise en accusation et elle leur a été accordée.

— Et c'est une bonne nouvelle ?

Cela ne lui paraissait pas si bon. La conclusion semblait toujours aussi inévitable.

— Non. (Il se redressa et son sourire s'élargit.) Ils ont une autre piste. Sérieuse. Un nouveau suspect. Qu'ils sont en train d'appréhender.

Le cœur de Keisha se mit à battre très fort, elle revenait à la vie. Elle s'était résignée. Elle s'était à moitié convaincue qu'elle avait commis un crime. Maintenant, il y avait une lueur d'espoir – une minuscule issue. C'était presque insupportable. *Un suspect*, avait-il dit. Mais qui ?

49

Quand elle paniquait, Marcie avait tendance à se laisser envahir par des pensées irrationnelles. Cela ne l'empêchait pas d'être agacée que la femme de ménage ne vienne que le lendemain alors que la police fouinait partout dans la maison, que les salles de bains n'étaient pas impeccables et que des vêtements traînaient encore sur le sol de la chambre à coucher.

— Avez-vous un ordinateur personnel, madame Maddox ? demanda la détective Anderson. Nous devons le prendre, lui aussi.

— Un iPad, dit Marcie. Il doit être dans la cuisine. Et un MacBook dans le bureau avec le reste des cartons que nous n'avons pas encore déballés. Mais je ne m'en sers jamais.

Ils avaient déjà pris les deux ordinateurs de Jason, le portable et le fixe. Elle avait vu des agents les emporter. Elle était au bord de la crise de nerfs. Jason avait dit qu'il avait jeté l'album et le mot. Elle n'avait pas vérifié. Et s'il ne l'avait pas fait ?

— Vous êtes sûre de ne pas vouloir un thé ? demanda-t-elle à nouveau.

Elle savait qu'elle était pâle et tremblante. Au moins, la peur lui permettait de feindre le choc.

Une heure et demie plus tôt, elle était sortie de la salle de bains, après une longue douche délicieusement chaude, pour trouver Jason en train de fourrer des vêtements dans un grand sac, de chercher son passeport. Cachée aux toilettes, Sandy lui avait envoyé un texto pour lui dire que la police était en train d'effectuer une perquisition au bureau. Il avait ordonné à Marcie de préparer une valise. Ils devaient partir. Sur-le-champ. Elle n'avait pas bougé. Enveloppée dans une serviette, la peau rose, le cerveau encore alangui par la chaleur, elle s'était assise sur le lit et lui avait dit que non, ils ne pouvaient pas s'enfuir. Ils auraient l'air de coupables. Elle lui avait demandé si ses *problèmes* – elle n'avait pas voulu dire vols – étaient si apparents que ça dans les comptes. Il avait répondu qu'ils allaient devoir fouiller très profond avant de trouver le début d'une piste. Il ne comprenait pas pourquoi ils s'intéressaient à lui. Il n'y avait aucune raison. Dans la boîte, personne n'avait le moindre soupçon. Il était le golden boy, l'héritier désigné. Le futur roi. Pourquoi s'en prenaient-ils à la firme comme s'ils *savaient* quelque chose ?

La discussion en était restée là, car la sonnette de l'entrée avait retenti. Marcie avait rapidement vidé le sac, jetant toutes ses affaires dans le dressing pendant qu'il allait répondre. Et maintenant, voilà où ils en étaient.

Enfin, pas tout à fait. Voilà où elle seule en était – en robe de chambre, les cheveux humides, alors que son mari avait été embarqué pour interrogatoire –, à s'inquiéter de l'opinion des policiers quant à la tenue de sa maison.

— Non merci, dit Anderson, répondant à la fois pour elle et pour l'immense détective debout derrière le canapé où elle était assise. Je sais que cela doit être assez perturbant, mais nous laisserons votre maison en ordre, je vous l'assure.

Marcie hocha la tête. Elle avait déjà essayé *Je ne comprends pas la raison de votre présence ici*, inutile d'en rajouter. Ils avaient reçu un tuyau, avait annoncé Anderson, à propos des activités financières de Jason à la firme. Il avait déjà appelé Thomas Tonyer pour lui demander d'assurer sa défense. Pas de souci de ce côté-là. Les avocats connaissent toujours les meilleurs d'entre eux.

Pour sa part, Marcie ne refusait pas de coopérer. Elle était une bonne épouse sudiste, respectueuse des lois, qui faisait de son mieux pour rectifier cette terrible erreur. *Oh, mon Dieu, faites qu'ils ne trouvent pas l'album.*

— Au cours de la nuit du 7 juillet, pendant cette soirée chez lui, M. Radford et votre mari ont eu une querelle dans son bureau. Que savez-vous à ce sujet ?

— Rien, à vrai dire. Et « querelle » est un mot excessif. William et Jason sont des amis très proches. Ils ne se querellent jamais.

— Parlons alors d'un fort désaccord.

— Comme je l'ai dit, je n'en sais rien. Je n'y étais pas. Je ne me sentais pas bien et je suis rentrée de bonne heure.

— En effet, Elizabeth Glapion a dit à mon collègue qu'elle vous a reconduite chez vous. Mais elle a aussi déclaré vous avoir trouvée dans le couloir devant le bureau et avoir entendu des éclats de voix. Selon elle, vous redoutiez d'intervenir.

Ils avaient donc vu Elizabeth avant de venir ici, peut-être même avant d'aller au bureau de Jason.

— Oui, c'est vrai, mais j'évite toujours d'intervenir quand Jason parle travail avec quelqu'un. Ce ne sont pas mes affaires.

— Se disputaient-ils ?

Anderson avait visiblement préparé le terrain, le jonchant de mines. Marcie posa les mains sur ses genoux pour que la détective ne voie pas le film de sueur sur ses paumes.

— Un peu, oui. Je crois que cela avait un rapport avec le bug qui a touché leur système informatique. C'est tout ce que j'ai entendu.

— Cela n'avait donc rien à voir avec l'audit qui était prévu ? Votre mari n'était pas inquiet à ce sujet ?

— Non. Pourquoi l'aurait-il été ? Jason était impatient de finaliser le rachat des parts.

Il avait dit que la police allait devoir fouiller profond pour trouver un début de piste. Elle avait le sentiment que c'était exactement ce que cette femme comptait faire.

— Auriez-vous connaissance de problèmes financiers auxquels votre mari aurait eu à faire face ?

— Nous n'en avons pas, pour autant que je sache.

Anderson regarda l'immense pièce autour d'elle.

— C'est une belle maison.

— Merci.

— Vous y avez emménagé récemment ?

— C'est exact.

— Elle a dû coûter cher. Beaucoup plus que votre ancienne maison ?

— Pour être honnête, elle n'était pas petite non plus.

Marcie sourit, mais sans afficher trop de confiance.

— Ça ne doit pas être facile de suivre le train de vie de quelqu'un comme William Radford. Une grande maison. Les cotisations au country club. Des meubles de créateurs. (Une pause.) Une boutique qui a fait faillite. Tout cela conduit à de grosses dépenses.

Marcie se raidit.

— Vous parlez de ma boutique ? C'est un risque que nous avions pris en compte avant même de commencer.

Elle rougit à nouveau. De colère. En espérant que cette flic prendrait cela pour de la gêne.

— Donc, vous ne vous disputiez jamais pour des questions d'argent ?

— Non, jamais, répondit-elle, ignorant leurs engueulades dans cette même pièce à propos de ses goûts de luxe.

— J'imagine que ça devait être difficile pour Jason. Un homme plus âgé qui désirait tant impressionner une femme plus jeune et très belle.

Marcie rit.

— J'étais serveuse quand nous nous sommes rencontrés. Il n'avait pas à en faire beaucoup pour m'impressionner. Il est tombé amoureux de moi et ça a suffi.

Anderson hocha la tête, comme satisfaite, avant d'afficher un air pensif. Marcie ne fut pas dupe. Toutes ces questions ne lui venaient pas spontanément. Il s'agissait d'une attaque en règle.

— À quelle heure votre mari est-il rentré après la soirée ?

— Je ne sais pas. Il ne m'a pas réveillée.

Elle n'ajouta pas qu'il avait dormi dans une chambre d'ami. Avec un peu de chance, ils ne remarqueraient pas que le lit était défait.

— C'est Jason qui a acheté le liquide de refroidissement pour la Corvette de Keisha Radford, n'est-ce pas ? Il a refait le niveau ? Vous étiez présente ?

Les paupières de Marcie tressaillirent.

— Eh bien, oui, mais...

— Une durite était dévissée, nous a-t-il dit, ce qui avait provoqué la fuite. À votre avis, est-il possible que quelqu'un l'ait volontairement desserrée ? Afin de s'assurer qu'on sache que Mme Radford s'était renseignée sur une substance aussi toxique et qu'on en retrouverait chez elle après l'empoisonnement de son mari ?

— Je ne vois pas ce que vous... Je ne comprends pas...

Le visage de Marcie était carrément en feu maintenant.

— L'herbe que vous avez fumée avec Keisha Radford, celle qu'elle avait trouvée dans le tiroir d'Eleanor Radford...

— J'ai déjà parlé de cela avec l'officier qui est venu me voir après qu'on a retrouvé William. Je n'en fais pas une habitude et...

— Je peux tout à fait comprendre que Mme Radford et vous en soyez venues à vous défoncer, fit Anderson en souriant, toute en connivence féminine. Deux jeunes femmes ensemble. Une nouvelle amitié. Ce n'est pas ce qui m'intéresse. Non, dit-elle en se penchant en avant, les coudes sur ses genoux écartés, une pose masculine destinée à intimider. Ce que je me demandais c'est si votre mari savait ce que Keisha a aussi trouvé dans ce même tiroir. La morphine, les seringues. Était-il au courant ?

— Non, répondit-elle sincèrement, la bouche sèche. Non, il ne savait pas. (Elle laissa ses deux mains se nouer, pour montrer sa peur. Qu'elle n'avait pas besoin de feindre.) Écoutez, il doit s'agir d'une erreur. William et Jason sont très amis. Jason ne lui ferait jamais aucun mal. Jamais. Il ne pourrait pas...

Elle fut coupée par la sonnerie du portable d'Anderson. La détective se leva aussitôt et lui tourna le dos. *Quoi encore ?*

L'appel dura moins d'une minute et quand il fut terminé, Marcie comprit qu'il n'avait rien apporté de bon. Quelque chose changea dans l'air. Son ventre se glaça.

— On fait une perquisition complète, annonça Anderson à son acolyte avant de s'adresser à Marcie. Madame Maddox, avez-vous une amie chez qui vous pouvez passer la nuit ?

Une amie ? Keisha était sa seule amie et elle était en prison.

— Je crois, dit-elle avec calme. Pourquoi ne puis-je rester ici ? Que cherchez-vous ? Quand Jason rentrera-t-il ?

— Vous feriez mieux de préparer quelques affaires. Détective Washington, veuillez accompagner Mme Maddox, s'il vous plaît.

Ils ne la laissaient même pas aller seule dans sa chambre. Mauvais signe. Très mauvais signe. Qu'avaient-ils trouvé au bureau ? Qu'allaient-ils trouver *ici* ?

Elle savait ce qu'ils recherchaient. La seringue. Mais ils ne la trouveraient pas ici. Jason ignorait son existence. Jason n'avait fait aucun mal à William. Pourtant, tout en jetant sa trousse de toilette, une chemise de nuit et quelques affaires dans le sac qu'elle avait vidé un peu plus tôt quand il nourrissait des envies de fuite à l'étranger, elle crevait de trouille.

*

Ce ne fut que plus tard, dans le taxi, qu'elle se souvint. Ils rentraient en voiture après ce premier après-midi passé avec Keisha. *Après le premier baiser.* Il était en colère parce qu'elle s'était défoncée et elle avait répondu en rigolant que ce n'était pas sa dope. Elle lui avait dit où Keisha avait trouvé l'herbe. Et ce qu'il y avait d'autre dans le tiroir d'Eleanor.

Jason savait pour les seringues.

50

À l'instant où Iris avait ouvert la porte, Marcie avait fondu en larmes. De vraies, chaudes larmes de honte et de peur, accompagnées de sanglots sincères qui la surprenaient elle-même et un élan de gratitude la saisit quand Iris lui entoura les épaules de son bras et l'entraîna à l'intérieur dans la sécurité de cette vieille demeure coloniale.

Pour leur assurer un peu d'intimité, Iris donna sa soirée à sa gouvernante et prépara elle-même du bouillon de poule pour Marcie afin de l'aider à se calmer, tout en lui répétant que toute cette histoire ne pouvait être qu'une épouvantable erreur.

Noah était sorti. Iris n'en dit pas plus, mais, à l'évidence, il devait être en train de gérer la crise provoquée par la tentative d'homicide sur William. Les médias se régalaient du moindre détail sordide et Marcie n'ignorait pas que Jason allait bientôt devenir le plus croustillant.

— Je ne pense pas qu'il s'agisse d'une erreur, dit-elle à mi-voix, s'essuyant les yeux avec la manche de son sweat-shirt. Je ne veux pas dire par là qu'il a fait du mal à William – Seigneur, je n'y crois pas une seconde, c'est impossible –, mais l'argent…

Elle avait encore envie de pleurer. Quoi qu'il arrive désormais, sa vie était foutue, elle en était persuadée. La police avait trouvé *quelque chose*. De quoi envoyer

Jason en prison pendant pas mal d'années et la laisser sans rien. Retour à la case départ. Elle n'avait pas à faire semblant d'être bouleversée. D'ici peu, elle serait aussi seule qu'avant.

Pourtant, se dit-elle en lapant une cuillère de bouillon, Iris se révélait plus gentille qu'elle ne l'aurait pensé. Ce n'était pas la snob qu'elle avait toujours crue. Elle avait manifesté de la sympathie pour Keisha sans se préoccuper de savoir si elle avait ou non empoisonné William. En aurait-elle autant pour Marcie et son épreuve ? Allaient-ils tous se rallier autour d'elle ? S'assurer qu'elle ne finisse pas dans l'indigence ?

— Je veux dire, s'il n'y avait rien, ils l'auraient sûrement déjà relâché, n'est-ce pas ?

Iris se pencha au-dessus de la table et lui pressa la main.

— Il ne sert à rien de s'inquiéter tant qu'on ne sait pas. Ce qui est, je le crains, plus facile à dire qu'à faire.

— Mais pourquoi aurait-il volé la firme ? Ça ne lui ressemble tellement pas. Croyez-vous qu'il puisse avoir des dettes de jeu ?

Iris but une gorgée de thé.

— Les choses dont les hommes sont capables ne me surprennent plus depuis longtemps. Même Noah, si âgé soit-il, a ses moments. Ils veulent rester dans la course, mais le problème avec les courses, c'est qu'il y a toujours quelqu'un devant et que les autres lui courent après. C'est sans fin. Et épuisant. L'avantage à être aussi vieille que moi, ma chère, c'est qu'on apprend à ne plus en avoir rien à foutre.

Marcie rit à travers ses larmes tandis qu'Iris souriait.

— Voilà qui est mieux. Une vieille femme qui prononce une grossièreté, ça fait toujours rire les jeunes. Maintenant, séchez vos larmes et finissez votre soupe.

Vous n'avez aucun besoin de mincir. Pas quand c'est moi qui veille sur vous.

La sonnette de la porte d'entrée retentit et Marcie se raidit pendant qu'Iris allait répondre. *La police, encore ?*

Ce n'était que Virginia. Bien sûr. Et Marcie l'entendit avant de la voir, comme c'était souvent le cas.

— Quelle journée, Iris. Emmett est *encore* en train de parler des investissements de Jason à la police. C'est une situation qui me flanque par terre, j'ose le dire. (Elle se figea sur le seuil.) Oh, vous ne m'aviez pas dit que Marcie était là.

— À vrai dire, ma chère, vous ne m'en avez pas laissé le temps. Marcie va passer la nuit ici.

Iris n'ajouta pas *parce que la police fouille sa maison* et elle ne paraissait pas particulièrement ravie non plus de voir Virginia débarquer chez elle sans s'être annoncée.

— Si vous préférez, je peux partir, dit Virginia. De toute manière, je n'ai qu'une demi-heure devant moi.

— Ne soyez pas ridicule, dit Iris. Prenons un verre de vin. Je crois que nous en avons toutes besoin.

— Quels investissements ? demanda Marcie sur un ton qui se voulait léger.

Le courriel à Emmett lui disant de décrocher son téléphone. Combien de ces fonds détournés Jason avait-il risqués sur les marchés ?

— Vous n'étiez pas au courant ? dit Virginia en faisant signe à Iris de remplir son verre à ras bord. Après tout, moi non plus. Ce ne sont pas mes affaires et Emmett n'aime pas parler de l'argent des amis.

Elle but une longue gorgée.

— Quels investissements ? répéta Marcie qui commençait à avoir envie de lui prendre son verre pour l'écraser sur son visage si lisse qui lui avait coûté une fortune.

— Je ne sais pas trop, à vrai dire. Des sommes importantes, apparemment. Avec des risques élevés et des rendements élevés. Et d'autres placements plus sûrs, mais bloqués sur des périodes plus longues. C'est tout ce que j'ai pu glaner. Mais maintenant je comprends pourquoi Emmett recevait ces appels aux premières heures de la matinée quand nous étions dans les îles. Jason voulait son retour sur investissement ou alors récupérer son argent. C'était devenu un sujet très chaud entre eux. Emmett ne pouvait pas sortir l'argent aussi vite que le voulait Jason. Pour être honnête, je ne connais rien à ces choses, mais Emmett ignorait que cet argent... n'appartenait peut-être pas à Jason. Il croyait qu'il jouait sur les marchés afin de lever des fonds pour racheter les parts de William et finir de payer la maison ou quelque chose comme cela.

Elle avait eu au moins la décence de paraître un peu troublée et gênée, mais Marcie le remarqua à peine. La tête lui tournait. Tous ces appels en pleine nuit ? Ils étaient donc pour Emmett. Mais pourquoi Jason s'était-il soudain mis à paniquer ?

William était revenu d'Europe plus tôt que prévu. La voilà, la raison. La gorge de Marcie se serra comme si un nœud se refermait autour. Un nœud social pour elle, peut-être plus réel pour Jason. Avait-il tenté de tuer William parce que l'audit allait révéler ses trafics qu'il n'avait plus le temps de dissimuler ? Il savait pour les seringues – même s'il était hors de question qu'elle le révèle à la police –, il savait où était le liquide de refroidissement et il savait que Keisha était un peu folle. Il savait aussi peut-être que William avait changé d'avis à propos de son second mariage. Si William en avait parlé avec Noah, il l'avait sûrement dit également à Jason, son ami.

Elle avala une gorgée de vin, les doigts tremblants sur le verre. Quelle était la peine pour détournement de fonds, si c'était bien de ça qu'il s'agissait ? En tout cas, son père avait préféré se suicider plutôt que d'affronter les conséquences.

— Nous n'en savons encore rien, dit Iris. Et Marcie est assez inquiète comme cela. Après ce qui s'est passé avec son père et la façon dont Jason a dû lutter pour reprendre le dessus, je persisterai à croire qu'il s'agit d'une erreur tant qu'on ne me présentera pas la preuve du contraire. Vous devriez en faire autant, Virginia, conclut-elle avec un regard peu amène.

— Je disais ça pour parler, répliqua celle-ci, vexée.

— Eh bien, ne parlez plus, ma chère.

Et ce fut terminé. Iris changea de conversation pour évoquer la dernière tornade qui avait frappé la Floride, la chance qui était la leur d'avoir été épargnées et que pouvaient-elles faire afin de récolter de l'argent pour ces malheureux qui avaient perdu leur demeure. Virginia ne s'éternisa pas, heureusement, un appel d'Emmett la convoquant à la maison, mais au moins pendant qu'elle avait été là, Marcie avait pu s'échapper et réfléchir à des choses qui n'avaient rien de réjouissant.

Lui permettrait-on de voir Jason demain ? Allaient-ils le relâcher ? Cela semblait peu probable. Les sommes investies avec Emmett. Le bureau et leur maison fouillés de fond en comble. Ils ne se conduiraient pas ainsi s'ils ne disposaient pas déjà d'éléments solides. Jason avait trop d'influence, de relations haut placées, pour qu'ils courent le risque de s'en prendre à lui s'ils n'étaient pas sûrs d'eux. Tous ceux qui étaient mêlés à cette histoire possédaient un réel pouvoir dans cette ville. Tous sauf Keisha. Avait-elle été jetée aux loups pour faire diversion ?

Sous toutes ces considérations, grouillait une peur immonde pour elle-même. Jason avait dit s'être débarrassé de l'album, mais ne traînait-il pas encore dans une poubelle chez eux ? Et sa boîte à secrets ? Les flics allaient-ils la trouver ? Était-ce la même personne qui avait envoyé l'album à Jason et leur avait fourni ce tuyau ? Et si oui, pourquoi ? Pour les détruire ? Mais pourquoi eux et pourquoi maintenant ?

— Il serait bon que vous vous couchiez de bonne heure, ma chère, dit Iris. Je vais vous loger dans la chambre d'Eleanor et ensuite je vous monterai un chocolat chaud.

— La chambre d'Eleanor ?

— Il faut que j'arrête de l'appeler ainsi. C'est la chambre dans laquelle elle dormait quand elle passait la nuit ici.

— Cela arrivait-il souvent ?

Les jambes de Marcie étaient comme du plomb alors qu'elle suivait Iris dans l'escalier aussi ancien que grandiose, son sac sur l'épaule. Malgré son épuisement, elle était certaine qu'elle n'arriverait pas à dormir.

— Parfois. Au début de leur mariage, quand William s'absentait pour le travail. Nos enfants jouaient ensemble. Lyle était plus jeune, mais c'était un si gentil garçon. Et puis, après, ajouta Iris en ouvrant une porte, elle avait besoin d'un endroit pour pouvoir faire son deuil. Alors, nous lui avons laissé cette pièce. Ce n'est pas la plus spacieuse des chambres d'amis, mais c'est la plus chaleureuse, je crois. Cette maison est trop grande. Si elle n'avait pas été dans la famille de Noah depuis tant de générations, j'aurais préféré que nous la vendions pour emménager dans quelque chose de plus petit. Quelque chose de plus… *chaleureux*, répéta-t-elle avant de soupirer. Je ne vois pas pourquoi tout devrait tout le temps être aussi *grand*. Vous devez sûrement le ressentir vous aussi dans cette monstruosité dans laquelle Jason vient de vous installer.

Cette *monstruosité* avait été le choix de Marcie. Elle l'avait exigée. Croyant que cette demeure vaudrait bien celle qu'Iris supportait malgré elle, écrasée par son histoire. Mais elle ne fit aucun commentaire, elle était trop impressionnée par les dimensions de sa chambre pour une nuit, une pièce que nul en ce monde ne pouvait décrire autrement que comme immense, au centre de laquelle trônait un lit à baldaquin surdimensionné avec une énorme couette patchwork. D'épais rideaux pendaient de chaque côté du lit et, très loin de l'armoire et de la garde-robe, quatre bibliothèques de hauteurs différentes occupaient le mur du fond, créant une sorte d'horizon bizarre peuplé de reliures colorées. Iris avait raison. Il y avait quelque chose de chaleureux ici. Mais le mur, celui vers lequel son regard avait tout de suite été attiré et vers lequel il revenait, était autre chose. Couvert de cadres. De photos d'Eleanor et de Lyle. Une vie en images.

— Waow, dit-elle doucement.

— Avec William, il lui était parfois difficile de faire son deuil ! Il voulait tout oublier. Hors de vue, hors de soi. Il n'y arrivait pas, disait-il.

Iris poussa un soupir, se laissant aller contre l'encadrement de la porte où, à peine frôlée par la douce lumière de la lampe de chevet et de l'applique du couloir, sa silhouette évoquait la femme qu'elle avait été vers trente ou quarante ans. Un retour en arrière difficile à concevoir pour Marcie et qui l'attendait aussi sur le mur. Elle n'avait jamais imaginé Eleanor aussi jeune et libre qu'elle le paraissait sur certaines de ces photos. Il lui fallut un moment pour réaliser qu'Iris y était elle aussi présente, riant sur la plage avec Lyle qui les tenait par la main, Eleanor et elle, les deux femmes passant à l'évidence un super moment. Des amies. Comme ça devait être sympa d'avoir une vraie copine, pensa Marcie avec une pointe d'envie.

— Les hommes croient toujours que leurs émotions sont plus profondes que les nôtres, reprit Iris. C'est faux. Ils font seulement davantage de bruit. À vrai dire, comparés aux femmes, leurs émotions sont si rarement profondes que, quand ça leur arrive, ils en sont chaque fois surpris. (Elle fit une pause et se redressa.) Il y a une douche, une baignoire et des serviettes propres dans la salle de bains ainsi qu'un peignoir, si vous le désirez. Si vous n'arrivez pas à dormir, il y a aussi une télé dans le meuble près de la fenêtre. Et beaucoup de livres, comme vous pouvez le constater. Je vous apporte le chocolat chaud. Si vous êtes dans la salle de bains, je le laisserai près du lit. Essayez de ne pas trop vous tourmenter. Nous en saurons davantage demain matin, j'en suis sûre. Tout est tellement plus simple quand on sait à quoi s'attendre.

Comme elle allait partir, Marcie céda à une impulsion.

— Je sais que je ne me suis pas toujours montrée très amicale, dit-elle, maladroite. Merci d'être aussi gentille avec moi. Je connais des tas de gens qui ne le seraient pas, étant donné la situation.

— Oh, vous seriez surprise. Nous sommes assez curieux dans cette ville, je vous l'accorde. Nous sommes attachés aux apparences. De petites choses en surface qui peuvent prendre trop d'importance. Mais au bout du compte, quand les grosses tempêtes arrivent, tout ça disparaît. Nous sommes fiers de nos valeurs chrétiennes. Les vraies. Ne pas juger les autres trop durement. Chercher le meilleur dans chacun. La bonté. L'équité. Je suppose que c'est pour cette raison que j'ai fini par épouser un juge. (Un sourire.) Et puis, nous sommes tous très enracinés dans le passé. Chacun sait qu'il existe un moment de honte dans son histoire familiale. Ce qui incite à faire preuve de clémence, à ne pas condamner quiconque pour les péchés d'un autre.

— Ça n'a pas été simple pour moi en tant que deuxième épouse, dit Marcie. Après le divorce… j'ai toujours eu l'impression que je n'étais pas digne de vous tous. Que j'étais trop commune. Trop vulgaire. Trop crevarde, j'imagine.

Ces derniers mots étaient sortis avant qu'elle ne puisse les retenir. Personne ici ne savait pour le parc à mobile homes. Personne, sauf Jason depuis le samedi soir. Mais c'était une expression toute faite et Iris ne releva pas.

— Il est difficile de s'intégrer dans un milieu aussi établi, je vous l'accorde, dit-elle. Et personne n'est épargné. Je me souviens de Jacquie qui s'inquiétait qu'on la juge pour ses racines créoles. Mais vous savez ce que la vie m'a appris ?

Marcie leva les yeux vers elle.

— Souvent, le jugement que l'on redoute des autres est celui que nous portons sur nous-mêmes. Soyez plus indulgente envers vous-même, Marcie. Personne n'est parfait.

*

Son épuisement eut vite raison d'elle. Après avoir bu à peine une gorgée de son chocolat, et avec la lampe de chevet toujours allumée, elle ferma les yeux une seconde et sombra. Elle dormit longtemps, profondément et sans rêves cette fois, comme si la mère et le fils morts qui souriaient à jamais sur le mur lui offraient un avant-goût de leur repos éternel et si Iris n'était pas venue la secouer, elle serait probablement restée perdue dans les ténèbres toute la journée.

— Quoi ? marmonna-t-elle, ramenée contre son gré à la conscience.

La lueur de la lampe était éclipsée par les rayons de soleil découpés par les volets. Résistant à l'envie de refermer les paupières, elle loucha et leva les yeux vers Iris penchée sur elle.

— Vous feriez mieux de vous lever.

Ce fut le ton de sa voix qui la réveilla complètement. La tendresse et la chaleur de la nuit avaient disparu, remplacées par quelque chose de froid et soupçonneux.

— Que se passe-t-il ?

— La police est là.

Iris s'interrompit. Ses lèvres étaient pincées, son dos raide. Pas bon du tout. Marcie se redressa.

— Vous allez bien, Iris ?

— Ils disent que vous devez vous habiller. Ils ont un mandat d'arrêt contre vous.

Voilà comment Marcie apprit que son château de cartes s'était effondré.

« Soyez plus indulgente envers vous-même, Marcie. Personne n'est parfait. »

Ben, voyons.

51

— Vous voulez que je vous dise ? (Face à Marcie, de l'autre côté de la table d'interrogatoire, Kate Anderson semblait presque joyeuse.) C'est ma première enquête où mon principal souci est d'avoir trop de suspects. Le problème – et ne le prenez pas personnellement –, c'est que vous êtes tous des gens assez immondes.

Le second policier, un malabar bardé de muscles, à la peau si noire qu'elle brillait, sourit, amusé. Anderson prit le temps de siroter son café. Marcie ne touchait pas à son gobelet en polystyrène. Elle savait à quoi s'attendre. Un goût de plastique, dégueulasse et trop fort. Elle s'était déjà retrouvée dans une pièce exactement comme celle-ci, avec un avocat aussi inutile commis d'office à ses côtés – pas de cador du barreau pour elle. Le café n'était là que pour mettre le suspect un peu plus sur les nerfs.

— D'abord, reprit Anderson, il y a la superbe, très jeune et quelque peu déséquilibrée nouvelle épouse étrangère qui a planté ses griffes dans la couenne du veuf fortuné. Un mariage précipité, malheureux, que William Radford regrettait déjà et dont il comptait se libérer sans perdre un dollar…

Elle poussa un soupir, savourant sa petite tirade. Marcie avait d'abord cru qu'elle était du genre renfrogné, mais il y avait, à n'en pas douter, de l'humour dans ses yeux maintenant. Ce qui lui donnait un air plus jeune et plus heureux. Pas de quoi couper l'envie à Marcie de lui mettre des claques.

— Un refrain assez connu, pas vrai ? Un type part en vacances et ramasse une fille qui a l'air génial dans son environnement exotique, sauf que, quand il la ramène chez lui, il se rend vite compte qu'elle la fout assez mal dans son propre milieu naturel et il n'a plus qu'une envie, la bazarder.

Marcie ne dit rien, mais il était assez évident que la détective Anderson n'avait pas plus de sympathie pour William que pour ceux qu'elle soupçonnait de l'avoir empoisonné.

— Et puis, nous avons votre mari, Jason Maddox, le collègue et ami intime. Nous avons trouvé assez… d'*irrégularités* – restons délicats – dans les comptes de Radford and Partners pour envisager une mise en examen pour détournements de fonds. Comme je vois la chose, William est rentré d'Europe six mois trop tôt et Jason n'a pas eu le temps de faire le ménage. Ainsi, tant Keisha Radford que Jason Maddox avaient le mobile et l'opportunité pour empoisonner William Radford. Pour être sincère, Jason était mon candidat préféré – il est un peu trop suave à mon goût – jusqu'à ce qu'il demande à me parler à cinq heures ce matin (elle se pencha au-dessus de la table), pour me dire d'aller regarder dans la bouche de ventilation de votre dressing où il avait caché ça. (Elle fit glisser le vieil album de classe sur la table, ouvert à la page où le jeune visage boudeur de Marcie la contemplait.)… Et voilà, où nous en sommes, Savannah Cassidy.

La bouche de ventilation. Bien sûr. Jason n'avait jamais eu beaucoup d'imagination. Il avait utilisé *sa* planque. Elle fixa la vieille photo. Savannah Cassidy. Un nom qui était devenu sa destination. Dans un monde aussi vaste, elle avait choisi d'aller là où elle n'oublierait jamais le nom qu'on lui avait donné à sa naissance. Elle leva les yeux vers Anderson.

Elle n'attendit pas que son avocat minable intervienne.

— Je ne m'appelle pas Savannah Cassidy, mais Marcie Maddox. J'ai fait changer mon nom tout à fait légalement avant de quitter Boise. Marcie Brown. J'ai tous les papiers qui le prouvent… et j'imagine que vous les avez vus.

Une colère brûlante asséchait toutes les larmes qui auraient pu lui venir.

Anderson feuilleta l'album avant de le pousser une nouvelle fois vers elle.

— Jonny Newham. Votre petit copain de lycée. Eh bien, comme le demande le mot mystérieux qui accompagnait cet album, qu'est-il arrivé à Jonny ?

— Vous le savez très bien, répliqua Marcie.

Elle n'allait pas revivre ça. Jonny et cette affaire étaient morts et enterrés. Si Anderson avait envie de creuser, c'était son problème. Qu'elle aille se faire foutre avec sa pelle.

La détective haussa un sourcil.

— Nous le savons ? Et si vous nous le racontiez, histoire de nous en assurer ?

Elle ne lui laissait pas le choix.

— Jonny est mort. Il s'est tué… (Elle se redressa, même si elle savait où tout cela la menait. Revisiter le passé, c'était s'engager sur des sables mouvants qui pouvaient l'engloutir à tout moment.) Nous nous étions mariés juste après le lycée. Il nous a trouvé un mobile home dans un de ces parcs à caravanes. Je bossais dans une cafétéria et il travaillait dans un magasin de fournitures automobiles. Nous étions pauvres, mais heureux, et nous voulions fonder une famille. Et puis il y a eu l'accident et il s'est fait broyer la jambe sous un camion. Il aurait dû toucher une indemnité, sauf qu'il s'est avéré qu'il avait trop bu et qu'il était sans doute responsable. Après ça, les choses ont mal tourné. J'ai dû faire des heures sup, enchaîner les services, et Jonny buvait tout l'argent que je rapportais. Il s'est mis à la drogue. Il a changé.

— Mais il s'était ressaisi dans les semaines qui ont précédé sa mort...

— Oui, c'est ce qu'il disait. Qui sait ? (Sa voix était douce. Elle n'avait pas parlé de cette histoire minable pendant tant d'années et voilà qu'elle la racontait pour la deuxième fois en une semaine.) Mais oui, probablement, reprit-elle, pendant un mois ou deux on aurait vraiment dit qu'il allait mieux. Il réparait des voitures au black dès qu'il pouvait. On remontait la pente. On parlait à nouveau d'un bébé. Une compagnie d'assurances s'est manifestée pour dire qu'elle pourrait lui obtenir un peu d'argent pour l'accident.

— Et c'est ce qui s'est passé. Vous avez reçu cet argent.

— Oui. Après sa mort.

— Donc, je répète la question. Qu'est-il arrivé à Jonny, Marcie ?

— Je ne sais pas. J'étais au travail. Je faisais les trois-huit, je terminais mon service à vingt-trois heures ce soir-là. Quand je suis partie de la maison, il regardait la télé et il y avait des restes au frigo. Sa jambe le faisait souffrir et il était d'une humeur de chien. Du coup, je n'ai pas trop eu envie de rentrer juste après le boulot. Je suis allée prendre une bière dans un truc ouvert la nuit près de l'autoroute avec Janey Spence, une autre serveuse. Je voulais être jeune. Passer du bon temps. Picoler. Danser. Ce genre de trucs.

— Vous avez dansé avec des hommes ce soir-là.

— Oui. Tout le monde le sait. C'est dans les dossiers que vous avez sans doute lus, et la télé et la radio locales n'ont pas arrêté d'en parler. J'ai dansé. Je me suis saoulée. Et puis je suis partie avec un mec et je suis tombée dans les vapes, alors ne me demandez pas si je l'ai baisé parce que j'en sais rien. Il dit que non. Je veux bien le croire sur parole. Au matin, je me suis réveillée avec la gueule de bois et en me sentant coupable. Je suis rentrée tout droit à la caravane. Jonny était froid et mort par terre. Il y avait une bouteille de whisky à moitié vide à côté de lui.

Elle cligna des paupières et, soudain, elle revit tout.

Les yeux tellement écarquillés il était tombé du fauteuil sur cette moquette couverte de taches de pisse qu'ils n'avaient jamais eu les moyens de remplacer cette expression figée terrifiée un rictus de douleur elle avait tout de suite compris qu'il était parti mais n'avait pas su quoi faire et puis Janey était arrivée derrière elle s'était mise à hurler et le charme avait été rompu Savannah avait composé le 911 et le cirque avait commencé.

— Mais ce n'est pas le whisky qui l'a tué, n'est-ce pas ?

— C'est ce qu'ils ont cru au début. Et moi aussi. Qu'il s'était saoulé à mort et que son corps n'avait pas résisté. Pas après avoir été clean pendant quelques semaines. Mais ils ont analysé ce qu'il restait dans la bouteille et ils ont trouvé ce truc.

— Dites-le à haute voix, Marcie. Pour l'enregistrement. Qu'ont-ils trouvé dans le whisky de Jonny ?

— Du liquide de refroidissement.

À peine un murmure.

Anderson se recala sur son dossier.

— Comme avec William.

— Mme Maddox n'a pas été reconnue responsable de la mort de Jonny Newham, déclara enfin le type à moitié réveillé aux côtés de Marcie. La police a conclu à un suicide, comme cela est spécifié dans le dossier.

— Au bout du compte, oui, dit Anderson. Mais la vilaine atmosphère de soupçons ne s'est jamais vraiment dissipée, n'est-ce pas, Marcie ? Au point que la police de Boise a très envie de rouvrir le dossier. Je veux dire, quelles sont les chances pour que deux hommes que vous connaissiez soient empoisonnés de la même manière ? En ingérant du liquide de refroidissement mélangé à une boisson ?

Le sang de Marcie se glaça.

— Vous croyez que c'est moi ? Que j'ai empoisonné William ?

Anderson contempla l'album avant de relever un regard ironique vers elle.

— Eh bien, il serait juste de dire que vous avez un antécédent. Même si vous n'avez pas tué Jonny, son suicide aurait pu vous donner l'idée. Depuis sa mort, vous saviez que l'éthylène glycol – le liquide de refroidissement – disparaît vite du corps. Si on n'avait pas analysé le contenu de la bouteille de whisky, on n'aurait peut-être jamais connu la véritable cause du décès. Pareil avec William. Encore quelques heures et aucune trace n'aurait été retrouvée dans son organisme. Alors oui, c'est possible.

— Mais pourquoi ? demanda Marcie, atterrée.

— Jason avait des problèmes financiers. Vous saviez ce qu'il trafiquait et qu'il risquait d'être pris. Avec votre passé, ce doit être dur de renoncer à tout ce luxe pour vous retrouver dans un appartement merdique, redevenir serveuse pour payer le loyer, avec pour seules sorties les visites à la prison pendant des années. À moins que vous ne l'ayez fait pour Keisha ? Peut-être que vous préfériez parier sur elle.

— Détective Anderson, le cours de cet interrogatoire…

Son avocat tentait enfin, et sans trop de conviction, de justifier sa présence dans cette pièce, même s'il paraissait épuisé et très désireux de rentrer chez lui plutôt que d'assister une suspecte.

— Je ne suis pas en train de l'interroger, le coupa Anderson. Je me contente d'exposer mes pensées à Mme Maddox. Nous avons vu les textos que vous avez échangés, reprit-elle en se tournant vers elle. Vous étiez très proches. Trop, peut-être. Vous avez pas mal traîné ensemble toutes les deux et mes collègues de Londres m'ont affirmé qu'avant sa rencontre avec William Keisha préférait les femmes. Ou, en tout cas, qu'elle jouait dans les deux camps. Elle fréquentait une fille là-bas, Dolly Parker, avec qui elle est restée en contact après son arrivée ici. Avant de couper très récemment les ponts avec elle. À se demander si elle n'était pas tombée amoureuse de quelqu'un d'autre ? Vous, par exemple ?

— Si vous avez vu nos textos, vous savez que je prenais du recul. Keisha était trop instable. Trop malheureuse. C'est elle que vous devriez interroger à propos de William. C'est elle qui avait le plus à gagner. Elle ne cessait de répéter qu'elle souhaitait sa mort !

Cette trahison lui faisait mal. Ce n'était pas Keisha qui l'avait mise dans cette situation. C'était Jason. Son cher mari l'avait vendue.

— Nous le ferons. Mais Keisha Radford a parlé du liquide de refroidissement après avoir passé la matinée avec vous. Il ne faut pas des heures pour dévisser une durite. Vous connaissiez l'existence des seringues. Tout autant que Keisha ou votre mari, vous aviez le mobile et l'opportunité.

— Admettons, aboya finalement Marcie. Admettons que je voulais tuer William, que je savais dans quelle merde Jason s'était fourré… pourquoi aurais-je eu la stupidité d'utiliser du liquide de refroidissement ? Après ce qui était arrivé à Jonny ? Après tout ce que j'ai dû traverser à l'époque ?

— Comme je l'ai dit, l'éthylène glycol disparaissant du corps, il fallait juste s'arranger pour qu'on ne découvre pas le cadavre trop tôt. Heureusement pour lui, et malheureusement pour vous, ce n'est pas ce qui s'est passé.

— Je *sais* comment ce produit agit. Dysfonctionnement critique et simultané de plusieurs organes. Dans un cas pareil, il y a toujours une enquête, surtout pour quelqu'un d'aussi puissant et influent que William. Ce qui veut dire qu'on aurait forcément retrouvé la brique de lait de coco et c'en aurait été terminé pour moi.

— C'est juste. Mais la suspecte évidente aurait été Keisha, pas vous.

— Sauf que quelqu'un a envoyé cet album et ce mot à Jason juste avant la soirée. Nous étions en train de nous préparer et il a exigé que je lui explique tout, ce que j'ai fait. Et, croyez-moi, cela n'a pas été agréable. Après, il ne m'adressait plus la parole. Alors, pourquoi aurais-je tenté d'empoisonner William cette nuit-là, sachant que Jason me soupçonnerait forcément et surtout que quelqu'un connaissant mon passé me soupçonnerait ? Ce n'est pas moi ! C'est quelqu'un d'autre : au hasard, la personne qui a refilé l'album à Jason. Cette même âme charitable qui vous a tuyauté sur lui. (Elle était à bout de souffle, mais il lui en restait assez pour rajouter :) Et maintenant, je ne répondrai plus à aucune de vos questions.

52

Maman. Maman avait déblatéré sur elle dans les médias, voilà ce que lui avait annoncé la gardienne avec jubilation. Comme si ça pouvait blesser Marcie qu'elle ne puisse compter sur le soutien de sa propre mère. À vrai dire, elle n'était pas surprise. Maman devait avoir les grosses boules depuis que Marcie – *Savannah* – avait disparu dans le soleil couchant avec la plus grosse part de l'indemnité et de l'assurance-vie de Jonny. La somme n'était pas énorme, il n'était pas question qu'elle la partage avec Maman et son dernier petit copain minable. Cet argent avait été son billet de sortie après toutes ces embrouilles après la mort de Jonny. *Une petite pute ivrogne qui couche avec tout ce qui bouge pendant que son mari infirme essaie de survivre. Elle l'a laissé crever seul dans une caravane pourrie, le cœur brisé sans doute. Une éternelle salope, cette Savannah Cassidy. Telle mère, telle fille.*

Marcie se gratta le crâne. Ses cheveux étaient gras après une nuit passée à pleurer, à rager et à transpirer sur ce coussin rêche. Comment pouvait-elle se retrouver encore une fois dans cette situation ?

Elle n'avait plus répondu aux questions d'Anderson, ce qui n'avait fait qu'accroître ses soupçons. De toute manière, cette flic était déjà convaincue. Marcie aussi avait pas mal de questions à poser. Keisha et Jason étaient-ils encore en garde à vue ? Les flics étaient-ils en train de jouer à pile ou face pour déterminer qui mettre en examen ? Et si on retrouvait cette seringue chez elle ? Qui accuserait-on ? Jason ou elle ? Elle, bien sûr. Même si elle n'avait jamais été inculpée, elle était la meurtrière du parc à mobiles homes, pas comme cet escroc et ce voleur de Jason. La boue, ça colle.

Elle arpentait de nouveau sa cellule, réfléchissant à l'album et à la dénonciation de Jason, à tous ceux qui pouvaient les haïr assez pour se lancer dans un truc pareil, une bouillie de questions sans réponse dans sa tête, quand le partenaire d'Anderson, Washington, ouvrit la porte.

— Vous êtes libre.

Il avait l'accent lent et profond du Mississippi en plein été et les mots étaient si inattendus qu'elle ne bougea pas.

— Quoi ?

— Vous êtes libre, répéta-t-il. Venez. On va récupérer vos affaires. Nous avons fini chez vous. Vous pouvez y retourner.

— Vous ne m'inculpez pas ?

Elle était toujours aussi figée, comme si elle craignait qu'il ne s'agisse d'une blague cruelle.

— C'est pas prévu pour le moment. Donc, à moins que vous ayez envie de commencer à payer un loyer pour cette cellule, je vous suggère de vous remuer.

Elle trottina derrière lui dans le couloir. Il grimpa les marches deux par deux et elle eut du mal à le suivre avec ses jambes raides. *Libre.*

— Que s'est-il passé ? Vous avez arrêté quelqu'un ?

Jason ou Keisha ?

— Pas encore.

Il poussa une porte et lui montra une femme dans un bureau protégé par une vitre qui lui rendit son sac et son téléphone. Puis il l'accompagna vers une sortie qui ne donnait pas sur la rue principale sans répondre à aucune de ses questions.

— Marcie !

Elle plissa les paupières dans le soleil.

— Elizabeth ?

De toutes les personnes qui auraient pu venir la chercher, ce n'était pas celle qu'elle attendait. Virginia peut-être, impatiente de récolter un ragot, ou Iris par gentillesse, mais Elizabeth ? Non.

— Que faites-vous là ? s'enquit-elle.

— Mme Glapion vous a en quelque sorte sauvée.

— Merci, détective Washington, dit Elizabeth.

Le grand homme noir hocha la tête et les salua vaguement avant de retourner à l'intérieur du bâtiment.

— Il vaudrait mieux monter dans la voiture, continua-t-elle en ouvrant la portière côté conducteur. Il y a des journalistes devant.

— Comment ça, vous m'avez sauvée ?

Elizabeth paraissait fatiguée. Tout ceci devait avoir pas mal chamboulé son petit monde à elle aussi. Avait-elle seulement encore un boulot ? Sans doute que non. Le genre d'assistance dont William aurait besoin désormais n'entrait pas dans ses compétences. Plutôt couches et bassin hygiénique que voyages en classe affaires.

— Le lait de coco, dit Elizabeth.

— Oui, et alors ?

— J'ai demandé à la police si on avait injecté le liquide dans toutes les briques rangées au réfrigérateur ou seulement dans celle que William a bue ce matin-là. Il s'avère que toutes étaient empoisonnées.

— Quelle différence pour moi ?

— Cela signifie que vous n'avez pas pu le faire, dit Elizabeth en la regardant. Vous étiez dans le couloir, cherchant Jason pour lui dire que vous vouliez rentrer quand je vous ai trouvée. Nous sommes allées directement à ma voiture et je vous ai raccompagnée chez vous. Vous n'avez pas pu aller à la cuisine.

— Cela a été une longue soirée, Elizabeth, dit Marcie, le cerveau toujours en panne.

— Le lait de coco était intact à ce moment-là, car William était en train d'en boire quand nous sommes parties. Vous vous rappelez ? Il était sur le perron. Donc, celui qui a fait ça, l'a fait *après* votre départ.

Une image lui revint. La dernière fois qu'elle avait vu William *normal*, il était devant la maison, en train de boire une de ces briques de lait. Le soulagement fit éclater quelque chose dans son cœur.

— Quoi qu'il en soit, continua-t-elle, une fois que la détective Anderson en a eu la confirmation, elle a voulu s'assurer que vous n'étiez pas revenue à la soirée à l'insu de tout le monde – ce qui, avec la foule et tous ces masques, aurait été possible. Mais il se trouve que vos voisins d'en face ont subi une tentative de cambriolage il y a quelques semaines et ils ont fait installer des caméras de surveillance. Elles ne filment pas directement votre maison, mais juste la rue entre la vôtre et la leur, et un bout d'une autre propriété un peu plus loin. La police a ainsi pu vérifier que vous n'étiez pas ressortie cette nuit-là. (Elle s'interrompit, naviguant à travers la circulation tandis que Marcie digérait tout ça.) Donc, quelles que soient les terribles choses que vous auriez faites ou pas par le passé, Marcie ou Savannah ou quel que soit votre nom, ce n'est pas vous qui avez empoisonné William.

— Écoutez, Elizabeth…

— Ce ne sont pas mes affaires. J'ai déjà assez de mal avec tout ce qu'il se passe en ce moment pour m'occuper de choses qui sont arrivées dans un autre État, à une autre époque, à des gens que je ne connais pas.

— Mon premier mari... essaya à nouveau Marcie. Je ne l'ai...

— Je suis désolée d'y avoir fait allusion. Je suis très fatiguée et bouleversée. Je suis sûre que vous n'avez... eh bien, pas fait *ça* à votre mari. La justice a décidé que vous étiez innocente et je n'ai aucune raison de croire les mauvaises langues qui disent le contraire. (Elle regarda Marcie.) Mais d'autres le feront. Des gens qui apprécient Jason. Ou des gens qui, juste pour se divertir, aiment croire leurs prochains capables du pire. Vous devez vous y préparer.

— Je sais, Elizabeth, je sais, dit Marcie, au bord des larmes. Je suis déjà passée par là.

53

Une fois qu'elles furent garées et alors que les larmes se décidaient enfin à sortir, Elizabeth la prit dans ses bras, lui caressant les cheveux et lui murmurant des paroles apaisantes ; elle sentait bon – pas un parfum luxueux, non, juste une bonne odeur de propre, fraîche et maternelle. Maman n'avait jamais senti comme ça et Marcie regretta presque que ses larmes s'arrêtent et que cette gêne revienne entre elles : celle qui survient souvent après un moment d'intimité entre deux étrangères. Elizabeth déclina son offre d'entrer boire un café et quand Marcie fut chez elle, sa coquille parfaitement refermée, elle s'en voulut de cette démonstration de faiblesse.

C'était bizarre d'être de retour dans la maison, sachant que quelques heures plus tôt à peine, la police y avait méticuleusement fouillé toutes ses affaires. Elle se sentait violée et sale et elle fila directement sous la douche. Elle était libre. On ne la soupçonnait plus. Même ici, dans sa salle de bains d'une taille indécente, il était difficile de croire en ce soudain revirement.

Elle essaya de s'accrocher à son soulagement, mais il était effacé par d'autres inquiétudes. Qu'allait-elle devenir ? Même s'ils n'arrêtaient pas Jason pour la tentative de meurtre sur William, les problèmes financiers demeuraient. Aurait-il de quoi rembourser ce qu'il avait volé grâce à ses investissements avec Emmett ? Qu'est-ce que cela impliquerait pour elle ? Pourrait-elle garder l'argent qu'ils avaient ? Ils allaient devoir se débarrasser de cette maison, mais sans doute était-elle déjà hypothéquée jusqu'à la dernière brique. Qu'allait-elle *faire* ?

Une interminable ronde de questions auxquelles elle n'avait pas de réponse et quand enfin elle en eut assez de rester sous cette eau brûlante à se ronger d'inquiétude, elle se sécha et son estomac lui rappela qu'elle n'avait pas pris de petit déjeuner et que c'était déjà le milieu de l'après-midi.

Il n'y avait pas grand-chose dans le frigo – il n'y avait jamais grand-chose et ce qu'il restait était périmé – et dîner seule au restaurant était hors de question ; elle enfila un vieux jean, un sweat à capuche, mit une des casquettes de base-ball de Jason et des lunettes noires avant de foncer au magasin. Un truc au rayon sushi suffirait, avec une salade au poulet. Un pot de glace, peut-être, et une bouteille de vin. Le reste pouvait attendre.

Personne ne la reconnut et la grande télé sur le mur derrière les caisses ne diffusait pas les nouvelles, ce qui était un soulagement. Elle n'avait aucun désir d'entendre des gens les tailler en pièces, Jason et elle. Maintenant qu'on l'avait relâchée, avec un peu de chance, ils ne s'acharneraient plus trop sur elle, mais elle n'y croyait pas trop. Comme elle l'avait appris à Boise, les rumeurs se transformaient vite en paroles d'évangile et, entre son passé et le présent de Jason, ils devaient être l'unique sujet des messes basses de Savannah à l'heure actuelle. Keisha, l'étrangère, était probablement déjà oubliée.

Elle attendit que ses achats soient mis dans un paquet avant de tendre sa carte de crédit, impatiente de retrouver l'intimité de sa cuisine. La machine bipa – un peu trop longtemps – et la fille à la caisse fronça les sourcils.

— Je vais réessayer.

Une nouvelle fois, ce même long bip. Marcie, rougissante, marmonna quelque chose à propos d'une erreur qui avait dû se produire et sortit une seconde carte de son portefeuille. Celle-là non plus ne marcha pas.

— Avez-vous la somme en espèces ? demanda la fille en l'observant avec quelque chose comme de la pitié.

Non. Elle n'avait jamais de liquide sur elle, pas depuis qu'elle avait toutes les cartes de crédit de Jason. Qui se baladait avec des billets de nos jours ? La fille hocha la tête en direction du distributeur où elle fit un nouvel essai. À chaque carte apparut un message lui disant de prendre contact avec sa banque. Le sang lui battit les tempes quand elle comprit enfin. La police avait dû geler tous les avoirs de Jason à cause de l'enquête.

Elle ne retourna pas à l'humiliation de la caisse, quittant le magasin par la sortie la plus éloignée pour se ruer vers sa voiture. Ils ne pouvaient quand même pas la laisser comme ça ? Avec rien ? Elle envisagea d'appeler Anderson avant d'y renoncer. Ils venaient à peine de la libérer et, même si c'était ridicule, elle ne voulait pas attirer l'attention sur elle au cas où cela les ferait changer d'avis. Elle n'avait pas le choix. Elle allait devoir emprunter un peu d'argent jusqu'à ce que le problème soit réglé. Elle respira un bon coup, ravala sa fierté et appela Virginia – *voyons jusqu'où va sa charité chrétienne* – tout en conduisant, le corps entier brûlant de honte. Pas de réponse. Elle essaya avec Iris et tomba aussitôt sur sa boîte vocale. Étaient-elles en train de l'ignorer ? Virginia peut-être, mais ce n'était pas le style d'Iris. Cette femme était en fer. Elle répondrait même si c'était pour vous dire qu'elle ne prenait pas votre appel.

Le club. Évidemment. Les plus jeunes membres pouvaient filouter l'interdiction des téléphones portables dans l'enceinte du club-house ou sur le green – ils n'étaient tolérés qu'au bord de la piscine –, mais les vieux fidèles étaient stricts envers eux-mêmes. Virginia et Iris coupaient toujours les leurs. Une poussée de jalousie s'empara d'elle à l'idée qu'ils devaient tous les quatre dîner de bonne heure, probablement après avoir rendu visite à William, observateurs de cette affaire, et non protagonistes, épargnés par toute éclaboussure éventuelle. Son cœur se serra à l'idée de pénétrer dans *son* club, mais elle n'avait pas le choix. Elle avait besoin de voir ses amies – les seules personnes qui pouvaient lui prêter de l'argent liquide. Et puis, tout allait bien se passer. En la voyant libre et innocente, ils auraient au moins le tact de lui témoigner un peu de pitié.

— Ah… fit Catherine, comme l'annonçait son badge, une des femmes interchangeables en tailleur noir à l'accueil du club, en fixant son écran discrètement caché derrière le comptoir en acajou. Pourriez-vous attendre un instant, madame Maddox ?

— Y a-t-il un problème ?

— C'est sans doute une erreur. (Catherine, tenant l'élégante carte de membre entre ses doigts parfaitement manucurés, se tourna vers l'homme plus âgé qui travaillait derrière elle.) Monsieur ?

C'était Ernesto, un des responsables de jour, et Marcie éprouva un sentiment de soulagement. Elle le connaissait bien. Il allait régler ça. Cependant, Ernesto ne lui offrit pas son sourire habituel. Il contourna le comptoir pour l'entraîner à l'écart.

— Je crains que l'affiliation de votre mari ait été suspendue, madame Maddox, dit-il à voix basse.

Elle le fixa, désorientée. Jason payait une cotisation annuelle extravagante. Cela n'avait donc rien à voir avec le blocage de leurs comptes.

— Je ne comprends pas.

Ernesto toussa discrètement derrière sa main comme si les mots qu'il allait prononcer lui irritaient déjà la gorge.

— Nous avons une politique à l'égard des membres qui se voient impliqués dans des activités susceptibles de nuire à la réputation du club. Jusqu'à ce que la situation présente soit… résolue…, le comité a pris la décision de suspendre l'affiliation de M. Maddox. J'espère que vous comprendrez.

— Comme vous pouvez l'imaginer, il s'agit d'un moment très difficile pour moi. Mais je n'ai rien fait de mal et…

— Malheureusement, actuellement seuls les hommes sont membres à part entière. Il s'ensuit que, celle de votre mari ayant été suspendue, votre affiliation associée n'est pas valide.

Il haussa les épaules, comme si cela ne dépendait pas de lui.

Se retenant de lui hurler des obscénités au visage, Marcie se força à sourire.

— Je comprends. Mais si vous pouviez demander à Iris Cartwright ou à Virginia Habersham de bien vouloir venir me parler, je vous en serais reconnaissante.

— Bien sûr, bien sûr.

Ernesto battit en retraite derrière le comptoir et décrocha un téléphone.

— J'attendrai dehors, ajouta Marcie.

Et voilà, pensa-t-elle en ressortant dans la chaleur. Elle était déjà bannie.

Iris et Virginia vinrent toutes les deux, leurs traits se décomposant quand elles virent ses vêtements, comme si cette tenue négligée était le pire crime commis par un membre de leur clan cette semaine.

— Oh, mon Dieu, Marcie ! fit Virginia en tapant dans ses mains. C'est donc vrai. Ils vous ont relâchée.

— Je n'ai rien fait. Je n'étais au courant de rien.

— Oh, nous n'avons jamais pensé le contraire, ma chère répondit Virginia, tout excitée. Je veux dire que cela a été une surprise d'apprendre l'existence de votre *premier* mari… mais je suis tellement choquée par Jason. On dit que c'est vrai. Et maintenant, ils pensent qu'il pourrait être responsable de *tout* ?

— Laissez-la respirer, Virginia. Je vous avais dit de rester à l'intérieur. Pourquoi ne retournez-vous pas à table, vos crevettes vont refroidir ?

Dépitée, Virginia tourna les talons. Iris attendit qu'elle soit partie.

— Cette femme adore tout savoir. Voulez-vous entrer, Marcie ?

Elle secoua la tête, notant le soulagement d'Iris. Les Cartwright n'aimaient ni les cancans, ni les scandales et maintenant ils en étaient encerclés. Il n'y aurait plus d'invitation aux Magnolias pour Marcie.

— Non. J'ai besoin de… votre aide. (Ses yeux s'embuèrent à nouveau.) Ils ont gelé tous nos comptes. Je n'ai pas pu payer mes courses au magasin.

— Bien sûr, répliqua Iris, qui fouilla dans son sac et lui tendit cent cinquante dollars. Tenez, prenez ceci pour l'instant… Rentrez chez vous et laissez-moi parler à Noah. Je viendrai vous voir d'ici une heure ou deux avec davantage.

— Merci, dit Marcie. Merci beaucoup.

Du liquide. Naturellement, Iris en avait sur elle et heureusement. Au moins, elle allait pouvoir manger aujourd'hui.

Iris hocha la tête et la quitta. Elle n'était plus emplie de la même sympathie à son égard qu'avant son arrestation, mais elle n'était pas glaciale non plus et au moins elle allait l'aider.

Seule encore une fois. Marcie prit une inspiration fébrile et regagna sa voiture. Elle était à mi-chemin sur le parking quand elle entendit des rires derrière elle. Plusieurs femmes émergeaient du club, en jupe de tennis, pulls pastel inutiles drapés sur les épaules, leurs visages bronzés et botoxés. Une vraie publicité pour un hôtel de luxe sur Tybee Island.

L'une d'elles se tourna vers elle. Cheveux bruns, traits félins. Leurs regards se croisèrent et le sourire de l'autre se fit plus large. Triomphant. Une fraction de seconde, avant que l'attention de la femme revienne vers ses amies qui s'égaillaient déjà pour s'installer dans leurs décapotables, sans doute en route vers un cocktail.

Jacquie.

54

Iris lui apporta cinq mille dollars. Ce n'était pas énorme, mais Marcie les accepta avec gratitude tandis qu'elles se tenaient dans le vaste hall d'entrée de sa maison mausolée.

— Je suis navrée pour cette gêne au club tout à l'heure, dit Iris, les mains jointes devant elle.

Elle était superbement habillée, ses cheveux relevés en chignon. Noah l'attendait dehors dans la voiture. Ils se rendaient à l'évidence à un dîner. La vie continuait, même si William était branché à des machines et que Jason et Keisha étaient enfermés dans des cellules. Marcie comprenait. Iris et Noah devaient lisser les rides qui venaient d'apparaître à la surface de leurs vies parfaites.

— Mais dans cette ville, ma chère, continua-t-elle, on accorde toujours plus de classe à un meurtre qu'à un détournement de fonds. Plusieurs des clients de William sont membres du club. Alors, vous imaginez... (Elle regarda autour d'elle l'escalier en marbre, le décor coûteux, calculant sans doute mentalement ce qui avait été payé avec l'argent des autres.) Vous ne pouvez pas vous en souvenir, mais Jason a bénéficié de beaucoup de soutien et de sympathie quand son père s'est mis dans cette terrible situation. Ce n'est pas ainsi que les gens aiment se voir remercier de leurs attentions. Et malheureusement, même s'il est compréhensible que vous ayez préféré garder votre passé dans l'ombre, cela n'a fait qu'accroître le sentiment d'avoir été trompé et le pardon exigera un certain temps. Cependant, nous avons de grands cœurs dans cette ville et les péchés de Jason ne sont pas les vôtres. Tout ça se calmera.

*

Jusqu'à ce que tout ça se calme, décida Marcie un peu plus tard, elle allait devoir vendre quelques trucs. Autrefois, cinq mille dollars lui auraient paru une fortune ; à présent, il lui arrivait de dépenser cette somme en entrant distraitement dans une boutique. Elle allait devoir trouver un travail – une idée qui la remplissait de crainte et de dégoût, la puanteur de la cafétéria encore collée aux narines, prête à s'insinuer en elle.

Incapable de dormir, elle resta étendue dans le noir à contempler le plafond, les draps frais sous elle et non plus chauds et emmêlés par la passion, que ce soit avec Jason ou avec Keisha. Ce lit lui faisait l'effet d'un terrain sinistré.

Quand ils avaient acheté la maison, elle avait aimé son immensité. Désormais, cette démesure l'oppressait. Elle percevait des bruits inhabituels, redoutait des intrusions. Quelqu'un la guettait là dehors, quelqu'un qui était déterminé à les détruire, Jason et elle, quitte à aller jusqu'au meurtre. Allait-il venir ici pour tenter de l'éliminer ? Maintenant qu'elle était si seule ?

Elle se leva pour se poster à la fenêtre. La maison en face, la maison qui l'avait sauvée, était silencieuse et les trottoirs déserts, comme toujours après minuit. Elle s'attendait presque à voir Jacquie en train de la surveiller. Les ennuis avaient commencé quand elle avait refait surface.

Jacquie était-elle derrière tout ça ? Si oui, que cherchait-elle ? Il était impensable qu'elle aille jusqu'à empoisonner William pour se venger de Jason. Mais ne dit-on pas que l'Histoire est faite de la vengeance de femmes bafouées ?

Non, Jacquie n'avait pas pu empoisonner William. Comment aurait-elle su où trouver les seringues d'Eleanor ? À moins que quelqu'un ne lui en ait parlé ? Mais pourquoi ? Trop de questions sans réponse et, pour l'instant, elle avait des soucis plus immédiats. L'argent, il lui fallait de l'argent. Elle passa dans son dressing. Ils ne pouvaient lui prendre ses bijoux. Pas si elle les vendait. Pareil avec les boutons de manchette et les montres de Jason, et tout un tas d'autres trucs : ses robes de soirée, par exemple, celles qui n'avaient servi qu'une fois.

Tandis qu'elle empilait les superbes petits écrins qui résumaient un mariage jonché de cadeaux, elle se calma. Même si elle vendait tout cela à un prix dérisoire, il lui resterait largement assez après avoir remboursé Iris. En sortant ses foulards Hermès, elle éprouva un soudain sentiment de libération. Avec Jason, elle s'était crue à l'abri derrière sa richesse. À quoi lui servait-elle à présent ? Ce n'était pas son argent à elle. La prochaine fois, quand elle épouserait un autre homme riche, elle ferait en sorte de posséder des comptes en banque à son nom, de cacher du fric quelque part en cas d'urgence. À condition que quelqu'un veuille bien d'elle.

Elle passa en revue les tiroirs de Jason pour en sortir quatre montres – deux d'entre elles avaient été des cadeaux qu'elle lui avait faits, avec son argent à lui, elle n'avait aucun remords à les vendre – et rassembla sa collection de boutons de manchette – trois paires étaient incrustées de diamants et aucune des autres n'était du toc.

Son inventaire terminé, elle retourna au lit et fixa l'autre oreiller – celui de Jason. Elle pensa à toutes ces fois au début de leur histoire où, allongée à ses côtés, haletante après l'amour, le regardant dormir, elle avait envie de laisser ses doigts courir sur les muscles fermes de ses bras et de son torse. À quel point elle avait été obsédée par cet homme. Et puis, il y avait eu Keisha, peau noire sur les draps blancs, qui s'était couchée ici même avec elle, chaude, humide, un nouvel océan de sexualité.

Jason et Keisha. Keisha et Jason. Masculin, féminin. Yin et yang. Les souvenirs l'assaillaient et avec eux les sensations. L'excitation se réveillait. Keisha avait-elle tué William pour *elle* ? Marcie n'avait pas arrêté de lui dire qu'elle ne voulait pas redevenir pauvre – était-ce ainsi que Keisha avait tenté de résoudre ce dilemme ? Ou bien n'était-elle qu'un bouc émissaire et c'était Jason qui avait empoisonné son meilleur ami pour se libérer de ses dettes et éviter la prison ? Ces deux personnes avec qui elle avait couché. Des individus horribles. Le drap frôla son mamelon et elle frissonna.

Jason et Keisha. Le même dédain absolu pour la conformité. Leur vénalité éveillait ses fantasmes ; sa main glissa le long de son ventre et ils se retrouvèrent tous les trois au lit ensemble, une mêlée moite, trépidante, de chairs impatientes.

Quand elle eut terminé, après les râles de délice tandis que l'orgasme se propageait en elle, elle roula sur le côté et s'endormit enfin. Elle ne se réveilla qu'à neuf heures du matin le lendemain quand la détective Anderson sonna à sa porte.

55

Kate Anderson n'avait pas dû fermer l'œil de la nuit, Marcie en était persuadée, à la voir débarquer ainsi de bon matin, la peau d'une fraîcheur dégoûtante, avec l'énergie de quelqu'un qui est debout depuis des heures. Mais, dès qu'elle se mit à parler, Marcie ne tarda pas à se réveiller, elle aussi. D'abord, Anderson lui annonça qu'ils avaient à présent des raisons de croire que le bug à la firme était le résultat d'un virus implanté à distance. Elle voulait savoir si Jason possédait des compétences en informatique ou s'il avait des amis ou des connaissances vers qui il aurait pu se tourner. Ce qui avait beaucoup amusé Marcie. Jason ? Un hacker ? Non, impossible – pas avec ses mots de passe de gamin de dix ans. Elle faillit demander pourquoi, au nom du ciel, il aurait voulu provoquer cette panne puis, ses neurones retrouvant une activité normale, l'évidence lui apparut : pour retarder l'audit. Pour avoir le temps de rembourser l'argent ou, à défaut, d'ajouter à la confusion et ainsi dissimuler ses traces. Non, alors même qu'elle plaidait l'ignorance, elle savait que si Jason ne l'avait pas fait lui-même, il était plus que possible qu'il ait organisé le piratage du système.

Ensuite, le coup porté par Anderson fut plus vicieux. Elle soupçonnait Jason et Keisha d'être complices. Jason avait été à Londres l'année précédente. C'était lui qui avait indiqué à William les lieux à visiter. Tout cela faisait peut-être partie d'un plan complexe, d'une arnaque sur le long terme. Était-il possible qu'il ait connu Keisha avant qu'elle n'arrive à Savannah ?

Marcie joua son rôle de femme sudiste en détresse jusqu'au départ de la détective qui ne se priva pas de larguer une dernière bombe : Jason avait été mis en examen pour fraude et détournements. Dans la mesure où il était aussi impliqué dans une enquête concernant une tentative d'homicide volontaire, il y avait peu de chances qu'on lui accorde une mise en liberté sous caution.

Dès qu'elle eut fermé la porte, le cerveau en ébullition, Marcie passa à l'action. Malgré tout, Jason avait encore de l'influence. Et donc elle aussi, en tant qu'épouse. À quoi bon être mariée à un juriste si vous ne vous servez pas de vos relations pour tirer quelques ficelles ? Elle avait besoin de poser elle-même les questions. De *savoir.* Keisha et Jason étaient-ils de mèche ?

Voilà pourquoi elle se retrouvait maintenant devant le poste de police, sur le point de rendre visite à son mari, puis à son amante, la puissance du milieu juridique de Savannah ayant forcé la main d'Anderson et ouvert les portes de leurs cellules. Soudain nerveuse, elle s'essuya les paumes sur son pantalon. *Fais gaffe*, dirent ses yeux à Jason quand un gardien le fit entrer dans la pièce réservée aux visites. *On nous écoute.*

★

— Je n'ai pas empoisonné William. Il faut que tu me croies.

Alors qu'il s'asseyait face à elle, ses yeux écarquillés et effrayés, Marcie se dit qu'il avait déjà perdu quelques kilos. Pas même un « *Ça va, chérie ?* » avant de bramer ses dénégations.

Ils étaient seuls dans la salle.

— Moi non plus, mais ça ne t'a pas empêché de leur parler de l'album et de Jonny.

— Quelqu'un leur a dit que je détournais des fonds.

Marcie le dévisagea.

— Quoi ? Et tu croyais que c'était moi ?

Il haussa les épaules.

— Bon Dieu, Jason, cette dénonciation a bousillé ma vie. Ils ont gelé tous les comptes. J'ai dû emprunter de l'argent à Iris et je ne pourrai jamais régler la moindre échéance pour la maison. Même si j'avais été au courant, pourquoi le leur aurais-je dit ?

Elle savait aussi bien que lui qu'il ne fallait pas avouer la moindre infraction dans une salle de visite.

— Parce que tu ne m'aimes plus.

Ce fut une autre gifle qu'elle se prit en plein visage. On aurait dit un gosse qui piquait sa crise. Même s'il y avait peut-être un fond de vérité dans cette déclaration.

— C'est moi qui ne t'aime plus ? Comme si tu ne bavais pas sur Keisha depuis son arrivée. Tu sais que la police pense que vous êtes complices, tous les deux ? Que tu as essayé de me coller ça sur le dos afin d'aller te dorer sur une plage des Caraïbes avec elle ? L'as-tu rencontrée à Londres pendant ton voyage l'an dernier ?

Elle savait que l'agressivité était le meilleur moyen de lui soutirer la vérité. Le mettre au pied du mur.

— Seigneur, Marcie ! C'est une vulgaire parvenue. Je l'ai un peu draguée pour te rendre jalouse. Rien n'était plus assez bon pour toi. Chaque jour, je te voyais devenir un peu plus froide. Je voulais qu'on retrouve la flamme ! La passion ! J'étais malheureux. Je sais, ce n'était pas la meilleure des manières de gagner ton attention, mais ça marchait. Et puis, si j'avais voulu commettre un meurtre – ce qui n'est pas le cas –, je n'aurais jamais choisi une complice aussi peu fiable. Tu as bien vu comment elle est !

— Et l'argent ?

— Ce n'était pas moi. Tout ceci est une méprise.

Il la fixa, un rappel, au cas où elle en aurait besoin, qu'il n'était pas question pour lui de tomber sans combattre ou au moins sans négocier un accord avec le procureur.

— La police croit que c'est toi. Selon elle, si William l'avait découvert et t'avait dénoncé, tu te serais retrouvé en prison pour Dieu sait combien d'années. Et donc, tu n'avais pas le choix. (Elle poussa un soupir.) D'un autre côté, je n'arrive pas non plus à t'imaginer en train d'essayer de le tuer.

— En supposant que ce soit vrai – et ça ne l'est pas –, William n'aurait jamais mêlé la police à cette histoire, déclara Jason en lui prenant la main. Il n'aurait jamais permis que la firme en souffre. Il aurait exigé ma démission, pour raison de santé ou autre, mais il n'aurait jamais laissé l'affaire venir au grand jour. Cela aurait détruit la boîte et sa réputation. On l'aurait pris pour un idiot. Il avait déjà le sentiment d'avoir commis une énorme bêtise en épousant Keisha. Il n'aurait jamais accepté que je le fasse à mon tour publiquement passer pour un crétin. Oui, nous aurions sans doute dû vendre la maison et déménager, mais nous n'aurions pas été pauvres et cela n'aurait pas valu la peine de le tuer. Que quelqu'un tente de l'assassiner n'a fait qu'empirer ma situation. Tu dois me croire, Marcie, dit-il en plongeant son regard dans le sien. Tu me connais.

Il avait raison. Elle le connaissait et, si odieux qu'il puisse être, il avait raison. Il aurait préféré subir la colère de William plutôt que de le tuer et de risquer la peine de mort. Un acte et une sentence bien trop réels pour lui.

★

Si Jason avait immédiatement été sur la défensive, ce fut exactement le contraire avec Keisha. Même maintenant, après avoir été enfermée pendant presque quatre jours, la durée maximale permise, et sûrement sur le point d'être inculpée de tentative de meurtre, ses premiers mots furent pour Marcie.

— Tu vas bien ? dit-elle en lui prenant la main. Je me faisais du souci pour toi, avec Jason et ces histoires d'argent. Que vas-tu faire ?

— Survivre, j'imagine. Que puis-je faire d'autre ? (C'était étrange d'être ici avec elle. Keisha, si superbe, un tel mélange de fragilité et de force qui, si elle devait en croire son cœur qui battait à toute allure, la tenait encore sous son emprise.) Je regrette d'avoir été si dure avec toi à la soirée. Jason venait de recevoir mon album scolaire. Ton avocat a dû t'en parler ?

— Oui. C'est tellement bizarre. Billy a lui aussi reçu une enveloppe ce soir-là. Une photo. Pendant cette fête vaudoue. La première fois qu'on a… bah, tu sais ce qu'on a fait. On me voit endormie sur l'herbe en petite culotte. Ne t'inquiète pas, tu n'y es pas. Ton bras, oui, mais c'est tout. Personne ne peut savoir que tu étais complètement nue à côté de moi.

Marcie serra les dents. Keisha en disait trop, mais si Kate Anderson l'interrogeait là-dessus avec son air faussement débonnaire, elle répondrait qu'elles avaient dansé et qu'elles s'étaient un peu laissées aller. Et alors ? Le plus important, c'était que quelqu'un les avait épiées. Avait pris des photos.

— William a pété les plombs, continua Keisha. Pour lui, c'était la dernière goutte. Mais ce qui est vraiment bizarre… (Elle se pencha vers elle et Marcie se dit que même ici son haleine était douce, tiède et propre. Elle voulait plonger sa langue dans cette bouche.) C'est que les flics ne m'en ont pas parlé. La photo a disparu. Quelqu'un a dû la prendre cette nuit-là. Mais qui ?

— Zelda ? Tu as cru la voir dans cette clairière.

— Ouais, mais elle l'aurait laissée pour que la police la trouve. Et elle ne ferait jamais rien contre William.

— William l'a peut-être détruite ?

— Non, il n'aurait pas fait ça. C'était une preuve contre moi. Que j'étais une mauvaise épouse.

Marcie sourit à moitié, encore une fois irrévérencieuse en présence de Keisha.

— Soyons justes, tu étais loin d'être une épouse parfaite.

— Je sais. Mais je ne lui ai fait aucun mal. Ils croient que c'est moi qui ai fabriqué la boule de conjuration et les poupées *juju*, mais c'est faux. Oui, je souhaitais sa mort, mais je n'ai rien fait. (Des larmes brillaient dans ses yeux.) Tout est si embrouillé dans ma tête. C'est de la magie noire, j'en suis sûre. Je n'arrête pas de revoir cette vieille femme aux cheveux orange. Elle est mêlée à tout ça. Zelda et elle ensemble, peut-être. Tu te rappelles quand on l'a vue la première fois au square ? Elle nous a traitées de *fantômes*. (Elle tremblait.) Je n'en peux plus, des fantômes. Cette femme *savait* que je suis maudite. À cause du garçon. J'en suis certaine. Et maintenant, je t'ai contaminée, toi aussi.

Voyant qu'elle commençait à délirer, Marcie préféra changer de sujet. Elle n'en avait rien à foutre des poupées *juju*, quoi qu'elles puissent être.

— Le jour où tu es venue et que j'ai t'ai donné le Xanax… où es-tu allée après ? William a débarqué à la maison. Il te cherchait.

— Je suis allée à l'endroit de cette fête. Au Truman Parkway. J'espérais trouver de quoi tenir. Ce que tu m'avais donné me faisait que dalle, il me fallait un truc plus fort. J'ai réussi à acheter des cachets – de l'Oxy, soi-disant –, mais c'était de l'arnaque. J'aurais dû accepter cette ordonnance que tu m'as proposée.

Quand Jason lui avait pris la main, c'était comme si un noyé se raccrochait à elle pour qu'elle le sauve ou alors pour l'entraîner au fond avec lui. Avec Keisha, il n'y avait que de la chaleur dans son contact. De l'attention. De l'amour, même. Malgré toutes ses terreurs et sa folie, Keisha était plus coriace que Jason. Elle lui pressa la main à son tour. Si Keisha courait après la came ce jour-là, elle n'était pas avec Jason.

— Putain, pas étonnant qu'ils me croient coupable, conclut Keisha. Je suis une vraie merde.

— Anderson semble croire que Jason et toi êtes complices. Que vous vous êtes connus à Londres avant que tu viennes ici.

Keisha eut un rire amer.

— Je sais. C'est grotesque. Comme si je pouvais tomber amoureuse de Jason. C'est toi que j'aime, reprit-elle avec tristesse.

Malgré le contexte, ces mots exaltèrent Marcie.

Elle était encore sur son nuage quand elle vit Anderson et Washington qui l'attendaient dans le couloir. La détective était encore visiblement énervée d'avoir dû lui accorder un droit de visite, mais il y avait aussi une lueur amusée dans son regard.

— Donc, vous vous êtes bien retrouvée nue avec la seconde Mme Radford. Voilà qui constituerait le scandale de l'année à Savannah, vous ne croyez pas ? S'ils l'avaient su, vos amis juristes haut placés y auraient peut-être réfléchi à deux fois avant d'accéder à votre requête.

— Nous avons enlevé quelques vêtements en dansant, dit Marcie sans s'arrêter. Ce n'est rien.

— « La première fois qu'on a… bah, tu sais ce qu'on a fait. » Ça me paraît assez clair. Qu'est-ce que t'en penses, Washington ?

Le grand type sourit.

— Je regarderais bien le film.

— Vous êtes dégoûtants.

Anderson leva les mains.

— Hé, pas moi. J'ai un faible pour les belles femmes et elle est carrément belle. Je vous comprends.

Une gouine, pensa Marcie. *Évidemment.* S'imaginant sans doute que Marcie commençait à un peu trop s'ennuyer à la maison et à s'interroger sur les charmes de l'amour lesbien…

— Donc, dit Kate Anderson en lui ouvrant la porte, l'éclat du soleil faisant grimacer Marcie, il semble que vous aussi ayez beaucoup à gagner de la mort de William. Dans un cas comme dans l'autre. Entretenir une liaison avec celle qui serait désormais une riche veuve, ou bien sortir votre voleur de mari de sa mouise et garder votre vie de luxe.

— Sauf que je n'étais pas là, n'est-ce pas ? dit Marcie, tranchante. Je n'aurais pas pu l'empoisonner.

Anderson ne dit rien, se contentant de hausser un sourcil comme pour dire que toute cette histoire était loin d'être terminée.

— Passez une bonne journée, madame Maddox, dit Washington.

— Allez vous faire foutre, marmonna Marcie entre ses dents. Allez vous faire foutre, tous les deux.

56

Dans son rêve, Keisha était une marionnette. Elle dansait et dansait depuis des heures, bras et jambes tirés par des fils qui lui sortaient de la peau. Elle se trouvait sur un podium dans la lumière d'un projecteur sous un chapiteau de cirque et tandis que, exténuée, elle hurlait pour que ça s'arrête, le public ne cessait d'exiger des rappels.

Tonton Yahuba, le Monsieur Loyal, fit claquer son fouet et, depuis là-haut dans les vastes ténèbres, on tira plus fort sur ses fils, au point qu'elle crut que ses chairs se déchiraient. Un visage surgit de la foule – Billy –, hilare et applaudissant, des fils coupés pendant de ses poignets.

— *Bravo ! Bravo** ! criait-il.

Tata Ayo était debout, glapissant de joie. Mais ce n'était pas Keisha qu'ils acclamaient. Leurs yeux brillants étaient tournés vers le haut. Vers celui ou celle qui la manipulait.

Elle se réveilla en nage, le cœur battant, se grattant les bras pour se libérer de ses attaches et appelant Marcie au secours. Le rêve ne s'était pas encore dissipé quand son avocat arriva. La police anglaise envoyait un officier à Savannah, annonça-t-il, qui avait des questions à lui poser.

De retour dans sa cellule, elle se gratta de nouveau les bras jusqu'au sang. Elle était sûre de sentir les fils qui lui crevaient la peau.

57

La peur au ventre, ressassant tous les événements des dernières heures, Marcie avait à peine fermé l'œil de la nuit. Pauvre Jason, désormais accusé et bouclé, et ce, sans doute jusqu'à ses vieux jours. C'était trop bizarre. En dépit de sa colère contre lui – et de son désir pour Keisha –, elle éprouvait un véritable chagrin. Il était si séduisant, si charmant, si plein de jeunesse encore, et tout cela ne serait plus qu'un lointain souvenir quand il sortirait de prison. L'amour ne s'éteint pas du jour au lendemain, était-elle en train de réaliser. Elle pleurait son mariage, l'homme dont elle était tombée amoureuse, même s'il n'était plus cette personne et ne l'avait peut-être jamais été. Elle était en train de faire le deuil de quelqu'un qu'elle avait inventé.

Elle n'avait pas empoisonné William et elle n'avait pas détourné d'argent, ce qui aurait dû suffire à l'apaiser, mais elle n'était pas si certaine que l'innocence soit une garantie de sécurité dans cette affaire. Elle ne croyait plus guère à la culpabilité de Keisha ou de Jason. Keisha n'était pas aussi calculatrice et Jason était peut-être un menteur et un voleur, mais il n'était pas courageux. Or ce genre de meurtre exigeait un élément de bravoure. Par ailleurs, il n'avait pas tort non plus : s'il avait découvert ses trafics, William aurait immédiatement étouffé le scandale.

Tous deux, Jason et Keisha, avaient été si sincères face à elle. Pas de regard fuyant, pas de dissimulations. Elle aurait parié – si elle avait eu l'argent – qu'ils lui disaient la vérité. Mais si elle n'était pas coupable et eux non plus, alors qui l'était ?

Elle sortit de la dernière bijouterie – le diamantaire – et tandis qu'elle rangeait l'enveloppe d'argent liquide avec toutes les autres qu'elle avait récupérées dans la matinée, le même nom se mit à clignoter dans son esprit comme un néon dans une nuit glauque. *Jacquie.* Ça ne pouvait être que Jacquie. Le divorce avait été très dur et maintenant elle cherchait à se venger.

Dans la voiture, elle entoura d'un élastique cinq mille dollars qu'elle sépara de son épaisse liasse de billets afin de les apporter à Iris à la clinique. Elle passa la marche arrière et fronça les sourcils en jetant un regard dans son rétroviseur. Quelque chose était coincé sous l'essuie-glace du pare-brise arrière. Agacée, elle ressortit.

En s'approchant et en comprenant ce qui était emballé dans du plastique, elle eut un geste de recul, d'horreur. Une poupée. Une grossière poupée *juju*. Malgré sa répulsion, elle la sortit de son sachet, le tissu – de la soie – étrangement familier sous ses doigts, une barre rouge en guise de bouche cousue de travers. C'était censé être *elle* ?

Elle regarda frénétiquement autour d'elle, à la recherche d'un visage connu sur le parking, de la personne qui aurait pu coller cette saloperie sur son pare-brise, mais elle ne vit que des étrangers qui vaquaient à leurs occupations sans se soucier d'elle. Soudain vulnérable, elle s'enferma dans l'habitacle, jeta la poupée par terre devant la place du mort et brancha la clim à fond pour se calmer. Elle sortit son portable avant de se figer. Non, pas question d'appeler la police à cause d'une poupée vaudoue. Anderson serait trop contente.

Jacquie, Jacquie, Jacquie. Dans sa tête, le néon s'était transformé en glas. Iris n'avait-elle pas dit que Jacquie avait des racines créoles ? Croyait-elle à toutes ces conneries ? William et Keisha avaient eu droit eux aussi à des poupées à leur effigie et maintenant il était à moitié mort et elle était en taule. Marcie ne croyait pas à la magie, mais elle croyait aux symboles. Ceci était un *message* qui lui était destiné. S'agissait-il d'une menace ? D'un avertissement ? Quel sort lui réservait celui ou celle qui l'avait confectionnée ? La prison, la mort ou quoi ? En tout cas, une chose était claire : elle n'avait pas beaucoup de temps devant elle. Elle devait trouver des preuves contre Jacquie. Et vite.

★

Elle arriva à la chambre de William à bout de souffle après avoir traversé toute la clinique au pas de course. Elizabeth se trouvait dans ce que Marcie appelait désormais son « fauteuil de garde », un sac en tissu par terre à ses côtés, *Moby Dick* posé sur un pull et un autre truc, sans doute une trousse de toilette. Emmett se tenait derrière elle, une main sur son épaule dans un geste de soutien, tandis que tous les deux contemplaient la carcasse dans le lit. Il bafouilla immédiatement des excuses pour ne pas avoir parlé à Marcie des investissements de Jason, présumant qu'elle savait déjà. Elle ne le crut pas une seconde – il s'en foutait, voilà tout, elle n'était pas un *garçon*, elle ne faisait pas partie du club – et préféra changer de sujet, leur épargnant cette gêne à tous les deux.

— Virginia n'est pas avec vous ? s'enquit-elle.

C'était bizarre de voir William au centre de toute cette attention alors qu'il était si passif. Les entendait-il bavarder, parlant de lui comme s'il n'était pas là, discutant des soins dont il aurait besoin vingt-quatre heures sur vingt-quatre si jamais on le laissait sortir d'ici ? Si oui, c'était franchement horrible. William aimait-il seulement *Moby Dick* ? Elle essaya d'imaginer Elizabeth lui faisant la lecture à haute voix, changeant de ton selon les personnages, tandis qu'il crevait littéralement de rage, ne pouvant lui dire de la fermer, de lui foutre la paix. Mais, peut-être aussi que chaque mot lui était un formidable réconfort. Ce qui vaudrait mieux. Les gens passent vite à autre chose. S'il ne mourait pas rapidement, il allait rester très longtemps seul dans le noir, enfermé avec ses pensées.

— Elle était ici tout à l'heure, répondit Emmett. Elle a dû se rendre à l'église afin de préparer le service spécial qui aura lieu demain pour la guérison de William. (Il regarda le corps sous les draps.) Beaucoup de monde priera pour toi, demain matin, mon pote, ajouta-t-il avec une fausse bonne humeur. J'espère bien qu'à l'heure du déjeuner tu seras debout à faire des claquettes.

« Mon pote. » William aurait détesté le manque de respect contenu dans ces deux mots et Emmett n'aurait jamais osé s'adresser à lui avec une telle condescendance quand *son pote* était en pleine possession de ses moyens. Mais bon, William avait perdu son pouvoir. Son autorité. Il était devenu insignifiant, et ne serait jamais plus le William qu'ils avaient connu et, quoi qu'il entende ou pense, cela n'y changeait absolument rien. Cette idée avait quelque chose d'abominable qui lui rendit la chambre insupportable.

— J'espérais trouver Iris. Je dois la voir.

— Elle est allée nous chercher du café, dit Elizabeth. Dans la salle d'attente.

— Merci.

Il fallut qu'elle quitte la pièce pour qu'elle se rende compte qu'elle avait pratiquement cessé de respirer, comme si le mal de William était contagieux. Elle prit plusieurs longues inspirations avant de rejoindre Iris qui versait de la crème dans trois tasses en porcelaine.

— Oh, Marcie. J'ignorais que vous veniez aujourd'hui.

Le café avait une odeur délicieuse. Rien ici n'avait le goût du plastique.

— J'ai appelé chez vous et Noah m'a dit que vous seriez ici, dit Marcie en sortant la liasse de billets. Voilà. Je vous remercie de m'avoir dépannée aussi vite.

— Eh bien, voilà qui… Vous êtes sûre que vous n'en aurez pas besoin ?

Iris semblait surprise, comme si elle s'attendait à ne plus jamais revoir cet argent.

— J'ai vendu quelques bijoux. Ça ira pour l'instant, fit Marcie en tâchant d'afficher le plus doux des sourires. C'était si gentil à vous de m'aider. Je sais que cela ne devait pas être facile après ce qu'a fait Jason. J'ai honte.

Iris s'adoucit et lui pressa la main.

— Vous n'avez rien fait de mal, Marcie. Et vous n'auriez pas dû vendre quoi que ce soit pour me rembourser. Personne ne vous juge pour ce qu'a fait Jason…

Ce que Marcie avait beaucoup de mal à croire, surtout maintenant que son passé s'ajoutait au dossier.

— Et si vous m'aidiez avec ces tasses ? Mon arthrite s'est réveillée et, pour être honnête, je crains de ne pouvoir les transporter à bon port sans provoquer d'accident.

Marcie prit deux tasses dans une main et alla lui ouvrir la porte.

— J'ai vu le nom de Jacquie sur le registre des visites, dit-elle avec désinvolture. C'est gentil de sa part de venir voir William. J'ignorais qu'ils étaient proches.

— Ils n'étaient pas si proches, non. Jacquie était plutôt l'amie d'Eleanor. Vous savez comment c'est, les garçons jouent au golf et les filles au tennis. Elle descendait d'Atlanta pour venir la voir quand elle était malade. Surtout vers la fin. Elles jouaient aux cartes. Dînaient ensemble. Jacquie passait la nuit dans une chambre d'amis, déjeunait de temps à autre avec Virginia et Emmett, puis rentrait chez elle. Vers la fin, quand Eleanor dormait la plupart du temps et que beaucoup de gens commençaient à l'éviter, elle restait assise auprès d'elle. Au calme. C'était très gentil de sa part. D'autant plus que Jacquie devait à l'époque faire face au décès de son propre mari. Elle est d'une grande bonté parfois.

Donc, Jacquie avait souvent séjourné dans la maison pendant la maladie d'Eleanor. Et on ne le lui avait jamais dit. Jason était-il au courant, grâce à son ami William ? Avaient-ils tous évité de lui en parler pour ne pas la froisser ? Elle devait reconnaître qu'ils auraient eu raison. Même si elle avait fini par gagner, Marcie éprouvait toujours une étrange jalousie à l'égard de Jacquie et elle n'aurait pas été ravie d'apprendre que sa rivale venait d'Atlanta jouer les Florence Nightingale auprès de la reine malade. Mais l'essentiel n'était pas là. Ce qui comptait, c'était que Jacquie avait passé du temps avec Eleanor au cours de ses dernières semaines, y compris dans sa chambre à coucher, et qu'elle aurait très bien pu découvrir l'existence de la morphine et des seringues. Jacquie avait eu l'opportunité d'empoisonner le lait de coco.

Et – chose qu'ils n'avaient jamais mentionnée non plus devant Marcie – elle déjeunait souvent avec Virginia et Emmett qui avait très bien pu lui parler des investissements de Jason. Des portes s'ouvraient dans son esprit et, derrière chacune d'elles, elle trouvait la première femme de son mari.

58

Marcie perçut le changement d'atmosphère dès qu'elle pénétra dans l'église, mais en dépit de la rumeur, des exclamations murmurées, le toit ne s'abattit pas sur sa tête et, après encore quelques regards en coin, la politesse si ancrée de la congrégation recouvrit tout cela d'un élégant couvercle invisible. Elle s'en moquait. Elle n'était pas venue quêter l'approbation de qui que ce soit, et encore moins prier pour la guérison de William. Elle était ici pour obtenir des informations.

Beaucoup d'invités à la soirée assistaient au service et nul doute que Virginia, assise au premier rang, était en train de vérifier qui avait fait l'effort d'être présent. Marcie ne prêta guère d'attention au sermon, réprimant un ricanement quand était évoquée telle ou telle qualité de William, sa gentillesse et sa douceur, par exemple. Nulle mention de son arrogance ou de sa grandiloquence. Du fait qu'il obligeait Eleanor à pleurer leur fils unique en cachette. De son mariage avec une femme trois fois plus jeune que lui – alors que la précédente n'avait pas encore refroidi dans sa tombe – qu'il avait ensuite voulu larguer. Sans parler de toutes ces années où il n'avait cessé de promettre une place au soleil à Jason au point que celui-ci avait eu recours au vol pour se l'offrir. D'exiger d'Elizabeth qu'elle soit à sa disposition à chaque seconde du jour et de la nuit. Pas exactement un saint, ce cher William. Néanmoins, il n'avait pas mérité de se retrouver suspendu dans ces limbes entre la vie et la mort. Cela étant, la plupart des gens ne méritent pas ce que la vie leur réserve. En bien ou en mal.

Toutes les places assises étaient occupées, mais pendant cette heure de discours pontifiants, Marcie eut largement le temps d'étudier la congrégation. Il y avait les vrais fidèles, tous devant avec Virginia et Emmett, les yeux brillants et chantant à pleins poumons pour propulser leurs bons vœux vers les cieux. Les autres se contentaient de couiner des cantiques qu'ils ne connaissaient pas trop d'une voix incertaine, tout en hochant la tête pendant les prières à des moments plus ou moins appropriés. Elle les enviait presque. Le pouvoir de leur religion. La solidarité qui prévalait entre eux, cette certitude d'appartenir à une communauté. Tous ces liens invisibles. Elle avait vu le même phénomène chez les bénévoles de la mission. Unies dans leur adoration et le besoin de servir leur Seigneur dans chacun de leurs actes, de s'entraider. Pour Marcie, c'était un anathème. Elle en avait déduit que la religion devait vous prendre tôt, quand vous êtes jeune, avant que le cynisme ne s'installe. Avec son enfance, si les efforts de Maman pour l'éduquer pouvaient être considérés comme tels, le cynisme l'avait imprégnée avant même qu'elle sache prononcer ce mot.

Dès qu'elle eut repéré Jacquie, elle eut du mal à ne plus la quitter des yeux. Coiffée d'un élégant chignon, elle avait pris place au bout d'une rangée à mi-chemin de la sortie, pas à l'intérieur du premier cercle des fervents. Jacquie et son amertume. Jacquie et sa vengeance. *Jacquie la tarée*. Elle n'avait pas jeté un seul regard derrière elle, mais Marcie n'était pas dupe. Elle savait que Marcie était ici. Et maintenant, c'était elle, Marcie, qui la surveillait. Qui menait le jeu.

Après avoir vu Iris la veille, elle était rentrée chez elle et avait appelé son ancien lycée. Elle avait demandé à la secrétaire s'il existait des exemplaires des anciens albums de l'année. On avait transmis son appel à la bibliothécaire qui avait rigolé quand elle avait dit qu'elle serait intéressée par l'album de 2004. Apparemment, une femme leur avait envoyé un courriel pour leur demander exactement la même chose, il n'y avait pas si longtemps. Elle s'en souvenait parce qu'elle ne recevait guère de requête remontant si loin dans le passé. La vie continue, n'est-ce pas ? Le cœur battant, Marcie avait demandé si elle avait une copie de ce courriel. Non, elle n'en avait pas. En tout cas, la femme avait dû venir chercher cet exemplaire, parce qu'il en manquait un dans la réserve. Sûrement pendant les vacances quand seul le personnel administratif est présent. La bibliothécaire promit d'interroger ses collègues, sans garantir qu'ils pourraient lui répondre. Plusieurs mois avaient passé et, dans les lycées, ça défile tellement vite, n'est-ce pas ? Toute cette jeunesse qui court partout.

Une fois débarrassée de la bavarde, Marcie avait failli appeler Anderson sur-le-champ pour lui faire part de ses théories, mais elle s'était retenue. Il lui en fallait davantage.

— Hé ! s'exclama-t-elle quand on ouvrit enfin les portes de l'église pour libérer la foule. Julian ! (Le couple de garçons semblait très pressé de filer.) Julian ! Pierre ! Attendez !

Pierre s'immobilisa, la dévisageant par-dessus ses lunettes de soleil, attendant qu'elle les rattrape.

— Eh bien, dit-il. Je ne m'attendais pas à vous voir ici.

— J'ai pensé qu'il valait mieux me montrer. Je ne veux pas qu'on s'imagine que je me cache. Vous voulez bien aller prendre un brunch ? (L'avenir à long terme s'annonçait peut-être difficile, mais pour l'instant, elle avait des billets plein son sac.) C'est moi qui offre. Je ne vais pas vous mentir, les amis se font rares ces temps-ci. Et, bien sûr, conclut-elle avec un clin d'œil, sachant comment manœuvrer Pierre, je vous raconterai *tout.*

— Chez Alessi, dit Pierre, après un moment. Leurs martinis sont à mourir.

— Évitons le mot mourir, d'accord ?

— D'accord. À condition que vous nous racontiez l'effet que ça fait de se retrouver dans la vraie version d'*Orange is the New Black.*

— Ah, c'est très drôle, dit Marcie.

— Venez, dit Julian qui ne souriait pas. Tirons-nous d'ici.

★

Sans attendre un duel au soleil avec Jacquie ou de papoter avec Virginia ou Iris ou n'importe laquelle de ces femmes qui la regardaient comme si elle était radioactive, elle grimpa dans sa voiture et suivit les garçons hors du parking. Si quelqu'un était au courant des faits et gestes de chacun au cours de la soirée, c'étaient ces deux-là. Si flamboyants soient-ils, c'étaient des pros. Ils étaient restés sobres pour veiller au bon déroulement de la fête et avaient donc passé la nuit à observer.

Les martinis étaient déjà servis quand elle se glissa dans le box face à eux.

— Tu avais dit qu'elle serait là, disait Julian. Quelle matinée pourrie. Tu sais que je ne supporte pas les églises. Ces gens nous détestent.

— Mais non. Ils ne sont qu'amour. Et détester est un bien grand mot. Ils sont juste perturbés par les gays qu'ils ne connaissent pas. On ne peut pas appeler ça de la haine. Pas vraiment.

— Qui aurait dû être là ? s'enquit Marcie.

— Elizabeth, dit Julian. On nous doit encore pas mal d'argent pour ce fiasco.

— Même si, ajouta Pierre, soyons justes, grâce au scandale, tout le monde veut nous avoir maintenant. Qui aurait cru qu'une tentative de meurtre se révèle aussi profitable.

— Elizabeth campe à l'hôpital, dit Marcie. Comme un chien fidèle auprès de son maître... (Elle ricana. Julian et Pierre – surtout Pierre – réveillaient la garce en elle.) J'imagine que vous allez devoir attendre que les choses se tassent. J'ignore si quelqu'un a accès à l'argent de William en ce moment. *(Ce qui est sûr, c'est que je n'ai pas accès au mien.)* Ça doit être une sacrée pagaille. Vous êtes fauchés ?

Pierre parut terrifié.

— Seigneur, non ! Ne prononcez même pas ce mot.

Julian but la moitié de son martini en une seule gorgée.

— Ce n'est pas la question. Pour commencer, je ne voulais plus jamais m'occuper d'une soirée chez William. Même pas pour sa deuxième épouse, aussi charmante soit-elle. Il nous a toujours accablés de son mépris, comme si nous lui devions quelque chose.

Pierre se pencha au-dessus de la table.

— Au cas où vous l'auriez raté, voici le résumé de la saison un : c'est par affection pour Julian qu'Eleanor nous a donné de l'argent pour nous aider à nous lancer. Il était son lien avec Lyle.

— Et William détestait ça, intervint Julian. Mais il ne pouvait rien dire, car sinon il lui aurait fallu affronter la vérité.

— De quoi parlez-vous ? demanda Marcie, perplexe.

— De Lyle, bien sûr, dit Pierre. Il était gay. Le premier grand amour de Julian. Pourquoi croyez-vous qu'il se soit engagé dans l'armée ? Pour impressionner son papa. Pour être un homme à ses yeux.

— Eleanor ne voulait pas qu'il parte. Elle savait qu'il ne s'engageait qu'à cause de la honte et de la déception de William. Qu'il cherchait seulement à regagner son approbation.

Pierre leva les yeux au ciel.

— Comme s'il n'y avait pas de gays dans l'armée ! Franchement. Tous ces garçons qui s'entraînent, qui portent des uniformes. L'armée, c'est les Village People en grand. Et en vrai.

Marcie était sidérée.

— Eleanor se fichait de sa sexualité, tout ce qu'elle voulait, c'était qu'il soit heureux. Mais William – comme nous le savons tous – n'est pas quelqu'un avec qui on discute.

— Donc, Lyle est devenu un bon petit soldat pour rendre papa fier et il en est mort. Le chagrin a bien failli tuer Eleanor.

— Juste parce que Willy ne supportait pas l'idée d'un fils pédé.

— Waow...

Ce fut tout ce que Marcie parvint à articuler. Toutes ces histoires de famille qu'elle ne connaissait pas. Tous ces placards remplis de fantômes

— Et toi qui te demandais pourquoi je n'avais aucune envie d'organiser une soirée pour William Radford le Quatrième, dit Julian.

Une soirée. À elle de jouer.

— Eh bien, ça ne risque plus d'arriver maintenant, non ? dit-elle en souriant pour détendre l'atmosphère. Heureusement que je suis partie de bonne heure…

— Espèce de petit gibier de potence.

— Très drôle. Mais je remercie le Ciel de cette migraine. Même si j'ai bien failli rester en voyant Jacquie arriver au moment où je partais. J'avais peur qu'elle ne drague Jason, maintenant qu'elle est veuve. C'est idiot, je sais. Et, à vrai dire, avec tout ce que j'ai appris depuis, il aurait peut-être mieux valu qu'elle le reprenne.

— Les hétéros sont des chiens, déclara Pierre. Mais vous n'aviez pas besoin de vous inquiéter pour ça. Je les ai vus discuter et Jason n'avait pas du tout l'air content.

— Et j'ai vu Jacquie un peu plus tard, dit Julian. Sans son masque. Elle avait une sale tête. Elle était montée au premier parce que, soi-disant, toutes les salles de bains en bas étaient occupées. Et puis quoi encore ? Et je ne parle même pas de toutes ces toilettes temporaires magnifiques que nous avions fait installer un peu partout dans le jardin et qui ressemblaient à des yourtes mongoles.

Elle était montée au premier. Pour voler une seringue dans la chambre d'Eleanor ? Et ensuite faire ce qui devait être fait ?

— Bon, revenons aux choses essentielles, dit Pierre en ignorant le menu pour signaler au garçon de leur servir une autre tournée de martinis. Vous devez *tout* nous dire sur ce fameux premier mari et ce qui s'est passé là-bas. Vous êtes tel un phénix… émergeant de la boue des taudis pour s'élever à ces hauteurs vertigineuses.

Et la chute dans l'autre sens était tout aussi longue, se dit Marcie en se résignant à passer une nouvelle heure sur le gril. Mais, au moins, elle avait découvert ce dont elle avait besoin. Et finis les martinis. Elle voulait avoir les idées claires quand elle parlerait à la détective Anderson cet après-midi.

★

— Peut-elle me rappeler ? fit-elle dans le kit mains libres tout en lançant le moteur. Marcie Maddox. C'est urgent. J'ai des informations sur la tentative de meurtre sur William Radford.

Apparemment, Kate Anderson se trouvait à l'aéroport, mais serait de retour d'ici une demi-heure. Marcie raccrocha. Ce n'était pas plus mal ; ça lui laissait le temps de rentrer et de prendre un café avant de présenter son dossier. Ils n'avaient pas ingéré le moindre machin solide au cours du brunch et les lourds nuages d'orage qui s'accumulaient n'aidaient pas à dissiper l'effet des deux martinis. Heureusement, elle était aussi bourrée d'adrénaline, ce qui lui donnait le coup de fouet nécessaire pour passer en revue les preuves – certes, indirectes – dont elle disposait contre Jacquie.

Cette femme avait été d'une mesquinerie et d'une méchanceté grotesques pendant toute la procédure du divorce. Elle n'aimait pas William et avait souvent rendu visite à Eleanor pendant sa maladie : elle aurait donc très facilement pu découvrir la présence des seringues dans son tiroir. Elle avait voulu récupérer Jason et celui-ci l'avait repoussée. Après s'être renseignée par e-mail, une inconnue – elle, pourquoi pas ? – était venue chercher le vieil album scolaire de Marcie. Par ailleurs, si Jacquie s'était mise à la suivre, elle aurait très bien pu prendre la photo de Keisha que William avait reçue le soir de la fête. Mais dans quel but ? Pour l'énerver, le mettre hors de lui ? En tout cas, il s'était disputé aussi bien avec Keisha qu'avec Jason. Jacquie connaissait et fréquentait Emmett et Virginia qui auraient pu lui parler des investissements de Jason, de leurs soupçons à propos de ses problèmes d'argent. Et enfin, elle était montée à l'étage pendant la soirée où elle aurait très bien pu récupérer une seringue pour empoisonner les briques de lait de coco.

Elle démarra, appuyant de plus en plus fort sur l'accélérateur, synchronisant inconsciemment sa vitesse avec celle des battements de son cœur. Oui, elle tenait décidément quelque chose. Jacquie haïssait Jason et Marcie, tout le monde le savait. L'enfer n'est pas aussi furieux qu'une femme bafouée. Si les flics l'arrêtaient, libéreraient-ils Jason et Keisha ? Jason obtiendrait-il la liberté sous caution ? Ou bien allaient-ils commencer à se demander si Jason et Jacquie n'étaient pas complices ? Son ventre se nouait à l'idée que ses deux amants recouvrent la liberté. Qui avait-elle le plus envie de retrouver ? Jason était un enfoiré de menteur, mais c'était son mari et s'il n'était plus soupçonné de meurtre, ils trouveraient peut-être un moyen de se sortir du merdier financier… et elle garderait peut-être sa vie actuelle pendant qu'il purgeait sa peine. Le statu quo serait préservé.

Et Keisha ? Oui, elle était folle et déséquilibrée, mais elle lui faisait quelque chose à l'intérieur. Elle la rendait dingue, comme Jason autrefois. Sauf qu'il y aurait le scandale du coming-out et qu'il faudrait tout recommencer ailleurs. À trente-cinq ans, avait-elle seulement envie du genre de vie que voudrait Keisha ?

Elle remâchait ces options très limitées quand une tache orange sur le trottoir devant elle attira son attention. Cette espèce de sorcière, l'énorme vieille femme noire, canne à la main, se traînait sur le trottoir juste au coin de la rue d'Alessi. Marcie la dépassa en une fraction de seconde, mais en regardant dans son rétro, elle la vit s'immobiliser pour cogner trois fois sa canne sur le trottoir en riant à gorge déployée, la tête rejetée en arrière. C'était quoi, ça ? Encore un nouveau tour de passe-passe de Jacquie ? Pour la rendre aussi dingue que Keisha grâce à ces trucs vaudous ? Pour lui embrouiller la tête ?

Pas moi, pensa Marcie.

Tu m'auras pas, Jacquie. Tu le sais pas encore, mais c'est moi qui vais te coincer.

59

Jacquie ?

Marcie faillit en lâcher le verre de champagne qu'elle avait à la main. Elle était encore un peu ronde à cause des martinis, mais le coup de téléphone avec Anderson s'était si bien passé qu'elle avait eu envie de fêter ça. Maintenant, en découvrant l'ex de Jason sur son perron, elle réalisait que c'était peut-être un peu prématuré.

— Vous pensez que j'ai piégé Jason parce que je voulais le récupérer et qu'il m'a rejetée ? s'exclama Jacquie, visiblement exaspérée. Seigneur, jamais de la vie ! Vous feriez mieux de me laisser entrer, ajouta-t-elle avec un coup de menton vers le verre de Marcie. Et, avec ce que j'ai à vous dire, il va nous falloir quelque chose de plus fort.

Marcie ne bougea pas.

— La détective Anderson vous a parlé de mon appel ? Après tout ce que vous avez fait ?

— Je n'ai rien fait, à part lui dire de jeter un coup d'œil sur les finances de Jason… mais pas parce que je voulais le récupérer. Croyez-moi, je ne suis pas votre ennemie. Laissez-moi entrer. Ni vous ni moi n'avons envie de nous donner en spectacle sur le pas de votre porte.

Marcie s'écarta, lui faisant signe d'aller dans la cuisine tout en notant à quel point elle restait élégante même en jean et sweat-shirt. Née pour cette vie. Elle se sentait ringarde en comparaison, malgré son avantage de dix ans sur l'ex de Jason. C'était plus fort qu'elle. Elle la détestait.

— Alors, qu'avez-vous à me dire ?

Ignorant sa requête d'une boisson forte, elle servit à sa rivale un verre de champagne. Elle n'avait aucune envie de la voir s'éterniser dans cette maison. C'était forcément elle qui était derrière tout ça. *Forcément.*

Jacquie se percha sur un tabouret devant l'îlot et étudia Marcie, pensive et froide comme un concombre.

— Permettez-moi de vous poser une question. Quand vous avez découvert qu'il se servait sur les comptes de ses clients, vous a-t-il dit qu'il faisait ça pour vous ? Pour ranimer votre amour pour lui ? Vous offrir tout ce que vous vouliez ?

Marcie ouvrit et ferma la bouche, à la recherche d'un démenti qui ne venait pas.

— Comment le savez-vous ?

Le monde était à nouveau en train de basculer, entraînant toutes ses convictions avec lui. Elle sut la réponse avant que Jacquie ne parle. *Parce qu'il avait déjà dit ça à sa première femme.*

— À votre avis ? Il s'est déjà servi de toutes ces salades avec moi. Il y a très longtemps, dit Jacquie avant de goûter son champagne. Lorsque j'étais jeune et trop idiote pour voir clair dans son jeu. (Elle secoua la tête, agacée par cette autre elle-même.) Quand je suis revenue pour l'enterrement d'Eleanor, elle avait été enterrée avec ses superbes perles des mers du Sud. Elizabeth m'a dit à quel point leur perte l'avait affectée et voilà que Jason les retrouve comme par hasard. Ça a été le premier voyant d'alerte pour moi – des perles valant une fortune qui disparaissent au voisinage de mon cher ex-mari. Je *connais* Jason. Il avait dû les voler sur un coup de tête avant de comprendre qu'il ne pourrait jamais les revendre dans cette ville et décider de les rendre. Ensuite, j'ai appris pour cette immense nouvelle maison et son projet de racheter les parts de William et quand Emmett m'a parlé de certains investissements risqués dans lesquels il s'était lancé, j'ai compris. J'ai compris qu'il était en train de recommencer.

— Recommencer quoi ?

Marcie s'installa à son tour sur un tabouret. *Quoi encore ?*

— Depuis qu'on sait ce qu'il a fait, tout le monde en ville murmure « Tel père, tel fils ». Et je parie que vous l'avez pensé.

Ne pouvant la contredire, Marcie resta silencieuse.

— Mais il n'est pas du tout comme son père. Michael Maddox était un homme bien. Un homme bon. (Un sourire ironique.) Le genre d'homme que William aurait traité de faible. Comme il l'a fait après sa mort. Quand Michael n'était plus là pour se défendre.

— Mais Michael a volé de l'argent sur les comptes d'un de ses clients, dit Marcie. Jason m'en a parlé. Il allait faire de la prison, insista-t-elle. Il a préféré se suicider.

— Michael n'a rien volé. C'était Jason.

— Quoi ? Mais… (C'était trop énorme. C'était impossible. *Non ?*) Jason est bouleversé chaque fois qu'il parle de son père, dit-elle. La perte. Et comment il a dû repartir de zéro, regagner le respect de chacun.

Jacquie secoua la tête.

— Jason était enfant unique. L'enfant *doré*. Michael se reprochait de l'avoir trop gâté. Ce genre d'éducation à la Country Day qui peut être bénéfique pour des gosses qui ont de la volonté, mais qui, pour ceux qui sont creux et arrogants, ne fait que les renforcer dans leurs certitudes. Jason était assoiffé de richesse et de pouvoir. Ce n'était pas la faute de Michael. C'était juste sa nature.

— Alors, pourquoi… je veux dire, Michael *s'est suicidé* ? C'est bien qu'il se sentait coupable, non ?

— Il a assumé la responsabilité du vol à la place de Jason. Du coup, sa femme l'a quitté. Elle est repartie à Jacksonville et ne voulait plus rien avoir à faire avec lui. Elle est morte dans un accident de voiture peu après. Conduite en état d'ivresse. Sa famille a dit que c'était à cause de la honte. Michael s'est retrouvé absolument seul. À mon avis, quand il a compris l'énormité de ce qui allait lui arriver, toutes ces années de prison, il a eu peur de ne pas être capable de s'en tenir à sa version des faits sans craquer et avouer la vérité. Ou alors de s'embrouiller dans ses mensonges et de révéler accidentellement son innocence. Je pense qu'il en est venu à croire que le suicide était le seul moyen de protéger Jason.

— Mon Dieu…

— Et ce n'est pas tout, reprit Jacquie. Jason savait qu'il allait se tuer. Il m'a dit que son père en parlait. Le jour où il s'est pendu, il a appelé Jason, ivre, pour lui dire qu'il l'aimait et qu'il le protégerait toujours. C'était un coup de téléphone d'adieu. Je le savais. Jason le savait. Je lui ai dit d'aller tout de suite chez son père, pour s'assurer que tout allait bien, mais il ne l'a pas fait. Il a fini son café. Il a laissé passer une bonne demi-heure avant de partir. Je crois qu'à un certain niveau il était heureux que ça se passe comme ça. Si son père s'ôtait la vie, ses soucis étaient terminés.

Le craquement, la corde. Arrivé trop tard de quelques secondes seulement.

— Et personne n'a jamais eu le moindre soupçon ?

Cette histoire pouvait-elle faire partie d'un plan tordu de la part de Jacquie ? Marcie voulait se raccrocher à cette idée, mais tout en elle hurlait que c'était la vérité. Le regard si vide de Jason par moments. L'aisance, la tranquillité, avec lesquelles il mentait. Sociopathe. Le mot jaillit dans sa tête. Elle faillit éclater d'un rire hystérique.

— Eleanor, peut-être. Elle connaissait Michael depuis l'enfance et elle aimait sa délicatesse. Après sa mort, j'ai l'impression qu'elle n'a plus jamais fait confiance à Jason. C'était une femme perspicace. Il est aussi possible que Michael se soit confié à elle. Ils étaient proches. Elle a dû sentir le soulagement de Jason à la mort de son père. Cette vilaine odeur de culpabilité. (Jacquie leva les yeux vers Marcie, soudain, l'air bien plus jeune que son âge. Vulnérable.) Je vous avais dit, conclut-elle, qu'il nous faudrait quelque chose de plus fort.

— Vous saviez tout ? Et vous n'en avez jamais parlé à personne ?

— J'ai cru que je pourrais laisser tout ça derrière moi. Je me trompais. Pourquoi croyez-vous que j'étais aussi amère pendant le divorce ? Je trimballais cette merde avec moi depuis des années. Ces remords. Cette culpabilité. Lui, il n'en avait aucune. Il voguait à travers la vie pendant que je n'arrivais pas à fermer l'œil, que j'essayais de fuir tout ça sur un tapis de gym au milieu de la nuit. Alors, ouais, quand il a décidé de m'échanger contre vous, j'ai été en colère. Ce n'était pas de la jalousie – je ne l'aimais plus – mais de la haine qu'il puisse penser pouvoir en finir aussi facilement, comme si ce que je savais n'avait aucune importance. Et j'imagine qu'il n'avait pas tort, car je n'ai jamais rien dit à personne. J'avais trop peur de me retrouver impliquée moi aussi. Mais maintenant, dit-elle en souriant, presque joyeuse, il a eu l'arrogance de recommencer et cette fois il va récolter ce qu'il a semé. Il va enfin payer pour ce qu'il a fait à Michael.

— Donc, vous n'avez rien à voir avec ce qui est arrivé à William ?

Marcie n'avait toujours pas les idées claires.

— Seigneur, non ! Je veux dire, je n'aimais pas beaucoup William, et Eleanor méritait mieux… mais c'est le cas de la plupart des femmes, n'est-ce pas ? J'avais déjà prévu de parler à la police, ou au moins à William, de mes soupçons à propos de Jason, mais quand il a été empoisonné j'ai évidemment cru que Jason était coupable de ça aussi. C'est pourquoi je suis allée à la clinique. Pour trouver des informations. C'est là-bas que j'ai appris qu'il y avait eu des tensions entre eux. Alors, j'ai décidé de parler.

Marcie dut admettre qu'elle aussi l'aurait soupçonné, sauf que, depuis, elle lui avait parlé à la prison. Menteur sociopathe ou pas, elle était toujours persuadée qu'à ce moment-là il lui avait dit la vérité.

— Je ne pense pas qu'il a empoisonné William, dit-elle.

— À vrai dire, ça m'est égal, répliqua Jacquie. Je serais quand même contente qu'on le condamne pour ça. Appelez ça le karma ou les comptes à rendre ou ce que vous voulez. Cela dit, je me contenterais aussi du détournement de fonds. Qui sait, peut-être qu'ils s'intéresseront à ce qui s'est passé avec Michael et qu'ils rouvriront une enquête.

Les fantômes reviennent toujours. Marcie était en train de l'apprendre.

— Donc, vous n'avez pas envoyé l'album à Jason ?

— Votre passé de cinglée ? Non… (Jacquie sourit.) Je ne vous ai jamais beaucoup aimée, Marcie, mais vous ne m'intéressiez pas assez pour que je me mette à chercher des saletés sur vous. Ma haine était dirigée contre Jason. Avez-vous envisagé qu'il pourrait très bien se l'être lui-même envoyé ? Pour vous obliger à vous taire ? Ou alors pour vous garder en plan de secours ? Si la police commençait à le soupçonner, il aurait pu lui balancer votre passé. Les coïncidences entre ces deux affaires sont quand même assez troublantes.

— Cela ne marcherait que s'il était coupable. Et, comme je vous l'ai dit, je ne le crois pas.

— Eh bien, mon jury n'a pas encore prononcé sa sentence là-dessus.

Elles finirent le champagne en silence.

— Pourquoi êtes-vous revenue ? demanda Marcie en la raccompagnant à la porte.

— J'étais à nouveau seule et mes amis sont ici. Des personnes que j'estime. Venir voir Eleanor quand elle était malade me l'a rappelé. J'étais tellement obnubilée par ma haine envers Jason que j'avais oublié que la plupart des gens ne sont pas comme lui. La plupart des gens dans cette ville sont comme Michael et Eleanor. Bons. Doux. Attentionnés. (Elle sortit dans l'après-midi gris et moite. Le lourd couvercle des nuages était noir au-dessus de l'air qui cuisait.) Et, bien sûr, je voulais traquer Jason. Attendre qu'il fasse un faux pas. Trouver le moyen de lui rendre cette culpabilité pour enfin peut-être avoir une vraie nuit de sommeil.

— J'imagine que ça a marché, murmura Marcie alors que Jacquie s'éloignait vers sa voiture. Hé ! (Elle rappelait la femme qu'il n'y a pas si longtemps elle considérait comme une ennemie mortelle et dont elle ne savait plus que penser.) Une dernière chose…

Jacquie se retourna.

— Quoi ?

— Vous connaissez quelqu'un à Savannah qui croit au vaudou ?

Jacquie éclata de rire.

— C'est le Sud ici, Marcie. La plupart des gens y croient plus ou moins. Pourquoi cette question ?

Elle n'allait pas tout lui raconter. Elle ne l'aimait toujours pas. Elle leva la main pour la saluer.

— Oh, pour rien. Et merci. De m'avoir parlé de Jason.

Marcie se sentait creuse. Vidée d'elle-même. Elle avait épousé un monstre et ne s'en était même pas rendu compte. Mais surtout – *surtout* – quelqu'un lui voulait du mal, cherchait à la détruire comme il avait déjà détruit Jason et ce quelqu'un n'était pas Jacquie.

Il lui restait une dernière piste à suivre. Elle jeta le reste du champagne et se prépara un café très fort. Malgré sa peur, elle n'avait pas encore renoncé.

60

La poupée était sur le siège passager, emplie de présages menaçants. Les pensées de Marcie ne cessaient de revenir vers l'église. Cette congrégation repliée sur elle-même qu'elle avait observée lors du service pour William. Cette *passion*. De tout temps, en tout lieu, des guerres avaient été menées au nom de la religion, il n'était donc pas si inimaginable que des fidèles obéissent aux souhaits de leur pasteur, ou bien agissent en faveur de leurs compagnons dans la foi. Des marionnettes dont on tirait les fils. L'église vaudoue était-elle différente ? Elle songea à cette étrange célébration en plein air à laquelle Keisha et elle avaient assisté.

Leur façon d'arriver là-bas n'était pas non plus si innocente. Cette fille qui avait trinqué avec elles et s'était mise à bavarder. Si elles ne les avaient pas rencontrées, sa copine et elle, elles ne seraient jamais allées à cette fête, elles n'auraient jamais dansé, bu, émis des vœux ; elles ne se seraient pas déshabillées. Elle avait appelé Tiger Court à la Savannah University pour demander à parler à Jade ou à Daria, mais la femme au bout du fil avait été catégorique, aucune étudiante en résidence ici ne s'appelait ainsi. Les filles avaient-elles été embauchées pour entraîner Keisha et Marcie à cette rave où les attendait cette femme aux cheveux ocre ? Mais pourquoi ? Pour renforcer le délire de Keisha à propos du *juju* ? Leur jeter un sort à toutes les deux ? Mais si c'étaient Jason et Marcie qui étaient visés, que venait faire Keisha là-dedans ? Keisha y *croyait*, cela au moins était certain. Elle avait ça dans le sang, elle l'avait dit elle-même. C'était de famille.

Marcie jeta un nouveau regard à la poupée. Eh bien, elle n'avait rien de la sorte dans sa famille et il n'était pas question qu'elle se laisse effrayer. Dehors, le ciel grondait, menaçant lui aussi. Elle écrasa la pédale. Elle savait où elle devait aller.

★

— Vous croyez que, parce que je suis noire, je pratique le vaudou en secret ?

Zelda éclata de rire, quelque chose que Marcie, trempée par la pluie sur le pas de sa porte, ne lui avait encore jamais vue faire.

— Je suis *chrétienne.* Baptiste, exactement comme M. William. (Elle baissa les yeux vers la poupée que tenait Marcie et qu'elle avait brandie sous son nez dans un geste assez théâtral, mais que Zelda avait refusé de prendre.) Je ne sais pas ce que c'est, ni à quoi ça sert, enchaîna la gouvernante. Et ce n'est certainement pas moi qui l'ai fabriquée.

— Mais Keisha vous a *vue.* À la fête de la Saint-Jean. Vous étiez au Truman Parkway. Là où cette vieille dame noire aux cheveux orange a chanté des trucs bizarres et a dansé. Je dois la retrouver.

Dansé, Calinda ! Nous appelons ceux qui dansent pour qu'ils dansent parmi nous ! Les esprits ! Les fantômes ! Li Grand Zombi ! Marcie sentait encore la terre trembler sous ses pieds en ce moment même.

Zelda ricanait toujours.

— Je suis beaucoup trop vieille pour aller à des fêtes. Et cette Keisha est folle. Elle boit trop pour qu'on croie un seul mot qui sort de sa bouche. Elle a peut-être vu quelqu'un, mais ce n'était pas moi. Je ne l'aime pas beaucoup, elle est impolie… (Elle s'interrompit et son visage se transforma en silex.) Mais je l'aime plus que je ne vous aime, vous, madame Maddox. Et si cela ne vous dérange pas, j'aimerais que vous partiez. Je dois aller ouvrir cette grande maison pour Mlle Iris dans pas longtemps et j'ai des tâches à finir d'abord.

— Iris ? répéta Marcie.

Elle n'avait pas réalisé que la police en avait terminé chez les Radford.

— Elle vient trier les affaires de Mme Radford. La *première* Mme Radford.

Un éclair déchira l'obscurité et, pendant une fraction de seconde, Marcie eut un aperçu de l'appartement de Zelda au-delà de la petite femme. Parfaitement ordinaire. Pas le moindre signe de quoi que ce soit d'étrange. Mais bon, elle espérait quoi ? Un congrès de sorciers vaudous ?

— Alors, qui a fait cette poupée ? demanda-t-elle, exaspérée.

— Comment voulez-vous que je le sache ? s'esclaffa Zelda d'un air dégoûté. Vous devriez avoir honte. Pourquoi n'allez-vous pas le demander à vos amies blanches ?

Elle lui claqua la porte au nez, la laissant seule sous la pluie avec ses questions sans réponse et sa poupée.

⋆

Les nuages qui crevaient étaient si épais que même en plein après-midi le ciel lézardé d'éclairs était presque noir. Zelda ne lui ayant ouvert que l'entrée de service, Marcie dut courir jusqu'à sa voiture garée au coin de la rue principale avant de s'y réfugier, trempée jusqu'aux os. Elle verrouilla les portières, frissonnante contre son siège et regarda autour d'elle, paranoïaque à l'idée que quelqu'un soit en train de la surveiller.

Les trottoirs sous la lourde canopée des arbres étaient déserts. Ce qui, étrangement, ne fit qu'accroître sa nervosité. *Tout ça, c'est des conneries, Savannah*, se dit-elle, son vieux prénom émergeant de là où elle l'avait enfoui. *Les malédictions, le vaudou, la magie noire, ça n'existe pas. Celui ou celle qui te fait ça est bien réel et il ou elle a des motifs très réels.* Néanmoins, elle sursauta quand son téléphone sonna.

Anderson.

— Eh bien, commença la détective avec ce ton sardonique qui lui donnait envie de lui arracher les yeux avec une cuillère, il semble qu'on en sache un peu plus à propos de votre mystérieux album scolaire. Devinez qui a envoyé le courriel à votre lycée ?

— À vous de me le dire, dit Marcie, mâchoires serrées, pas vraiment d'humeur à jouer. Je ne suis pas policière.

— D'accord, je vais vous le dire. C'est vous.

— Quoi ?! Mais non. Je n'ai jamais envoyé de courriel !

— La requête provenait d'un compte Gmail au nom de Savannah Cassidy.

— Je me fous d'où elle provenait. Ce n'est pas moi.

— J'en suis sûre. De toute manière, nous ne tarderons pas à le savoir. Nous sommes en train de vérifier les ordinateurs pris chez vous et au bureau de votre mari. Mais vous voulez que je vous dise un truc marrant ?

Qui n'allait pas être marrant du tout, Marcie en était certaine.

— Quoi ?

— La secrétaire se souvient de la femme qui est venue le chercher. Il y a deux ou trois mois. Une blonde, pas très grande.

Marcie pensa au père de Jason, et tandis que la peur lui broyait les poumons, elle eut la sensation de comprendre ce qu'il avait éprouvé quand il s'était retrouvé pendu au bout de sa corde, avec sa vie qui s'échappait.

— Si c'était moi, pourquoi vous aurais-je parlé de ce courriel ? De cette femme qui s'était renseignée à propos de l'album ? Pourquoi aurais-je attiré l'attention sur moi ? Pourquoi vous le signaler ?

De sa main libre, elle tripotait la racine de ses cheveux, un geste qu'elle n'avait plus fait depuis des années. Sa vie était à nouveau en train de se fracasser. Non, quelqu'un était en train de la fracasser. Pendant un long moment, elle n'entendit que la pluie sur le toit de la voiture et la respiration d'Anderson dans son oreille.

— À vous de me le dire, Marcie, dit-elle finalement. À vous de me le dire.

Et elle raccrocha.

— Merde, merde et merde !

Marcie cogna brutalement son téléphone sur le volant tout en braillant des jurons sous le vacarme de la pluie. D'une manière ou d'une autre, le courriel allait remonter jusqu'à elle, elle en était certaine. Elle écrasa à nouveau son portable sur le volant, et encore et encore, trois fois, quand soudain un éclair déchira l'obscurité et une grande silhouette surgit de nulle part juste devant la voiture.

C'était elle.

En état de choc, Marcie poussa un hurlement. La vieille femme noire aux cheveux orange. Encore illuminée par l'éclair, elle abattit sa canne sur le capot à trois reprises et même si l'orage se déchaînait et que les lèvres de la femme ne bougeaient pas, Marcie fut certaine de l'entendre crier : *« Foi ! Espoir ! Charité ! »*

Elle ferma brièvement les yeux, comme si ses paupières pouvaient la protéger, et quand elle les rouvrit, la rue était de nouveau déserte. Le souffle court, elle se retourna dans son siège. Où était-elle passée ? Un nouvel éclair. La femme était derrière maintenant, canne brandie. Elle l'abattit à nouveau trois fois. « *Dansé, Calinda !* » cria-t-elle au ciel, la voix emplie de joie. Elle martela à nouveau le coffre. *« Tu m'entends là-dedans ! Fais-les danser ! Li Grand Zombi ! »*

— Hé ! cria Marcie, ses doigts fébriles essayant de manœuvrer le loquet de la portière.

Elle était ici, cette femme était ici, à sa portée, et maintenant qu'elle dominait sa panique, Marcie voulait des réponses.

Elle réussit enfin à ouvrir. Elle sortit sous le déluge tandis que la vieille femme s'éloignait, indifférente aux éléments, comme si elle se promenait par une belle journée d'été.

— Hé, attendez !

Malgré sa démarche dandinante, la grosse femme avançait vite.

— Attendez ! fit Marcie en commençant à courir.

En réponse, la vieille brandit sa canne vers le ciel, criant des mots que Marcie ne put entendre ; un formidable coup de canon retentit et la foudre frappa un arbre juste derrière Marcie qui, instinctivement, se baissa, se protégeant derrière le capot de la voiture alors qu'une branche brisée se fracassait sur le trottoir. Quand elle se retourna, le déluge se calma soudain, comme si l'orage lui-même avait été choqué par l'attaque de l'éclair, la femme avait disparu.

Marcie se redressa lentement, les yeux fixés sur la fumée de l'arbre calciné qui dansait sous les gouttes. Elle était frustrée, furieuse et pas qu'un peu effrayée. D'où était sortie la vieille femme ? Comment avait-elle su où la trouver ? L'avait-elle suivie ? Qu'avait-elle voulu dire avec ses incantations ? Alors que les nuages anthracite se trouaient, laissant apparaître des taches d'un bleu paisible malgré l'orage persistant, Marcie baissa les yeux. La vieille femme s'était adressée à quelque chose *dans* le coffre. « Tu m'entends là-dedans ? Fais-les danser ! » Les doigts tremblants, Marcie appuya sur le système d'ouverture. Le capot de métal luisant se souleva lentement. Des mouches, des centaines, bourdonnèrent bruyamment tandis qu'elles s'échappaient en essaim. Dégoûtée, elle donna des claques inutiles jusqu'à ce qu'elles aient disparu. Elle regarda, s'attendant presque à trouver un cadavre à moitié décomposé, un cadeau pour Anderson et le dernier clou dans son cercueil, mais il n'y avait rien de la sorte ; au premier coup d'œil, le coffre semblait vide.

Ce ne fut qu'en observant plus attentivement, chassant quelques dernières mouches écœurantes, qu'elle la vit, noire sur noir. Elle la ramassa. Une boule. Noire et molle comme si elle avait été faite à partir de la boue d'une eau stagnante, croupie. Non, pas de la boue, se dit-elle en la faisant tourner entre ses doigts avec horreur. De la terre, de la crasse et quelque chose d'autre. Quoi ? Elle remonta dans la voiture et alluma le plafonnier. Elle eut un geste de recul horrifié. Était-ce de la fourrure ? De la fourrure noire ? Elle regarda ses doigts. Ils étaient rouges, un rouge très foncé. Du sang, de la terre et de la fourrure amalgamés. Et encore autre chose. Au début, elle crut qu'il s'agissait de fils de coton noués autour de cette sphère révoltante, mais quand elle en arracha un, elle vit qu'il s'agissait d'un cheveu. Un cheveu blond. *Un de ses cheveux.*

Et si Keisha avait raison ? Et si on leur avait jeté une malédiction ?

61

— Parlez-nous du garçon.

Keisha fixa l'homme assis de l'autre côté de la table.

— Tata Ayo disait que j'étais maudite. Qu'il n'y avait pas de garçon. Que j'avais vu un fantôme et que j'avais dérangé les esprits parce que j'étais une méchante fille. Elle disait que je devais arrêter de parler de lui, sinon la malédiction ne partirait plus jamais. Qu'il fallait l'oublier.

— Mais vous ne l'avez pas oublié, n'est-ce pas ?

— Non, dit-elle doucement. Et regardez où j'en suis.

— Je ne crois pas que vous soyez maudite, Keisha, dit-il et elle se demanda ce qu'il pouvait en savoir.

C'était un homme massif, assez vieux pour avoir des bajoues pendantes qui l'attiraient vers sa tombe. Son aftershave était *propre*, pas suffocant et floral comme celui de Billy. Sa voix était celle de Londres, les syllabes précises et dures comparées à l'accent lent et doux d'ici, mais oh, comme cela lui manquait. Ce mec était solide et coriace et il ne devait pas rêver. C'était le Détective Sergent Dexter.

— Parlez-nous de la première fois où vous l'avez vu, dit-il.

— C'était un fantôme dans la nuit, répondit-elle, se retirant dans son passé, redevenant une petite fille à mesure que les souvenirs affluaient, que la pièce autour d'elle s'effaçait. Je venais d'avoir six ans. Je m'en souviens parce que je n'avais pas eu de fête d'anniversaire. Le cousin de tonton Yabuba était venu nous rendre visite et tata Ayo m'avait ordonné de rester dans ma chambre et de ne pas faire de bruit. Ça m'était égal. Je ne l'aimais pas. Il ne souriait jamais et il se saoulait au rhum avec tonton Yahuba jusque tard dans la nuit. On aurait dit des tigres. Cette nuit-là, je me suis réveillée. J'étais inquiète. Je venais de rêver de ma mère et pour la première fois son visage était flou, à moitié oublié, je n'arrivais plus du tout à me la représenter. C'était terrible. Alors, j'ai eu envie de descendre au salon pour regarder une des vieilles photos que tata Ayo avait mises sur le mur et qui dataient de quand elles étaient jeunes. Ce n'était pas le visage de ma mère que je connaissais, mais au moins c'était une image d'elle.

C'était étrange comme les souvenirs qu'elle avait tenté de réprimer pendant toutes ces années étaient nets. L'odeur d'humidité dans la maison où il n'y avait pas de chauffage central, juste des radiateurs portatifs qui fonctionnaient mal. Le contact du papier peint effet velours sous ses doigts. La moquette et ses motifs criards sous ses pieds nus.

— J'avais un peu peur. Tata Ayo m'avait interdit de sortir de la chambre la nuit parce que c'était à ce moment-là qu'elle réussissait ses meilleurs *jujus*. Les clients venaient souvent vers minuit ou plus tard, ils n'avaient pas envie d'être dérangés et si j'avais envie de faire pipi il y avait le seau dans un coin de la chambre.

Un seau noir qui était resté là jusqu'à ce qu'elle ait treize ans et ses règles. Mais, à cette époque, elle servait déjà du rhum aux visiteurs et prenait leur argent pendant qu'ils attendaient ; le seau n'était plus nécessaire. Elle se souvenait de ce qu'elle avait éprouvé quand il avait disparu. *On lui faisait confiance.* Elle faisait enfin partie de la famille, même s'il n'y avait pas vraiment d'amour.

— La maison était noire et silencieuse. Je suis sortie. Je retenais mon souffle en passant devant les autres chambres. J'ai entendu le cousin de tonton Yahuba ronfler dans le bureau, mais j'avais peur quand même. Je savais ce qui m'attendait s'ils m'attrapaient. Tonton Yahuba aimait me frapper quand j'étais méchante. Surtout après le garçon. J'étais à mi-hauteur dans l'escalier quand c'est arrivé.

La clarté du souvenir lui coupa le souffle. La vitesse à laquelle il était remonté.

— Il a surgi des ombres, au coin du couloir en bas, comme s'il venait de traverser le mur. J'ai failli hurler, mais je me suis enfoncé la main dans la bouche et je me suis accroupie. Il était petit, du même âge que moi à peu près, mais pas aussi grand, et il était si pâle qu'il luisait dans l'obscurité. Un fantôme. C'était un fantôme, un des esprits de tata Ayo. Sa peau était comme celle d'un cadavre d'homme blanc et ses cheveux tout frisés lui faisaient une croûte gelée sur la tête. Il ne portait qu'un tee-shirt et un short alors qu'il ne faisait pas chaud du tout et il avait une cicatrice de brûlure sur le bras. On s'est regardé et puis il s'est retourné et il a disparu dans le mur.

Dexter prenait des notes à toute allure, même si Keisha ne voyait pas à quoi cela pouvait servir.

— C'était donc en 2004 ? demanda-t-il.

— Je crois. C'était mes six ans.

— Et quand tombe votre anniversaire ?

— Le 4 avril.

Dexter se tut. Prit une nouvelle note.

— Combien de fois avez-vous vu le garçon ? demanda-t-il.

— Sept fois. Sur une durée d'un mois à peu près. Pas toutes les nuits. Juste de temps en temps. Je quittais ma chambre en cachette pour le voir, quand tout le monde dormait. Il ne parlait jamais et il n'a jamais monté les marches, on se regardait juste l'un l'autre pendant un moment et puis je retournais dans ma chambre. Le garçon fantôme dans les murs, voilà comment je pensais à lui. Je me demandais aussi pourquoi il avait toujours l'air si triste. (Une hésitation.) Je me jurais de lui poser la question la prochaine fois, mais je ne l'ai jamais fait. Et puis, il n'est plus venu. Et quand j'ai fini par demander à tata Ayo si elle l'avait vu elle aussi, elle m'a dit que j'étais maudite.

Elle avait eu envie de pleurer. Maudite. À jamais. Parce qu'elle avait vu un fantôme.

62

Ne sachant pas quoi en faire, Marcie avait remis la boule dans le coffre, et alors qu'elle fixait l'entrée de la clinique à travers la pluie battante, elle était sûre que sous le martèlement des gouttes sur la carrosserie, elle l'entendait cogner les parois du coffre pour exiger sa libération. C'était idiot. Elle ne croyait pas au vaudou, mais elle ne put s'empêcher de frissonner au souvenir du contact du mélange de fourrure et de sang et Dieu seul savait quoi d'autre sur ses doigts. Infect.

Elle était seule, désespérée. Ne sachant même pas pourquoi elle était venue ici. William ne pouvait lui fournir aucune réponse. Il n'était qu'une autre pièce dans cette partie où Keisha, Jason et elle étaient aussi manipulés. Lequel d'entre eux était vraiment visé ? Tous de manière égale ? Ou bien n'étaient-ils que des pions sacrifiables autour d'une cible principale ? William, Keisha et Jason se retrouvaient à présent plongés dans une sorte d'enfer privé et, Marcie n'en doutait pas, elle n'allait pas tarder à connaître le même sort. Quelqu'un avait semé des miettes de pain qui mèneraient Anderson droit à elle. Elle ferait peut-être mieux de s'enfuir. Elle avait dissuadé Jason de le faire et ça ne s'était pas si bien terminé pour lui, non ?

Elle était sur le point de faire demi-tour pour rentrer chez elle quand une silhouette émergea de l'hôpital, la tête baissée contre la pluie. Marcie fronça les sourcils quand la personne leva le visage pour voir où elle allait. Elle *connaissait* cette fille, mais qui était-elle... et soudain, ça lui revint. *Bien sûr !* Elle jaillit de la voiture et courut, ses vêtements qui n'avaient pas eu le temps de sécher se trempant à nouveau.

— Michelle ! (Elle saisit la jeune femme par le bras. *Michelle du Michigan*. La serveuse au club que William avait draguée et qui avait ensuite déménagé.) Je me disais bien que c'était vous.

La fille plissa les yeux avant de la reconnaître à son tour.

— Vous aussi, vous allez me dire que je n'ai pas le droit d'entrer ?

— Quoi ? Non. J'étais juste surprise de vous voir. J'ignorais que vous étiez restée proche de William.

— Je ne le suis pas. Elle a fait ce qu'il fallait pour ça. Mais j'ai appris ce qu'il s'était passé. Je voulais le voir. (Sa bouche se plissa.) Apparemment, je n'ai pas le droit.

— Qui dit ça ?

Et qui a fait ce qu'il fallait ?

— L'infirmière à la réception n'a pas voulu me laisser passer. Elle avait des *instructions*. Bon Dieu, même maintenant qu'elle est morte, ils ne laissent toujours pas tomber.

Marcie l'entraîna sous l'ombre d'un auvent.

— De quoi parlez-vous ? Maintenant que qui est mort ?

— La femme. Celle qui m'a forcée à partir. (Elle fixa Marcie.) Waow, vous croyiez vraiment que j'ai voulu repartir dans le Michigan ? Alors que j'avais mis le grappin sur un vieux riche qui, en plus, était sympa avec moi ? *Eleanor* m'a payée pour disparaître. Elle ne m'a pas trop laissé le choix, c'était soit ça, soit me faire virer du club et ne plus pouvoir trouver d'emploi en ville.

Michelle secoua la tête.

— Eleanor était au courant pour William et vous ?

— Elle m'a *convoquée* dans un salon privé au club pour me dire qu'elle savait tout et qu'il n'était pas question que je fasse passer son mari pour un crétin. Comme une espèce de reine mourante sur son fauteuil roulant, toute poudrée et impeccable. Elle avait déjà l'air morte. Je comprends pourquoi elle dégoûtait tellement William.

— A-t-il su qu'elle vous avait payée ?

Marcie commençait à se dire que Michelle du Michigan et William aurait fait un couple délicieux, aussi mesquins l'un que l'autre.

— Bien sûr que non. C'était l'autre condition. Je ne devais rien dire. (Michelle prit une cigarette dans son sac qu'elle ne réussit à allumer qu'à la troisième tentative.) J'ai eu pitié d'elle, alors j'ai pris l'argent et je suis partie, conclut-elle.

En comptant sûrement revenir après la mort prochaine d'Eleanor, pensa Marcie. Sauf que William s'était envolé pour l'Europe, l'ayant sans doute déjà oubliée, et était revenu marié.

— Les gens sont rancuniers par ici. Je voulais juste voir comment il allait.

Et tenter à nouveau ta chance.

— Eh bien, il ne va pas bien, dit Marcie. Il est aveugle, plongé dans une sorte de coma et ses organes sont en train de le lâcher. Alors, même si vous aviez réussi à vous faufiler dans sa chambre, vous n'auriez pas pu lui parler.

— J'en ai fini avec vous tous, dit Michelle en pompant sur sa cigarette, l'écoutant à peine. Vous vous croyez tous tellement supérieurs aux autres.

— Ce qui, en ce qui vous concerne, doit être le cas.

Marcie tourna les talons et s'éloigna, ignorant le *salope* marmonné derrière elle. Elle se moquait de ce que cette fille pensait d'elle. Elle se moquait que la pluie la trempe à nouveau. L'échiquier commençait enfin à apparaître.

Eleanor.

Tout tournait autour d'Eleanor. La reine. William l'avait trompée alors qu'elle était mourante. Jason avait essayé de la voler et elle le tenait sans doute pour responsable de la mort de son père, son ami d'enfance. Keisha était la nouvelle femme de William. Qui l'avait épousé pour son argent. Mais, et elle, Marcie ? Comment s'insérait-elle dans cette histoire ?

Une autre idée supplantait toutes ces questions alors qu'elle courait vers sa voiture. Eleanor était morte et enterrée. Ce n'était donc pas elle qui menait cette partie. Quelqu'un d'autre agissait en son nom. Mais qui ?

Son fantôme ?

63

Contrairement à tout à l'heure, le portail principal avait été laissé ouvert. Marcie se gara à côté de la Mercedes d'Iris, avant de se précipiter en haut du perron pour échapper à la pluie. Elle était de retour chez William Radford où elle comptait bien trouver des réponses.

— Je me suis dit que vous auriez peut-être besoin de manger, dit-elle en brandissant son sac d'épicerie. Et j'ai aussi pris une bouteille de vin.

— Comme c'est gentil à vous.

Le premier moment de surprise passé, Iris s'effaça, la laissant entrer. Les lumières principales étaient éteintes, seules deux lampes de table brillaient de façon lugubre dans l'immense hall d'entrée. Marcie réprima un frisson en levant les yeux vers le portrait d'Eleanor qui les observait dans la pénombre.

— Ça doit faire bizarre, d'être seule ici, dit-elle.

— À vrai dire, je trouve cela plutôt réconfortant. Et les affaires d'Eleanor sont une mine de souvenirs précieux pour moi. Tant de vieilles histoires à moitié oubliées. (Iris adressa un sourire étrange à Marcie avant de se diriger vers l'escalier.) Pourquoi n'iriez-vous pas poser tout ça à la cuisine avant de venir voir, si ça vous tente ?

Elle ne regarda pas une seule fois derrière elle tandis qu'elle glissait sur l'immense escalier en arrondi. Le cœur battant, Marcie alla ranger le sac de charcuterie et de fromage dans le réfrigérateur – où il n'y avait plus aucune brique de lait de coco – et laissa le pain français sur la table.

Elle servit deux verres de vin, buvant une gorgée du sien pour se calmer les nerfs. Iris était la plus vieille amie d'Eleanor, tout le monde le savait. Elle avait pris soin d'elle durant sa maladie. Si quelqu'un était en train de la venger, ça ne pouvait être qu'elle.

Elle gravit les marches avec prudence, comme si elle avait peur de réveiller les fantômes, et suivit le rayon de lumière jaune pâle qui sortait de la chambre d'Eleanor. Iris était assise sur le lit, une petite valise vide à ses côtés – une collection de vieilles photos.

— Merci, dit-elle en acceptant le verre.

— Vous devriez allumer d'autres lumières, dit Marcie. Ça fait un peu peur, cette pénombre.

— Je n'ai pas peur du noir. En vieillissant, on apprend à s'en accommoder.

Marcie pensa à la boule noire dégoûtante dans le coffre de sa voiture. Elle se percha tout au bord du matelas.

— Je voulais vous demander. Midge est-elle revenue ?

La chatte d'Iris. Yeux jaunes et fourrure noire.

— Non, dit distraitement Iris qui passait les photos en revue. Tristement non. Elle était vieille. Noah pense qu'elle a dû se cacher quelque part pour mourir.

Marcie sentait encore sous ses doigts les poils froids et durs, mélangés à de la terre et du sang. Iris avait-elle étranglé Midge avant de l'écorcher ? Marcie frissonna. Ici, dans cette maison, c'était comme si Iris et elle étaient les dernières personnes en vie sur terre. N'importe quoi pouvait arriver et personne ne les entendrait.

— Regardez ça. (Iris lui tendit une photo.) Comme nous étions jeunes. Je dois avoir seize ans, Eleanor treize.

Ces trois années faisaient une telle différence à cette époque. (Un doux rire.) Maintenant, trois années ne sont guère plus qu'un battement de cils.

— Elle a dû être comme une sœur pour vous.

— Oui, je suppose.

Marcie étudia les photos. Iris les avait triées chronologiquement : l'enfance, puis la jeunesse radieuse, puis la famille et les amis, et enfin rien que la famille. Ces deux dernières sections n'étaient pas étalées mais empilées, ce n'étaient pas des *mines* ; ces clichés étaient trop récents pour receler le moindre trésor.

— Elle me manque tous les jours, continua Iris. Vieillir n'est pas drôle, Marcie. Quels que soient vos problèmes actuels, au moins vous avez la jeunesse.

Elle regardait toujours les photos. *Quels que soient mes problèmes ?* Que se passait-il ici ? Iris jouait-elle les innocentes en attendant la police qui devait déjà être en train de suivre la piste qu'elle avait laissée ? Ne désirait-elle pas se vanter, savourer sa vengeance ?

— Oh mais, regardez-moi ces pantalons courts, reprit Iris en lui tendant une autre photo prise dans une cour de récréation. Emmett était si drôle.

— Emmett ?

Marcie examina l'image plus attentivement. Même enfant, il portait des lunettes, perchées tout en haut de son nez.

— Lui aussi a grandi avec nous. Vous savez à quel point nous sommes proches les uns des autres dans notre petite communauté. C'était pire à l'époque. Nos parents étaient bien plus conservateurs. Le milieu social avait beaucoup plus d'importance pour eux. Le nom. La fortune. La lignée.

Marcie fronça les sourcils en étudiant d'autres clichés. Les mêmes visages revenaient constamment dans chacun d'entre eux. Les fantômes de ceux qu'ils étaient devenus. Eleanor, Iris, Emmett et une autre fille. Elle regarda un peu mieux. Celle-ci était trapue avec des boucles noires un peu folles. Pas aussi pleine d'assurance que les autres et des tenues qui ne lui allaient pas aussi bien. Marcie avait connu ça. Des vêtements récupérés.

Parfois, la fille jouait avec Eleanor ; sur une photo, elle rigolait sur une balançoire avec Emmett. Tous les quatre prenant de l'âge sur le papier glacé, de l'enfance à la maladresse adolescente, Eleanor s'épanouissant pour devenir une splendeur. Chacun passait à son tour devant l'objectif. Sur chaque image, à l'arrière-plan, une grande femme noire les surveillait. Une très grande femme noire. Marcie retint son souffle.

— Qui est-ce ? demanda-t-elle en la désignant.

Un sourire de tendresse éclaira le visage d'Iris.

— Oh, c'était la nounou d'Eleanor. Sa nounou et sa femme de chambre, à vrai dire. Nous l'appelions Mama L. (Le sourire s'élargit encore.) La mère d'Elizabeth. C'est pour cela qu'elle traînait toujours avec nous. Elle vivait ici, avec Mama L. Seigneur, nous adorions tous Mama L. Elle venait de La Nouvelle-Orléans et elle nous paraissait si fascinante. Un jour, elle s'est teint les cheveux en orange… la mère d'Eleanor a bien failli en mourir. À nous les filles, elle nous apprenait des sortilèges d'amour et des charmes. Elle disait qu'elle était une reine vaudoue… (Iris rit doucement comme si elle racontait un conte de fées.) Ah, comme elle nous a manqué quand elles ont dû partir. Je crois qu'Eleanor aimait plus Mama L que sa propre mère.

— Mama L était la mère d'Elizabeth ?

La petite fille avec les vêtements des autres. Elizabeth.

— Et Eleanor considérait Elizabeth comme sa sœur. Elles s'adoraient toutes les deux. Et ce pauvre Emmett, bien sûr, c'est à cause de lui qu'Elizabeth et sa mère ont dû partir.

— Que voulez-vous dire ?

— Il était très épris d'Elizabeth. Et c'était réciproque. Ce n'étaient que des enfants, une amourette assez inoffensive, mais ils étaient inséparables et cela suffisait à inquiéter les parents d'Emmett. Pas seulement parce qu'elle avait du sang de couleur dans les veines, même si cela aurait été une raison suffisante – comme je vous l'ai dit, c'était une autre époque –, mais parce qu'ils avaient déjà un œil sur Virginia pour leur fils. Ils sont allés voir le père d'Elizabeth et Mama L a dû partir. Elle est retournée à La Nouvelle-Orléans, je crois. Mais Eleanor refusait d'être séparée d'Elizabeth et, dès qu'elle a pu, elle l'a rappelée et l'a embauchée comme assistante. Je suis aussi persuadée qu'elle envoyait de l'argent à Mama L de temps en temps. (Elle soupira.) Ah, ces jours où nous étions jeunes et libres étaient bénis.

Le monde de Marcie venait à nouveau de basculer, lui offrant une toute nouvelle perspective. Elle sortit son téléphone portable et tapa sur l'écran comme pour lire un message.

— Oh, zut, dit-elle. Il faut que j'y aille. Il vient de se passer quelque chose.

Iris déjà oubliée, elle fonça hors de la maison.

Elle resta assise un moment dans la voiture, avant de demander à Google de lui fournir les dernières pièces du puzzle puis, après avoir mis tout ça bien en place dans sa tête, elle démarra. Son téléphone sonna pendant qu'elle repartait vers la clinique. Anderson. Elle rejeta l'appel et éteignit le portable. Les flics pouvaient attendre. Elle voulait d'abord comprendre pourquoi ils allaient la foutre en taule.

64

Keisha était si fatiguée. Elle avait parlé toute la journée et elle n'avait plus qu'une envie : dormir.

— Je ne comprends pas pourquoi vous avez fait tout ce chemin pour m'interroger à propos d'un fantôme que j'ai vu quand j'étais gosse. Un garçon qui n'a jamais existé.

Billy avait été empoisonné, la police américaine la croyait coupable et ils étaient là à parler d'un truc qui n'était qu'un symptôme de sa folie. De son esprit dérangé. Cela faisait des heures qu'il lui extorquait détail après détail au point qu'elle avait l'impression qu'on lui avait fouillé le cerveau avec une pince à épiler. Comme si elle pouvait se souvenir de tout, alors qu'elle avait passé tout son temps, toute sa vie, à oublier. Les questions sur tata Ayo, sur tonton Yahuba et sur son cousin avaient été plus faciles et elle y avait répondu de son mieux, mais là elle voulait seulement dormir.

Une heure à peine après son retour en cellule, Dexter revint la voir. Encore des questions, sans doute. Elle s'en foutait. Elle était trop épuisée pour avoir peur.

— Je pense, Keisha, que le garçon a bien existé, dit-il en sortant un dossier de son vieil attaché-case. En mai 2004, le torse d'un petit garçon a été repêché dans la Tamise. Six ans environ, il avait été mutilé et ses organes avaient disparu. Un jour plus tard, on a retrouvé un bras qui portait une cicatrice de brûlure.

Il ouvrit la chemise et glissa une photographie sur la table. Un gros plan. Keisha retint un cri. C'était la même cicatrice.

— Vous croyez que c'est son fantôme que j'ai vu ? demanda-t-elle, la voix tremblante.

Dexter secoua la tête.

— Je crois que c'est lui que vous avez vu quand il était encore en vie. Mes collègues à Londres ont fait une perquisition au domicile de votre tante et de votre oncle. Ils ont découvert une porte dans le mur du vestibule, dans un coin. Il faut y regarder de près pour remarquer la poignée, mais elle y est. Nous avons des preuves qu'au moins un enfant a séjourné dans cette pièce. Nous pensons que votre tante et votre oncle y ont détenu ce garçon avant de le tuer. Et d'autres aussi peut-être.

Keisha secoua la tête.

— Non. Non. C'était un fantôme. Il était si blanc, c'était un fantôme.

— Non, dit Dexter d'une voix étonnamment douce. Il ressemblait juste à un fantôme aux yeux d'une petite fille. (Il sortit une autre photo du dossier qu'il lui tendit.) Il s'appelait Oliver Okimbe. Ses parents venaient de s'installer dans le Yorkshire quand il a disparu. (Il s'interrompit tandis que Keisha prenait le cliché.) Ils avaient quitté le Nigeria pour le protéger des sorciers qui voulaient le tuer pour récupérer ses organes. Malheureusement, le cousin de votre oncle l'a suivi et c'est lui qui l'a amené à votre tante. Oliver n'était pas un fantôme. Il était albinos.

Keisha regarda la photo et, même si ses yeux étaient brouillés, elle sut que c'était lui. Le garçon qui n'existait pas. Alors, les larmes tombèrent, lourdes. Oliver Okimbe. Un petit garçon bien réel.

Il n'y avait jamais eu de malédiction.

QUATRIÈME PARTIE

65

— Je me demandais si vous finiriez par venir, dit Elizabeth sans quitter son fauteuil auprès du lit de William. Je l'espérais. Vous êtes une femme intelligente. Et je n'aurais franchement pas apprécié que tous mes efforts ne servent à rien. J'étais si impatiente de tout partager avec vous... (Elle sourit, avec retenue ; figure calme et tranquille face à la fébrilité de Marcie.) Grattez la surface et le passé ressort toujours, n'est-ce pas ? Et c'est le passé qui fait ce que nous sommes. Comme vous l'avez découvert.

Le ronronnement des machines qui maintenaient William en vie ne faisait qu'ajouter une couche de silence. Marcie jeta sur le lit la boule noire récupérée dans son coffre ; elle fut certaine de voir un ver s'en échapper quand elle atterrit entre les jambes de William. Cela ne parut pas le déranger.

— La chatte d'Iris ?

— Elle était mourante. Je ne lui ai fait aucun mal. Une boule de conjuration doit être préparée avec soin et j'aimais Midge. (Elle haussa les épaules.) Et puis, Iris se montrait trop vite trop amicale avec Keisha. Eleanor en aurait été blessée. Donc, œil pour œil, mal pour mal.

— Mama Laveau était une vieille reine vaudoue de La Nouvelle-Orléans à la fin du dix-neuvième siècle, dit Marcie. Sa fille a repris son nom et ses pratiques. Une fille qui s'est mariée avec un homme blanc nommé Glapion. Était-ce votre père, Elizabeth Glapion ? Votre mère est-elle l'actuelle Mama Laveau ? La vieille folle aux cheveux orange ?

— Les lignées, dit Elizabeth, ironique. Les riches s'imaginent que seules les leurs comptent, mais les pauvres aussi ont un passé. Notre sang coule depuis très longtemps. Savez-vous comment ils m'appellent ? Les *vraies* gens de Savannah ?

Marcie ne disant rien, Elizabeth continua :

— Ils m'appellent la Vaudoue Blanche. Ma peau pâle me dissimule. Mais oui, Mama Laveau était ma grand-mère. Son sang est le mien. Mama Laveau et Dr John, le Vieux John Bayou ? Ils dirigeaient La Nouvelle-Orléans dans le temps. Des rivaux. Mama Laveau, elle avait le vaudou en elle. Elle savait tout faire. Tout comme ma maman. Mais Dr John... savez-vous quel était son pouvoir ? Il avait compris l'utilité des informations, reprit-elle, Marcie restant silencieuse. Dans toute la ville, il payait des domestiques qui lui racontaient tout sur les gens qui vivaient dans les belles maisons – tous ces secrets que seuls les serviteurs connaissent ; alors, quand ses riches clients venaient frapper à sa porte pour lui demander son aide, il savait déjà tout de leurs affaires et ils croyaient que c'était le plus puissant des sorciers vaudous. Je possède un peu de la magie de ma mère. Je peux jeter un sort avec un crachat, mais je préfère les méthodes de Dr John. Les temps ne changent pas vraiment. Pour William, j'étais une simple assistante. Mais il me faisait confiance en tout. C'est drôle, n'est-ce pas ? Je connais toutes ses affaires. La plupart de celles de ses amis. Et celles de ses clients. Certains d'entre eux sont même devenus les miens et ceux de Mama. Mama s'occupe du vaudou et moi je m'occupe des informations et, à nous deux, nous avons amassé une fortune. Eleanor le savait. Eleanor nous aimait et nous respectait. Eleanor croyait au pouvoir de notre magie.

Marcie regarda le corps à moitié mort dans le lit.

— Et vous avez fait ça pour elle ?

Elizabeth soupira et serra la main de William.

— Elle allait elle-même le tuer. C'est pour cela qu'elle avait caché la morphine et les seringues. Elle avait l'intention de l'assassiner dans son sommeil.

— Pourquoi ? À cause de la serveuse ?

Eleanor ayant recours au meurtre à cause de Michelle du Michigan ? Marcie n'y croyait pas.

— Non, bien sûr que non. À cause de ce que *représentait* la serveuse. Le manque de respect de William. Son manque d'amour ou d'attention. Vous n'étiez pas là. Vous n'avez pas vu ce que ça a exigé d'Eleanor pour qu'elle lui pardonne pour Lyle. C'était un si beau garçon. Il méritait une longue vie de bonheur. Sans William, il l'aurait peut-être eue. Sa mort a failli détruire Eleanor. Elle m'a brisé le cœur à moi aussi, mais ce n'était rien comparé à sa douleur à elle. Eleanor était quelqu'un de bon, elle voulait pardonner à William, pas seulement la mort de Lyle, mais aussi pour l'avoir poussé à s'engager, pour l'avoir obligé à faire quelque chose de si contraire à sa nature. Elle s'est *forcée* à lui pardonner. Elle a enfermé Lyle dans un meuble pour que William ne se sente pas coupable et elle a tout fait pour préserver son mariage. Et j'imagine qu'à un certain niveau, elle a réussi.

— Sauf qu'elle est tombée malade, dit Marcie.

— Oui. Et il est vite devenu évident que William n'était pas à l'aise avec la maladie. Il s'en cachait, il passait le moins de temps possible avec elle, il dormait dans une autre chambre. Et puis, quand Eleanor a été diagnostiquée en phase terminale et que même Mama ou moi ne pouvions plus rien faire, il s'est mis à sortir avec cette fille. Comme si Eleanor ne souffrait pas assez. Il était juste qu'elle veuille le tuer, mais je ne pouvais pas la laisser faire. (Elle regarda Marcie dans les yeux avant de sourire.) C'était une femme splendide, à l'extérieur comme à l'intérieur. Je n'allais pas la laisser se salir – salir son *âme* – pour lui. Je l'ai arrêtée.

« Après la mort d'Eleanor, je comptais prendre ma retraite et retourner à La Nouvelle-Orléans avec Mama. Nous avions gagné assez d'argent grâce à nos services particuliers aux personnes les plus riches de Savannah. Tarot. Charmes d'amour. Conseils. Gris-gris. Sortilèges. Quand vous savez y faire, les gens sont prêts à payer tout ce que vous demandez. Et, pour couronner le tout, Eleanor s'était souvenue de moi dans son testament. Nous étions comme des sœurs. (Nouveau sourire, triste cette fois, se souvenant de son amie.) Alors, oui, j'avais envie de me retirer dans un endroit calme et confortable, mais si je ne lui avais pas permis de tuer William, je ne pouvais pas non plus la laisser mourir sans lui offrir le repos qu'elle méritait. Je lui ai donc fait la promesse de m'en charger. Je tuerais William pour elle. Ça a été son dernier vœu. Sur son lit de mort. (Une pause.) Ces vœux-là sont très puissants.

— Pas tant que ça, remarqua Marcie. Il n'est pas mort.

Elizabeth éclata de rire.

— Je ne suis pas aussi gentille qu'Eleanor. Il y a des sorts pires que la mort. William est vivant parce que je le veux bien. L'observer pendant l'agonie d'Eleanor m'en a beaucoup appris sur ce vieil obèse. Mourir le terrifiait. La faiblesse que cela représente. Devenir *inutile.* Il aurait voulu une mort rapide et, pour être honnête, Eleanor comptait la lui donner. Il ne la méritait pas. Pourquoi aurait-il eu une fin paisible alors qu'Eleanor avait pourri si lentement ? Non. Eleanor et Lyle avaient droit à davantage après toutes ses années passées sous son contrôle. Regardez-le maintenant – coincé ici, enfermé dans l'obscurité de son propre esprit, sans plus aucun pouvoir à part celui d'entendre ce qu'on lui dit. Les visiteurs cesseront bientôt de venir. Il n'aura plus que moi, lui chuchotant à l'oreille comment il a trahi Lyle et Eleanor, comment tout cela est sa faute. Il vivra encore un moment, jusqu'à ce que, si ses organes ne lâchent pas avant, on éteigne les machines. Alors, seulement, il mourra. La miséricorde, enfin.

— Mais, et nous ? Keisha, Jason et moi ?

Elle s'interrompit. La silencieuse, la si serviable Elizabeth était la maîtresse de ce jeu morbide. C'en serait risible si ce n'était pas terrifiant. Elizabeth et sa folle de mère. Des reines vaudoues.

— Ah oui, la remplaçante, instable mentalement et rongée par un *juju* noir. La menteuse, qui cache son passé sordide dans une boîte dans le plafond. Et finalement, le voleur, qui n'a pas appris sa leçon après la mort de son père. Une distribution des rôles impeccable pour la vengeance d'Eleanor. Tous enchaînés à des fantômes : un garçon, un mari, un père.

— Vous vous imaginez si bien nous connaître, ricana Marcie. Mais vous ne savez rien…

— Je sais ce que je veux savoir. Comme je l'ai dit, mes sortilèges, ce sont les informations. J'ai fait enquêter sur Keisha pour le compte de William, comme je l'avais déjà fait avec vous lors de votre arrivée parmi nous. J'enquête sur tous ceux qui s'approchent de mon cercle. On trouve toujours quelque chose, ajouta-t-elle avec un regard chaleureux qui fit frissonner Marcie, et, de fait, votre passé s'est révélé très utile.

— Vous allez les laisser aller en prison pour un crime qu'ils n'ont pas commis. Et moi ? Pourquoi cette poupée idiote et cette boule dégoûtante ?

— Pourquoi tout le monde s'imagine-t-il que le vaudou n'est que malédictions et diableries ? Quelle erreur. Certains sortilèges sont terribles et d'autres protègent. Bien ou mal. Ce n'est que le karma.

— Et quel est le mien ? Ou celui de Keisha ?

Elizabeth se leva et se planta devant la fenêtre.

— Les policiers sont là, dit-elle. Ils ont retrouvé la trace de l'e-mail envoyé à votre ancien lycée dans l'ordinateur de Jason. Ils ne savent pas encore qui en est l'auteur, mais ils pourraient très bien s'imaginer qu'il s'agissait là d'un *ménage à trois**. Après tout, vous couchiez avec les deux et Jason aurait très bien pu rencontrer Keisha pendant son voyage à Londres. Ce qui n'est pas arrivé, au fait. Comme je disais, l'information est ma magie. Mais je digresse. Et maintenant, c'est là où vous intervenez. Je ne vais envoyer personne en prison. C'est *vous*.

— Que voulez-vous dire ?

— Je vais vous donner le choix. Jason ou Keisha ? (Elizabeth se retourna en souriant.) Je peux faire en sorte que l'un d'entre eux soit libéré et l'autre condamné pour la tentative de meurtre sur William.

— Quoi ?!

— Keisha ou Jason. Qui voulez-vous sauver ? Le mari égaré ou la petite amie délurée ? Le compte à rebours a commencé.

Marcie regarda le corps à peine vivant dans le lit. Elle avait la nausée. Elle était soulagée. Elle nageait en plein délire.

— Et si William meurt ? Ça pourrait être la peine de mort.

Il y eut du bruit dans le couloir derrière elles. Anderson et son acolyte.

— Oui, dit gaiement Elizabeth. Oui, ce sera la peine de mort. Mais pas pour *vous*.

Elle lui fit un clin d'œil.

Cette femme est folle, se dit Marcie, avant de donner sa réponse.

66

Comme Elizabeth l'avait prédit, les policiers avaient emmené Marcie pour interrogatoire après avoir découvert que le courriel au lycée avait été envoyé depuis l'ordinateur de Jason – un ordinateur auquel elle avait accès.

Cette fois, elle n'avait répondu à aucune de leurs questions, tandis que Kate Anderson la cuisinait, essayant de déterminer s'ils étaient complices tous les trois, Keisha, Jason et elle. Oui, tout s'était déroulé exactement comme Elizabeth l'avait dit. Marcie n'avait même pas tenté de se défendre. Ça lui faisait bizarre de se fier ainsi à Elizabeth, mais après tout, elle tirait les ficelles depuis si longtemps, manipulant tout le monde, y compris les flics. Alors, pendant qu'Anderson lui parlait, elle s'était enfermée dans sa bulle, réfléchissant à tout ce qu'avait fait Elizabeth. Finalement, les détectives furent appelés ailleurs, la laissant seule avec ses pensées.

La complexité du plan d'Elizabeth… c'en était presque digne de respect. Elle savait tout à propos de Keisha avant même qu'elle n'arrive à Savannah. Emmett, l'amoureux transi d'Elizabeth, avait sans nul doute veillé à ce que les investissements de Jason ne lui rapportent pas leurs dividendes en temps voulu. Peut-être même – à l'instigation d'Elizabeth – était-il allé plus loin en encourageant Jason à placer de l'argent qu'il n'avait pas. La silhouette que

Keisha avait reconnue dans la clairière n'était pas Zelda, mais Elizabeth qui rejoignait sa mère, pour surgir avec elle au-dessus des flammes, un serpent dans les bras. Elle avait dû faire en sorte qu'on drogue leurs boissons pour que Keisha soit plus sensible à l'influence du vaudou. Plus elle était instable, plus William en serait frustré. Et puis, les drogues les avaient décoincées, désinhibées, ce qui avait permis de prendre la photo qui avait rendu William furieux lors de la soirée au point de déclarer à Noah qu'il voulait divorcer.

Marcie pensa au liquide de refroidissement. Elizabeth s'était chargée de l'achat de la nouvelle voiture, il lui était facile de garder un double des clés. Le voyant s'était allumé après que Keisha et elle étaient allées voir Pierre et Julian – *quand elles avaient baisé dans la bagnole* – et Elizabeth les y avait retrouvées. Il lui aurait été très facile de dévisser cette durite pour provoquer la fuite. Elle avait très bien pu trafiquer les briques de lait de coco à n'importe quel moment après son retour à la soirée. Pierre et Julian géraient la restauration depuis un semi-remorque garé derrière la maison ; ils n'avaient pas besoin de se rendre à la cuisine.

— Désolée de vous avoir fait attendre.

Anderson et Washington étaient revenus et Marcie se rendit compte seulement alors que ses mains étaient froides et ses jambes toutes engourdies d'être restée assise aussi longtemps. Depuis quand attendait-elle ici ?

— Il s'est produit un développement. Vous êtes libre.

Marcie se leva, malgré les fourmis qui rampaient sur ses mollets.

— Que voulez-vous dire ?

— Nous avons retrouvé la seringue qui a servi à injecter le produit dans le lait de coco et une petite bouteille contenant du liquide de refroidissement.

Marcie écarquilla les yeux. *Qu'avez-vous fait, Elizabeth ?*

— Je ne comprends pas.

— Derrière le tiroir à couverts dans la cuisine des Radford. Il y a une sorte de cavité à laquelle on ne peut accéder qu'en tirant ce tiroir d'une certaine manière. Le saviez-vous ?

Marcie hocha la tête.

— Oui, mais...

— Si vous étiez impliquée dans cet empoisonnement et que vous aviez utilisé cette cachette, ou su que ces objets s'y trouvaient, vous avez eu depuis l'opportunité de les enlever.

Le regard vide de Marcie incita Anderson à s'expliquer.

— Vous êtes allée chez les Radford en fin d'après-midi et Iris Cartwright nous a dit que vous êtes restée seule dans la cuisine. (Une pause.) Une chance pour vous.

— Donc, je peux partir.

— Oui, nous ne vous inculperons pas.

Marcie eut envie d'éclater de rire. *Oh, bien joué, Elizabeth.*

Elle était libre et, si elle ne se trompait pas, si Elizabeth respectait le choix qu'elle lui avait donné, son avenir s'annonçait assez radieux.

67

C'était une soirée chaude, moite et dépravée aux Bahamas. Une légère brise traversait les rideaux et venait délicieusement caresser sa peau nue. Les derniers mois avaient été longs et elle – *elles* – méritaient bien ces vacances.

Tout s'était déroulé comme Elizabeth l'avait prédit. La seringue et la bouteille ne portaient que les empreintes de Jason. On en avait conclu qu'il avait projeté seul la mort de William. Il les avait planquées en vitesse au moment où il avait été interrompu par Elizabeth quand Keisha avait fait sa crise. Par la suite, aussi bien Marcie que Keisha avaient eu l'opportunité de les récupérer et de s'en débarrasser définitivement, or elles étaient toujours là. Si elles avaient été impliquées d'une manière ou d'une autre, elles auraient disparu.

Pauvre Jason. Il avait nié avec véhémence tout au long du procès, ce qui ne l'avait pas franchement aidé. Marcie avait senti sa haine qui déferlait en vagues pendant qu'elle jouait son rôle, pleurant doucement à la barre des témoins, accumulant d'autres preuves contre lui. Et voilà. Il avait été condamné à la prison à vie pour la tentative de meurtre, le procès pour ses malversations financières étant encore à venir.

Marcie se demanda quelle preuve Elizabeth aurait produite si elle avait fait un choix différent. Quelque chose d'aussi accablant contre Keisha, à coup sûr. Mais elle n'avait pas fait un choix différent. Pourquoi l'aurait-elle fait ? Elle en avait déjà marre de Jason avant tout ça et elle n'avait jamais été une adepte du *toujours soutenir son homme*.

— Je peux te demander quelque chose ? murmura Keisha. Sans que tu te mettes en colère ?

Elle était blottie contre elle, une main sur le ventre, Billy ne lui ayant finalement pas laissé que son argent. Que lui voulait-elle cette fois ? Si elle était toujours aussi fantastique au lit, et désormais fabuleusement riche, Keisha ne cessait jamais de quémander des preuves d'affection.

— Évidemment.

— C'est complètement idiot, mais il faut que je l'entende de ta bouche. Tu n'avais rien à voir dans ce qui est arrivé à Jonny, n'est-ce pas ?

— Non, bien sûr que non ! dit Marcie en baissant les yeux vers elle. Il faut vraiment que tu me le demandes ?

— Je suis désolée, je suis désolée, dit Keisha en se redressant pour l'embrasser. Ce n'est pas ce que je voulais dire, mais c'était tellement fou d'apprendre que tata Ayo et tonton Yahuba avaient assassiné ce pauvre garçon, et pas que lui sans doute, et ensuite ce que Jason a fait, que j'ai commencé à me poser des questions sur tout. Je suis idiote. Pardonne-moi.

— Il n'y a rien à pardonner, dit Marcie avant de lui rendre son baiser. Mais tu peux me croire. Je t'aime.

L'ardeur les gagna et pendant un moment Marcie laissa le corps de Keisha implorer son pardon. Après, quand Keisha s'endormit, satisfaite, Marcie contempla la nuit, enfin seule avec ses pensées.

On n'enferme pas une bête sauvage.

Marcie était sauvage, elle l'avait toujours été, et rien ne pourrait la changer.

Jonny.

Elle laissa les souvenirs revenir. Son cœur qui battait si vite alors qu'elle rejoignait la caravane sans savoir si elle le trouverait mort ou vivant, ou même s'il avait seulement goûté le whisky trafiqué. La dispute provoquée la veille avant de dire qu'elle en avait marre, qu'elle devait aller bosser. Les petites doses de whisky qu'elle mélangeait en douce à son café pour lui redonner l'envie de boire. Rester dehors toute la nuit pour faire la fête et danser en compagnie de Janey, avec l'excitation de ne pas savoir si son plan était ou non en train de fonctionner.

Oh oui, comme son cœur battait quand elle était entrée dans la caravane et qu'elle l'avait vu par terre, les yeux révulsés, pétrifiés de terreur. Mort. Ça avait été si facile. Jonny gardait toujours plein d'accessoires pour bagnole dans la caravane. De l'huile, des batteries, du liquide de refroidissement. Et, même s'il avait arrêté de picoler depuis un moment, on sait bien que les alcooliques rechutent... Il y avait largement assez de doutes pour qu'elle s'en tire.

Des soupçons avaient flotté autour d'elle, et alors ? Elle n'avait pas l'intention de rester à Boise. Bon Dieu, elle qui comptait que Jonny se tue à force de boire pour pouvoir se barrer avec son indemnité, mais non, il avait fallu qu'il décide de se ressaisir. Qu'il se remette à parler de gosse. Qu'il cherche à l'*enfermer* dans cette vie-là. Pas question. Elle préférait mourir. Ou, plutôt, *qu'il meure.*

Sociopathe.

Voilà le mot que les flics avaient utilisé pour elle là-bas à Boise, sauf qu'ils ne pouvaient rien prouver. Le même mot dont on se servait maintenant pour Jason. Les chiennes attirent les chiens. Si elle avait su ce qu'il trafiquait avec les comptes clients, elle l'aurait sans doute tué, lui aussi – mais peut-être avec plus de recherche qu'elle ne l'avait fait avec Jonny. Elle avait grandi depuis. Même sans les soucis d'argent, elle aurait fini par se débarrasser du mari numéro deux. Elle commençait à en avoir marre et il devenait fatigant avec son soudain désir de se reproduire. Elle n'avait jamais voulu d'enfant. D'un gosse qui aurait pu devenir comme elle.

Keisha murmura dans son sommeil. Ah, l'ironie. Elle qui ne voulait surtout pas d'enfant allait bientôt se retrouver embarquée dans une coparentalité avec un bébé braillard. Mais ça en valait la peine. Keisha, malgré tout son charme, était fragile et dépendante, une vraie gosse elle aussi. Pour l'instant, Marcie trouvait ça assez sympa, surtout qu'avec tout le fric de ce cher William à dépenser, Keisha essayait en permanence de l'impressionner, de lui prouver son amour. Marcie ne se donnait pas deux ans pour trouver ça étouffant, insupportable. Mais d'ici là, elles seraient mariées.

Toute cette histoire lui avait appris une chose à propos d'elle-même. À quel point c'était toujours fugace. Elle était obnubilée par quelqu'un et puis elle en avait marre. Voilà comment était l'amour pour elle. Elle en avait eu marre de Jonny et puis elle en avait eu marre de Jason. Un jour, elle en aurait marre de Keisha. Keisha qui avait un long passé de troubles mentaux. Même si elle n'était plus sous Valium désormais, ce ne serait pas difficile de lui en faire reprendre après la naissance du bébé, puis de maquiller une overdose ou un accident. Expédier le gosse dans un internat et profiter enfin d'un luxe bien mérité.

Oui, pensa-t-elle en embrassant le crâne de Keisha. L'avenir se révélait radieux.

ÉPILOGUE

— Ne soyez pas aussi furieux. Votre condamnation n'est que justice, dit Elizabeth de son côté du parloir. On pourrait même parler de justice immanente. (En face, Jason avait visiblement envie de l'assassiner. Elle haussa les épaules.) La perpétuité sans possibilité de remise de peine. Oui, je comprends que vous ne soyez pas de cet avis. Et dire que ça va empirer.

— Comment ça pourrait être pire que ça ?

L'amertume de Jason lui sortait par tous les pores. Les coupables, avait-elle constaté, sont souvent amers. En dépit de leurs crimes, la moindre injustice les blesse terriblement. Une des ironies de la vie. Il n'avait pas très bien encaissé sa confession, il fallait le dire. Et il allait encore moins supporter ce petit bout d'information supplémentaire, même s'il aurait vraiment dû y penser tout seul. Elle commençait à se dire que Jason Maddox n'était pas si brillant.

— Après la mort de William, dit-elle simplement. Et il mourra… d'ici à quelques jours. J'en ai assez de lui répéter à l'oreille quelle merde il est ; il a reçu le message à présent. Il est en train d'abandonner, de fermer boutique. Ses organes sont complètement déréglés. Même les médecins sont d'avis qu'il vaudrait mieux éteindre les machines et, en sortant d'ici, j'irai persuader ses représentants légaux que ce serait la voie la plus miséricordieuse pour lui.

— De quoi parlez-vous ? Qu'est-ce que ça a à voir avec moi ?

La première pointe de peur qui crevait la colère.

— C'est évident, non ? Si William meurt, vous êtes coupable de meurtre avec préméditation. Et dans cet État, c'est la peine de mort assurée. (Elle lui adressa un sourire enjoué.) Et c'est ce qui va se produire. Votre appel sera rejeté. Vous passerez d'abord quelques années dans le couloir de la mort, histoire d'avoir le temps d'y penser, mais, croyez-moi, vous finirez par avoir votre injection.

— C'est des conneries. Vous n'en savez rien.

— Oh si, je le sais. Je le *vois*. Le sang de la grande Mama Laveau coule dans mes veines. Que vous y croyiez ou non, cela ne change pas mes pouvoirs. Ce qui sera sera.

— Pourquoi êtes-vous là, Elizabeth ?

La voix était dure, mais le visage livide.

— Je me demandais si vous saviez, vous, pourquoi vous êtes ici. Pourquoi je vous ai mis derrière ces barreaux.

— Parce que vous êtes une putain de tarée ?

— Oh, Jason, je vous en prie. Les insultes sont inutiles. En fait, non. Vous êtes ici parce que j'ai offert un choix à votre femme. Je lui ai dit que je pouvais faire en sorte que l'un de vous soit libre et que l'autre aille en prison. Un choix entre Keisha et vous. Elle a préféré libérer Keisha et vous laisser ici. Vous, son mari. J'imagine que « jusqu'à ce que la mort nous sépare » n'a pas le même sens pour Marcie. Mais oui, elle a choisi l'argent plutôt que de vous sauver la vie.

Il ouvrait de grands yeux.

— C'est Marcie qui a fait ça ?

— À sa façon, oui.

Ils restèrent silencieux un moment pendant que la vérité se glissait sous la peau de Jason, s'installant en lui avec une étrange résignation.

— Keisha est peut-être une salope et une idiote, mais elle n'a jamais rien fait de mal, dit-il finalement. Et si Marcie avait choisi de faire d'elle la coupable ? Vous l'auriez laissée encourir la peine de mort ?

— Keisha ne se serait jamais retrouvée dans votre situation, dit Elizabeth. Je savais quel serait le choix de Marcie. Elle préfèrerait la femme riche à son époux criminel. Et, de toute manière, Keisha est *protégée*. Comme je l'ai dit à Marcie, tout n'est pas malédiction. Le vaudou est aussi une pratique de guérison, ce que la plupart des gens ne comprennent pas. Et il a besoin d'équilibre. Pour faire ce que j'ai fait pour Eleanor, pour assumer sa vengeance à sa place, il fallait qu'il y ait du bien dans l'autre plateau de la balance. Keisha est ce bien. Une pauvre fille hantée toute sa vie par des crimes commis par d'autres. Je lui ai fait traverser les flammes mais maintenant elle est *libérée*. Elle a de l'argent. Elle est débarrassée d'une famille cupide et d'un mari autoritaire. Elle peut enfin être elle-même. Plus rien ne lui fera de mal.

« J'ai dit à Marcie que les boules de conjuration et les poupées peuvent protéger ou maudire. Celle de Keisha la protège à jamais. Marcie ne pouvait pas lui nuire. Il fallait que ce soit vous. Le karma pour la mort de votre père, n'est-ce pas ?

Le regard de Jason disait clairement ce qu'il pensait du karma.

— Quoi qu'il en soit, reprit-elle, donner le choix aux gens, c'est comme un tour de magie. Il vaut mieux connaître leur réponse à l'avance. Avec Marcie, c'était facile. Elle avait déjà tué un mari, elle n'aurait aucun remords à en envoyer un autre à la mort.

— Vous croyez qu'elle a tué Jonny ?

— J'ai passé du temps dans sa ville natale. J'ai parlé avec ses vieilles amies. La femme avec qui elle était sortie boire cette nuit-là, la nuit où il est mort, m'a dit qu'elle l'avait vu sur son visage quand elles sont retournées à la caravane. La victoire. Le triomphe. Elle a dit que Marcie détestait être mariée. Qu'elle espérait la mort de Jonny. Et puis, c'est arrivé. Il est très rare que les choses terribles que nous souhaitons se réalisent. Oui, je crois qu'elle a tué Jonny. (Elle se pencha au-dessus de la table.) Et surtout, ma mama *sait* qu'elle l'a fait. C'est partout autour d'elle. Le mauvais *juju*.

— Et la voilà qui se balade dehors, libre comme l'air ? Avec Keisha et tout le fric de William ? Et vous ne pouvez rien faire pour m'aider ? Rien ?

C'était plus fort que lui, il n'avait pas pu s'empêcher de l'implorer.

— J'ai bien peur que non, dit Elizabeth en se renfonçant dans sa chaise. Marcie aurait pu faire un troisième choix, vous savez.

— Lequel ?

— Elle aurait pu refuser de choisir. Elle aurait pu laisser la justice suivre son cours. C'est ce qu'une personne honnête aurait fait, vous ne croyez pas ? Une personne *bonne* ? Elle aurait pu répéter à la détective Anderson tout ce que je lui avais dit et ajouter une nouvelle suspecte à la liste. Mais non, elle n'a même pas envisagé cette solution. Elle a seulement considéré ce qui valait mieux pour elle. (Elizabeth étudia un moment Jason d'un air pensif avant de se rapprocher de la vitre de séparation.) Je ne peux pas vous sauver. Personne ne le peut. Cependant, j'ai exaucé le vœu d'une mourante, je peux à présent exaucer celui d'un mourant. Le vœu d'un mourant est très puissant.

Jason plissa les paupières, perplexe.

— Que voulez-vous dire ?

— Je vais vous donner le choix, comme je l'ai fait pour votre femme. Voulez-vous que je laisse Marcie tranquille ? Que je la laisse vivre sa vie, malgré tout le mal qu'elle fait aux autres ? Malgré le fait qu'elle vous a condamné à attendre la mort ici ? L'aimez-vous assez pour cela ? Ou bien, ajouta-t-elle en souriant, voulez-vous que je lui ôte la vie au moment où elle s'y attendra le moins ? Un châtiment approprié pour une meurtrière, n'est-ce pas ? Comme je l'ai fait avec William pour Eleanor ? Le choix vous appartient, conclut-elle après une pause.

Jason sourit et la regarda dans les yeux. Elizabeth savait qu'il pouvait y voir les serpents danser.

— Mon choix est fait, dit-il.

REMERCIEMENTS

D'abord, un grand merci et toutes mes excuses aux habitants de Savannah. J'y ai séjourné il y a environ trois ans, invitée par une association de libraires indépendants qui tous se sont montrés merveilleux avec moi, et je suis tombée amoureuse de la ville. J'ai su que je devais en faire le cadre d'un livre un jour. Je comptais y retourner l'an dernier, séjourner dans un Airbnb pendant un mois ou deux pour mieux la connaître. Hélas, un cancer terminal a été diagnostiqué à mon père bien-aimé et tous les projets de voyage ont été annulés pour que je puisse rester à ses côtés. Donc, même si j'ai essayé de faire de mon mieux, je vous prie de bien vouloir pardonner les inexactitudes qui pourraient s'être glissées dans les pages de ce livre. J'avais espéré mieux connaître la ville !

Autant que les remerciements évidents à mes fabuleux agents, Veronique Baxter chez David Higham et Grainne Fox chez Fletcher & Co, aux exceptionnels éditeurs, Natasha Bardon et David Highfill et à TOUTES leurs équipes qui travaillent si dur pour faire de chaque livre une réalité et envers qui j'ai une dette éternelle, plusieurs autres personnes doivent être mentionnées.

Grands mercis à Lynn Radford qui a eu la générosité de prêter son patronyme à un des personnages – j'espère que Keisha aime son nom d'emprunt !

Kevin Wignall et Simon Kernick pour être toujours là avec la garantie de me faire rire quand le monde semble s'écrouler autour de moi. Je ne pourrais rêver meilleurs amis. De la même manière, la bande de promeneurs de chiens de Stony Stratford qui nous permet, à Ted et à moi, de savoir où nous mettons les pieds chaque matin de si bonne heure.

Un énorme merci à Amanda Palmer de m'avoir permis d'utiliser les paroles de son superbe « Runs in the Family » et aussi merci à Neil Gaiman d'avoir fait en sorte que ma requête ne se perde pas dans l'éther.

Merci bien sûr à Mark de me supporter pendant la folie de la course aux délais, face à l'*angst* du livre et à toutes ces autres activités égocentrées qui torturent les auteurs. Voilà ce que c'est de vivre avec une écrivaine. Oui, nous allons partir en vacances, maintenant… enfin, dès que j'aurai fini le suivant.

Et, enfin, merci à vous tous et à vous toutes, lecteurs et lectrices, sans qui toute cette affaire serait inutile. Vous êtes des superstars.